Michael T. Bhatty's

Kyle ®

Im Kreis des Feuers
~ Buch I ~

Schwelende Wut
~ Band I ~

I0634948

Ein Fantasy-Roman von
Michael T. Bhatty

Michael T. Bhatty's *KYLE* ® - Im Kreis des Feuers

Schwelende Wut (Band I)
ISBN-13: 978-3-00-048837-5

Herausgeber und Autor: Michael T. Bhatty
Lektorat: Svenja Bhatty, Maike Hanenkamp
Coverart: Daniel Lieske, bearbeitet durch Michael Bhatty
Kapitel-Artworks: Anca Adelina Finta, Sandra Püttner, Daniel Lieske, Michael Bhatty
Portraitfoto: Miriam Meerfeld
Verlag: Michael Bhatty Entertainment/Dr. Michael Bhatty via Createspace, 40629 Düsseldorf

service@kyle-saga.com
http://www.kyle-saga.de
http://www.facebook.com/KyleSagaRoman
http://www.michael-bhatty.de
https://twitter.com/MTBhatty

Auflage V1.0, Juli 2014; Auflage V1.1, Januar 2015; Auflage V1.2, Mai 2015; Auflage V2.0, Juni 2019

Hinweis: Jede Ähnlichkeit mit lebenden Personen, Objekten, Orten oder Ereignissen sind somit in keiner Weise beabsichtigt und daher zufällig.

Über den Autor

Michael T. Bhatty erschuf als Lead Game Designer unter anderem die Story und die Welt des mystischen Action-Rollenspiels *SACRED*, einem der international erfolgreichsten Computerspiele aus Deutschland, er verfasste für den Panini-Verlag die

offiziellen Romane für die Blockbuster *FarCry* 1 und 2 sowie eine Fantasy-Trilogie für das MMO *Runes of Magic*.

Der promovierte Hochschulprofessor lehrt heute Game Design mit dem Schwerpunkt Interactive Story Telling an der MD.H in Düsseldorf.

Zueignung

MEINER FRAU SVENJA,

welche viel Geduld mit mir gehabt hat, denn nicht nur das Schreiben dieser Geschichte hat viel von unserer Zeit gekostet, sondern auch der fortwährende Austausch, die Stimmungsschwankungen, die mit den endlosen Überlegungen einhergehen. Auch das Aufbereiten von eBook und Print-Version hat die kostbare Zeit, die neben dem Vollzeitjob oft nur Abends oder am Wochenende da war, stark eingeschränkt oder eher aufgefressen...

Mir ist es wichtig, dass auch ihr, liebe Leser, wisst, dass das Schreiben einer solchen Geschichte eben nicht möglich gewesen wäre, wenn ich Svenja nicht an meiner Seite gehabt hätte.

Und dies sei nur ein Kratzen an der Oberfläche, denn wie immer gibt es noch weitaus mehr Gründe, als sich hier angeben lassen (und die euch auch nichts angehen ;-)

Michael

Dramatis Personae

Die Gefährten

Kyle, Tagträumer und Held unserer Geschichte.

Finley Baardrig, ein raubeiniger obiskarischer Söldner und Wirt, mit einer Liebe für Wein und Uis'gey.

Rosario duh Larroquette, selbsternannter Edelmann und Glücksspieler halbelfischer Herkunft, mit einer Liebe zum schönen Geschlecht.

Laura Dashie, eine burschikose Diebin und Schankmaid aus Calhuh.

Durum Thamalel

Maegalcarweyn, die **M'onciah** der Schattenelfen.

Yulam, Kriegsherr der Schattenelfen aus dem Hause Thamarlys und Gatte Maegalcarweyns.

Asaanfurth

Govic, der Dorfrüpel aus Asaanfurth.

Janek, ein williger ‚Gefolgsmann' von Govic.

Victor Darrigan, Feldwebel der DeBracy in Asaanfurth.

Ania Fragner, Tochter des Krämers von Asaanfurth.

Carwolus, ein Händlerfürst aus Calhuh und Gast der Fragners.

Adrian, der Schmied von Asaanfurth und Kyles Stiefvater.

Sahirah, Adrians Frau und Kyles Mutter.

Herzog **Reginald DeBracy**, der Kriegsherr des Königs.

Frederick DeBracy, Sohn des Herzogs.

Erak duh Payntorra, ein Gast der DeBracys und Fürst aus Payntorra.

Calhuh

König **Araweyn I.**, Herrscher des Reiches Calhuh.

Kardinal **duh Neret**, Oberhaupt der Kirche des Lichtes Ajyms in Calhuh.

Adelmus aus dem Hause Otran, Oberster Paladin der Kirche des Lichtes Ajyms.

Hofrichter **LeGoff**, auch der ‚Gerechte Arm des Königs‘ genannt.

Amina LeGoff, die Gattin des Hofrichters.

Oluv, obiskarischer Feldwebel der Stadtwache von Calhuh.

Derc, Sergeant der Stadtwache Calhuhs und Sohn von Oluv.

Elah, eine Masseurin des Badehauses aus Calhuh.

Konrad, ein Schneidermeister aus Calhuh..

Anicka, die Tochter Konrads.

Kareem, ein Lederer und Rüstungsmacher aus Calhuh.

Alexandra, eine Hure aus der Thar al Marid.

Helen, eine Hure aus Calhuh.

William, ein Hurenwirt aus der Zeltstadt.

Tomé, Meister der Shaii-Re in Calhuh.

Wera, Meister der Shaii-Re in Calhuh.

Duruk'Thar

Mordrakhel, der Fürst von Duruk'Thar.

Frey'syr, Gespielin des Mordrakhel.

Mayarim, Gespielin des Mordrakhel.

Karko, ein Zenturio Mordrakhels.

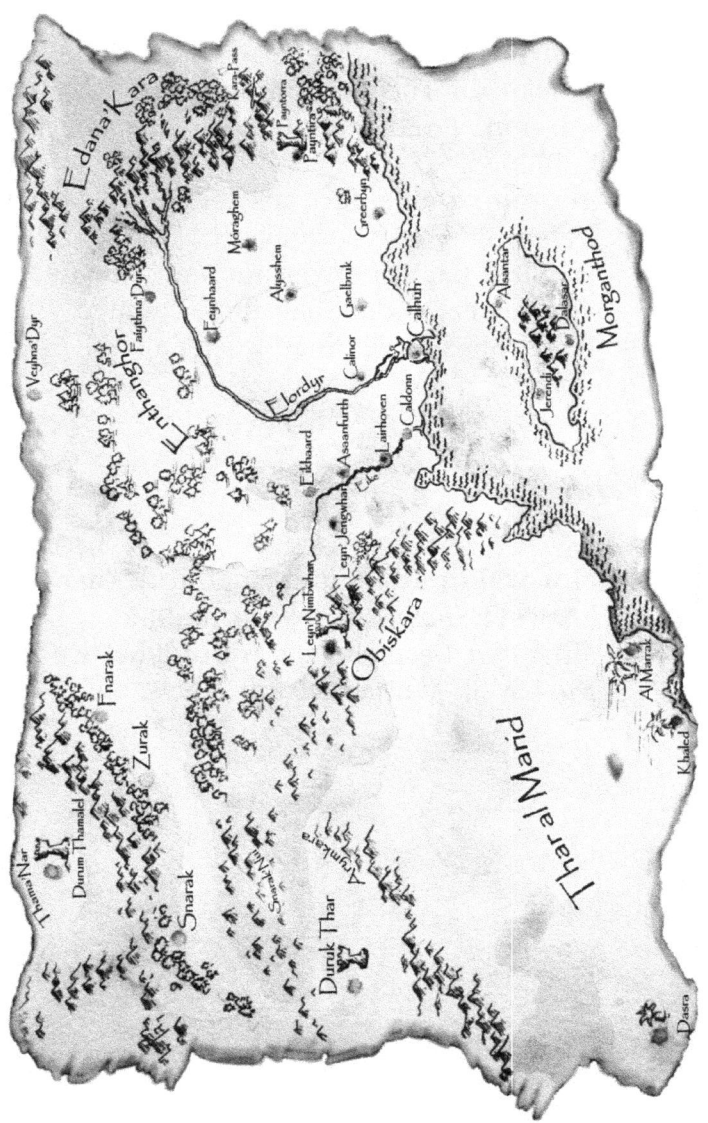

Band I

Schwelende Wut

Schwelende Wut

Prolog

FUNKEN STIEBEN GLEICH GLÜHWÜRMCHEN empor.

Hell loderte das Feuer in der verfallenen *Durumhag-Nar'U* und Flammenzungen tanzten verglühend in die kalten Höhen über der einsamen Klippe. Das schmutzige Braun und Rot des Abendlichtes in den tosenden Wolkenbergen würde schon bald dem fahlen Wolfsgrau einer noch eisigeren Nacht weichen.

Die fernen Bäume am Rand des dunklen Zedernwaldes wiegten sich im Tanz des Windes und die Gestalt in dem Mantel streckte die Hände den Flammen entgegen, um sich zu wärmen. Selbst im Schein der Flammen wirkte ihre Haut kalt; seltsam gräulich und violett, wenngleich ihr eine zeitlose Jugend inne war. Sie genoss die Wärme für einen Moment, bevor sie mit schlanken Fingern den fein geschmiedeten Verschluss löste.

Mit einem dumpfen Rascheln sackte der schwere Pelzumhang auf den gefrorenen Boden.

Still öffnete sie die Schnallen ihrer Rüstung und nahm sorgsam die ledernen Panzerelemente von ihren Oberschenkeln, ihrem Becken und ihren Armen, bevor sie sich mit geschickten Bewegungen von den Brustplatten befreite.

Der Wind biss nach ihrem grazilen Körper. Sie seufzte und schlüpfte aus dem glänzenden Stoff ihres seidenen Unterkleides, nur noch einen Lendenschurz tragend. Dunkelrote, bläuliche wie auch silbrige Symbole schlängelten sich über ihren Körper: ihre Mutter hatte ihr diese Zeichen mit spitzer Nadel und geweihter Tinte unter die helle Haut getrieben, als sie ihre erste *Blutquelle* erreicht hatte, jenen Zyklus, der das Mädchen von der Frau trennte.

Ihre Fingerspitzen zeichneten die Formen nach. Formen, die wild und fließend gleich dem Flügelschlag der göttlichen Kreaturen waren, die Schnelligkeit ihrer Muskeln betonend. Verfeinert mit Symbolen und Mustern umflossen sie ihren Körper von der Scham über Hüfte und Schulterblätter hinauf bis zum Nacken, verzweigten sich auf Armen und Beinen und verbanden sich zu einer Einheit, die sie zu einem lebenden Kunstwerk machten. Symbole, von denen ein jedes für sich stand, und die doch endlos miteinander verschlungen waren.

Sie biss die Zähne zusammen. Die Symbole spiegelten die Elemente wider, aus denen diese Welt geformt worden war; eine Kunst, die nur noch wenige ihres Volkes kannten. Ein Geheimnis, welches im Laufe der Jahrhunderte vergessen worden war. Seit damals, seit die *Goblinached* an diesen Gestaden gelandet waren; Kreaturen, die einst Sklaven ihres Volkes gewesen waren und nun durch die Kriegerkaste von der Heimat in Thamalel ferngehalten wurden.

Entschlossen kniete sie vor der Statue nieder, die man vor Jahrhunderten in einen der Monolithen geschlagen hatte. Die steinernen Arme ausgebreitet, blickten die kalten Augen auf sie nieder und beobachteten sie, wie sie vier Edelsteine, schimmernd und glitzernd, versetzt mit Grün und Rot, Blau und Violett vor sich auf dem Boden verteilte, wie sie Muster im Sand bildend diese zu ihrer Linken und ihrer Rechten verschob, bis sie mit den Positionen zufrieden war. Der Schein des Feuers tanzte ungeduldig in den rauen, ungeschliffenen Edelsteinen.

Schließlich sah sie auf. Das Bildnis der ersten Priesterin war verwittert, doch noch immer konnte sie die Schönheit des sinnlichen Leibes spüren, ausgedrückt durch die dezente Neigung des Beckens oder durch die fließenden Linien, die vom Hals abwärts die sanften Rundungen ihres Busens und ihres Bauches umspielten.

Mit spitzen Fingern löste die Elfin auch den Lendenschurz und schloss einen Moment lang die Augen. Sofort biss der Wind nach ihrer nackten Pforte, doch sie ignorierte das Zerren und Kratzen der luftigen Fänge. Letztlich war Kälte nichts Unbekanntes für sie, kam sie doch aus Durum Thamalel. Die *Durum* – Festung - von Thamalel hatte der bergigen Region ihren Namen gegeben. Kalte, vereiste Hänge und dunkle Höhlen des Berges Thama'Nyr hatten ihrem Volk Schutz vor den sich so unaufhaltsam ausbreitenden *Goblinached* geboten. Eine kalte Zuflucht, auch wenn die Böen im Tiefland von Durum Thamalel, der Ebene von Nar'U, weitaus peitschender waren, als in den geschützteren Schluchten des nahen Gebirgsausläufers.

Und obwohl sie die Kälte der Schluchten und Höhlen gewohnt war, war die Wärme des von der Glut aufgeheizten Bodens eine Wohltat, und sie genoss es, ihre nackten Füße über den mit Sand bedeckten Steinboden gleiten zu lassen, abgeschliffen von Felsen und Mauerwerk von den endlosen Winden. Ihre Bewegungen waren zart, anmutig, beinahe still, ganz so, wie sich ein Reh durchs Unterholz bewegt. Nur ihre silbernen Fußkettchen klirrten leise und das raue Gefühl des Sandes zwischen ihren Zehen bereitete ihr eine erwartungsvolle Vorfreude, beinahe so, als würde sie im Liebesspiel den Körper einer Geliebten erkunden.

Mit bedächtiger Miene strich sie sich die verwirbelten Locken aus dem Gesicht, die sich wie fließendes Silber um ihre sanft zugespitzten Ohren ergossen und ihr bis zum Gesäß den Rücken hinabströmten. Ihr Atem ging schwer und sie spürte, wie sie ihre Bauchmuskeln anspannte. Ihr Körper und ihr Geist reagierten auf diesen Ort. Etwas Mächtiges ruhte hier. *Magie!*

Einen weiteren Moment lang schloss sie die Augen und badete sich in der Wärme, die von den wuchtigen Steinquadern und wenigen verbleibenden Mauerresten zurückgeworfen wurde, die die Feuerstelle umgaben. Die monolithischen Felsblöcke der alten Ritualstätte der Durumhag-Nar'U wurde von den Elfen aus Durum Thamalel seit Dekaden nicht mehr verwendet. Ursprünglich nur eine Ansammlung von Monolithen, errichtet von den Ersten ihres Volkes, hatte man später ein ringförmiges Mauerwerk um den Steinkreis errichtet und in mehrere der Monolithen die Gestalten von Göttinnen und Göttern getrieben. Sogar ein Kloster war hier einst gewesen, doch im Laufe der Jahrhunderte, damals, nachdem ihr Volk seine Sklaven verloren hatte, war der Ort mehr und mehr verfallen. Das Mauerwerk brach mit jedem Jahr mehr weg und nur die alten Steinquader schienen dem schleifenden Wind, schwer vom rauen Sand, genug Widerstand zu bieten.

Schließlich hatten die Priesterinnen diesen Ort verlassen und waren nur noch für die Rituale hierher gekommen. Doch auch diese Zeit lag nun schon lange zurück; vergessen waren die alten Traditionen des Matriarchats, seit die letzte Hohepriesterin von der Kriegerkaste des Hauses Thamarlys gestürzt worden war.

Gestürzt? Ermordet und gemeuchelt!

Die junge Elfin zitterte vor Zorn, als sie sich ihrer Jugend nach den *Klagen des Blutes* erinnerte. Viele Priesterinnen waren damals enthauptet und verstümmelt worden. In einem Aufstand hatte die Kriegerkaste des Hauses Thamarlys ihre alte Gesellschaft zerstört und eine neue aus Feuer und Blut und Stahl entstehen lassen. Eine Gesellschaft, in der sie als Kind hatte mit ansehen müssen, wie ihre Mutter den Befehlen eines Mannes gehorchen sollte.

Welch Frevel! Denn sie wusste natürlich, dass das Matriarchat der Ordnung der Einzig Wahren Göttin entstammte, der sie dienten und aus deren Schoß diese Welt geboren ward. Doch die Frevler hatten mit Verrat und Mord die weisen Frauen massakriert – und nur der Gnade ihres Vaters, der ihre Mutter hatte leben lassen, war es zu verdanken gewesen, dass sie selbst in der Alten Tradition aufgezogen worden war.

Im Geheimen.

Ständig in der Gefahr, von den Spitzeln der Thamarlys entdeckt und geschlachtet zu werden – nachdem die Kerle ihren Spaß mit ihr gehabt hatten. Diese neue Generation elfischer Krieger erinnerte sie mehr an Erzählungen über die barbarischen *Goblinached*, die wilden Sklaven von einst. Oder noch schlimmer: An ihr Vieh. Sie hatte diese Geschöpfe, schmutzig und plump, nie selbst gesehen, doch hatte sie gehört, dass diese ‚Schweine‘, sich in Schmerz und Unterwerfung suhlten.

Sie öffnete die Augen und atmete langsam aus. Es fiel ihr schwer, die dunklen Gedanken an die Frevler zurückzuweisen. Mühsam versuchte sie, sich auf das hier und jetzt zu konzentrieren. Ihre schlanken Hände glitten über das raue Gestein, ihre Fingerkuppen ertasteten die Muster und Strukturen des Felsen. Rötlich schimmerten die Steinquader, in die vor so vielen Jahrhunderten verschlungene Runen gemeißelt worden waren, im Schein des Feuers wider.

Der verwitterte Fels war warm, trotzte der klirrenden Kälte des Windes. Doch dieser rote, leuchtende Schimmer hatte eine besondere Kraft. Das getrocknete Blut uralter Weihen und Rituale hatte dem Stein seine Farbe gegeben. Kein Blut sollte in dieser Nacht über den alten Opferstein fließen, hatte die junge Elfin doch das mächtige Feuer in der Mitte des Ritualkreises entflammt, um die heilige Stätte für eine gänzlich andere Aufgabe zu nutzen.

Sie atmete schwer, stürzten doch die dunklen Gedanken wieder auf sie ein, als sie den Fels spürte. So, wie sie damals den harten Steinboden des Tempels an ihrer Wange gespürt hatte. Damals, als man ihr die Schmach der ‚Brautschau' zugefügt hatte.

Junge Elfinnen, die im zwanzigsten Jahr ihres Lebens die Grenze zwischen Mädchensein und Frausein erreicht hatten und somit als vermählbar galten, wurden seit dem Sturz des Matriarchats ‚inspiziert', wie es die Kriegerkaste nannte.

Sie zitterte, als sie sich an die Demütigung erinnerte: Die jungen Frauen, deren Körper begonnen hatten, auf jene besondere, warme Weise zu duften, die von ihrer Geschlechtsreife kündeten, wurden zu einer ‚Zeremonie' versammelt und von jenen Priesterinnen, die nun den Thamarlys dienten, unter Drogen gesetzt. Man sagte ihnen, dass es Drogen seien, die ihre Wahrnehmung bezüglich der Scham lindern würden, doch die junge Elfin hatte gewusst, dass dies eine Lüge gewesen war. Es war eine Betäubung der Sinne gewesen.

Betäubung und Unterwerfung. *Willige Dienerinnen.*

Ihre Mutter jedoch, eine Priesterin des Alten Glaubens, hatte ihr zu wenig von der Droge gegeben. Ihre Mutter hatte gewollt, dass sie mit jeder Faser ihrer Existenz wahrnahm, was mit ihr und ihren Schwestern geschah. Ihre Mutter hatte gewollt, dass sie es sah und spürte.

Und sie hatte es gesehen: Die Mädchen hatten getanzt, hatten ganz trunken von der Droge gewirkt. Willenlos. Beute für die Krieger, die sich in der Vorkammer des Tempels versammelten, während die jungen Adeptinnen tanzten, sich drehten und sich den immer wilder werdenden Klängen der Trommeln hingaben.

Maegalcarweyn erinnerte sich an den Duft, der die kreisrunde Kammer erfüllte. Der Duft junger Mädchen, die sich versammelten, hatte eine ganz eigene Note. Eine rufende Note der Begierde...

Donnernd war die schwere Doppeltür aufgeflogen und die Krieger waren gleich einer schwarzen Flut in den Raum geströmt, reich verzierte Speere im Anschlag. Die Mädchen, bei denen die Droge noch nicht vollends gewirkt hatte, hatten überrascht aufgeschrien, einige waren in Angst erstarrt, während andere versucht hatten, an den Männern vorbeizulaufen.

Wie Beutetiere waren sie zusammengetrieben worden und Maegalcarweyn hatte die Fratzen der Männer gesehen, die kicherten und lachten, die sie angefasst hatten, als sei sie ein Stück Vieh. Kräftige, schlanke Hände, die den durchsichtigen Stoff über Brust und Scham betatschten.

Das Licht, welches durch bunte Kristalle von der Oberfläche herabfiel, hatte tanzende Flecken vor ihrem Auge gebildet. Ein Licht, welches Maegalcarweyn sonst bei Tage warm und einladend erschienen war, hatte nun abweisend und kalt gewirkt. Das Schweigen war bedrückend gewesen und nur hier und da schluchzte eines der Mädchen oder die kurzen gebellten Befehle durchschnitten den Raum. Die Mitte der Kammer wurde von dem glattpolierten Obsidianstein dominiert, dessen Peripherie von vierundzwanzig groben Felsbrocken, die einen seltsamen, rauen Kontrast zur glatten und glänzenden Architektur des Tempels bildeten.

Die ältliche Hohepriesterin, die *M'onciah*, hatte die Mädchen ausgewählt, sie zu einem der Felsen geführt und sie davor niederkauern lassen, während die sonoren Gesänge der Männer durch die ‚geweihte' Höhle hallten. Maegalcarweyn hatte gesehen, wie manche der Mädchen auf die Knie gezwungen wurden, als seien sie läufige Wölfinnen, ihre Becken hoch erhoben in der kauernden Position, die Beine geöffnet und ihre Scham nur verdeckt durch den dünnen Stoff des Lendentuches.

Die M'onciah trug rote und weiße Stoffe auf ihren Armen und schritt prüfend hinter den kauernden Mädchen entlang. Sie hatte ihnen ein weißes Tuch übergelegt und sie dann mit den Auserwählten der Kriegerkaste vermählt – oder als

Konkubine eingestuft, wenn sie ein rotes Tuch übergelegt bekam.

Vermählung? Schändung wohl eher!

Maegalcarweyn erinnerte sich an jedes Element der Entweihungen. An den glatten Boden, die kühle Luft, das Stöhnen der Mädchen, als sie mit kunstvoll bestickten Tüchern an den Felsen gefesselt wurden. Sie erinnerte sich an das Gefühl des Bodens unter ihren nackten Zehen. Die Blicke der anderen Mädchen waren leer, nur halb bei Bewusstsein, willens und gefügig gemacht durch Gift. Und sie erinnerte sich an den Geruch: Diese Mischung aus Eisen und Salz, aus betäubenden Kräutern und Blut.

Und Gier.

Und Lüsternheit.

Es war nicht der Gestank, den die Rüden der *Goblinached* verströmen sollten, sondern der honigsüße Schweiß der Männer ihres Volkes. Sie hatte gedacht, dass dieser Geruch sie fortan mit Ekel erfüllen würde, doch dann war sie schon aus ihren Gedanken gerissen worden und wurde von der M'onciah zu einem anderen Stein geführt. Und auch sie hatte wie ihre Schwestern auf dem Boden gekauert und der raue Fels vor ihrem Kopf hatte sich kalt an ihrer Wange angefühlt. Sie hatte sich auf die Lippe beißen müssen, als sie die Hände der ältlichen Priesterin an ihrem Rücken gespürt und diese ihr die Rockschöße hochgeschlagen hatte.

„Jungfräulich!", hatte diese nach einem Moment konstatiert und Maegalcarweyn ein weißes Tuch auf das erhobene Becken gelegt.

Weiße Tücher. Seide. Die gleiche Seide, mit der ihre Handgelenke durch kunstvolle, flache Knoten gefesselt worden waren. Ihr Blick traf den des Mädchens zu ihrer Rechten. Was hatte sie wohl gedacht? Gehofft? Sie erinnerte sich daran, wie sich das leichte Tuch, das ihre Blöße kaum verdeckte, zart um ihre warmen Schenkel bewegt hatte, als ein Krieger hinter sie getreten war und die Bewegungen des Stoffes auf *seiner* Beute mit Vorfreude im Blick betrachte.

Maegalcarweyn hatte Verachtung in den Blicken ihrer Gefährtinnen gesucht, doch nur wenige hatten sie aufgebracht. Die Mädchen waren allein in ihren Gedanken gewesen. Eine jede für sich. Benebelt vom zunehmenden Einsetzen der Wirkung der Drogen. Ein Duft von versiegender Verzweiflung und der zunehmenden Gier hatte den Raum beherrscht. Sie wusste noch, dass sie sich gefragt hatte, warum die Krieger nicht über sie hergefallen waren, was sie zurückgehalten hatte, um ihre rohen Bedürfnisse an ihnen zu befriedigen.

Das Klappern und Schaben der leichten Rüstung – ein kunstvolles Konstrukt aus geflochtenem Stoff, der durch das Sekret der großen Echsen von Nar'U gehärtet worden war und sich perfekt an die Bewegungen seines Körpers anpasste – hatte ihr die Ankunft des Anführers verheißen. Als der hochgewachsene Mann den schattigen Bereich außerhalb des Lichtkegels betrat, hatte Maegalcarweyn es gewagt, nach hinten zu blicken und ihre Augen hatten sich für einen Moment getroffen. Sie erkannte den jungen General. Yulam hatte viele Scharmützel mit den

Barbaren geschlagen, die aus der *Taya'marid* nach Norden strömten. *Yulam. Ein Sohn des Hauses Thamarlys. Der Feind.*

Er hatte den Raum mit seinem Stolz erfüllt, hatte eine Macht ausgestrahlt, die die anderen stets vor ihm zurückweichen ließen. Selbst die übrigen Soldaten hatten ihre geifernden Blicke von den halbnackten Körpern der anderen Frauen abgewendet und zu Yulam geschaut, um keinen Befehl zu verpassen. Wie ein Fürst war er um die Frauen herumgeschritten und hatte eine jede für einen Moment gemustert. Als er die andere Seite des Kreises erreicht hatte, hatten sich ihre Blicke erneut getroffen und sie hatte versucht, soviel Hass in ihren Blick zu legen, wie sie nur konnte. Er hatte einen Moment lang geschmunzelt, dann einen kurzen Befehl gebellt und schon waren die Soldaten hinter die Frauen geprescht und hatte ihre Oberkörper so heruntergedrückt, dass ihre Busen den kalten Steinboden berührten.

Maegalcarweyn hatte versucht sich zu wehren, doch die kunstvoll geschnürten Fesseln hatten zwar erlaubt, dass sie sich allenfalls auf die Handflächen stützen konnte, doch mehr war ihr nicht möglich gewesen. Das Knie des Soldaten über ihr hatte sie so sehr niedergedrückt, dass sie schließlich gänzlich auf dem Boden lag. Kälte war in ihr Herz gekrochen.

Sie hatte aus dem Augenwinkel mit angesehen, wie Yulam an ihr vorüberschritt und hinter dem Mädchen zu ihrer Rechten Aufstellung nahm. Das zarte Gesicht und die blondweißen Haare hatten feenhaft im bunten Licht der Kammer geglitzert. Maegalcarweyn versuchte sich an ihren Namen zu erinnern, doch sie wusste nur noch, dass sie aus einer jener Siedlungen vor Snarak stammte, kaum mehr als eine Bäuerin. Yulam hatte sie wie ein Raubtier umrundet, Schritt für Schritt und sich vor sie niedergehockt. Der Geruch von Leder und Metall, von frischem Schweiß und männlicher Lust war auch zu Maegalcarweyn vorgedrungen. Er hatte sie an einen Berglöwen erinnert, jenes mächtige Tier, welches Yulam auch zu seinem Standartensymbol erklärt hatte. Maegalcarweyn hatte gesehen, wie er langsam die Verschlüsse seines Tiefschutzes zu lösen begann, um sein Geschlecht hervorzuholen. Sie hatte den Atem tief eingesogen, als sie gesehen hatte, wie sich der schlanke Penis des Elfen pumpend aufrichtete. Ihr Atem war schwer gegangen und eine seltsame Faszination hatte sie erfüllt, während Yulam lächelnd seine Fingerspitzen durch die Locken seiner Beute hatte gleiten lassen.

Als er sich erhob, hatte sich seine ‚Männlichkeit' vollends aufgerichtet und er war hinter das Mädchen getreten. Die anderen Adeptinnen, die ihn gleichfalls angestarrt hatten, hatten errötend ihre Blicke gesenkt. Nur Maegalcarweyn hatte ihren Blick nicht abwenden können.

Das Mädchen hatte gewimmert, als sie das Schlirren der Klinge gehört hatte und Yulam den Seidenstoff, der ihre Brüste verdeckte, durchtrennt hatte. Sie hatte gekeucht, als ihre Knospen den kalten Stein berührt hatten und Maegalcarweyn hatte gesehen, wie ihre Mamillen sich verhärtet hatten.

Auch die anderen Mädchen hatten lautstark die Luft eingesogen und konnten ihre Blicke nicht länger abwenden. Die Klinge hatte Yulam wieder in der eingebetteten Scheide seiner Unterarmpanzerung verschwinden lassen; eine Konstruktion, die Maegalcarweyn an die ausfahrbaren Krallen eines Berglöwen erinnerten. Mit dem jagenden Blick eines wilden Tieres hatte er den Stoff ihres Rockschoßes von ihren Waden hochgeschoben, über die Rundung ihres Beckens hinauf, bis die Seide zart um ihre Taille floss. Fasziniert hatte Maegalcarweyn mit angesehen, wie die Spitze seines Daumens jede Rundung ihres Körpers nachzeichnete. Wirbel für Wirbel, über die Hüfte hinab zwischen die sensible Stelle zwischen ihren Schenkeln.

Das Mädchen hatte den Kopf gehoben und Maegalcarweyn hatte dort, wo sie zuvor Angst gesehen hatte, etwas anderes gesehen. Eine Bereitschaft, die das Raubtier hinter ihr offenbar auch gewittert hatte. Maegalcarweyn sah, wie seine Nasenflügel bebten und er leicht über ihre Scham pustete. Das Mädchen hatte aufgestöhnt. Leise.

Herrisch hatte Yulam einen Becher Honigwein gefordert, hatte einen Schluck genommen und dann einige Tropfen auf ihre zuckenden Schamlippen geträufelt. Das Mädchen hatte begonnen, vor Vergnügen zu zittern. Dann hatte Yulam seinen Dolch gezogen und mit dem runden Griff ihre von Wein und Wonne glänzenden Hügel gespreizt. Das Mädchen hatte keuchend ihren Kopf zwischen ihren Armen versenkt und damit Yulam ihr Becken noch weiter entgegengestreckt.

Der Kriegerfürst hatte gelächelt und Maegalcarweyn hatte sich gewundert, was für lange, dunkle Wimpern er gehabt hatte. Er hatte den Dolch ein wenig gedreht und den Knauf, ein Löwenkopf aus Silber, zwischen ihren geöffneten Lippen verschwinden lassen, die ihn bereitwillig einzusaugen schienen.

Das Mädchen hatte tiefer gekeucht und wieder hatte Yulam den Knauf tiefer gedrückt, bis der Löwenkopf nicht mehr zu sehen war. Das Mädchen hatte grunzend ihre Beine stärker gespreizt, und einen Herzschlag später - wohl geschockt von ihrer eigenen Lüsternheit vor all diesen anderen - ihr Gesicht in ihren Locken vergraben.

Maegalcarweyn hatte sich ertappt, wie sie spürte, dass ihr eigener Schritt von jenem feuchten Schimmer erfasst worden war, als sie sah, wie Yulam den Knauf wieder aus der Scham des Mädchens herauszog und nun mit dem feuchten Silber ihren geöffneten Eingang umkreiste. Er hatte den Knauf hinauf zu ihrem Anus geführt und ihn gegen diesen gedrückt, während seine andere Hand an der Innenseite ihrer Schenkel hinaufgefahren war, bis er einen Punkt ihrer Lust gefunden hatte.

Das Mädchen hatte lauter gekeucht. Gierig hatte sie ihm ihr Becken entgegengedrückt, so sehr, wie es die Fesseln erlaubt hatten. Seine Finger waren über jene Perle zwischen ihren Schenkeln gefahren und die Reibung hatte sie sich stärker und stärker bewegen lassen, sich an seiner Hand gerieben und ihren Anus so stark gegen den Knauf gedrückt, dass dieser leicht in sie eindrang.

Maegalcarweyn hatte gesehen, wie Yulam ihre Schamlippen mit seinem Daumen geteilt hatte und die klebrige Feuchtigkeit verteilte, bevor er tiefer in sie eindrang. Der Schrei des Mädchens war tief und guttural gewesen. Fort war die Adeptin. Nur die willige Gespielin des Fürsten war noch übrig gewesen. Sie hatte ihren Kopf nach hinten geworfen, sich aufgebäumt und ihre Haare waren über ihren Rücken gepeitscht.

Grinsend hatte Yulam den Knauf zurückgezogen, hatte aber seinen Daumen zwischen ihren pulsierenden Schamlippen behalten. Das Mädchen hatte mit glasigen Augen aufgeblickt und Maegalcarweyn hörte ihre flehenden Worte. „Mehr...“

Yulam hatte sein Raubtierlächeln gezeigt und sich langsam erhoben. Der nach Erlösung verlangende Körper hatte sie fasziniert und Maegalcarweyn hatte sich selbst dafür gehasst, dass sie das Schauspiel fasziniert hatte. Sie hatte gespürt, dass ihre eigene Feuchtigkeit bereits an der Innenseite ihrer Schenkel heruntergelaufen war. Der Gesang hatte ein Crescendo erreicht und ihr Herz hatte wild in ihrer Brust gehämmert. Und nur eine Frage hatte von ihrem Verstand Besitz ergriffen: Würde er auch sie so vorbereiten, wie er das andere Mädchen vorbereitet hatte?

„Ich will *sie*!“, hatte seine tiefe Stimme gedonnert. Er war von dem kauernden Leib zurückgetreten und Maegalcarweyn hatte ihn nicht mehr sehen können. Aus den Augenwinkeln sah sie, wie die M'onciah herbeigeeilt war und das weiße Tuch weggezogen hatte, um dem Mädchen ein rotes überzulegen.

„So soll es sein, *sad'Thamarlys*.“

Wen hatte er gemeint? Das Mädchen aus Snarak? Eine kalte Furcht hatte sich in Maegalcarweyns Herz geschlichen, denn sie wusste, was das rote Tuch bedeutete: *Konkubine! Hure!*

Die Kauernde hatte gewimmert, als sie einen anderen Krieger vortreten sah, der anfing, seinen Tiefschutz zu lösen, um nun seinerseits sein hungriges Geschlecht zu befreien. Doch Yulams Stimme war scharf durch den Raum gedonnert: „Der Löwe bestimmt, wann und ob er die Reste seine Beute teilt!“ Sein Dolch hatte aufgeblitzt und war mit einem dumpfen Schlag tief in den Nacken der ‚Konkubine‘ eingedrungen. Ihre Augen hatten sich fragend erweitert, bevor Blut aus ihrem Mund geströmt und sie zusammengesunken war.

Hatte seine Macht Maegalcarweyn zuvor auf seltsame Weise fasziniert, so war dieses Verlangen einem anderen Gefühl gewichen: Sie hatte angefangen, ihn zu hassen. *Yulam.*

Mit einem Ruck waren ihr die Beine auseinandergezogen worden und die Priesterin hatte heißes Öl über Maegalcarweyns Rücken und ihren Po gegossen. Sie konnte noch immer fühlen, wie das Öl die Vertiefungen jedes einzelnen Wirbels umflossen hatte, wie auch jene Gasse, die zu ihrem Schoß führte.

„Deine Braut soll dann Maegalcarweyn sein, Yulam." Die glühende Wärme eines Mannes war hinter ihr aufgeflammt. Sie hatte die Augen geöffnet gehalten, so wie die anderen Mädchen, doch ihr Blick war der einzige, der nicht leer gewesen war. Als der Gesang verebbt war, hatten der Druck und die Hitze an ihrem Becken zugenommen, und sie hatte all ihre Kräfte aufbringen müssen, um nicht aufzuschreien, als das Fleisch des Mannes in ihr eigenes vorgedrungen war. Der brennende Schmerz hatte sich wie ein Ring aus Feuer ausgebreitet und der erdige Geruch aus Salz und Blut hatte ihr Übelkeit bereitet. Er hatte sie genommen und der erneut anhebende, pulsierende Gesang der Priesterinnen hatte seine gleitenden Stöße gelenkt. Sie war gegen ihren Willen mit Yulam vermählt worden.

Ihre Mutter hatte sie in den Tagen danach nur ausdruckslos angesehen und gesagt: „Jetzt kennst du die Wahrheit über unsere Priesterinnen. Sie sind vom wahren Glauben abgefallen. Marionetten der Thamarlys. Behalte diese Wahrheit in deinem Herzen."

Fortan hatte Maegalcarweyn im Geheimen agiert, denn die übrigen Schwestern des Ordens schenkten ihr nicht viel Gehör, basierten ihre Ansichten doch auf dem Wissen der Alten; aus einer Zeit als die Elfen noch eins mit der Welt waren und der Atem des Drachen keinen heidnischen Albtraum für den neuen Klerus der Kriegerkaste bedeutete.

Und so hatte Maegalcarweyn gelernt, im Rat der Schwestern zu schweigen, wo sie nur leeres

Gewäsch, Gemeinplätze über grandiose Zukunftspläne und den verlorenen Ruhm der Elfen vernahm. Alsbald war sie als die Schüchterne, Schweigsame und Stille bekannt gewesen. Und sie hatte gelernt, ihn noch mehr zu hassen. *Yulam.*

Er hatte ihr die Reinheit, die sie so gehütet hatte, genommen. Doch ihr Albtraum sollte weitergehen, denn als er in der Nacht ihrer Vermählung in ihrem Gemach über sie gekommen war, hatte sie geschrien und um sich geschlagen, doch am Ende hatten er sie bezwungen und war hart und wild wieder und wieder in sie eingedrungen, um sie gefügig zu machen. Maegalcarweyn hatte das Gefühl gehasst, als Yulams heißer Samen in ihren Bauch eingedrungen war und sie wieder und wieder besudelt hatte.

Der schale Geschmack in ihrem Mund.

Der Geruch.

Der Atem.

Das Schnaufen und Grunzen.

Das Erkalten seiner aus ihr heraustropfenden Flüssigkeit in ihrem Schritt - nachdem er längst verschwunden war und sie wimmernd auf dem Boden gelegen hatte. Auch in den Monaten danach hatte er wieder und wieder ihre Gemächer aufgesucht, um einen Erben zu zeugen, doch sie empfing nicht. Sie *wollte* nicht empfangen.

Yulam hatte ihre Seele nicht verstanden. Ihr Glaube an die Macht der Wahren Göttin, Quel'Amissarweyn, war ihm ein Dorn im Auge gewesen und so hatte er von ihr verlangt, dass sie ihre heidnischen Reden für sich behalten und sich auf den Pfad ihres Volkes besinnen sollte. Hätte er von den geheimen Rituale, Weihen und Zeremonien gewusst, die sie mit ihrer Mutter zelebrierte, er hätte sie wohl enthauptet.

Der Krieger hatte sie zu seiner Sklavin gemacht, nein, zu seinem ‚Haustier'. Demütigung und Erniedrigung waren Spiele gewesen, die ihm gefallen hatten. Er hatte sie ein Halsband aus Leder tragen lassen – und nichts sonst -, wenn er sich zum Saufen und Prahlen mit seinen Kriegerfreunden traf. Er zeigte sie, präsentierte sie, als sei sie seine Kriegsbeute, seine Sklavin.

Die Kerle hatten sie angaffen dürfen - wenn er in generöser Stimmung war -, doch natürlich durfte nur Yulam sich Erleichterung in ihrem weichen Fleisch verschaffen. Und so hatte sie Trost und Leidenschaft - sie war trotz allem eine Elfin, ein Wesen der Sinnlichkeit - nur im Schoße ihrer Schwestern gefunden. Schwestern, die unter ihren Gemahlen ebenso litten wie sie. Allesamt Waffenbrüder Yulams.

Als die Jahre vergingen und Yulams Wut und Zorn über die verlorene Ehre der ‚Einzig Wahren Elfen' mal in gewalttätigen, mal in melancholischen oder dem Trunk ergebenen Ausbrüchen zugenommen hatten, hatte sie gleichfalls bemerkt, dass ihr Verlangen nach Vergeltung durch ein schleichendes Gift abgetötet wurde, durch eine ihr verhasste, ihr aufgezwängte Lebensweise, die sie ersticken ließ. Ja, sie war jeden Tag kleine Tode gestorben, bis Maegalcarweyn nur noch ein Abbild der ihr zugedachten Rolle zu sein schien.

Ihrer Mutter war es schließlich gewesen, die ihr die Lösung dargelegt hatte und den Tag ihrer Befreiung brachte. Yulam und seine Blutsbrüder fielen in einem Scharmützel mit einer Gruppe marodierender *Goblinached* aus der *Taya'marid*. Die Sklaven von einst, wilde Barbaren, waren kaum mehr als Banditen, die in den letzten Jahren wieder zunehmend in das Gebiet der Elfen eindrangen und die alten Stätten, verlassenen Festungen und Gräber zu plündern suchten.

Diese wilden Barbaren und einstigen Sklaven hatten keinen Respekt mehr vor ihren Herren, wenngleich sie sich nicht bis ins Zentrum der Festung der Elfen wagten. *Noch nicht...*

Normalerweise wären diese Räuber für die Elfen keine Herausforderung gewesen, doch die Gifte, die Maegalcarweyn und ihre Schwestern in die Speisen ihrer verhassten Gemahle mischten, hatten sie geschwächt. Als die Kunde vom Tod Yulams und seiner Freunde gekommen war, hatte Maegalcarweyns wahre Seele nun endlich nach Freiheit schreien können. Eine Freiheit, die sie zu nutzen gedachte. Offiziell hatte sie Durum Thamalel für die Monate der Trauer verlassen und sich in die südöstlichen Schluchten vor der Nar'U zurückgezogen, jene Gebiete, die näher am Reich der Barbaren lagen, doch deren verwinkelten Flüsse und Ausläufer der Wälder von Enthanghor natürliche Barrieren bildeten und ihr so den Schutz zukommen lassen sollte, den sie bedurfte, um sich selbst wiederzuentdecken, ja, um ihre wahre Seele freizulegen.

Und hier war sie nun. Sie hatte die Durumhag in der Nar'U gefunden, jenen alten Steinkreis, ein mächtiges Feuer entflammt, und versuchte nun angestrengt, sich auf ihre Aufgabe zu konzentrieren, wenn nicht die dunklen Gedanken sie daran hinderten.

Sie trat näher an die Flammen, um die Kälte des Windes abzuwehren. Ihr Blick durchstieß die Dunkelheit hinter dem hellen Schein. Das Feuer würde weit sichtbar sein, doch war sie zuversichtlich, dass die Patrouillen dies für ein Feuer der Banditen aus der Wüste halten würden und sie den Kampf mit den *Goblinached* nicht mit einer zu kleinen Mannschaft wagen würden. Und zugleich hoffte sie, dass die abergläubischen Barbaren den magischen Ort aus Angst vor Geistern eh meiden würden. Nein, beschied sie, vorerst war sie sicher. Für einen kurzen Moment. Wie sollte es auch anders sein: Sicherheit war stets etwas Trügerisches in diesem Leben.

Rufe den Drachen an, ermahnte sie sich. *Wecke ihn.*

Ihr Atem ging schwer und sie zitterte. Doch es war nicht die Kälte, sondern eine seltsame Erregung, die ihre Aufgabe in ihr hervorrief. Die Wärme umspielte sie und Maegalcarweyn war mit sich allein. Die Gedanken an ihre Vergangenheit fielen ab und sie begann sich auf die alte Magie dieses Ortes zu konzentrieren, sie mit all ihren Sinnen zu vernehmen.

Ich bin eine Kreatur aus Feuer und Erde, aus Wasser und Luft. Eine Dienerin der Wahren Göttin, eine Dienerin der Quel'Amissarweyn, der Fürstin der Drachen.

Leise ließ sie einen summenden Ton in ihrer Kehle erklingen und hob schlängelnd die Arme empor, rituelle Formen mit den schlanken Fingern in die Luft malend. Ihre tiefe, gedämpfte Stimme schien nur für sie selbst bestimmt zu sein – und für die Magie dieses Ortes.

Der anschwellende Ton in ihrer Brust baute sich auf und endlich begann sie zu singen. Worte, die ihre Mutter sie gelehrt hatte, als sie sie in den vielen Jahren der Dunkelheit auf diese Aufgabe vorbereitet hatte. Im glühenden Schein der reinigenden Flammen würde sie ihren Leib an dieser heiligen Stätte ihrer Göttin weihen und bald schon sollte das alte Blut, welches sich in die tiefe Maserung des Altarsteins gesogen hatte, zum Leben erweckt werden. Ihre Gedanken wurden von dem flackernden Schein und dem Glühen gefangen, schienen in ihrem Verstand gierig zu pulsieren.

Aus ihrem Beutel holte sie das Instrument hervor, welches sie mitgebracht hatte und platzierte es vor sich. Langsam ließ sie sich davor niedersinken, kniete auf dem stetig wärmer werdenden Boden und öffnete ihre Beine, um den kelchförmigen Gegenstand, der mit gegerbter Lederhaut bespannt war, besser erreichen zu können. Die *Djembe'nahim*, eine kleine Handtrommel, fühlte sich glatt und vertraut an, als sie zu im Takt ihres Gesangs mit Fingern und Handballen sachte darauf einschlug.

Ihr Blut pulsierte in ihren Adern und sie frohlockte, als sie spürte, wie ihr Schoß den

Rhythmus ihres Blutes widerspiegelte, als würden das dumpfe Trommeln wie ein Feuerstein ihren Leib dazu bringen, Funken zu schlagen.

Wieder und wieder stieben diese Funken auf, steigerten sich, bis sich eine Flamme in ihrem Schoß bildete, ein Feuer, das schnell wuchs. Ein Wimmern entrang ihrer Kehle, als sie spürte, wie ein sanfter Schimmer ihr Delta benetzte und sie sich in der Hitze ihrer eigenen Lust badete. *Ein Zeichen der Quel'Amissarweyn!*

Sich im Takt wiegend, ließ sie ihre Linke über die Hügel ihres Schambeins gleiten und wohlige Schauer stieben auf, gleich den tanzenden Funken der Feuerstelle. Die Wärme der Flammen umhüllte sie nun vollends. Die Nächte auf der Nar'U waren bis auf wenige Monate im Jahr eisig, doch das Feuer, zurückgeworfen von den kreisförmig angeordneten Steinquadern, liebkoste ihre nackte Haut, auf der sie die Zeichen einer Dienerin der Quel'Amissarweyn trug. Erfüllt strich sie sich eine Haarsträhne aus dem Gesicht (ein sinnloses Unterfangen bei dem zerrenden Wind). Das erste Mal seit langer Zeit lächelte sie und verspürte... *Glück.*

Eine seltsame Glut stieg in ihr empor und ihre blassen Fingernägel zeichneten die runengleichen Symbole nach. Sie folgte der verspielten, luftigen Form der verwobenen dunklen und silbrigen Tätowierungen von ihrem Hals über ihr Brustbein, umkreiste das Rund ihrer Brust und genoss die pulsierenden Energien, die ihr verkündeten, dass sie bald bereit sein würde. Der Zeitraum ihrer eigenen Fruchtbarkeit begann, ein

Zyklus, der ungleich seltener vorkam als bei den Weibchen der *Goblinached*, die sich gleich Ratten vermehrten und einen nicht enden wollenden Schwall an schreienden Bälgern aus ihren Schößen hervorpressten.

Ihre eigene Berührung erfüllte sie mit Genugtuung. Die Lippen genüsslich schürzend, folgte sie mit spitzen Fingerkuppen der Form der beinahe unsichtbaren Zeichen auf ihren Rippen. Langsam, nahezu schmerzhaft langsam, umkreiste sie den flachen Bauch, jenem magischen Ort, in dem das Leben heranwuchs, nur noch betont durch eine dünne Kette aus feinem Silber, die sie auf ihrem Leib trug, bevor ihre Fingerkuppen die Dünen ihres Beckens sacht berührte und sie schließlich die Esse ihres Schoßes fand. Auf und ab glitten ihre Fingerkuppen, gleich dem Spiel der Flammen, die die Tätowierung auf ihrem Unterleib abbildete. Die Symbole der Erde und des Feuers verbanden sich hier im endlosen Spiel. Glühende Schauer entflammten die Macht des Feuers zwischen ihren Schenkeln. *Feuer. Essenz des Lebens. Privileg der Frauen.*

Wie beim Spiel mit der Zunge einer Geliebten, teilte sich ihr Delta und ein süßer Duft stieg auf. Schwach und fern, doch ihre elfischen Sinne konnten ihn wahrnehmen. Neugierig berührte sie ihre feuchte Scham. Ihre Fingerspitzen glitzerten im Schein der Flammen und sie kostete von der Essenz ihrer eigenen Magie. Vorsichtig benetzte sie ihre Lippen. *Süß wie Honig*, befand sie.

Ihr Blut hämmerte nun in ihren Adern und sie erhob sich abrupt, die Djembe an ihre Taille gestützt. Ihre nackten Zehen malten Zeichen in den warmen Sand und sie wiegte sich im Rhythmus ihrer ganz eigenen Melodie. Die Folge der Töne ihres Blutes ließ die junge Elfin tanzen. Der Sand wurde im Takt ihres im Herzschlag durch ihre Adern wallenden Blutes von ihren feinen Füßen aufgeschleudert. Der Rausch erfasste sie und irgendwann ließ sie die Trommel fallen. Sie brauchte sie nicht mehr. Sie hörte ganz klar die dumpfen Trommeln, die fordernden Gesänge und das metallische Klingen ihrer Bauch- und Fußkettchen, die sich zu einer seltsamen Harmonie verwebten, als sie im Rausch der unirdischen Musik versank.

Maegalcarweyn tanzte. Sie tanzte den rituellen, vergessenen Tanz des Erwachens. Frei. Nichts hielt sie mehr zurück. Die Arme in den Himmel erhoben, schlängelte sie sich zum Takt ihrer Ekstase. *Schick mir ein Zeichen, Fürstin der Drachen!*

Ihre nackten Zehen malten nun im Rhythmus ihrer inneren Musik mehr Runen des Feuers und der Erde in den Sand und sie spürte die Elemente der Natur durch ihren Leib fegen. Die tätowierten Flecken auf ihren Beinen, Symbole der Erde, gaben ihr etwas Raubtierhaftes, etwas Animalisches. Sie war verwurzelt mit dieser Welt. Und in ihrer Glaubenswelt war es der Atem der Göttin, der die elementaren Mächte der Welt verband, durchdrang und zusammenhielt. Fast schien es ihr, als würde sie eins werden mit dem Drachen, jener Energie der Welt, die Berge und Täler, Himmel und Wasser verband.

Lust durchströmte jede Faser ihres Seins, als sie ihren Leib der Wärme des Feuers preisgab. Sie hob die Arme über den Kopf, umspielte für einen Moment lang die Symbole des Wassers auf ihrem Nacken und ihren Schultern, und offenbarte ihren Körper den Flammen. Ihre schlanken Hände, die verbargen, welche Energie in ihnen ruhten, glitten wieder und wieder über die sanfte Wölbung ihres Bauches, in dem sie gleich der Macht der Feuersbrunst ihr eigenes Feuer auflodern spürte. Sie spürte, wie ihr feuchter Schritt bereit war und sie berührte die geheimen Punkte, die sie im Laufe ihres Lebens erkundet hatte und ihr Freude verhießen.

Tief atmete sie die kalte Nachtluft ein, als würde sie ihr eigenes Feuer durch diese elementare Gewalt weiter anheizen. Schauer um Schauer liefen über ihre Haut und richteten die feinen Härchen auf; ihr war, als würde der Atem einer unsichtbaren Geliebten, die es nur in ihren Gedanken gab, ihr sanft über den Lauf ihrer Adern hauchen. Ihre erhobenen Arme schienen sie zu spüren, ganz so, als würde ihr Arm beim Tanz ihren Kopf umschlingen. Mit wiegenden Hüften streckte sie sich im Takt ihres Blutrhythmus' und der Schein des Feuers zeichnete sich deutlich auf der Wölbung ihrer sanften Brüste und ihrer Rippen ab.

Grazil, gleich einer Raubkatze, ging sie mit kreisenden Bewegungen in die Hocke, öffnete ihre Beine ließ ihren empfangenden Schoß den Boden berühren. Sie spürte Druck an den empfindsamen Punkten in ihrem Schritt und ließ ihr Becken reibend vor- und zurückgleiten. Ein kleines

Jauchzen entrann ihren Lippen, als ihr Fleisch sich in die raue Erde drückte. Mehr und mehr pulsierte sie und die kostbare, klebrig-süße Feuchtigkeit ihres Schoßes begann, sich sich mit der warmen Erde zu vermengen. Sie würde sich waschen müssen und es würde fürchterlich jucken, dachte sie belustigt einen Herzschlag lang, doch die nächste Woge der Lust glühte in ihrem Körper auf und schon war es ihr gleich.

Die Linien auf ihrem Rücken kribbelten und sie fühlte, wie die Energien des Wassers und des Windes über ihre Wirbel und ihr Becken peitschten, als suchen auch sie einen Weg, sich mit ihrem Körper zu vereinigen. Tiefes Seufzen erklang in ihrer Kehle, als sie sich mit dieser Urgewalt verband und die Energien in sich aufsog. Die Mächte, die die Welt formten, spürte Maegalcarweyn wie göttliche Sturmgewalten in ihrer Seele. Welle um Welle der Ekstase explodierte unterhalb ihres Bauchnabels und sie keuchte, stöhnte und wimmerte.

Eine Sensation rann durch ihr Sein. Brennend und flammend. Die Edelsteine auf dem Boden schimmerten, begannen zu leuchten. Pulsierend, wie ihr eigenes Blut. Atemlos sah sie, wie die dunklen Tätowierungen begannen, silbrig aufzuglühen. Flammen stiegen von ihrem Schoß auf, die Adern der Erde umspielten ihren Bauch und ihre Brüste, und sie war sich sicher, dass die Symbole des Wassers und des Windes an ihrem Rücken gleichfalls glühten.

Die Göttin! Sie ist hier!

Ihre Pupillen weiteten sich als sie sah, wie die Steine rötlich im Schein ihrer Magie schimmerten. Nicht nur der Widerschein des Feuers ließ das alte, vertrocknete Blut aufglühen, sondern etwas Neues schien zu erwachen.

Ihr Becken suchte erneut den Druck des nun erwärmten Bodens und sie knurrte. Ein Raubtier, das zu lange in Gefangenschaft gehalten worden war, war nun frei. Eine solche Leidenschaft hatte sie noch nie in ihrem Inneren verspürt, ein Verlangen nach der Macht der Drachengöttin, der sie sich in dieser Nacht selbst als Priesterin weihte.

Glühende Woge um Woge explodierte in ihrem Sein, bis sie sich schließlich glücklich zusammenkauerte. Sie zitterte leicht und Tränen der Freude stiegen in ihr auf. Erlöst versuchte sie sich zu entspannen, wollte endlich ausatmen.

Ein plötzlicher Schmerz in ihrem Unterleib ließ sie zusammenfahren. Fast war ihr, als würde ihr nicht nur der Atem, sondern auch jegliche Wärme aus dem Körper gesogen. Ihre Haut fühlte sich plötzlich spröde, ja, ausgetrocknet und verwelkt an und der vormals warme Sandboden erschien ihr hart und kalt wie ein Grab. Mit weichen Knien sackte sie auf den sandigen Boden zusammen. Ihr Kiefer schien vom harten Grund zur Seite gedrückt zu werden, als würde ein grausamer Liebhaber sie zu dominieren versuchen, die Hand in ihrem Nacken und ihr Gesicht in den Staub pressend. Die Kälte kehrte zurück und mit schwachen Händen tastete die Elfin nach dem seidenen Unterkleid, um es sich über ihren fröstelnden Leib zu ziehen. Keuchend spähte sie in das glimmende Dunkel jenseits der Steinquader des Ritualplatzes.

Flecken tanzten vor ihren Augen, obschon die Sicht einer Elfin aus Durum Thamalel weitaus besser an Dunkelheit gewöhnt war, als die der *Goblinached* – oder sogar der ihrer eigenen Verwandten aus Enthanghor. Doch das grelle Feuer hatte sie geblendet und nun explodierten Myriaden von Farben vor ihren Augen. Schemenhaft malte ihre Fantasie dort bizarre Gestalten und Formen in die knorrigen Bäume und windgepeitschten Pflanzen des Unterholzes.

Ihr Atem ging schwer. Keuchend.

Der kalte Wind peitschte schmerzhaft in ihre nasse Scham und ließ sie frieren. Der verklebte Sand in ihrem Schritt scheuerte. Sie fühlte sich unwohl. Dreckig.

Beobachtet.

Ihr Blick huschte umher. Suchend, die Dunkelheit hinter den Flammen durchdringend. Mehr Formen und Schemen tanzten vor ihren Augen, betrogen ihren Verstand. Und dann sah sie ihn. *Goblinached!*

Doch der Mann war nicht das, was sie aus den Erzählungen von einem vom Blute der *Goblinached* erwartet hatte. Fast hätte sie erwartet, die Haut hätte grün und schmutzig sein müssen und die Arme und Beine gedrungen, von Warzen überwachsen, und der Kopf von einem Maul verunstaltet, ganz so, wie bei ihrem Volk über diese Bestien gesprochen wurde, die sich selbst ,Menschen' nannten.

Stattdessen stand dort eine hochgewachsene Kreatur, die Macht und Anmut ausstrahlte, wenngleich grober von der Gestalt als die Männer ihres Volkes. Er war nicht *Goblinached*, sondern *Shahid!*

Der *Shahid* stand im Schatten eines der Steinquader und beobachtete sie mit kaltem Blick. Die Züge des... ‚Mannes' waren hart. Sehend. Wissend. *Grausam.*

Doch er konnte kein Mensch zu sein, denn er war die Quelle der Leere, die ihr jegliche Freude, die in ihr aufkeimte, allein durch seine bloße Gegenwart abzusaugen schien. Wie ein Nexus schien er das Zentrum der Elemente zu sein, die ihr für einen kurzen Moment die Kräfte der Göttin gegeben hatten und ihr nun wieder entsagt werden sollten.

Sie wehrte sich gegen die Präsenz, die ihren Verstand beherrschte. Ihre Hände durchpflügten den Staub, durchdrangen die trockene, obere Sandschicht, glitten durch den tieferen und kühleren Boden und suchten nach Halt. Ihre Muskeln spannten sich. Wo hatte sie ihren Dolch? Wo die Klingen, die in ihre Armpanzerungen eingearbeitet waren? Lagen sie nicht am Fuße des Steinquaders, vor dem sie nun im Sand kauerte? Sie nahm ihren Blick jedoch nicht von dem Fremdling ab, ihre Finger formten sich zu Krallen, ihr Körper war angespannt und sie war sprungbereit, um sich auf ihn zu stürzen, wenn er näher trat.

Der Mensch war muskulös, ein hartes, kantiges Kinn zierte sein Gesicht und lange schwarze Haare, deren Schläfen von Silber durchflochten waren, umspielten seine Züge und ergossen sich über die breiten Schultern. Die Rüstung war schwer und aus schuppigen Elementen aufgebaut.

Ein Krieger offenbar, jenseits seiner Jugend. Fünfzig Winterwenden mochte er erlebt haben, vielleicht mehr, und sein Blick war hart und erbarmungslos. Aber seine Augen hatten nichts Sterbliches an sich. Sie glühten wie Kohlestücke, auf die ein Blasebalg einen steten Luftstrom blies.

Er lächelte kalt und mächtige Flammen loderten hinter ihm auf. Waren es Schwingen? Schwingen aus Feuer und Rauch? Oder war es das Antlitz einer mächtigeren Kreatur gewesen?

Sie hörte Stimmen im Wind flüstern. *M'onciah.*

Dunkelheit umgab sie für einen Herzschlag. Sie blinzelte und ihr stockte der Atem. *Er ist fort!* Einem Schemen gleich hatte er sich aufgelöst.

Keuchend versuchte sie zu begreifen, was sie dort gesehen hatte und zitternd verstand sie: Die Göttin hatte ihr eine Vision geschenkt. Aufgeregt ging der Atem der jungen Elfin schwerer, doch nun konzentrierte sie sich auf die wilde Magie der Natur, die sie umgab, suchte die Ströme und fokussierte ihren Geist auf die Bilder, die ihren Verstand erfüllten. Formen schälten sich aus der Dunkelheit hervor, Gebäude und Wesen. Schicht um Schicht legte sie die Vision frei, erschloss ihre Bedeutung. Endlich wusste sie nun, was sie zu tun hatte.

Sie trat aus der Ritualstätte hinaus zu der Klippe, von der aus sie die Nar'U überblicken konnte und richtete ihren Blick über die vom fahlen Licht der Nacht grau und leer daliegenden Ödländer, die sich zwischen Thamalel, den Gipfeln der *Obishara'leyt* und den Steppen vor dem Sandmeer der Wüste *Taya'marid* befanden.

Die Gipfel von Thamalel wirkten auf sie stets wie die dunklen Zahnstümpfe einer Nugáru-Echse, schwarz und verfaulend vom verrottenden Fraß der Pflanzenfresser. Das Gestein der Thamalel war alt und verwittert, furchig, wie das Gesicht einer alten Sklavenfrau von Einst, doch die *goblinached* gab es hier nicht mehr. Obsidian und Schiefer und aufgerissene Lava bildeten Formationen, die selbst der Elfin ein Gefühl von Sterblichkeit vermittelten, existierten diese Berge und Täler, Höhen und Schluchten doch schon, als die Welt noch keine Wesen ihres eigenen Volkes gekannt hatte.

Im Licht des schwindenden Tages veränderten die Felsen beständig ihre Farben; vom dunklen Grün und Grau bis hin zum toten Schwarz, nur hier und da durchbrochen von vereinzelten Schneefeldern in den höheren Lagen.

Oberhalb der wenigen Zedernwälder erstreckten sich gezackte, schroffe Formationen, schwarz und dunkelgrün von den wenigen Flechten und Gräsern, die im rauen Stein nur hier und da Halt fanden. Eisige Winde fielen aus dem blassen, grauen Himmel und umtosten die kargen Hänge, an denen weder Baum noch Strauch gedieh.

Ihr Blick wanderte über die vereisten Kuppen und sie maß die Schneefelder und Gletscher, die ihre Ausläufer tief in die von peitschenden Winden, vereinzeltem Regen und dem schmelzenden Schnee ausgeschabten Schluchten erstreckten.

Dies war ihre Heimat. Und diese Heimat würde sie nun verlassen. Die Göttin hatte ihren Willen offenbart und sie würde nach Südwesten reisen, zur Duruk'Thar, der Heimat der Barbaren aus der *Taya'marid* – oder Thar al Marid, wie diese, das Wort fiel ihr schwer, ‚Menschen' sie nannten. Ja, dort sollte sie Antworten finden. Dort würde sie diesen seltsamen Kriegsherrn finden, den ihr die Göttin gezeigt hatte.

Zitternd erhob sich die junge Elfin. Sie war nicht länger eine Adeptin der Quel'Amissarweyn; sie hatte ihren Körper im Tanz der Magie ihrer Göttin geweiht und war erhört worden. *Ich bin nicht mehr Maegalcarweyn! Maegalcarweyn existiert nicht mehr. Jetzt bin ich die wahre M'onciah. Hohepriesterin.*

Kyle

RAUCHIGE SCHWADEN WICHEN vor seinen gepanzerten Stiefeln, als seien sie lebendige Geschöpfe, die sich vor ihm fürchteten. Die beschlagenen Absätze ließen mit jedem Abrollen seiner Füße ein unheilvolles Donnern erklingen, einen Trommelschlag, der von seiner Ankunft verkündete. Bestimmt und mit festem Schritt betrat der junge Ritter die Kammer der Bestie. Seine Augen hatten sich schnell an die Dunkelheit in den stickigen Gängen des Höhlensystems gewöhnt, die ihn schließlich in diese weite Kaverne geführt hatten. Ein frischerer Luftzug als jene schwefelverseuchte Luft, die er zuvor hatte atmen müssen, stürzte nun durch den breiten Kamin der Kammer herab, umwirbelte ihn und ließ seine schwarzen Haare sanft in der Brise wehen. Er kniff die Augen zusammen und beobachtete, wie fahles Sonnenlicht aus der trichterförmigen Öffnung weit über ihm hereindrang, tiefer über den geschundenen Fels kroch und in dichten dunstigen Streifen den Grund erhellte.

Der Steinboden der gewaltigen Felsenhöhle war förmlich mit allerlei Preziösen, Münzen aus tausend Königreichen, Edelsteinen und anderen unvorstellbaren Schätzen bedeckt. Lanzen, glänzend und kostbar, lagen hier, mit blutroten Edelsteinen besetzte Schwerter und andere erlesene Waffen lugten dort aus dem gleißenden Drachenhort, ganz so, als hätte die tumbe Kreatur sie achtlos dorthin geschleudert, nachdem sie sie aus den toten Händen weniger glücklicher, nun besiegter Ritter an sich gerissen hatte. Glitzernd und funkelnd erstrahlte der Hort der Bestie vor ihm in einem warmen, rotgoldenen Glühen.

Ein Meer aus Gold und Silber, dachte der Drachentöter. Er hielt inne, um den Ort genauer zu studieren. Er sah Schätze, in unzähligen Jahrhunderten aus allen Winkeln des Kontinents Skartaria zusammengeklaubt, Kisten und Truhen, Statuen und Figuren; manche von ihnen waren geborsten, kaum mehr als ein Rumpf, der die Schönheit der Körper nur noch erahnen ließ. Andere waren besser erhalten, Posen im Kampfe, schlafend oder beim Aufnehmen von Wasser mit einem Krug, geschöpft aus einem unsichtbaren Fluss, der nur im Geiste des Bildhauers existiert haben mochte.

Am gegenüberliegenden Ende der weitläufigen Kaverne erblickte er sogar ein altes, nun bereits halb zerfallenes Segelschiff, das die bösartige Kreatur einst aus den Fluten gerissen und hierher verschleppt haben musste. *Jene Bestie, die mir meine Liebste raubte!*

Mit versteinerter Miene hielt der junge Mann Ausschau nach jenem schleimigen Ungeheuer, das die Dörfer Lairhoven und Asaanfurth im Herzogtum des Herrn DeBracy so schauerlich heimgesucht hatte. Der König des Reiches Calhuh selbst hatte ihm, Kyle, die ehrenvolle Aufgabe übertragen, das Monster zur Strecke zu bringen und so war er in diese abgelegene Ortschaft geritten, um dem Treiben Einhalt zu gebieten.

Zu dumm für das Monstrum, dass es ausgerechnet meine Ania verschleppen musste. Ania, die zarte, schöne Tochter des Krämers von Asaanfurth, ein sanfter Engel mit golden schimmerndem Haar. Die Gedanken an seine Liebste ließen ihn entschlossen und kraftvoll den Griff seines Schwertes umfassen, welches er zu seiner Linken gegürtet hatte. Erinnerungen an ihre erste Begegnung stürzten auf ihn ein; gerade erst war er in jenes armselige, schmutzige Dorf eingeritten, um seine Vorräte aufzufrischen, bevor er die Wälder an den Gebirgsausläufern von Obiskara nach der Bestie durchsuchen wollte. Der Weg nach Nordwesten hatte den Ritter unweigerlich durch diese Siedlung geführt, denn hier lag die einzige Furt der Eike, dem kleineren der beiden Ströme, die das Königreich von Calhuh durchliefen. Während der breite Elordyr jenseits der elfischen Wälder von Enthanghor in den Schluchten der Edana'Kara entsprang und sich von dort aus seinen Pfad über die Holzfällerlager von

Feynhaard im Norden bis zur Küste Calhuhs im Süden des Reiches suchte, lag die Quelle der Eike in den grauen, stets schneebedeckten Felsen von Obiskara.

Der Fluss hatte seinen Namen von den Eichenstämmen, die aus den Holzfällerlagern von Eikhaard und Leyn'Jengwhar über den breiten Verlauf stromabwärts transportiert wurden. In Asaanfurth wurden die Stämme aus dem Wasser gefischt und via Karren, die von Ochsen – ‚Asaan' im lokalen Dialekt der ersten Siedler – gezogen wurden, nach Calhuh gebracht, weil der Strom sich zwischen Lairhoven und Caldonn immer wieder verengte, reißender und unberechenbarer wurde.

Herzog DeBracy, der gestrenge Lehnsherr dieser Region, hatte nun jüngst den Bau einer steinernen Brücke in Auftrag gegeben, da die alte ‚Ochsenfurt' für Reisende und Händler nach Leyn'Jengwhar oder gar zu den Siedlungen der rocktragenden Barbaren von Leyn'Nimbwhar zu unbequem war. Und die Erze aus dem Gebirge waren bedeutend für die Schmiede und Waffenmeister, die die Truppen DeBracys mit Schwert und Schild versorgten.

Als Folge von diesen neuen Bauaufgaben war Asaanfurth eines jener Dörfer, die nur so vor Hungerleidern, Dieben und Tagelöhnern wimmelten. Zahlreiche Leute suchten Arbeit und jeder versuchte, sein ‚Stück vom Kuchen' abzuschneiden, wie man in Calhuh sagte. Viel Geld zum Leben blieb den meisten jedoch nicht. DeBracy gab sein Geld, eingetrieben von seinen schlagwütigen Bütteln, eher für seine Soldaten aus

- oder für die neue Kommandantur mit den Barracken für die Truppen, die er aus umherstreifenden Söldnern, Kriegern und Abenteurern rekrutierte. Asaanfurth war zwar größer als die vielen namenlosen Siedlungen, oft nur aus vier, fünf Gehöften bestehend, doch auch hier gab es nur wenig Handel, und so war das Dorf schmutzig und seine Bewohner arm. Nur wenige Bauern konnten sich mehr als eine Kuh leisten; die anderen hielten sich kleineres Vieh, Hühner, ausgemergelte Ziegen.

Als er, der ruhmreiche Paladin mit seinem in den Balladen der Barden so gerühmten Schlachtross, einem schneeweißen Hengst namens Eiswind, in dieses ‚Kaff' eingeritten war, hatten ihn die Bauern und Handwerker gleich erkannt, obschon er noch sehr jung war mit seinen siebzehn Sommern. Doch einem Helden, wie sollte es denn auch anders sein, eilte nun einmal sein Ruf voraus, und jeder Mann, jede Frau und jedes Kind, kannte die Erzählungen von *Kyle dem Drachentöter*, jenem jungen Ritter, der die Königin vor schändlichen Intrigen bewahrt, dem König in zahlreichen Schlachten so stolz und tapfer zur Seite gestanden und in dessen Armen sich schon so manche glückliche Maid eingefunden hatte. Und natürlich kannten sie auch das strahlend weiße Pferd, das aus dem Geschlecht einer edlen Pegasifamilie entstammen musste, wenngleich es keine gefiederten Schwingen besaß.

Und so auffällig, wie das treue Tier des Drachentöters war, erschien auch Kyle selbst. Er war groß und breitschultrig, jedoch auch ein wenig schlaksig von Gestalt. Sein schwarzes Haar glänzte wie die Schwingen eines Raben und seine Haut war gebräunt von der Sonne Calhuhs, obschon eine Nuance dunkler als die der meisten Einwohner dieses Landes; ein Erbe seiner adeligen Abstammung aus einem fernen Königreich. Die dunklen, schwarzbraunen Augen verkündeten von einem sanften, toleranten Wesen und verständnisvoller Wärme, und auch die Kleidung des Ritters strahlte diese Güte aus; seine Rüstung glänzte im freundlichen Silber, als hätten die Knappen des jungen Mannes sie mit besonderer Liebe und Zuneigung so sehr poliert, bis er sich darin spiegeln konnte. Auch die bunten Edelsteine am Griff des mächtigen Zweihänders zeugten von den erfolgreichen Abenteuern und Schätzen, die Kyle bereits in seinem Leben gefunden und überlebt hatte.

Jubelnd hatte ihn die Dorfbevölkerung empfangen - bis auf eine Gruppe ungehobelter Dorflümmel, die einem gewalttätigen Aufschneider namens Govic gehorchten; jedenfalls solange, bis Kyle diesen hakennasigen Govic mit einer gebieterischen Handbewegung auf die Knie befehligt hatte - und ihm freudig Brot, Wein und, soweit sie es entbehren konnten, Fleisch gereicht. Selbst die in dem Dorf herumlungernden Söldner hüteten ihre sonst so rüden Zungen und preisten den jungen Helden ehrfurchtsvoll.

Und dann, ja, dann war es um ihn geschehen, hatte er doch *sie* erblickt. Die zarte, liebliche Tochter des hiesigen Krämers, diese Prinzessin seines Herzens: *Ania*.

Sie hatte ihn angesehen und verlegen eine Locke hinter ihr Ohr gestrichen. Der zarte Liebreiz der jungen Frau hatte den stolzen Ritter des Königs sogleich in seinen Bann gezogen und er hatte in jenem Moment sein Herz an sie verloren. Die Sonne brach an diesem Frühlingstag erstmals durch die grauen Wolken und beschien ihr seidiges, goldenes Haar. Ihre Haut war fest und doch von samtener Weichheit. Ihre Augen glichen zwei kristallblauen Gebirgsseen, in denen sich nach einem langen Winter nun erste Flecken warmen Laubgrüns zeigten.

Nur wenige Stunden waren ihnen geblieben, doch welch schöne Zeit waren diese kostbaren Augenblicke gewesen, die er mit ihr verbracht hatte; mit ihr, Ania, der Krämerstochter. Viel zu kurze Stunden voller Wärme und zärtlicher Minne, die nur allzu abrupt enden sollten: Er hatte sie nach Hause geleitet und von ihrem Vater, Meister Fragner, natürlich die Erlaubnis erhalten, ihr den ‚Hof zu machen‘.

Doch dann hatte er einen schwerwiegenden Fehler gemacht: Er hätte in jener Nacht über ihr Heim wachen sollen, statt sich zurückzuziehen. Ania musste des Nachts ihre Schlafstatt verlassen haben, vielleicht um Wasser aus dem Brunnen zu holen. Der umgekippte Eimer hatte im Schlamm gelegen, als man ihn gerufen hatte: Die Bestie war erschienen und hatte sie von ihm fortgerissen.

Schmerzen hatten ihn wie heiße Schauer durchflutet, hatten sein Herz bluten lassen. Dennoch zögerte er nicht und noch während die Dorfbewohner unglückliches Schicksal beklagten,

hatte er Eiswind gesattelt, den roten Drachen-
töterumhang aus Samt über die silbernen Schulterplatten geworfen und war der Monstrosität gefolgt,
bevor sie sich an der jungfräulichen Maid verging.

Vier Tage und Nächte war er auf die silbrig
glänzenden Gebirgszüge von Obiskara zugeritten,
die sich wie die Fänge eines Wolfes über dem
jungen Grün der Eichenwälder erhoben. Endlich
hatte er die Höhle des Drachen erreicht. Gerade
rechtzeitig, wie es schien; der markerschütternde
Angstschrei des Mädchens gellte durch die
weitläufige Kaverne und riss Kyle aus seinen
Erinnerungen zurück ins Hier und Jetzt, zwang ihn,
sich auf seine blutige Aufgabe zu besinnen.

Er blickte zu den natürlichen Steinterrassen
empor, die sich bis zu den Seitenwänden der Höhle
erstreckten. Beinahe konnte man sagen, dass sie
eine Art natürlichen Thron oder Altar bildeten. Und
dort, zu seiner Linken, fand er sie.

„Ania!"

Schlirrend riss er sein Schwert aus der mit
Goldschmiedewerk verzierten Scheide und schlug
den scharlachroten Umhang über die gepanzerten
Schulterplatten, damit der flatternde Stoff ihn nicht
behinderte. Die Halskette mit dem magischen
Amulett, das den Kopf eines Wolfes darstellte,
gefertigt aus grünem Jadestein, schimmerte auf,
verlieh ihm Schutz und Macht.

Kraftvoll, wütend, unaufhaltsam rannte er
die Steinterrassen hinauf. Sein weißes Seidenhemd
unter der Rüstung klebte vor Schweiß an seinen
Körper und er spürte, wie es sich beinahe zärtlich
an ihn schmiegte, als wolle es seine Kraft und

Ausdauer betonen. Die mächtige Waffe fest in der Rechten betrat Kyle das Plateau.

Sie erblickte ihn. Sie, Ania, seine Geliebte, seine Göttin. Der hinterhältige Drache hatte das zarte Mädchen an einen ehernen Pfahl gekettet. Ihr weißes Kleid, nur noch zerrissene Fetzen jener kostbaren Seide, mit der er sie beschenkt hatte, verhüllte kaum noch die sanften Rundungen ihrer festen, kleinen Brüste. Ihre langen, wohlgeformten Beine wurden nun nicht länger von dem weichen Stoff verborgen und ihre blonden Locken flatterten angsterfüllt im Wind, der sich wie ein fauler Atem durch die Höhle quälte.

„O Geliebter", hauchte sie frohlockend, als sie ihren Prinzen nahen sah. Kyle legte das gewaltige Schwert in die Linke und mit einer einzigen kraftvollen Bewegung seiner rechten, gepanzerten Faust zerschmetterte er die rostigen, rauen Eisenringe, die die Hände seiner Göttin an den Opferpfahl ketteten. Zitternd sackte sie zusammen, doch er fing sie auf. Stolz und glücklich umschlang sein Arm ihre Hüfte, er beugte sich über sie und küsste sie lang und leidenschaftlich.

Nun aber erzitterte der Boden und die junge Frau riss sich los, starrte mit angstgeweiteten Augen auf das unsagbare Grauen, das sich den Liebenden todbringend näherte. Der Paladin jedoch verharrte einen Moment und ein grimmiges Lächeln umspielte seine ebenen Züge. Erneut schwankte der Felsboden, als sich die Bestie mit einem weiteren Schritt näherte.

„Zeit, es zu Ende zu bringen, du Höllenkreatur!", rief er aus. Mit beiden Händen fest am Griff seines Zweihandschwertes, wandte er sich langsam, unsagbar langsam, dem Drachen zu, dessen Untergang nun besiegelt sein sollte. Die roten Edelsteine, die im Heft und in der Parierstange der Waffe eingearbeitet waren, glühten auf, als die Magie in ihnen die Kreatur ‚witterte'. Heißer Wind spielte in den schwarzen Haarsträhnen des Mannes. Wind? Nein! Wohl eher der faulige Atem des Monsters, welcher geschwängert war von Schwefel.

Ania drückte ihren warmen Körper an den seinen, suchte, von Todesfurcht erfüllt, hinter ihm Zuflucht, ihre zarten Hände auf seinen Schultern ruhend. Kaltblütig lächelte er die große, grüne Bestie an und hob elegant seine Klinge vors Gesicht, um seinen neuen Gegner respektvoll zu grüßen, wie es sich für einen Helden geziemte. Seine Stimme begann die rituellen Beschwörungsformeln zu intonieren, die ihn, Kraft seines von König verliehenen Amtes, dazu berechtigten, für Recht und Ordnung zu sorgen.

„Stirb im Namen des Königs!", rief er aus. „Stirb im Namen des Königs, dessen Arm und Gesetz ich hier und heute bin!"

Das kleine Hirn des Ungeheuers war nicht in der Lage, die Bedeutung der Worte, wohl aber den Verdammnis verheißenden Klang in Kyles Stimme zu vernehmen, und so hielt es inne. Die Bewegungen der Bestie erinnerten ihn an die ausgemergelten Hühner aus Asaanfurth. Der pferdegroße, schleimige Leib des lindgrünen Drachen schwankte zur Seite, die kräftigen Standbeine endeten in Vogelfüßen, deren Krallen kratzend über den Steinboden schabten. Die Krallen zuckten unschlüssig vor und zurück, als versuche die Kreatur zu entscheiden, ob sie lieber fliehen oder sich dem Drachentöter zum ehrenvollen Zweikampf stellen solle. Doch eines Drachen Hirn war nun mal nur ein simples Ding, nur aufs Fressen und Zeugen immer neuer Drachen ausgerichtet, und so konnte das Monster die Bedrohung nicht vollends verstehen. Die stumpfen, dummen Augen starrten ihn nur weiterhin an, erkannten nicht die Tödlichkeit, die von Kyle ausging.

Sie konnte nicht fliehen, es lag nicht in ihrer Natur: Angriff war die einzige Antwort, auf die die Kreatur ausgerichtet war. Die mehrere Fuß messenden Schwingen der krallenbewehrten Vordergliedmaßen breiteten sich angriffslustig und kurze Rauchstöße, gefolgt von kleinen Flammenzungen leckten aus dem schiefen, hässlichen Maul der Bestie.

Ania rief besorgt Kyles Namen, doch er schaute nur gelassen zu ihr hin, lächelte beruhigend und wandte sich dann zum tödlichen Frontalangriff um, um des Monsters Herz zu durchbohren. Der Drache war nicht nur plump in seinen Bewegungen, er war auch langsam. Zu langsam für *ihn, Kyle!*

Bevor die Bestie ihren brennenden Flammenatem entfesseln konnte, hatte des Drachentöters Klinge bereits die glibberige Amphibienhaut durchstoßen, aufgeschlitzt, und schmieriges, schwarzes Blut ergoss sich stinkend aus dem Leib der tödlich verwundeten Kreatur. Kyle jedoch, in seinem Triumph unachtsam, rutschte aus und bekam ebenfalls das stinkende Blut...

Er blinzelte und sah an sich herunter.

Blut?

Ein schmieriges Gemisch aus Kot und Urin klebten an seinen Beinkleidern und irgendwo keckerte lachend eine Frau. *Ania?*

„Mach deine Augen auf, du nichtsnutziger Tagträumer!", höhnte die verhärmte Korbflechterin, die gerade ihren Nachttopf zum Fenster hinausgeschüttet hatte. Kyle, in der schlüpfrigen Lache ausgerutscht, starrte entsetzt und von Ekel erfüllt an sich herunter. Die Alte kicherte hämisch über das neueste Missgeschick des *Tölpels von Asaanfurth*, wie Kyle hier geschimpft wurde. „Hast wieder von Drachen und Jungfrauen geträumt, du junger Tölpel, was?"

Kyle stöhnte auf und klaubte die Kiste mit den scharfkantigen Zimmermannnägeln aus dem Dreck auf. Er war froh, dass die kleine Kiste nicht zerbrochen war. Sein Botengang führte ihn zum Krämer von Asaanfurth, dem Meister Fragner – und dessen Tochter, die er stets aus den Augenwinkeln beobachtete, die schöne Ania.

Das Mädchen half ihrem Vater oft im Geschäft; beim Sortieren der Waren oder beim Bedienen der Kunden. Und einmal, da hatte sie Kyle sogar freundlich angelächelt. Ania, die Jungfrau, die er in seinen Tagträumen stets als strahlender Held rettete. Drachen und Jungfrauen!

Der Spott der Alten kam ihm wieder in den Sinn; jeder wusste von seinen Träumen, hatte er doch den Fehler gemacht, dies zu oft und zu laut kundzutun, wenn es bei der Wahl der Lehrlinge darum ging, was ein jeder mit seinem Leben tun wollte. Sie hatten ihn ausgelacht, als er von seinen Träumen erzählt hatte – bevor sie ihn verprügelt hatten. Für einen Träumer war hier kein Platz. Und so hatten sie ihn mit Spott und Hohn bedacht, bevor sie zu ihren Lehrmeistern gingen, zu dem Bäcker, dem Müller, Krämer oder auch zu den Soldaten. Doch Kyle wusste in seinem Herzen, dass ihr Zorn von ihrer eigenen Gefangenschaft in diesem Leben genährt wurde. Als ob je einer von ihnen die Wahl über sein Leben gehabt hätte, gehörten sie doch alle dem Herzog DeBracy. Der Fluch der Leibeigenschaft.

Doch auf ihm lastete noch ein anderer Fluch. Angewidert musterte die Frau den unsicheren Jungen, der an der Grenze zum Mann war; während die übrigen Knaben in seinem Alter kräftig und gesetzter waren, wirkte Kyle in seiner viel zu weiten, graubraunen Hose und dem hemdartigen Überwurf aus derber, kratziger Wolle wie eine der traurigsten Gestalten, die je unter der Sonne des Reiches Calhuh vor sich hin vegetiert war. Halt suchend berührte er das Lederband mit dem grünen Stein, in dem er gerne den Kopf eines Wolfes sah. Doch Furcht war etwas, das ihm unter seinem unsteten Blick ins Gesicht geschrieben war und auch sein Kinn schien er, obgleich es von schönem Schnitt war, immer furchtsam zurückziehen, was ihm etwas Fliehendes gab.

Was für einen Abschaum hat Adrian Schmied nur in unser Asaanfurth gebracht?, dachte die Alte und rümpfte ihre Nase ob der dunkleren, bronzefarben wirkenden Haut, so als wäre der Junge wochenlang in der heißen Sommersonne gewesen: Doch es war kein Sommer. Der Winter, obzwar ein milder, der viel Regen gebracht hatte, war gerade vorüber und der junge Frühling hatte ihnen erst wenige warme Tage gebracht hatte. Es gab nur eine Erklärung: *Fremdländisches Gesindel! Heidnisches Pack!*

Kyle sah die Abscheu in den kalten Augen der Frau; knarrend schlossen sich die Fensterläden und Kyle hörte sie im Inneren ihrer Hütte noch immer kichern. Er hasste diese Blicke. Diesen Ekel vor seiner bronzefarbenen, dunkleren Haut. Diesen Zorn und Hass, denn jeder hier wusste, dass seine Mutter ihr Geld damit verdient hatte, ihre Schenkel für die lüsternen Freier zu öffnen. ‚Hurensohn‘ schimpften sie ihn, seit er denken konnte, ‚Bastard‘ - und Schlimmeres.

Sein bisheriges Leben, siebzehn Sommer an der Zahl, war von Flucht und Verlust, von Angst und Schlägen geprägt gewesen. Er war ein Ausgestoßener, ein Geist, jemand, den man nicht gerne wahrnahm und von dem die anderen Eltern nie gewollt hatten, dass er ihren Kindern zu nahe kam. Er war so ‚anders‘.

‚*Anders.*‘

‚*Nicht zu uns gehörend.*‘

So lange hatte man ihm dies wieder und wieder gesagt, bis er irgendwann begonnen hatte, es selbst zu glauben. Und wieder und wieder hatten ihn die anderen Jungen geschlagen und zur Zielscheibe von Gespött gemacht, bis er irgendwann verstanden hatte, dass er nicht viel wert sein *konnte*.

Dennoch, ein Teil in ihm, jener Teil, der diesem kleinen Dämon in ihm, der ihm immer wieder zuflüsterte, dass er sich besser wie ein Katzenjunges in der Eike ertränken solle, ja, jener Teil nährte zugleich auch seine Träume. Träume von Ritterlichkeit und Edelmut, von Gerechtigkeit gegen jedermann, vor allem aber von Liebe.

Nicht die Liebe einer fürsorglichen Mutter. Sahirah, die Frau, die ihn aus ihrem Becken hervorgepresst hatte (wie er sie nun selbst im Stillen bei sich nannte), war nie müde geworden, ihm zu sagen, dass ihr ohne ihn viel erspart geblieben wäre. Zumindest nicht, wenn Sahirah genug getrunken hatte. Die Erzählung seiner Geburt hatte sie oft zum Besten gegeben, vor Freiern und Söldnern, denen sie sich für Silber- und Bronzemünzen hingegeben hatte. Damals, bevor der Schmied von Asaanfurth, Adrian, sie geheiratet hatte und sie in dieses Dorf gezogen waren.

Kyles Miene verdunkelte sich, als er an die Schmiede dachte, denn Adrian, sein Stiefvater - sein leiblicher Erzeuger war verschwunden, nachdem er seine Mutter geschwängert hatte - warf ihm sowieso immer wieder vor, nicht konzentriert bei seiner Arbeit zu sein.

Meine Arbeit! Hah! Er durfte die Werkzeuge putzen oder hin und wieder den verfluchten Blasebalg bedienen, damit sein Stiefvater Werkzeuge und Hufeisen schmieden konnte. Oder er durfte Botengänge machen. Das Schmiedehandwerk jedoch durfte er selbst niemals erlernen, dies war den ‚echten' Lehrlingen wie Karl und Berit vorbehalten, die kräftiger waren als er. Traurig sah Kyle auf seine formlosen, schwächlichen Arme: Selbst das Pumpen des Blasebalgs hatte es nicht geschafft, seine Muskeln zu formen und zu kräftigen.

„Du hast die Arme eines Mädchens!" hieß es, und dann: „Du bist zu faul, Kyle!" Adrian schalt jeden Tag mit ihm: „Schlaf nicht ein, wenn du arbeitest! Mach die Augen auf, du Träumer!"

Der bullige Mann scheuchte ihn herum und stets hatte Kyle das Gefühl, dass er ihm eine Bürde war, denn sein Interesse galt eher Kyles Mutter, die er vor sechs oder sieben Jahren auf einer Reise in einem der Bordelle von Gaelbruk gefunden hatte und nach einer wilden Nacht geehelicht hatte. Kyle war stets ein Fremdkörper in der Gemeinschaft von Asaanfurth gewesen, wenngleich niemand es wagte, dem rauflustigen Schmied dies zu sagen, denn dessen Dienste wurde schließlich stets benötigt.

Auch der Traum seiner Mutter entpuppte sich zunehmend als Albtraum. Sie trank oder sie stritt sich mit dem Schmied. Das Brüllen und Bellen Adrians war unerträglich für Kyle, denn früher oder später verfluchte der Schmied die ‚Metze, die er aus der Gosse gezogen hatte'. Oder er schlug ihr ins Gesicht. Oder er schlug ihr ins Gesicht und nahm sie dann wie eine Hündin auf dem Küchentisch. Doch wie sollte Kyle ihr helfen? Er hatte es versucht und gleichfalls Prügel bezogen, bis er zusammengekauert am Boden gelegen und darum gebettelt hatte, man möge aufhören, auf ihn einzuschlagen und einzutreten.

Letztlich blieben ihm nur seine Träumereien. Wie so oft kam Kyle aus dem Schattenreich in diese Welt zurück und stellte dann beinahe ebenso verwundert fest, dass er wieder einmal von großartigen Heldentaten geträumt hatte, jedoch in der Tat seiner Pflicht nicht nachgekommen war. Ein Ritter war er gestern, ein Pirat heute, mal der reiche Sohn eines Adeligen oder gar Königs – nicht wie jener Flegel, der junge Frederick DeBracy, der sich als Sohn des Herzogs gerne des Titels *Prinz* erfreute und so die Leibeigenschaft dazu nutzte, um sich eines der Mädchen aus dem Dorf als Komfortdienerin schicken zu lassen. Es hieß sogar, dass er seine Männer zusehen ließ, weil dies so Brauch unter ‚echten' Soldaten sein sollte; das Teilen von Fleisch am Feuer im Feld.

Nein, so war er nicht. Kyle nahm die holde Prinzessin Ania zum Eheweib oder befreite das arme Krämermädchen Ania aus den Fängen gieriger, lüsterner Marodeure oder Sklavenhändler. Belohnt wurde er in seinen Träumereien immer: Sie küsste ihn, gab sich ihm hin und beglückte ihn mit der Hitze ihrer Leidenschaft; feuchte Träume von Knaben, die langsam zum Mann wurden.

Und er *würde* mit ihr fortgehen. Hinaus in die Welt, um sein Glück zu machen. Hin und wieder, wenn Sahirah nicht betrunken gewesen war, hatte sie ihm als Kind immer versprochen, dass sie ihn eines Tages in die großen Städte bringen würde, wo man ihn nicht missachten würde.

Ihn.

Sie.

Nach Alysshem. Oder nach Greerbyn, Orte im Osten. Oder gar nach Calhuh.

Ja, er wusste, dass die Welt dort draußen größer war – und im Gegensatz zu den anderen Jungen, die *hier* geboren wurden, *hier* zum Manne wurden, *hier* heirateten, schufteten und irgendwann gebrochen im Alter *hier* starben, hatte er andere Dörfer gesehen. Andere Dörfer wie diese. Doch auch sie alle waren klein.

Hässlich. So wie die Menschen in ihnen, die ihre kleinen, hässlichen Gedanken hatten. Diese Dörfer stanken nach Unrat.

So wie du...

Angewidert und mit Tränen der Verzweiflung in den Augen eilte der schlaksige, ungelenke Junge in einen der Hinterhöfe, wo er einen Trog mit Waschwasser wusste, um sich den Unrat aus seinen zerschlissenen und viel zu weiten Kleidern zu waschen, denn eines wollte er nicht: dass die Mädchen aus dem Dorfe ihn so sahen. Wie alle Jungen seines Alters, suchte auch er die Liebe eines Mädchens, Liebe, und die Wärme einer jungen Frau. Doch bisher hatten die hübscheren Mädchen im Dorf ihn oft ausgelacht, die übrigen ihn allenfalls ignoriert. Beim Neujahrsreigen, in der dunkelsten Nacht des Jahres, wenn die Kinder und Heranwachsenden durch das Dorf zogen, an die Türen klopften, sangen und Freude verbreiteten, war er nicht dabei. Sie mieden ihn, gingen ihm aus dem Weg - und mittlerweile war es Kyle auch lieber so.

Doch plagte ihn dieses Gefühl der Sehnsucht. Dieses Verlangen nach Liebe, der sanften Berührung eines Mädchens, eines Kusses, zarter Lippen auf den seinen. Die Gedanken linderten seine Pein, als er sich wieder auf den Weg machte, um die Lieferung Zimmermannnägel zu Meister Fragner zu bringen. Ania Fragner, die schöne Krämerstochter, die er heimlich und verstohlen aus den Augenwinkeln beobachtete, stahl sich in sein Denken. Die Phantasien ihrer Bewegungen beflügelten ihn und er beeilte sich, den Unrat abzuspülen. Mit ungelenken Fingern versuchte er seine struppigen, schwarzen Haare zu ordnen, die ihm formlos ins Gesicht hingen. Nachdem er sich und seine Kleider (provisorisch) gesäubert hatte, setzte er seinen Weg durch Asaanfurth fort.

Die Siedlung an der seichten Furt war alt, doch erst seit der ältere Herzog DeBracy die Herrschaft hier übernommen hatte, wuchs sie schneller. Mehr und mehr Holz wurde in den Wäldern gefällt und gen Süden transportiert.

Auch eine Kommandantur mit Steinfundamenten war südlich der neuen Brücke errichtet worden. Ein klotziges Holzgebäude mit einer Palisadenwand, die die einfachen Baracken der Soldaten umgab, die von hier aus die Grenzen patrouillierten.

Kyle hasste die Kommandantur, denn die rauen Kerle trieben gerne ihren Spott mit ihm. Einmal hatten einige Soldaten, die beim Würfelspiel vor dem Eingang saßen, ihn gesehen und getuschelt. Ihre Blicke hatten sich getroffen und dann war einer aufgesprungen. Ohne Vorwarnung hatte ihm der größere Mann in den Schritt getreten. Kyle hatte atemlos auf dem Boden gelegen und das Lachen der Kerle hatte ihn verfolgt, während die Schmerzen nicht enden wollten. Wie auch ihre Schimpfworte und Spottgesänge. Sie mochten keine Schwäche. Und auch sie mochten niemanden, der nicht von hier war.

Und zu allem Überfluss war auch noch Govic, der Sohn des alten Feldwebels der DeBracy-Soldaten, oftmals hier und verbrüderte sich mit den Raufern und Rüpeln. Govics Vater war vor einigen Jahren auf einer Patrouille gestorben. Manche sagten, rocktragende Barbaren aus Obiskara oder wilde Elfen hätten ihn heimtückisch ermordet und in Stücke gerissen, doch Kyle erinnerte sich daran, dass Adrian sagte, dass dem alten Säufer vermutlich seine eigenen Hunden an die Kehle gegangen waren; der alte Feldwebel war dafür bekannt, dass er seine Hunde trat und prügelte, seit sie Welpen waren – und irgendwann hatte vermutlich eines der bissigen schwarzen Monster, die er geschaffen hatte, zurückgebissen.

Und Govic war wie sein Vater ein rauer Geselle, der sich an der Pein anderer ergötzte, um seinen Hass zu nähren: Und er konnte Kyle für seine Hautfarbe hassen.

Oder für seine Schwäche.

Oder für seine Träumereien.

Und er wurde nie müde, ihn dies auch spüren zu lassen. Doch diesmal musste Kyle die Kommandantur und die Soldaten in den gelben und schwarzen Uniformlivreen passieren, die ihn immer an einen Schwarm Wespen erinnerten. Schilde und Waffenröcke trugen das Emblem des Hauses DeBracy: Zwei geflügelte Greife, die ihre Löwenklauen ausstreckten, um den Schild zu halten, über dem ein Kriegshelm zu sehen war, der von einer goldenen Krone verziert wurde, war der Herzog doch der Oberste Heerführer des Königs, genannt ‚Hüter des Königlichen Schwertes'. Und hinter dem Helm erhob sich die Silhouette eines Wolfes, Ausdruck der Gnadenlosigkeit, mit der DeBracy seine Feinde verfolgte.

Das Donnern von Hufen ließ ihn zur Seite springen. Behände und schnell war er; eine Notwendigkeit, um in dieser Welt der Starken als einer der Schwächsten zu überleben. Der Trupp Reiter preschte vorbei und er drückte sich eng an die Hauswand, während die Patrouille in den Innenhof der Kommandantur einritt und die Männer sich Befehle zuriefen. Adrian hatte Kyle vor einigen Jahren einmal auf dem Pferd eines Händlers, dessen Tier er beschlagen hatte, reiten lassen. Kyle hatte es geliebt und es war ein seltsamer Moment der Freiheit gewesen. Doch nun gehörte er nach Asaanfurth, gehörte dem Herzog DeBracy, war unfrei - und die Strafen für Unfreie waren hart und unnachgiebig.

Kyle seufzte und versuchte wieder an Ania zu denken. Er sah in seinem Geiste ihr goldenes Haar im Licht der aufgehenden Morgensonne glitzern, wenn sie feengleich durch den Verkaufsraum schwebte. Ihre Augen schimmerten und ihre Lippen waren so einladend, als sie seinen

Namen hauchte. Seine Gedanken wanderten zu jener süßen Vorstellung des ersten Kusses, als der Boden ihm ins Gesicht schlug.

Er hatte erneut nicht aufgepasst; Govic war ihm von hinten in die Beine gesprungen - und schon hörte er das vertraute Grunzen des Anführers und das hämische Keckern seiner *Rotte*.

Govic hasste ihn. Und er hasste den kräftigen Jungen, der nicht nur seine Gefolgschaft von anderen Schlägern hatte, doch mit dem auch die jungen Mädchen aus dem Dorf immer wieder bereitwillig hinter die Scheune gingen und ihre Röcke hoben; Mädchen aus dem Dorf, die ihn bloß ausgelacht hatten, als Govic und seine Schläger ihn wieder einmal verprügelten. Sie hatten gelacht, als die kräftigeren Jungen ihn traten und schlugen, ihn verspotteten und quälten. Gründe hatten sie nie gebraucht. Mal war es seine dunklere, bronzen wirkende Sommerhautfarbe gewesen, mal seine Zeichnungen von Rittern und Drachen oder auch einfach nur die Art, wie die graubraunen Wollkleider an ihm herabhingen. Und natürlich immer wieder die Vergangenheit seiner Mutter.

„Der Hurenschleim frisst Schlamm!", bellte der größere Junge unter dem Beifall seines Gefolges, das zu seinem Spotgesang anhob. Die spöttische Stimme Govics marterte Kyles Seele zutiefst. ‚Hurenschleim' war der Name, mit dem sie ihn belegt hatten, als (natürlich) eines Tages herausgekommen war, dass seine Mutter keine Schneiderin aus Gaelbruk war, sondern eine Hübscherin. Zu viele wandernde Söldner und Abenteurer zogen durch die Lande; es war nur eine

Frage der Zeit gewesen, bis einer Sahirah erkannt hatte. Der starke Arm Adrians hatte seine Mutter vor der Häme geschützt, doch er, der Junge mit der stets sonnengebräunten Haut, *er* war die Zielscheibe ihrer Angriffe gewesen. In den Augen Govics und seiner Rotte war Kyle der Schleim, der nach dem Akt aus der Scham der Metze herausgetropft war; etwas, das man mit einem Lappen wegwischte und diesen dann achtlos fortwarf.

Er spürte Govics Pranken, die ihn mit Ohrfeigen eindeckten, er spürte, wie ihm der größere Junge das Lederband vom Hals riss und den grünen groben Stein, den er von Kindheit an getragen hatte – ein Geschenk einer Weggefährtin seiner Mutter –, vom Hals riss und in den Dreck schleuderte. Kyle versuchte das tropfenförmige Kleinod zu retten. Wert war das Schmuckstück nicht viel in dieser Welt, doch für ihn hatte es eine magische Bedeutung, hatte es ihm die damals schöne Hübscherin geschenkt, damit er nie vergas, dass es stets einen Grund für die Hoffnung gab. Hätte ihn ein neuer Stoß nicht taumeln lassen, hätte er wohl aufgelacht – wie sehr hatte sie sich geirrt!

Kyle mühte sich, die Holzkiste mit den Nägeln hochzuhalten, damit sich der Inhalt nicht auf dem aufgeweichten Boden verstreute. Govic sah sein Unterfangen, trat mit einem scharfen Tritt gegen die Kiste und verteilte die kostbaren Nägel, die Kyles Stiefvater gefertigt hatte, mit dem Hacken im Morast. Kyle griff zum Boden, um die Nägel aufzuklauben, doch schon traf ihn Govics Stiefelspitze im Magen. Schmerzen pulsierten in

Wellen durch Kyles Sein. Vergeblich versuchte er zu atmen und unter Tränen sah er Govic nur fragend an: *Warum?*

Häme und Wut loderten in den Augen des größeren Jungen. Schon trat Govic erneut auf den im Schlamm liegenden Jungen ein, während seine Kumpane hämisch lachten und keckerten. Kyles Albtraum steigerte sich, denn es waren nicht nur die rauen Gesellen, sondern auch eine Handvoll Mädchen aus dem Dorf. Inka war dabei, Govics Liebchen. Und wo Inka war, waren noch mehr Mädchen, die ihn keines Blickes würdigten, sondern, ganz im Gegenteil, ihn mit Abscheu betrachteten und kicherten, als sie sahen, wie er sich auf dem Boden im Dreck wand.

„Hör auf!", presste Kyle hervor. Seine Bitte wurde mit einem Tritt in seinen Schritt beantwortet. Myriaden von Sternen flammten vor Kyles Sicht auf und Schmerz, rein und pur, manifestierte sich in seiner Existenz. Er konnte nicht atmen, er konnte nicht sprechen, nicht schreien. Nur Schmerz bestimmte sein Wesen. Schmerz, der in Wellen unerträglich langsam versiegte.

Und als der Schmerz verklang, blieb nun auch nur Kyle noch Hass. „Ich bringe dich um!", brüllte er – und wurde mit Gelächter belohnt. Govic griff Kyles schwarzen Haarschopf und riss seinen Kopf zurück. Er grinste breit, als er beinahe genussvoll die Faust zurückzog, um sie Kyle ins Gesicht zu schlagen.

„Govic, hör auf!"

Diesmal war es nicht Kyle, der dies forderte, sondern eine zartere Stimme. Kyles Herz schlug schneller, als er die liebliche Stimme erkannte. „Lasst ihn doch einfach nur in Ruhe!"

Die kichernden und keckernden Jungen und Mädchen ignorierend, beugte Ania sich zu dem ungelenk auf dem Boden kriechenden Kyle herunter. Ärgerlich half sie ihm, die verdreckten und verstreuten Nägel wieder einzusammeln und in die Holzkiste zu legen. „Die sind für meinen Vater, ihr Narren!"

„Uhh, unsere Ania hat ein Herz für streunende Bastarde!", feixte der rotschöpfige Janek, wich aber sofort zurück, als Govic ihm einen bösen Blick über die Schulter zuwarf. Er griff Ania hart am Nacken und zog sie hoch. Wütend schlug Ania die grobschlächtige Hand des Jungen aus, der sie sodann unsanft am Kinn fasste und ihren Kopf angehoben hatte, damit er besser auf sie herabsehen konnte. Sie mochte Govic nicht. Von all den Jungen in Asaanfurth war er derjenige, der ihr Angst machte. Seine Augen waren kalt und grausam.

Sie konnte einen erneuten Tritt Govics gegen Kyles Brustkorb nicht verhindern.

„Was ist los, Ania? Glaubst du, du bist was Besseres, weil dein Vater mehr Geld scheffelt als wir armen Schweine? Oder macht dich so ein Schwächling hier feucht in deiner Möse?" Seine Lippen zogen sich zu einem hässlichen Grinsen zurück und er stierte sie zornig an. Sie mühte sich, hilfesuchend an seinem breiten Kreuz vorbeizusehen, doch Govic schien ihre seelische

Pein zu spüren und blockierte ihre Blicke zu ihrer Freundin Inka, doch auch von ihr hörte sie nur ein „Komm schon, Ania! Lass Govic doch seinen Spaß!"

Ania schüttelte den Kopf und hielt erneut Govics Blick stand. Sie würde nie verstehen, warum Inka für einen Grobian wie Govic ihre Rockschöße hochgeschlagen hatte.

„Lass sie los!", presste der auf dem Bauch liegende Kyle hervor und versuchte sich vergeblich zu erheben, doch Govics Stiefel presste sich gegen seine Schulter und hielt ihn am Boden fest. Govic beachtete Kyle nicht länger, sondern fixierte nun die Krämerstochter.

Ania kannte diesen Blick. Sie wand sich und suchte einen Fluchtweg. Ein sinnloses Unterfangen, denn Govic war schneller als sie, und sowohl seine wie auch ihre Freunde hatten nun einen Kreis um sie gebildet und beobachteten neugierig, was Govic nun mit Ania tun würde.

Sein Blick glitt - sie in Gedanken ausziehend - an ihrem Kleid herunter, entlang ihrer kleinen Brüste, bis er ihr Becken fand. Seine Linke griff ihr plötzlich an die Hüfte und zog sie näher heran.

„Willst du, dass dich der Hurenschleim fickt, Ania? Oder willst du nicht lieber einen richtigen Kerl?" Er lachte laut und erst jetzt protestierte Inka. Ania versuchte ihn von sich fortzudrücken, doch er war zu stark. Stattdessen machte er feixende Kussbewegungen, die unter dem Johlen der anderen auch noch angefeuert wurden.

Plötzlich stieß Govic sie zurück, griff nach unten und riss den Kyles Hosenbund mit beiden Händen so stark herunter, dass seine Rotte den nackten Po und Kyles hängendes Geschlecht sehen konnte. „Oder willst du das hier, Ania?"

Govic wirbelte Kyle herum. Der Junge bemühte sich vergeblich und von Scham erfüllt, seine Blöße zu bedecken, während er die bösartig lachenden Gesichter der anderen auf sich lasten sah. Endlich ließ Govic ihn los. Kyle krabbelte durch den Schlamm und zog hektisch die verdreckten, zerschlissenen Beinkleider hoch; ein Unterfangen, bei dem er sich noch mehr mit dem rauen, kalten Schlamm verschmierte.

Ania trat zurück. *Ich komme hier nicht heraus. Und ich kann dem Jungen nicht helfen. Auch wenn es nicht Recht ist, was Govic tut*, dachte sie verzweifelt. „Lass ihn doch, Govic. Er ist doch hilflos. Er ist so...", protestierte sie schwach. „So...", sie suchte nach Worten, die ihre Abscheu beschreiben konnten. „So..."

Govic trat nun seinerseits zurück, als er spürte, dass sie ihren Widerstand aufgab und vor ihm wich. Inka trat heran, drängte sich an ihm vorbei und warf ihm einen bösen Blick zu. Schwesterlich nahm sie ihre Freundin in den Arm, mit der sie die letzten siebzehn Sommer hier im Dorfe Asaanfurth Tür an Tür aufgewachsen war. „Komm schon, Ania. Der kleine Hurenschleim hatte eben eine Lektion verdient."

Ania blies Luft in ihre Wangen und verdrehte die Augen. „Es ist nicht richtig, Inka."

Die Jungen und Mädchen kicherten. „Ania liebt den Hurenschleim/ Ania fickt den Hurenschleim", hoben sie zu einem Spottgesang an.

Govic grinste und baute sich erneut vor Kyle auf. „Und jetzt..."

Eine kräftige Hand legte sich auf Govics Schulter. „Schluss jetzt, Govic!"

Govic schien zu schrumpfen und wirkte sofort unterwürfiger. Tief einatmend wandte er sich zu dem Feldwebel in der schwarzgelben Livree um, der den Kreis der Jugendlichen durchbrochen hatte. „Ja, Victor!"

Seit er ein kräftiger Junge war, hatte Govic für seinen Vater, den alten Feldwebel, und dann später für dessen Nachfolger, Victor Darrigan, den neuen Feldwebel der DeBracys, immer wieder kleine Aufträge ausführen können. Hier ein Händler, der ,aufgemischt' wurde, um Wegzoll einzutreiben, dort ein freier Bauer, der der Pachtzahlung nicht nachkam. Oder eine Komfortdienerin, die überzeugt werden musste, dass es ihre Pflicht war, die Rockschürze für ihren Lehnsherrn hochzuschlagen (und jeder im Dorf wusste, dass Darrigan viele Mädchen zu Prinz Frederick schickte). Jedoch bevor er seine eigenen Soldaten für solche Aktionen einsetzte, schickte Darrigan lieber den raufwütigen Govic, um den Schuldigern zu verdeutlichen, dass sie mehr verlieren würden, wenn sie ihren Pflichten nicht nachkämen. Govic führte diese Aufträge stets mit Begeisterung aus, denn er suchte Darrigans Gunst; und eine Zukunft unter den Soldaten DeBracys war keine schlechte Wahl in dieser Welt der Leibeigenschaft.

Der Feldwebel mit den schulterlangen, braunen Haaren und einem den Mund einrahmenden Bart, musterte die Jugendlichen, die vor seinem Blick einer nach dem anderen wichen. Janek brach als erster aus dem Kreis aus und rannte nach Hause.

„Ihr habt euren Spaß gehabt. Verschwindet nach Hause!", befahl er und ließ seine Reitgerte in seine Handfläche schnappen. Darrigan ritt zwar nicht, doch die Gerte war sein bevorzugtes Instrument, um sich Respekt zu verschaffen. Er wartete nicht ab, ob sie seinem Befehl nachkamen. "Komm mit, Govic, es gibt Arbeit. Ein Händler aus Calhuh, ein Freund der DeBracys, sucht einen Ortskundigen."

Er führte Govic einige Schritte fort, hielt dann inne und schaute zurück. Kalt blickte er zu Kyle herab, der auf dem Boden kauerte und versuchte, sich langsam zu erheben.

„Danke", murmelte er leise, doch in Darrigans Augen las er den gleichen Hass. Und sein Blut gefror, als er die Worte des Feldwebels vernahm: „Govic, mein Junge, spiel nicht mit deiner Beute. Ein Soldat geht hin und tötet seinen Feind."

Govic starrte den Feldwebel mit weit aufgerissenen Augen an. „Nicht heute", erlöste ihn der Ältere. „Aber ich frage mich, was aus dem stinkenden Bastard hier wird, wenn du das Schwert der DeBracys führen wirst."

„Dann stoße ich es ihm direkt ins Herz!", rief Govic grinsend. Kameradschaftlich gab der ältere Mann Govic einen Klaps auf den Oberarm. Der kräftige Junge blickte mit gefletschten Zähnen zu Kyle.

„Ja, das wird ein interessanter Tag!" Darrigan lachte harsch auf und sprach herablassend, so als sei es ihm gleich, dass Kyle seine Worte hören konnte: „Bedenke nur eines: Ein Stoß ins Herz ist zu schnell. Wenn du jemanden für seine Existenz strafen willst, Govic, dann lass ihn langsam hinübergehen. Abschaum lässt man nicht einfach sterben. Man lässt ihn *verrecken*! Ganz langsam!"

„Langsam", wiederholte Govic gedehnt, ohne Kyle aus den Augen zu lassen. Ihm einen Stoß in den Rücken gebend, führte Darrigan ihn an der Schulter fort und sie schritten die Straße zur Kommandantur hinab.

Kyle saß im Dreck der Straße und zitterte. Er hasste Govic, wollte ihn tot sehen. Ihn. Und Darrigan. Und alle Menschen in diesem verhassten Dorf. *Alle außer...*

„Komm, ich helfe dir", hörte er ihre Stimme. *Ania.*

Das Mädchen mit den strohblonden Locken trat aus dem Schatten des Gebäudes hervor, bückte sich und rieb mit ihrer Schürze den Schlamm vom ersten Nagel ab, den sie aufgenommen hatte. „Es ist nur Dreck, Kyle. Dreck kann man abwaschen."

Sie hielt ihm den ersten Nagel hin und lächelte.

Ania

DIE LEIBER in dem Gemälde bewegten sich.

Sie schrie, doch kein Laut entrang ihrer Kehle.
Gestalten in schwarzen Roben schälten sich aus der
Dunkelheit hervor. Vermummt, die Gesichter hinter
Masken aus Metall verborgen.

Und Fratzen. Dutzende.

Gelblich leuchtende Augen in der stickigen
Finsternis. Raubtieraugen.

Ein heißer Atem.

Faulig.

Sie schrie...

Sein Blut pulsierte noch immer vom
Rhythmus der Musik, als er Ania die Stufen zu
ihrem Haus hinaufbegleitete. Sie blieb stehen und
schaute den schlaksigen Jungen mit leuchtenden
Augen an. „Danke, Kyle. Es war schön.“

‚Schön.' Das war nicht die Vorstellung, die Kyle von dem Tag gehabt hatte. ‚Perfekt', ‚gesegnet', ‚göttlich' schienen eher Begriffe zu sein, die annähernd beschreiben konnten, wie er sich fühlte. Endlich war nun dieser Augenblick gekommen. Ein Mädchen – und keine von den hässlichen, über die die Betrunkenen lauthals spotteten, dass sie aussahen, als hätte man sie eben unter einer Kuh hervorgezogen – hatte ihn bemerkt, hatte mehr in ihm gesehen, hatte sich ihm geöffnet. *Sein* Mädchen, *seine* Prinzessin, hatte sein Herz zum Singen gebracht: *Seine* Ania.

Er strich sich seine Hände an der Hose ab, bevor er ihre ergriff; Kyle wollte nicht, dass seine vor Aufregung schweißnassen Hände sie abstießen. Ania neigte den Kopf schief, lächelte und berührte mit ihren schlanken Fingern seine Wange. Sie fühlte sich warm an. „Du hast eine gute Seele, Kyle", flüsterte sie. „Du bist so anders..."

Ein Stich durchlief sein Herz, doch ihre Berührung ließ ihn erschauern. Wie die ihren, waren auch seine Hände sanft. Statt mit rauem Werkzeug zu arbeiten, liebte er es, mit Kohlestücken aus der Schmiede auf altem Holz oder gar auf Pergament zu zeichnen - wenn er welches finden konnte. Bilder flackerten vor seinem geistigen Auge auf: Einst hatte ihm ein wandernder Barde ein Stück Pergament geschenkt, auf welches er wieder und wieder Zeichnungen angefertigt hatte, nur um sie dann abzukratzen und durch eine neue zu ersetzen. Es war eine Leidenschaft, die ihm mehr als einmal den Zorn des Schmiedes eingebracht hatte. Und nicht nur Adrians: Wer brauchte hier schon einen Zeichner? Künstler waren Hungerleider. Nichtsnutze und Tunichtgute. Wie Kakerlaken lebten sie von den Resten, die andere übrigließen.

Kyle schluckte, als er sich erinnerte, wie sie ihm das Pergament weggenommen und zerrissen hatten. Er hatte die Stücke nachts wieder aus dem Müll hervorgeholt und stets in einer Tasche an seinem Überwurf versteckt.

Reiß dich zusammen, ermahnte er sich. *Dies war ein schöner Tag. Versau es jetzt nicht!* Doch die Erlebnisse seiner Vergangenheit blitzten immer wieder vor seinem geistigen Auge auf. Gemieden, ausgestoßen, verachtet und gequält. „Du gehörst nicht zu uns!", hatten sie ihm gesagt, seit er denken konnte. „Du bist so anders, nicht normal." Gehetzt hatten sie ihn, verspottet, getreten und mit Angst genährt. Angst und Schwäche zogen jene an, die sich selbst davon nährten, und Kyle hasste sich selbst für das, was er *nicht* war.

Aber diesmal begriff er, dass das „du bist so anders", welches Ania sagte, bar jeder Häme war. Zwei Wochen nach dem Überfall Govics, als sie ihm beim Auflesen und Putzen der Nägel geholfen hatte, hatte er sie heute beim *Meygraffest* wiedergesehen, jenem Tag der genauso lang währte, wie die Nacht, und so den endgültigen Übergang vom Winter zum Frühjahr festlich einläutete. Der Herr DeBracy hatte seit jeher gestattet, dass die Bauern und Leibeigenen an diesem Ehrentag feiern durften und so hatten die Bewohner von Asaanfurth getanzt und gesungen.

Es war eine ausgelassene Stimmung gewesen. Die Dorfbewohner hatten mit Bändern geschmückte, junge Bäume vor ihre Heime gestellt, um für Fruchtbarkeit in diesem Jahr zu beten (ein Widerspruch, wie es Kyle erschien, denn die frisch geschlagenen Bäume würden nun sterben).

Die Soldaten DeBracys hatten auf dem Frühlingsfest Reiterkämpfe vorgeführt. Kyle hatte die tolldreisten Reitkünste der Krieger in ihren schwarzgelben Wappenröcken von einer der hinteren Reihen der Festzelte aus beobachtet, damit er Govic und den anderen Rüpeln nicht in die Quere kam, die vorne an den Banden dem Schauspiel folgten und brüllten und johlten.

Er hatte sie aus seinem Versteck beobachtet, seine Ania, die Krämerstochter, die ihm geholfen hatte und deren Locken wie Gold im Licht der Frühlingssonne geschimmert hatten. Doch statt in seinen Träumen war sie dieses Mal real gewesen. Ihre Augen hatten sich auf dem überfüllten Dorfplatz gefunden und sie hatte schließlich gelächelt. Sie erschien ihm wie die Frühlingsgöttin Osdara, wunderschön anzusehen in ihrem grünen Kleid und dem Blumenkranz im Haar, den die unverheirateten Mädchen zu diesem Fest trugen. Ihre schlanken Arme waren mit Henna-Farben verziert worden; auch dieses waren Symbole, die die Göttin um Fruchtbarkeit für das kommende Jahr baten. Er hatte nicht gewusst, wie er sich verhalten sollte, denn sie konnte doch unmöglich ihn meinen, aber dann war sie zu ihm gekommen und sie hatte mit ihm geredet. Nicht voller Spott und Abscheu, sondern voller Wärme.

„Hallo Kyle, wie geht es dir?"

Nicht mehr. Nicht weniger. Einfache, ehrliche Worte.

Er hatte gestottert und sein Mund war trocken gewesen, doch ihr glockengleiches Lachen hatte ihn besänftigt. Er wusste in seiner Seele, dass Ania anders war als die anderen Mädchen, die sich an die starken und kräftigen Jungen hefteten, ihnen folgten und schließlich zu deren *Besitz* wurden. Die Hälfte von ihnen, die in seinem Alter waren, waren bereits geschwängert worden und verloren schon ihre Form; das Schicksal vieler junger Frauen in den armen Dörfern.

Ania sprach mit ihm, erzählte von ihren Aufgaben im Kramladen und Kyle berichtete von den Zeichnungen, die er heimlich abseits der Schmiede fertigte; sie plauderte von der Schönheit der Musik aus Flöten und Trommeln und von ihrer Lust am Tanzen. Irgendwann fasste sie ihn an der Hand und zog ihn in den Reigen der Tanzenden. Einige Blicke musterten sie fragend, doch niemand protestierte. Und zu Kyles Glück schien Govic zu sehr mit seinen Soldatenfreunden beschäftigt zu sein.

Erst als Inka Ania mit gerunzelter Stirn anschaute und auf dem Absatz kehrtmachte, führte die Krämerstochter den Jungen vom Festplatz. Sie waren am nahen See spazieren gegangen, hatten dem Spiel des Bachlaufs gelauscht und geredet. „Erzähl mir von deinen Träumen, Kyle", hatte sie gesagt. „Erzähl mir von Drachen und Rittern."

Hatte sie ihn verspotten wollen? Doch Kyle sah, dass sie seinen Erzählungen gebannt lauschte.

„Ein Künstler und ein Barde", hauchte sie und der Duft ihrer Haare stieg ihm in die Nase. Seine Hände waren so feucht, dass er sie dauernd an seinen Beinkleidern abrieb. Sie hatte dies bemerkt und irgendwann seine Rechte gegriffen – und nicht mehr losgelassen. Ania hatte sich zärtlich an ihn geschmiegt, als sie unter dem ersten frischen Grün eines Baumes im Gras lagen (der Boden war noch kalt, doch sie wollten beide nicht aufstehen). Dort hatten sie von einer besseren Zukunft geträumt, als dies in der Leibeigenschaft der DeBracys möglich war. Schließlich war sie still geworden, als hätte sich ein Schatten über sie gelegt. Ihre Augen hatten eine traurige, beinahe gehetzte Note erhalten. „Ich habe Albträume, Kyle. Entsetzliche Albträume."

Mehr nicht. Verwundert hatte er sie angesehen. „Erzähl mir von deinen Albträumen, Ania!", hatte er bestimmt gesagt und sie hatte ihre Lider geschlossen. „Du wirst mich auslachen."

„Warum sollte ich das? Hast du mich wegen meiner Phantasien ausgelacht? Ob der Drachen und Ritter?"

So langsam hatte sie genickt. „Nein, ich mochte diese Träume. Auch wenn Drachen mir Angst machen. Wenn es sie geben würde, meine ich", hatte sie hinterhergesetzt. Lange und tief hatte sie ihren Blick auf ihn gerichtet. „Du nimmst mir die Angst vor diesen Dingen, Kyle."

„Tue ich das? Wie?"

Und sie hatte gelächelt. „Dadurch, dass du mir davon erzählst. Deine Worte nehmen den Fratzen in der Dunkelheit den Schrecken!"

Ania war in den braunen Augen versunken, die groß und schimmernd waren, zwei tiefe Seen, hinter denen sich etwas Geheimnisvolles verbarg. Etwas, das den anderen Kerlen in Asaanfurth fehlte. Er hatte sie gleichfalls lange betrachtet und das Lederband um seinen Hals gelöst. Er hatte gezittert, als er ihr das grobe Schmuckstück hingehalten hatte.

„Kyle, das kann ich nicht!" Ihre Augen waren über den tropfenförmigen Stein geglitten, dessen eine Seite grob geschliffen und gemeißelt worden war. Die Form hatte sie an das Haupt eines Wolfes erinnert, der sich aus dem grünen Gestein schälte.

„Es wird deine Albträume fernhalten", hatte Kyle gesagt. „Es soll dir Hoffnung geben und die Angst nehmen!"

Ania hatte dankbar gelächelt und ihre Haare zurückgestrichen. Vorsichtig hatte Kyle ihr das Lederband um den Hals gelegt. Zart hatte sie sich an ihn geschmiegt und sehnsüchtig geflüstert: „Erzähl mir mehr von den Orten, die du gesehen hast."

So hatte Kyle von der endlosen Wanderschaft berichtet, jedoch hatte er dieses Mal die unangenehmen Begegnungen, die Kälte und den Hass ausgelassen, genoss er es doch, dass sie ihm zugehört hatte.

„Ich habe dir das nie gesagt, Kyle. Aber ich mochte es, wenn du mich im Laden angesehen hast, als sei ich eine Prinzessin."

„Du bist doch eine Prinzessin, Ania. Du hast die Seele einer Prinzessin, rein und edel!"

Sie hatte geschwiegen und sich enger an ihn geschmiegt. Der Duft ihres Haares hatte seine Sinne vernebelt.

„Was du nur für Worte kennst, Kyle." Die Art, wie sie seinen Namen geflüstert hatte, war so anders gewesen als sonst. Gefühlvoll.

Ania liebt mich, war ihm plötzlich gewahr geworden und so war er viel zu schnell vorgestürmt, hatte ungelenk losgeplappert: Heiraten wollte er sie, sein Leben mit ihr teilen, und das, obwohl er nur Handlanger in der Schmiede seines Vaters war. Nein, besser noch, mit ihr fortgehen!

Ania hatte die Stirn gerunzelt und schließlich gelacht. „Du bist ja schnell. Lass uns doch einfach sehen, was passiert, Kyle!"

Er hatte sich für seinen Vorstoß gescholten, doch sie schien ihm sein leidenschaftliches Verhalten nicht übel genommen zu haben. „Ich bin noch nicht soweit, um über dergleichen zu sprechen. Schon gar nicht über eine Heirat! Und wie stellst du dir das vor, Kyle? Du musst auf eigenen Füßen stehen, sonst wird mein Vater einer Vermählung nie zustimmen. Und der Herr DeBracy schon gar nicht." Sie hatte sich auf die Lippen gebissen. „Und ich auch nicht."

Kyle hatte geschluckt, doch er hatte verstanden: Ohne Besitz oder eine gesicherte Zukunft würde er sie nicht zum Weib nehmen können. Als Handlanger seines Vaters würde er dies nicht schaffen. Doch als er bedrückt mit seinen Fingern im jungen Gras gespielt hatte, um die angespannte Situation nicht weiter zu forcieren, hatte sie sich an ihn gelehnt. Schulter an Schulter. „Lass uns einfach hier sitzen, Kyle." Ihr kleiner Finger hatte den seinen berührt und er hatte ihre zarte Berührung erwidert.

Als die Sonne langsam unterging, hatte er eines der wenigen Pergamente, die er besaß, freigekratzt und ein Bild von ihr gezeichnet; große schwarze Striche mit Kohle waren es, und sie hatte gelächelt. Und viel zu schnell waren sie den Heimweg angetreten und standen nun auf der Veranda des kleinen Krämerladens. Das Haus war weitaus schöner, als die grauen und braunen Hütten der anderen Dorfbewohner. Meister Fragner hatte sogar unlängst die Tür und die Läden vor dem Fenster mit grüner Farbe streichen lassen, ein Zeichen seines zarten Wohlstandes.

Ania hielt das Pergament mit ihrem Bild in der Linken und schaute auf ihr Konterfrei. Ihre langen Finger glitten über den rauen Rand des Pergaments. „Noch nie hat jemand so etwas Schönes für mich gemacht, Kyle. Danke!"

Ania biss sich auf die Unterlippe. Kyle war keine gute Partie und doch spann er sie mit Worten ein, die ihren Verstand beschäftigten. Es war nicht der geifernde Blick auf ihre Brüste, auf ihr Becken oder ihre Schenkel. Sie hatte seine Blicke schon vorher gespürt, doch sie waren zurückhaltender, sie nicht unverblümt ausziehend. Seine Augen, die klar und dunkel waren, hatten schon vorher ihre Neugier erweckt (auch wenn sie dies niemanden sagen konnte, schon gar nicht Inka). Kyle *jagte* seine Beute auf eine gänzlich andere Weise. Sanfter, ein Begehren in ihr weckend, nicht nach dem

Körperlichen, sondern nach ihrem Verstand, ihrer Seele.

„Es wird dir nicht gerecht, Ania! Du bist wunderschön! Wie ein Engel!"

Sie winkte lachend ab. „Du hast zuckersüße Worte, mein Kavalier mit den dunklen Augen!", schalt sie ihn. „Du weißt, dass sich jedes Mädchen in diesen Augen verlieren kann, wenn du es nur zulässt, oder? Sanfte Augen. Wache Augen. Und du redest immerhin in vollständigen Sätzen", fügte sie ernsthafter hinzu.

Ihre Blicke hielten einander fest. War es das, was sie in ihm sah? Verstand? Mehr Verstand, als die einfachen Leute hier jemals haben konnten? Einen Traum aus Sanftheit und Erzählungen?

„Warum, Ania?", fragte er leise, unsicher, als fürchte er sich vor der Antwort. „Warum bist du hier? Mit mir, meine ich. Was siehst du in *mir*?"

Sie runzelte die Stirn und erwiderte: „Was siehst *du* in mir, Kyle?" Sie wartete seine Antwort nicht ab und flüsterte. „Schönheit? Ja, ich höre das den ganzen Tag. Seit ich denken kann. Von meinen Eltern bis hin zur restlichen Gemeinde von Asaanfurth." Sie schmunzelte. „Naja, bis auf ein paar Neider vielleicht, aber um genau zu sein, höre ich dies mein Leben lang: ‚O Ania, du bist *so* schön'."

Kyle runzelte die Stirn, konnte den Gedanken jedoch nicht greifen.

„Weißt du Kyle, ich habe akzeptiert, dass ich anders bin als die anderen im Dorf."

Überrascht sah er auf. *Ania? Anders?*

„Ich bin nicht arm. Meine Eltern sind nicht arm. Wir sind auch keine Leibeigenen."

Er nickte, als wäge er ihre Worte ab. Es stimmte: Meister Fragner war ein Freier. Er konnte sich ein Haus aus Stein leisten; mit einem Zaun, dessen Latten sogar mit kostbarer Farbe grün und blau gestrichen wurden. Jahr für Jahr.

„Und ich schlage meinen Rock nicht für den Nächstbesten hoch. Denk nur an Inka; es ist eine Frage der Zeit, bis Govic ihren Bauch dick macht. Und dann…" Sie ließ den Satz unvollendet und wieder nickte Kyle nur. Er hatte es oft genug erlebt; junge Mädchen, die sich von plumpen Einfaltspinseln schwängern ließen, um dann elendig in der Gosse zu landen.

„Und dieses Dorf hier. Asaanfurth. Furt der Ochsen!" Sie lachte harsch. „Und ich glaube ja, dass damit nicht die Rindviecher gemeint sind. Bauernhafte Tölpel, die mir mit ihrem Gegrunze den Hof zu machen versuchen."

Sie hielt inne und atmete schwer ein und aus. „Ich klinge arrogant, nicht wahr?"

Kyle schüttelte den Kopf.

„Versteh mich nicht falsch. Ich kann lesen, Kyle. Mein Vater gibt mir Bücher und lehrte mich das Rechnen. Und was steht mir bevor? Ein Govic? Ein Janek?"

Der Gedanke schmerzte ihn, doch bevor er in der Pein dunkler Horrorvorstellungen versank, flüsterte sie bereits weiter: „Es ist langweilig. Aussichtslos und zugleich langweilig. Alles ist gleich in Asaanfurth. Die gleichen Gesichter. Die gleichen Reden. Tag ein, Tag aus."

Kyle verstand, was sie meinte. „Du willst etwas Neues! Etwas Aufregendes!"

Ania nickte und sie berührte seine Stirn mit der ihren. Kyle erschauerte ob ihrer Wärme. „Ja, dieses Geprotze von Kraft beeindruckt mich nicht, Kyle. Hier haben viele Kraft."

Ich nicht!

„Und diese ewigen Schlägereien mag ich auch nicht. Oder das plumpe Ausspucken, das Janek und Harro dauernd praktizieren. Es ist unschön und nichts für eine Dame."

„Und dann, mitten in den Rüpeleien, sah ich dich. Anders. Du hast nicht zurückgeschlagen, bist kein Schläger und Raufbold wie Govic und seine *Rotte!*"

Kyle erschauerte, als sie ihm ihre Gedanken offenbarte – und das Gleiche über Govics Gefolge dachte, wie er. Zum ersten Male fühlte er sich nicht schwach, sah sie doch eine Stärke in seiner Sanftheit, seinen träumerhaften Zügen. „Beim Tanz sah ich dich mit ganz anderen Augen. Du suchst, bist wachsam."

Kyle lächelte verlegen.

„Lach nicht, Kyle. Es stimmt. Und groß bist du, auch wenn deine Augen sagen, dass du dich klein fühlst. Und ich fragte mich, was denkt er nur? Was macht dieser Kyle eigentlich, wenn er alleine ist? Was geht ihm durch seinen Kopf, wenn er alleine auf den Balken oben auf der Scheune sitzt und in die Ferne starrt?"

„Ich…"

Sie berührte seine Lippen mit ihren Fingerspitzen. „Du hast etwas Geheimnisvolles. Und du hörst mir zu. Du bist sanft in deinem Wesen. Du beschäftigst dich mit Gedanken, auf die Govic und sein ‚Hofstaat' niemals kommen würden." Sie schaute auf das Pergament. „Du bist ein Künstler, dienst einem größeren Ziel. Statt nur zu schuften, um DeBracys Kasse zu füllen, malst du mir die Sterne vom Himmel; verzauberst du mich mit Träumen, deinen Worten, Gedichten und Geschichten, deinen Bildern, du Hexer!"

Er starrte sie mit offenen Augen an.

„Ja, du bist *anders*. Aufregend, Kyle. Akzeptiere es!"

Bevor er wusste, wie ihm geschah, hatte sie sich vorgebeugt und ihre sanften Lippen berührten die seinen. Nur einen Herzschlag lang.

„Ania!"

Die tiefe Stimme ihres Vaters bellte aus der aufgesperrten Tür. Der Mann, mit kahlem Haupt und zugeknöpftem braunen Gehrock, stand im Türrahmen gelehnt und hatte die Arme vor der schmalen Händlerbrust verschränkt. „Es reicht jetzt! Geh ins Haus!"

Kyles Herz schlug schneller, doch er wich nicht zurück. „Meister Fragner! Ich bin gleich fort! Ich wollte mich nur von Eurer Tochter verabschieden!"

Der Mann funkelte ihn kalt an. „Ich weiß, was du *willst*. Und du gehst sofort!"

„Vater!", protestierte Ania, doch ihr Vater hob ermahnend den rechten Zeigefinger. „Wir haben einen Gast, Ania. Geh hinein und begrüße unseren Gast!"

Sie warf einen Blick zu Kyle zurück, berührte den grünen Stein, der nun am Lederband um ihren

Hals lag. Gequält lächelte sie und huschte dann mit gesenktem Blick an ihrem Vater vorbei ins Innere.

Kyle stand zögernd auf der Veranda und Meister Fragner funkelte ihn voller Abscheu an. „Verschwinde jetzt. Und morgen werde ich mit Adrian besprechen, dass du hier nicht mehr erwünscht bist!"

Damit drehte sich der Krämer um und ließ Kyle stehen. Die Tür schloss sich mit einem lauten Knall und Kyle starrte verletzt auf das Fenster. Für einen Herzschlag glaubte er, eine grinsende Grimasse dahinter gesehen zu haben, die ihn aus kalten Augen angestarrt hatte. Der Junge presste die Augen zusammen und ballte die Fäuste. Als er endlich verstand, dass die grün gestrichene Tür sich nicht wieder öffnen würde, schlich er bekümmert nach Hause.

Ania drückte sich gegen die mit Holz vertäfelte Wand der ‚Guten Stube', die hinter dem Verkaufsraum mit den Schubläden und Kisten lag. Ihr Vater saß auf den mit tannengrünen Kissenauflagen verzierten Stühlen am Tisch, der Fremde ihm gegenüber. Ein Händlerfürst aus Calhuh, der ehrenwerte Carwolus, so stellte ihn ihr Vater vor, und ein Gast der DeBracys. Aufmerksam musterte Ania den älteren Mann in den reichen Kleidern aus blauem und rotem Samt, bestickt mit Brokat und weichem Pelz. Er nahm seinen Hut vom Kopf, und strich sich über die dünnen, rostroten Haare, die sein rundes Gesicht einrahmten und einen seltsamen Kontrast zu seiner blässlichen

Haut bildeten. Sie mochte seinen Oberlippenbart nicht, der um die Mundwinkel herum herabfiel, und seine Augen waren kalt; Raubtieraugen, die alles durchdringen zu schienen.

Lauernd.

Suchend.

Ania runzelte die Stirn; der Mann musste wichtig für die Geschäfte ihres Vaters sein, denn ihre Mutter stellte gerade die guten, ziselierten Becher aus Zinn auf die Eichenplatte, und deutete ihr, die Schale mit Früchten von der Anrichte dazuzustellen. Auch trug ihre Mutter ihr bestes, sandfarbenes Kleid, von unten bis oben zugeknöpft, sodass nur ihre Hände und ihr Gesicht freigegeben wurden, und sie hatte sogar die Haube mit den gelben Bändern aufgesetzt, die ihr rotwangiges, rundliches Gesicht einrahmte.

Der Mann nickte anerkennend. „Die Geschäfte laufen gut, nehme ich an?"

Die Frage klang eher wie eine Feststellung und zu ihrer Überraschung nickten ihre Eltern, die sich sonst so bedeckt gegenüber Fremden zeigten, wenn es um ihre Geldgeschäfte ging. „Die richtigen Geschäftspartner", lachte ihr Vater nonchalant.

Stirnrunzelnd tat Ania, wie ihr geheißen wurde, raffte den Rock leicht an den Oberschenkeln und machte einen Knicks, wie ihre Mutter es sie gelehrt hatte. Sie war im Begriff die schwere Glasschale auf dem Tisch abzustellen, in der ihre Mutter die roten Erdbeeren aus dem Garten auf einer weißen Serviette angerichtet hatte, als sie das Gleichgewicht verlor. Sie versuchte die Schale auszubalancieren, doch eine der Erdbeeren kullerte über den Rand und war im Begriff, den Händler zu treffen. Ein Laut des Schreckens entglitt ihrer Kehle und schnell, schneller, als sie es dem kräftig gebauten Mann zugetraut hätte, schoss dessen Linke hervor und fing die Frucht im Fall auf.

Er fixierte sie mit ihren Augen, lächelte breit und biss genüsslich in die Frucht, kostete von ihr und sog sie dann in seinen Mund. Schüchtern zog sich Ania wieder zur Wand zurück, an der sie sich weitaus sicherer fühlte. Diese ganze Situation bereitete ihr Unbehagen, diese Blicke, mit denen sie studiert wurde.

„Sie ist so ungeschickt, manchmal", flötete ihre Mutter kopfschüttelnd. „Aber das wird sich geben, wenn sie erst kein Kind mehr ist. Und Calhuh wird ihr gewiss gefallen."

Ania blies sich eine der strohblonden Strähnen aus dem Gesicht. Sie hasste es, wenn ihre Mutter sie als Kind bezeichnete. Doch als sie dem Gesprächsverlauf ihrer Eltern mit Carwolus lauschte, schwante ihr, dass mit ‚kein Kind mehr' möglicherweise etwas gänzlich anderes gemeint sei.

Machen wir eine Reise? Nach Calhuh?

„Calhuh, das Caramassin", hob der Mann an. „Ich habe viele Unternehmungen in vielen Orten." Das Gespräch schwang von einem Anwesen in Calhuh zurück zu Warenlieferungen und Gütern, zu Häusern in Orten, die sie nie gesehen hatte (und wohl auch nie sehen würde, vermutete sie) und ihre Gedanken wanderten zu Kyle.

Kyle war jung, so wie sie, und dieser Händler, den sie nie zuvor gesehen und von dem sie auch noch nie im Gespräch gehört hatte, erschien ihr unendlich alt. Der Mann mochte vielleicht vierzig oder fünfzig Jahre alt sein, ein Greis aus ihrer mädchenhaften Sicht. Sie hörte von Ländereien im Caramassin, von Kontoren und Schiffen, von Waren aus dem fernen Thyat; jenem Ort auf dem sagenumwobenen Kontinent Thysalis, wo Löwen und Elefanten in den Städten als Haustiere gehalten wurden und wo es die feinste Seide und das beste Leder geben sollte – und Ania beeindruckte all dies nicht.

Sie vermisste Kyle, wurde sie sich plötzlich gewahr.

Obwohl er keine Arbeit hatte.

Und kein Geld.

Aber Kyle hatte sie heute froh gemacht; eine Fröhlichkeit, die nun mit jedem Herzschlag zu schwinden schien. Sie berührte einen Moment lang Halt suchend den Wolfskopf im Stein, den sie um den Hals trug, und dachte an Kyles Worte der Hoffnung. Ihre Mutter fixierte sie aus den Augenwinkeln und runzelte missbilligend die Stirn.

„Ihr seid sehr schön, Fräulein Ania", sagte der Händler unvermittelt und beinahe beiläufig in ihre Richtung. Die Gedanken an Kyle lösten sich auf, als sie ihre Mutter sah, die sich erstrahlend streckte und voller Stolz hinzufügte: „Und sittsam ist sie! Nicht wie diese anderen jungen Dinger, die man zuweilen aus niederem Stande findet."

Unbehagen stahl sich in ihre Gedanken: ihre Eltern hatten stets ihr Bestes im Sinn gehabt, hatten ihr nie etwas Böses gewünscht und sie behütet wie ein Kleinod, und so lauschte Ania, um mit jedem weiteren Satz das Gefühl zu bekommen, dass sie eine Ware war, die mit Engelszungen angepriesen wurde.

Ihr Vater gab ihr schließlich einen Wink, dass sie die Weinkelche auf dem schweren Eichentisch erneut füllen sollte, und zupfte die weißen Rüschen seines Hemdes derart, wie er es immer tat, wenn ein Geschäft in die für ihn vorteilhafte Richtung verlief. Zögerlich trat sie erneut näher und beugte sich vor, um die Becher zu füllen. Sie spürte die Blicke des Mannes wie glühende Eisen auf ihrem Leib, während der blutrote Wein sich unerträglich langsam aus der Karaffe ergoss.

„Es gibt nun noch eine heikle Frage, die es zu klären gilt, Madame Fragner, Meister Fragner." Der rothaarige Händler musterte Anias Körper noch immer prüfend und unverhohlen von Kopf bis Fuß und der Blick ließ ihr einen kalten Schauer über den Rücken fahren.

Ihr Vater nickte gleichwohl. „Ja, mein Herr, ich verstehe. Wie meine Gattin bereits sagte, unsere Ania ist stets sittsam gewesen. Wir haben sie im...", ihr Vater zögerte einen Moment lang, bevor er fortfuhr: „...im wahren Glauben erzogen und ich kann mit Stolz behaupten, dass meine Ania immer schon keusch war und noch jungfräulich ist, wenn Ihr sie in Euer Bett holt." Er lächelte wissend und ihre Mutter bedeckte kichernd ihren Mund.

Ania taumelte zurück. Beinahe wäre ihr die Karaffe aus den Händen geglitten. *Dieser fette, alte Kerl will mich in sein Bett...?* Erst jetzt verstand sie vollends, dass ihre Eltern über ihre Vermählung sprachen und der Gedanke behagte ihr keineswegs. Wieder richteten sich die kalten Augen des Händlers auf sie. Ihre Sicht verschwamm und ihre Hände begannen zu Kribbeln, als eine seltsame Kälte von ihr Besitz ergriff.

„Vater...", hob sie flehend an. Ihre Stimme klang kläglich, als sie sah, wie die beiden Männer und ihre Mutter sie anlächelten. Ihr Vater legte dem Händler in den reichen Roben vertraulich die Hand auf den Oberarm. „Sie ist noch unerfahren in diesen Dingen und ziert sich. Aber das gibt sich. Bei ihrer Mutter war es einst auch so." Ania sah fassungslos, wie ihre Mutter den Blick senkte, ihre Hände sittsam im Schoss gefaltet.

Sittsam? Unterwürfig!

Das Lachen der beiden Männer wandelte sich zu einem Schmunzeln und Ania suchte hilfesuchend nach einer Fluchtmöglichkeit. Carwolus strich die Falten aus dem mit silbernem Brokat verziertem Gehrock, erhob sich gemächlich und schritt langsam näher. Mit jedem Schritt musterte er sie, doch er berührte sie nicht, sondern umrundete sie, beinahe lauernd, sie mit jedem Schritt messend. Fast erschien es ihr, als würde er ihren Duft schnuppern... *wittern.*

Er maß sie eingehend, sprach jedoch nicht mit ihr, sondern nur zu ihrem Vater, der beinahe höfisch versuchte, seinen Gast zu umgarnen. *Anbiedernd*, befand Ania. Genauso, wie ihre Mutter, die sie mit scharfem Blick fixierte.

„Ja, ich verstehe. Das ist bei vielen Mädchen so, die noch nicht wissen, was ihre Aufgabe im Heim und am Herd ist. Und umso mehr bei einer jungen

Dame aus so gutem Hause wie dem Euren." Er blickte über die Schulter zu Fragner. „Und was war mit dem Jungen vorhin? Ein gewisser Kyle, sagtet Ihr?"

„Der Umgang gefällt mir gar nicht, junge Dame", tadelte ihre Mutter sie plötzlich. „Du wirst ihn nicht wiedersehen!"

„Mutter!"

„Macht Euch keine Sorgen, mein Freund. Dieser Lümmel ist ein Niemand, Meister Carwolus. Nur Kinder, die beim Meygraffest lachten", beschwichtigte ihr Vater.

„Ania, besinne dich stets auf deine Herkunft. Du bist aus besserem Hause, Kind. Und der Junge ist nichts für dich. Er wird dir nur Unglück bringen!", befahl ihre Mutter.

Der Rothaarige strich sich mit spitzen Fingern über seinen Bart und musterte wieder Anias Busen, der sich stoßweise unter ihrer angespannten Atmung hob und senkte. Der kalte Blick des Mannes verweilte einen Moment lang auf dem Schmuckstück auf ihrer Brust, wanderte dann langsam tiefer und blieb auf ihrem Becken hängen. „Kinder..."

Wieder trat er näher an sie heran und sie wich zurück. Sie stieß gegen die kleine Kommode und eine Porzellanfigur glitt herunter, eine tanzende Frau in keuschen Kleidern. Klirrend zersplitterte das kostbare Kleinod, welches ihrer Mutter gehörte.

Nun konnte sie ihre Eltern hinter den ausladenden, pelzbesetzten Schultern nicht mehr erblicken. Er ergriff ihre Hände und sie war plötzlich erstaunt darüber, wie sanft er sie berührte, wie warm diese Hände waren. Er deutete zu dem Schmuckstück. „Und das ist ein...?", fragte er mit zweifelndem Ton.

Sie schüttelte zaghaft den Kopf und versuchte „ein Wolf" zu sagen, doch ihre Stimme versagte. Näher beugte er sich und Ania roch sein Duftwasser... und noch eine andere Note, die ihr seltsam und würzig vorkam, beinahe wie verbranntes Fleisch.

„Ahh", machte er, ganz so, wie man bei einem Kind tut, wenn es eine bizarre ‚Weisheit' von sich gegeben hatte. In seinen Händen schimmerte plötzlich eine silberne Kette, an der ein Medaillon hing. Der Stein, ein Diamant, von silbernen Krallen umklammert, funkelte in Myriaden von Farben. Ja, er pulsierte förmlich, als das kostbare Geschmeide ihre Haut berührte. Eine Sensation durchfuhr sie und sein Atem war heiß, so heiß, als er über ihren langen Hals strich. „Lass mich dir ein Geheimnis über... *Wölfe* ins Ohr flüstern, schöne Ania. Und über einen Traum von Silber und Seide..."

Die tiefe, vibrierende Stimme des Mannes ließ sie erschauern. Die Ecken des Raumes schienen zu kippen und dunkle Flecken tanzten vor ihrem geistigen Auge.

Ania fiel.

Die Sonne stand tief hinter der trutzigen Kommandantur.

Sieh sie nicht an! Schau weg, Kyle!, ermahnte er sich immer wieder. ‚Nicht aufsehen' war seine

Überlebensstrategie geworden; zu Boden blicken und hoffen, nicht gesehen zu werden. Der Blick in die hasserfüllten Augen brachte oftmals diesen Zorn zum Ausbruch und lenkte ihn auf den jungen Träumer.

Dieses Mal hatte Kyle Glück, und die Wachen ignorierten ihn. Schon bald darauf passierte er die Koppeln und Stallungen und erreichte endlich einen weiteren unliebsamen Ort, die Taverne des Dorfes Asaanfurth. Das Gebäude war hässlich. Niemand hatte es sonderlich in den letzten Jahren gepflegt, wenngleich nun durch die Kommandantur mehr zahlungskräftige Söldner und Soldaten diesen Ort aufsuchten. Die rechteckige Form aus grob gehauenen Steinen bildete einen trutzigen Block, der mit dunklen Schindeln bedeckt war. Die Fenster waren klein und mit verwitterten Holzklappen verschlossen und nur durch die teils geborstenen Bretter fiel karges Licht ins Innere. Doch bereits draußen schlug ihm der beißende Gestank von altem Schweiß, klebrigem Dreck und billigem Alkohol entgegen. Saures Bier und schaler Wein vermischten sich mit der schwelenden Note von altem Urin, die von der Rückseite herüberschwebte, wo sich ein behelfsmäßiger Abort befand, in dem sich die Gäste erleichtern konnten.

Der schlaksige Junge fasste sich ein Herz, versuchte vergeblich seine hängenden Schultern gerade zu halten. Seine Augen wanderten zu dem Holzschild empor, welches über dem Eingang hing. Ein geborstener Krug, vor vielen Jahren ins Eichenholz geschnitzt, war noch grob auszumachen. Jeder hier nannte die Taverne jedoch nur noch *Krug*.

Zitternd atmete er tief ein und öffnete die knarrende Tür der schmutzigen Dorfschenke. Das Holz der beschlagenen Tür war mit dicken Balken verstärkt worden; zu oft hatten Schlägereien für Beschädigungen gesorgt und nun hatte, Raelle, der feiste Wirt mit dem fettigen Haar und den fehlenden Zähnen im aufgeschwemmten Gesicht, die Tür verstärkt.

Kyles Augen brauchten einen Moment, um sich an das rauchige Halbdunkel zu gewöhnen, welches ihm wie ein Vorhof zur Hölle selbst erschien. Betrunkene lagen auf dem Boden, ausgemergelte Hübscherinnen räkelten sich auf den Schenkeln von durchreisenden Söldnern oder dem ein oder anderen Soldaten des Herrn DeBracy, und versuchten diese dazu zu bewegen, ihnen teure und verdünnte Getränke zu spendieren oder mit ihnen in eines der Hinterzimmer zu gehen, die nach Schweiß und den Ausdünstungen ihrer Lust stanken.

Er runzelte die Stirn und versuchte die Bilder aus seinem Kopf zu vertreiben, als er sich an Orten wie diesen unter dem Tresen hatte verstecken müssen, während seine Mutter Geld verdient hatte, indem sie bunt bemalt auf den Schößen von bulligen Söldnern ritt und schrie und jauchzte. *Sie und ihre ‚Schwestern‘*, dachte er, als ihn die Bilder seiner Kindheit heimsuchten. Bilder und Gerüche; Schweiß und Alkohol. Nur hin und wieder ein sanftes Wort von einer ihrer Weggefährtinnen, die sich um ihn gekümmert hatten, als Sahirah betrunken in ihrem eigenen Erbrochenen lag.

Er verdrängte die Bilder und schlich tiefer in den verhassten Ort hinein. Seine Augen wanderten stetig umher, stets darauf ausgerichtet, nach den Gefahren Ausschau zu halten, die Plätzen wie diesem innewohnten. Das alte, geschundene Holz der Tische wies zahlreiche Messerstiche von Waffenspielen auf, die Stühle und Bänke waren schon mehr als einmal behelfsmäßig repariert worden, und zwischen den Trümmern des alten Steinbodens waren unzählige, schwarzrote Blutflecken jener Unglücklichen zu finden, die die allnächtlichen Schlägereien nicht überlebt hatten.

Warum nur musste sie sich diesen Ort aussuchen? Kyle wusste es natürlich, denn ihr Vater, der alte Fragner, hatte ihn mit Tritten davongejagt, als Kyle gestern all seinen Mut zusammengenommen hatte, um ihr einen Strauß gepflückter Feldblumen zu bringen. Ihm blieb keine Zeit mehr, über die Beschimpfungen nachzudenken, hatte er doch gerade im hinteren Teil des Schankraums den leuchtenden blonden Haarschopf eines jungen Mädchens erblickt: Ania!

Ein Lächeln huschte über sein Gesicht, und er vergaß für einen Moment, wie sehr er diese alte Taverne hasste. Ihr Anblick ließ ihn auch seine Verwunderung darüber vergessen, *warum* sie ihn in diese Spelunke bestellt hatte und nicht an einen friedlicheren Ort außerhalb des Dorfes, denn war ihr Wunsch war ihm Befehl.

Du folgst ihr wie ein Sklave, verhöhnte ihn jene Stimme in seinem Hinterkopf, die ihn, seit er denken konnte, verfolgte. *Welch böse Gedanken,* schalt sich Kyle und verdrängte die Stimme. Ania war das erste Mädchen gewesen, das ihn überhaupt *angesehen* hatte. Vor fünf Tagen hatte er ihre Lippen das erste Mal geküsst. Die Erinnerung an ihren samtweichen Körper beim Meygraffest ließ ihn erschauern; fast konnte er ihre sanften Hände noch immer in den seinen spüren.

Und nun war er hier. In der verhassten Taverne würde er seinen Engel treffen. Sein Blick glitt erneut durch den verräucherten Raum zu dem hohen Stehtisch im hinteren Bereich, an dem Ania schon sehnsüchtig auf ihn wartete. *Sie sieht aus wie ein Engel mit ihrem goldenen Haar. Ein Engel inmitten von Abschaum.*

Ania war sein Licht in diesem dunklen Dorf. Außer ihr war hier niemand, der verstand, dass er mehr vom Leben wollte, als einfach nur zu schuften, damit der Herr DeBracy seine Soldaten unterhielt oder die eigene Familie genug zu essen hatte.

Ich will mit dir fortgehen. Fort von den schlammigen Straßen von Asaanfurth!

Der unebene Boden der verräucherten und dunklen Taverne war wie immer schmierig und rutschig; ein Gemisch aus Essensresten, verschütteten Getränken und aufgeweichtem Schlamm und brüchigen Steinplatten.

Die gewickelten Stoffschuhe des Jungen waren schnell durchnässt und jeder von Kyles Schritten wurde von einem schmatzenden Geräusch begleitet. In dem Geschubse und Gedränge des engen Raumes hatte er Mühe, sein Gleichgewicht zu halten. Eine Gruppe von Söldnern schob ihn achtlos aus dem Weg und der letzte von ihnen gab Kyle mit dem gepanzerten Ellenbogen einen Stoß in die Nieren. Er keuchte und versuchte vergeblich, sich aufzufangen. Er taumelte mit rudernden Armen einen Schritt zurück und rutschte in dem Erbrochenen eines Betrunkenen aus. Hart schlug er mit dem Arm auf einer Tischkante auf.

Ob des Schmerzes stöhnte er auf und blinzelte mit den Augen. Schwäche wurde hier nicht gern gesehen. Ein bulliger Krieger DeBracys, alt und mit verfilztem Bartwuchs, Ferror mit Namen, hockte breitbeinig auf einem Schemel vor ihm und betrachtete ihn knurrig. Sogleich huschte ein hinterhältiger Zug über das grobschlächtige Gesicht und der Kerl gab ihm einen Tritt, damit er sich trolle. Schadenfroh gackerte die fette, schon längst ergraute Frau auf, die auf dem Oberschenkel des Söldners saß, während dieser mit rauen Händen ihre erschlafften, faltigen Brüste aus dem groben, verblassten Sackkleid hervorholte, um an ihnen zu saugen. Wovon auch die verhärmte Frau in ihrem Leben geträumt haben mochte, hier würde sie es nicht finden. Und Kyle wusste, dass sie Asaanfurth auch niemals mehr verlassen würde. Gefangen im Sumpf.

Kyle nutzte die Gelegenheit und krabbelte auf allen Vieren zwischen zwei Stehtischen hindurch, um der spottenden Menge zu entgehen, richtete schließlich seine schlaksige Gestalt auf und ging mit puterrotem Gesicht und zerstampftem Stolz auf jene Gestalt zu, die in einer der ruhigeren Ecken der Taverne auf ihn wartete.

Ania...

Ihre goldenen Locken waren sein Leuchtfeuer in dieser See aus Unrat, Schweiß und Gestank. Ein freudiges Lächeln huschte über seine ebenen Züge und seine hängenden Schultern strafften sich für einen Herzschlag lang ein wenig. Kyle erreichte das schlanke Mädchen, das wie er so deplatziert an diesem Ort zu sein schien und beugte sich zu ihr herüber. Ihre Gestalt war so feengleich und ihre kleinen, spitzen Brüste drückten sich durch das weiße Leinenkleid ab. Schüchtern gab er ihr einen Kuss auf die Wange und schickte sich an, den Platz zu ihrer Rechten einnehmen. Die Krämertochter legte die Stirn in Falten und ihr sonst so warmer Blick verdunkelte sich und wurde kälter. Leicht, aber bestimmt, stieß sie ihn zurück. „Nicht hierher, Kyle. Dieser Platz ist schon besetzt!"

Weit in Kyles Hinterkopf begann es unangenehm zu klingeln. Kalte Angst legte sich um seinen Brustkorb und er versuchte vergeblich, das aufkommende, schlechte Gefühl beiseitezufegen. Sie deutete mit winkender Hand auf einen entfernteren, ihr gegenüberliegenden Platz. „Setz dich dorthin!"

Er starrte sie fassungslos an. Ihr Ton war kalt. Herrisch, beinahe. „Ania? Ich dachte, wir sind..."

Das junge Mädchen seufzte übertrieben herablassend auf, und blies sich, um dies Kyle auch deutlich zu zeigen, demonstrativ ihre blonden Locken aus der Stirn. Ihr Blick war dunkel, trüb. Nicht voll von jenem Glanz, der ihn vor einer Woche erst in ihren Bann gezogen hatte. Tadelnd, als würde sie mit einem Kind sprechen und nicht mit einem jungen Mann, mit dem sie wenige Tage zuvor noch Hand in Hand im Gras gelegen hatte, fuhr sie fort: „Oh, Kyle, die anderen hatten Recht: Du verstehst auch wirklich nie etwas. Was glaubst du, warum ich dich hierher bestellt habe?"

Immer noch starrte Kyle sie verständnislos an. *Wieso ist sie nur so kühl? Nach all den schönen Stunden? Stunden einer Nähe, die ich zuvor nicht gekannt hatte.*

Sein Blick wanderte zu ihrem Dekolleté. Sie trug das Lederband mit dem Wolfsstein nicht, der sie vor bösen Träumen schützen sollte. Das Klingeln in seinem Kopf begann von Augenblick zu Augenblick stärker zu werden. Fast wie ein Lachen aus der Finsternis, der Hölle selbst. *Was hast du geglaubt, Bürschchen?,* spottete der Dämon, der in seiner Seele hauste. Längst wusste er es, verstand es. Insgeheim, unaufhaltsam, wusste er, dass es vorbei war.

Er hatte es nicht sehen wollen, hatte ihre Sätze und Gesten so gedeutet, dass es eine Hoffnung für sie beide gab, doch sie war wohl nur *höflich* gewesen. Sein Herz wurde von einer glühenden Nadel durchbohrt, während seine Seele verzweifelt bettelte, all dieses möge nicht geschehen. Eine Sensation überkam ihn, als könne er für einen Moment lang die Zukunft sehen. Seine Zukunft *ohne Ania!*

Kyle begann zu zittern. Wenn sie ihn nun verließ, wartete die Dunkelheit wieder auf ihn, die Einsamkeit, sein Dämon. Er brauchte sie doch, klammerte sich an die Gefühle, die er bei ihr zu sehen geglaubt hatte. Sein Blut hämmerte in seinen Schläfen und er hörte ihre Worte kaum.

„Du bist wie eine Klette, die man sich auf einem Spaziergang über die Felder einfängt!"

Zischte ihre Stimme, als sie durch seinen vom Schmerz vernebelten Verstand drang? Glichen ihre zusammengepressten Lippen nicht jenen einer Echse, eines giftigen Reptils?

Sie legte ihre Hand auf den Tisch und als sie sie wieder fortzog, sah er den grünen Stein am Band dort liegen. Aus diesem Winkel sah die Form überhaupt nicht wie ein Wolfskopf aus, sondern wie ein grober Stein vom Wegrand. Wertlos.

„Und du bist hier, weil ich dir jemanden vorstellen will."

Kühl, eisig.

Ihre Hand deutete in den dräuenden Schatten einer Nische. Die Ecke schien das Licht förmlich aufzusaugen, als laure eine unheimliche Bedrohung in ihr, gleich einer fetten Spinne, die in ihrem Versteck auf Beute wartet. Ein Schauern der Beklemmung durchlief Kyle, als aus der Dunkelheit ein reich gekleideter Händler hervortrat, dessen stattliche Erscheinung aus blauem Samt und silbernem Brokat, Pelzkragen und Puffärmeln ebenso wenig in die schäbige Spelunke von Asaanfurth passte, wie der in graubraune, plumpe Wolle gehüllte Kyle. Hoch gewachsen und massig stand der Mann vor ihm, die Füße breit und raumgreifend gesetzt, die Hände in die Hüften gestemmt: Ein Händlerfürst der Macht.

Reich.

Korrupt.

Hässlich.

Rote Haare, eine blässliche Haut und ein um die Mundwinkel herum herabfallender Bart. Kyle revidierte sein Urteil; auf eine Unheil verheißende Art passte der bärtige Rotkopf sehr wohl hierher, denn nur Abschaum kam in dieses erbärmliche Dorf.

„Kyle", ihre Stimme klang nun nicht mehr schneidend, sondern süß und sanft, doch zugleich bösartig und gemein. „Sag brav 'Guten Tag'. Das ist Carwolus von Calhuh, Händler und...", sie kicherte mit einer Stimme, wie er sie noch nie zuvor gehört hatte, und ihre Hand glitt über die samtenen Beinkleider des Mannes, „bald mein Gemahl!"

Das faltige Gesicht verzog sich und der Mann grinste ihn mit einer vollen, ebenen Zahnreihe an. „Hallo, Kyle!" Der Mann spie seinen Namen förmlich aus, als verbinde er Abscheu und Ekel damit. „Trink doch etwas auf mein Wohl, denn schon bald werde ich diese kleine Stute einreiten, auf dass sie mir einen Sohn gebiert!"

Sie gab dem Mann einen Klapps auf die breite Brust und kicherte: „Hochzeitsnacht!"

Kyles Magen drehte und wand sich, als er Anias Kichern auf diese Äußerung hörte. Wieso war sie nicht entrüstet? Seine Hand tastete nach einem tönernen Bierkrug, während in ihm der Wunsch wuchs, diesen dem Händler über seinen Schädel zu schlagen. Doch er stand nur da und sah, wie der Mann seine Hände über das Dekolleté ihres Kleides gleiten ließ und ihr ein paar Piken und Monde, in Viertel und Hälften zerbrochene Münzen, in den Ausschnitt steckte.

Und sie lacht einfach nur! Denkt sie etwa, dass dies eine Auszeichnung ist? Alle Augen sind auf ihr und jeder sieht, dass sie zur Hure wird! Dieses Schwein macht sie zur Hure!

„Ania", flehte der Junge vergeblich. *Ein richtiger Mann würde etwas tun! Handeln! Tu doch was!*

Ahnte sie seinen inneren Konflikt? Oder lagen nur Abscheu und Ablehnung in ihren Zügen. Nein, keine Wärme war dort zu sehen. Sie blickte ihn nur kalt an. „Ich will mein Leben nicht hier verbringen. Nicht mit einem Niemand wie dir!"

Die junge Frau sog die Luft tief ein, erhielt einen ermunternden Blick von dem Händler, der sie wohlwollend anlächelte und ihr hieß, fortzufahren. „Du weißt es doch, Kyle: Ich habe dir gesagt, dass ich mehr will, als das hier." Sie deutete mit einer großen Geste um sich herum. „Ich will seidene Kleider und silbernen Schmuck, keine stinkenden Kühe, Schafe und Hühner. Carwolus hat Ländereien, Vorstellungen von einer Welt dort draußen, die alles, was du in deinen Träumen siehst, langweilig erscheinen lassen."

„Ania..."

„Carwolus kann von echten Reisen berichten. Von einem Luxus, den du dir nie vorstellen kannst. Er kann meine Träume erfüllen, Kyle."

„Aber wir..."

„Es gibt kein ‚wir', du Narr!", zischte sie. „Mein Vater und Carwolus sind sich handelseinig geworden. Ich gehe mit ihm nach Calhuh, um zu heiraten."

Kyle starrte sie nur an. Raum und Zeit lösten sich um ihn herum auf, zersplitterten in Myriaden schwarzer Fragmente. Der Boden unter seinen Füßen schwankte und die Luft klebte schwer in seiner Lunge.

„Bei Ajym, Kyle! Soll ich es noch deutlicher sagen? Du bist nichts, du hast nichts! Du kannst mir ja noch nicht einmal eine Zukunft bieten. Von deinen Fantastereien kann ich nicht leben! Und auch nicht von deinem Gekritzel! Und ich will eben mehr als geile Dorftrampel, die mich schwitzend und stinkend besteigen, mir ein Kind nach dem anderen in den Bauch pflanzen, bis ich ausgemergelt oder fett zugrunde gehe. Ich will nicht in diesem Dorf verrecken, nicht mit Bauern und auch nicht mit einem weinerlichen Tagträumer wie dir."

Unfähig etwas zu sagen oder zu denken, hielt er sich an der rauen Tischkante fest, während Ania nur verächtlich den Kopf schüttelte. „Du musst einer Frau schon mehr bieten können als dieses dreckige Nest! Und Carwolus kann dies. Er ist vermögend. Gesetzt. Ich kriege ein Haus. Und Diener, Kyle. Stell dir das vor: Diener für mich! Ich werde nicht ausgemergelt sein, sondern schön bleiben."

Sie nahm das Schmuckstück auf, das er ihr geschenkt hatte und drückte ihm den Stein am Lederband in die Hand. Sein Magen rebellierte, der Boden unter seinen Füßen schien wegzubrechen und das Erdreich schickte sich an, ihn zu verschlingen. Kyle fühlte, dass er sich übergeben musste. Hart presste er seinen Kiefer aufeinander, kämpfte gegen die Übelkeit und den sauren Geschmack in seinem Mund an.

„Er hat mich ausgesucht, Kyle. Unter all den anderen hat Carwolus mich ausgesucht. Ich bin hier bei ihm. Und das ist nun mein Platz!"

Dies kann nicht sein.

Dies darf nicht sein.

Sie liebte mich doch auch!

War dort nicht ein Schimmer der Zuneigung in ihren Augen? Wurde sie gezwungen, so zu reden? Lächelte sie ihn nicht beruhigend an? Sie beugte sich vor und streckte ihren schlanken Arm aus. Zart spürte er ihre Finger an seiner Wange. Die Berührung brannte wie Feuer, schien das einzig Reale in dieser Welt immerwährender Albträume zu sein. Hatte sie Mitleid? Lag ein Bedauern in ihrer Stimme?

„Ich will nicht eines Tages aufwachen und denken ‚Warum habe ich bloß nicht auf meine Eltern gehört?' oder ‚Was, wenn meine Eltern doch Recht hatten?' und du, Kyle, mich ins Unglück aus Armut und Leid gestürzt hast!"

„Bitte..."

„Ich fühle mich von dir hintergangen, Kyle. Denn all diese Träume, die du mir in den Verstand gepflanzt hast, all diese Träume hättest du mir doch nie erfüllen können! Nein, du würdest der Handlanger von Adrian bleiben. Und der Prügelknabe von Govic. Nichts würde sich ändern, Kyle. Du *wirst* dich nicht ändern."

Ihre blauen Augen glitzerten, als sie die Mundwinkel zu einem beinahe charmanten Lächeln verzog und durch den Nebel seines

Schmerzes hörte er Anias letzte Worte dröhnen, die sie beinahe beiläufig an ihn richtete:

„Du bist zu weich! Du musst eben härter werden!"

Sein Wesen zersplitterte.
Zerbrach.
Er drehte sich um.
Fort von ihr.
Nur weg.
Weg aus diesem Albtraum.
Du bist zu weich...
Er rempelte Krieger, Soldaten und kräftige Kerle an, ohne es zu merken. Auch deren Flüche und die vereinzelten Hiebe und Tritte merkte er nicht. Blind vor Wut und Schmerz stolperte Kyle aus der Spelunke.
Du musst eben härter werden...
Grelles Sonnenlicht stach ihm in die Augen, schien ihn zu verbrennen. Er rannte. Stürzte hinaus und die Straße hinab. In seinem Schädel hallten ihre Worte immer wieder qualvoll nach.
Härter werden...

Der sandige Boden unter seinen Füßen knirschte, als er durch die lehmigen Seitenwege aus Asaanfurth heraus stolperte, nur fort von jenem verhassten Ort, und bald schon über die sanften Anhöhen am östlichen Ufer der Eike die baumbewachsenen Hügel erreiche. *Wie blind war ich nur, wie blind! Nie hatte sie mich geliebt! Aber das kann doch nicht sein. Es ist doch nur Tage her, dass sie mich geküsst hat!*

Sie hat dich angeködert, flüsterte der Dämon.

Nein! Es war echt!

Wie Blitze in einem Gewitter tauchten die Bilder seiner Erinnerung vor seinem geistigen Auge auf. Auf den Wiesen unter einem der alten Bäume hatten sie gesessen und er hatte ihr erzählt, wie er von einem Leben ohne Leibeigenschaft träumte. Er hatte ein Gedicht für sie in seinem Kopf entworfen, einfache Zeilen voller Hingabe, in denen er, ein stolzer Ritter, sie, eine holde Prinzessin, aus den Klauen des Bösen rettet. Sie hatten gelacht und sanft hatte sie seine Hand ergriffen. Sein Herz hatte gerast, denn seine Hände waren schweißnass vor Aufregung gewesen.

Sie hat dir einen Wurm gegeben und du hast angebissen, kleiner Fisch! Sie öffnet ihre Schenkel genauso wie die anderen nur für Geld und Kleider aus Seide!, kicherte der Dämon irre. Die Worte stachen auf ihn ein wie Klingen. Doch er weigerte sich, dies zu glauben. Kyle verfluchte die Stimme seines spottenden Dämons. Was wusste der schon? *Nein! Nein! Sie ist ehrbar! Jungfräulich! Rein!*

Endlich hatte sich eines der Mädchen aus dem Dorf dazu herabgelassen, sich ihm anzunähern, nachdem Spott und Häme alles war, was er in den Jahren zuvor geerntet hatte. *Ania ist anders. Die Mächte des Himmels, die Mächte Ajyms, hatten mir diesen Engel geschickt. Rein und zart. Unschuldig. Unkorrumpiert.*

Ein neuer Gedanke kroch in sein Hirn. Gleich Wasser, welches klar und rein aus einer Quelle am

Fuße der Gebirgsausläufer von Obiskara plätscherte, erkannte er eine andere Wahrheit. *Korrumpiert! Sie hat mich geliebt! Aber er, dieser Händler, Carwolus, der hat sie verhext, sie von mir fortgerissen.*

Seine Gedanken rasten, als er sich erinnerte, wie der Kerl sie betatscht hatte. *Der Händler... Ihr Götter! Ajym! Er wird sie... Hochzeitsnacht... Götter! Warum tut Ihr mir dies an?*

Strauchelnd rannte er noch immer, seine Beine schienen ihn unaufhaltsam weiter zu tragen und selbst das Stechen in der Seite war heute nicht so schnell da, wie sonst. Schritt für Schritt taumelte er unter den Schutz der Bäume. Zweifel stahlen sich in sein Denken. *Oder bilde ich mir das ein? War sie wirklich der Engel, für den ich sie halte? Oder war ich nur ein Spielzeug ihrer Begierde? Ein grausamer Scherz, den sie mit ihren Freundinnen zum Meygraffest gespielt hatte? War ich sonst nichts, weil ich ihr nichts Kostbares geben konnte? Vertrauen? Liebe? Zählt all dieses nichts mehr?*

Wellen des Selbstmitleids ergossen sich über ihn und Kyle hasste sich selbst dafür. Sein Leben kam ihm so unwirklich vor. Es war ihm plötzlich, als würde er das Schicksal eines anderen beobachten und beklagen: Warum war er nicht so wie die rauen und starken Soldaten DeBracys, die in der Schmiede seines Stiefvaters ihre Pferde neu beschlagen ließen? Warum konnte er nicht in glitzernden Rüstungen wie die Ritter des Königs durch das Land reiten und schändliche Räuber und Diebe jagen? Oder wirklich eine holde Maid vor einem Drachen retten? Warum nicht?

Der Dämon antwortete ihm. *Du kennst die Antwort, Kyle. Sie hat sie dir gegeben.*

Ja, er kannte die Antwort: *Du bist zu weich! Du musst eben härter werden!*

Die Worte brannten sich jedes Mal tiefer in ihn ein. Wie glühende Eisen durchdrangen sie Haut, Fleisch, Muskeln und Knochen, bis sie in seine Seele selbst eingebrannt wurden. Es war ein brennender, flammender Schmerz, der seine Seele mit jedem Atemzug aufglühen und verschmoren ließ. Unerträglich war der Schmerz und er machte es ihm unmöglich, auch nur eine Träne zu vergießen.

Zu weich! Härter werden!

Er schien endlich zu verstehen, was sie zu ihm gesagt hatte. Die Wahrheit hinter kühl gesprochenen Worten. Langsam gaben seine dünnen Muskeln nach. Wie lange war er gelaufen? Wo war er? Wie ein krankes Tier hatte er nach einem schützenden Unterschlupf gesucht und der noch lichte Eichenwald, in dem sich die ersten grünen Blätter zeigten, schien ihm in der beginnenden Abenddämmerung das einzige ihn willkommen heißende Heim zu sein. Hier waren keine Menschen, die auf ihm herumhackten und ihn quälten oder verspotteten. Nur Bäume. Eichen, Birken, einige alte Tannen. Sie sahen ihn und sangen ihm ihr Lied. *Rauschende Blätter, die von Wind, Wasser und Erde berichten...*

Er liebte die Wälder. Gleich, ob es die um Asaanfurth waren oder jene in den sumpfigen Gebieten von Alysshem und Gaelbruk, wo sie Unterschlupf gefunden hatten, als er sechs oder sieben Sommer zählte. Während er in den Dörfern immer nur der Ausgestoßene war, die ‚Brut der Hübscherin‘, hatte er draußen in der Natur Zuflucht gefunden, damals, in den dunklen Jahren seiner Kindheit, in der er immer wieder gelernt hatte, die Welt zu hassen, sich selbst zu hassen. Wieder und wieder hatte seine Mutter ihn durch Dörfer wie Asaanfurth geschleift, stets auf der Suche nach einem besseren Leben. Doch welches Glück kann der Sohn einer Hure in dieser Welt erwarten? Dabei war es doch auch nur ein Stückchen Liebe, nach dem es ihn hungerte.

Du verdienst keine Liebe! Sieh dich doch an!

Wieder der Dämon! Diese Stimme, die in seinem Inneren hauste und sich von seinem Schmerz nährte. Hatte der Dämon Recht? War ihm all die Jahre lang eine Welle der Feindseligkeit entgegengeschlagen, *weil* er wirklich anders war? Wirklich nicht hierher gehörte?

Wer bin ich?

Er war sanft, träumerisch, konnte allein im Kopf dichten, konnte sogar Einfaches lesen und schreiben, eine Fähigkeit, die ihn die Weggefährtinnen seiner Mutter gelehrt hatten (das Warten auf Freier brachte viel Zeit zum Lernen mit sich). Er vermochte es zudem, einfache Formen zu zeichnen und Bilder zu erschaffen, aber das zählte nicht in dieser Welt. Er war mittlerweile hochgewachsen, aber seine Arme waren nicht kräftig, sein Körper nicht ausdauernd. Und das machte ihn wieder und wieder zur Zielscheibe von den Dorfrüpeln, die ihre grausamen Späße mit ihm trieben, ihn zusammenschlugen und quälten. Und

Anias Wahrheit bot eine Lösung in sich, die sich ihm noch zu entziehen schien: *Du bist zu weich*...

Erschöpft stoppte Kyle endlich an einer großen, alten Eiche. Sein Gesicht drückte sich an die raue Struktur, der nach modriger Erde riechenden Rinde, während er versuchte, seinen stoßenden Atem zu beruhigen. Zug um Zug bemühte er sich, die Qual von sich abfallen zu lassen. Seinen Augen brannten und als er sie öffnete, betrachtete er die knorrige Eichenstruktur genauer. Aus der Struktur bildete sich ein Geflecht, ein Muster, bestehend aus Verdickungen und Vertiefungen. Kyles Augen wurden zu hasserfüllten Schlitzen, als er in der knorrigen Eiche das hämisch grinsende Gesicht von Carwolus erkannte. *Carwolus... Du Teufel! Dämon!*

Jene Kreatur, die ihm Ania genommen hatte. Ania, die er geliebt hatte.

Liebe...

Tief sog er die Luft in seine Lungen. Der Schmerz glühte auf; so wie Holzscheite und Kohlen rot und heiß aufflammen, wenn der Blasebalg in der Schmiede Luft in die Esse spie. Brennender Hass loderte in Kyle auf und die letzten Reste seines zerbrochenen Herzens schrien gepeinigt auf.

Endlich schrie auch er. Laut und zornig ballte er seine Fäuste, fest, so fest, wie er sie noch nie zuvor geballt hatte, und dann wütete und weinte Kyle ein letztes Mal, als er seine Rechte gegen das Holz des Baumes schlug.

Wieder und wieder.

Schmerz durchflutete seine Hand. Die Haut an seinen Knöcheln platzte auf. Doch was war das im Vergleich zu dem Schmerz, dem seine Seele ausgesetzt worden war? Das Innere seiner Hand brannte gleichfalls, als ihm gewahr wurde, dass er noch immer den Wolfstein darin hielt, dessen scharfe Kanten in sein Fleisch schnitten. Es war ihm gleich. Dieser weltliche Schmerz war unwichtig und so hieb er erneut auf den Baumstamm ein.

Erneut hieb er auf die Rinde ein, in der er das verhasste Gesicht gesehen hatte, bis diese in Fragmenten unter seinen Hieben aufbrach und zersplitterte. Den Schmerz seiner blutenden Faust spürte Kyle nicht mehr, als er schließlich leer und ausgelaugt zu Boden sank. Das Feuer seiner Seele war am verlöschen und stoßweise ging sein Atem.

Ein.

Aus.

Leer, ausgebrannt, lag er an der rauen Rinde und er atmete einfach nur.

Ein.

Aus.

Sein Blick richtete sich auf den Pfad, der in die Dunkelheit führte. Weg von dem verhassten Leben in Asaanfurth. Weg von Ania. Weg von seinen Peinigern.

Und? Warum tust du es nicht, Kyle?, höhnte sein Dämon. *Traust du dich nicht? Bist zu zu feige? Zu weich?*

Kyles Kiefer mahlte. Und doch wusste er, dass der Dämon Recht hatte. Wie sollte er denn überleben? Wovon leben?

Er war nur ein Nichtsnutz.

Er konnte nur zeichnen und malen und Träume erzählen.

Er war... *entbehrlich.*

Geh nach Hause, sagte die Stimme in seinem Kopf. *Geh nach Hause und lebe dein Leben in Sklaverei.*

Es war dunkel, als er sich aufraffte, die blutverschmierte Kette wieder um seinen Hals legte und Schritt für Schritt den Heimweg antrat, zurück nach Asaanfurth.

Zurück zu seiner Kammer.

Zurück zu einem verhassten Leben.

Die flache Schmiede mit dem Anbau und dem Verschlag war noch erleuchtet und er hörte das allabendliche Gezänk seiner Mutter und des Schmiedes. Der Weg zu seiner Schlafkammer war ihm versperrt, wenn er sich nicht ihren Auseinandersetzungen stellen wollte.

„Du hast ihn verhätschelt!", knurrte der Schmied. „Ihn wie ein Mädchen erzogen!" Es ging um ihn. Kyle nickte nur müde. Der Schmied hatte Recht. Er war zu weich. Er beschloss, nicht in seine Kammer zurückzukehren und im Verschlag über der Schmiede zu schlafen. Sie bemerkten ihn nicht, als er außen an der Schmiede hochkletterte, um sein Versteck zu erreichen.

Er schloss die Klappe, rollte sich auf dem schmutzigen Boden zusammen. Er hörte sie streiten und schreien. „Saufbold!" und „Hure!" schimpften sie sich, dann ging es um Geld, um die Blicke, die der Schmied für Susann - die Flickerin - hatte, darum, dass Kyle eine Schande für die Familie war (hier waren sich die beiden offenbar einig). Und irgendwann hörte er, wie der Mann seine Frau grunzten und schnauften.

Er sah nicht durch die Schlitze zwischen den Bohlen, sondern wusste, dass seine Mutter nun wieder keuchend über dem Esstisch kauerte, die Rockschöße einfach bis zur Hüfte hochgeschlagen, während der Schmied sie mit harten Stößen von hinten nahm. Er hörte das stoßweise Rücken des Tisches und wusste, wie die Oberschenkel seiner Mutter hart gegen die Tischkante gestoßen wurden. Solange, bis sie blaue Flecken bekam. Adrians bevorzugte Stellung für eine läufige Hündin. Einer Hündin, der man nicht ins Gesicht sehen musste, während man sich ihrer bediente.

Kyle versuchte, nicht zu lauschen. Er hatte diese Laute seit seiner Kindheit gehört. Er hatte gesehen, wie Mann und Frau sich paarten. Und genauso würde sich Ania nun mit diesem Carwolus paaren, sich ihm hingeben. Er wollte schreien, doch er konnte es nicht. Gedanken rasten, formten sich aus Licht und Pein, aus dem Pochen seiner schmerzenden Hand. Ania keuchte und schrie wie eine Hure, die Hände des Krämers glitten über ihre Körper, und über allem lag dieses keckernde Lachen seines Dämons. Er wälzte sich hin und her bis er endlich in die Dunkelheit eines gnädigeren, traumlosen Schlafes fiel.

Finley

BLINZELND ERWACHTE DIE BESTIE, durchbrach die Schleier der Finsternis.

Kyle ist tot, knurrte ihre rollende, harsche Stimme tief in seinem Inneren. Es war nicht der Dämon, sondern eine andere Präsenz. Nicht spottend. Feststellend: *Der alte Kyle ist tot!*

Eine seltsame Klarheit manifestierte sich in seinem Verstand, als er die Augen aufschlug. Doch die Erkenntnis währte nur einen Moment lang und die Präsenz, die so wild und fauchend den Schleier zwischen Wachen und Schlafen durchdrungen hatte, wurde fortgespült, so wie der Regen den Staub eines heißen Sommertages fortspülte, wenn Sommergewitter aus der Hitze des Vortages geboren wurden.

Die Gedanken fielen von ihm ab wie eine zweite Haut und er war wieder im Hier und Jetzt. Blitze funkelten draußen und Donner rollte in der Ferne. Das Prasseln des Regens hämmerte laut gegen die Schindeln des Verschlags und an zwei Stellen fielen Tropfen durch das Dach, kleine Pfützen auf dem Boden bildend.

Kyle fluchte innerlich. Der Tag musste bereits jenseits des Morgens vorangeschritten sein – und er hatte verschlafen. Der Schmied würde ihn umbringen und die beiden Lehrlinge Carl und Berit würden ihren Spaß mit ihm haben. Sein Atem ging stark und sein Burstkorb hob und senkte sich. Und schon erklang die donnernde Stimme des Schmiedes von unten. „Kyle! Verdammt noch mal!"

Seine dünnen Muskeln schmerzten und sein Nacken tat ihm von dem harten Untergrund des Verschlags weh. Kyle schätzte, dass es bereits nach Mittag war und der Schmied war offenbar nicht allerbester Laune. Und wenn er nicht schnell antwortete, würde Adrian das Kyle auch mit geballter Faust spüren lassen.

Kyle verknotete das Lederband mit dem Stein wieder um seinen Hals, öffnete die Luke des Verschlags und schaute hinab in die Schmiede. Die beiden Lehrlinge, der eine hager, der andere untersetzt, arbeiteten still auf ihren Plätzen, wagten es kaum aufzuschauen, und der bullige Mann in der Mitte des Raumes sah eher verkatert mit seinen blutunterlaufenen Augen aus. Offenbar hatte der Suff der letzten Nacht dafür gesorgt, dass er nicht wirklich daran dachte, seinem Tagewerk nachzukommen. Kalt musterte Adrian seinen Stiefsohn. „Du begibst dich gleich nach Lairhoven und bringst diese Werkzeuge zum alten Marek. Gib sie ihm aber erst, wenn er dir das Geld abgezählt hat." Er deutete auf einen länglich aufgerollten

Beutel, in dem die Werkzeuge sein mussten, die sie in den letzten Tagen erschaffen hatten; zwei Meißel, eine Handvoll Durchtreiber und ein Schürhaken, zwei Dutzend fingerlanger Nägel und die metallene Spitze eines Spatens, die der neue Besitzer dann selbst auf den Holzschaft aufziehen würde.

Die beiden Lehrlinge warfen ihm hämische Blicke zu. Die Wanderschaft ins ‚fremde' Lairhoven war ihnen verhasst; das Schlafen unter freiem Himmel auf der Wanderung, die zwei Tage dauern würde - wenn es nicht zu regnen begann und der Weg ein reiner Schlammpfuhl werden würde. Und nach dem Regen der Nacht würde der Weg aufgeweicht sein.

Kyle nickte und musterte den schweren Beutel. Den Fehler, auf das Gejammer eines Kunden zu hören, der versprochen hatte, er würde ganz sicher am nächsten Tag zahlen, würde er nicht mehr machen. Kyle war zwölf, dreizehn Jahre alt gewesen, als er seine ersten Laufdienste für den Schmied machen durfte; der ‚Kunde' hatte sich gänzlich unverständig gezeigt und Kyle mit Tritten davongejagt, als dieser – nachdem der Schmied ihn zuvor bereits verprügelt hatte – wieder zu dem Preller geschickt hatte. Erst als der bullige Schmied selbst bei dem Kerl die Tür eingetreten und ihn am Kragen hinausgeschleift hatte, um das Geld aus ihm herauszuprügeln, war die Schuld beglichen worden. Seit jenem Tag hatte es Kyle noch schwerer bei den Kindern von Asaanfurth gehabt, denn der ‚Kunde' war der Vater von Janek, dem rothaarigen, blassen Jungen gewesen, der es zusammen mit seiner Rotte, die dem Befehl des streit- und rauflustigen Govic gehorchten, fortan auf Kyle abgesehen hatte. Kyle schulterte den Beutel und nickte einen stummen Abschied.

„Warte, Junge", brummte Adrian. Er deutete mit dem stummeligen Daumen auf einen Beutel. „Brot und ein Wasserschlauch. Du vergisst noch deinen Kopf, Bursche." Er drehte sich um, sah hinaus, um zu prüfen, ob der Regen genug nachgelassen hatte, und trat hinaus, um sich hinterm Haus zu erleichtern. Kyle nickte und spürte gleichfalls das morgendliche Bedürfnis. Er folgte dem Schmied zum Abort.

Adrian musterte ihn und sprach versöhnlicher: „Raue Nacht?" Er nickte auf Kyles Hände. Die Knöchel waren blutverschmiert und verkrustet. Kyle sah nicht auf. Er wollte nicht mit Adrian über Ania reden. Doch der Schmied schien es schon zu wissen. Wie Klingen schnitten die Worte in Kyles Seele: „Hörte, der alte Fragner hat dir verboten, seiner Tochter nachzustellen. Ania, nicht wahr?"

Kyle warf ihm einen verletzten Blick zu und der Schmied setzte ein böses Grinsen auf. „Ja, hab sie gesehen. Hübsches Gesicht. Kleine, spitze Titten. Hat bestimmt 'ne nette, enge Fotze. Hörte heute Morgen, sie heiratet so einen Pfeffersack aus der Hauptstadt."

Er hasste es, wenn Adrian so redete, insbesondere über Ania. „Hör auf, Adrian!"

Der Schmied schüttelte sein Geschlecht und schnürte die Hose zu. „Was war das?"

Kyle sah ihn nicht an. „Bitte", fügte er unterwürfig hinzu.

„Bah", machte der Schmied und schritt an ihm vorbei, seine Finger am Hosenbund abreibend. „Sieh zu, dass du loskommst, Junge." Ihn ignorierend betrat Adrian die Schmiede und Kyle hörte, wie er Berit für etwas anschrie, das mit dem Reinigen der Werkzeuge zu tun hatte.

Kyle seufzte und schritt von der Schmiede in die Wohnstube, wo seine Mutter am Tisch saß und einen Becher mit Wein in der Hand hielt. Der Raum war von Rauch erfüllt und ihre schlanke Pfeife aus Metall lag glimmend neben ihr. Sie musterte ihn aus dunklen Augen. Es lag keine Wärme in ihrem Blick.

„Ich gehe nach Lairhoven. Für Adrian."

Seine Mutter nahm einen Schluck. Ihre Finger ertasteten die Pfeife, die sie seit jeher geraucht hatte, und sie tat einen tiefen Zug. Langsam ließ sie einen grauen Schwall aus ihrem Mund entfahren und zischte: „Wo warst du heute Nacht? Bei dieser Hure, der Tochter von Fragner?"

Seine Fäuste ballten sich. Gerade sie hatte es nötig, eine andere ‚Hure' zu schimpfen. Er schüttelte nur den Kopf. „Vergiss sie, Kyle. So eine kriegst *du* eh nicht!"

Er schwieg. Ja, sobald seine Mutter gehört hatte, dass Ania ihm den Laufpass gegeben hatte, konnte sie es nicht abwarten, ihn damit aufzuziehen. So, wie sie es immer getan hatte. Sie genoss es, ihn in peinliche Situationen zu bringen und diese Erzählungen mit ihrer ganz eigenen Wahrnehmung zum Besten zu geben.

„Ich bin in vier Tagen zurück", sagte er leise. „Vielleicht fünf."

Sie sah nicht auf und goss sich erneut den gepantschten roten Wein in ihren Krug.

„Dann geh!", knurrte sie durch die zusammengepressten Zähne, die Lippen zurückgezogen, als würden die Worte sie brennen lassen. Die Haut ihres Gesichtes wirkte fahl und trocken. Verwittert, oder verbrannt, wie kalte Asche, und die Linien um ihren Mund waren nun hart und tief. Von der schönen, jungen Frau, die sie einst gewesen war, an die er sich erinnerte, als er noch ein Kind gewesen war, war nichts mehr zu sehen. Er korrigierte sich sogleich: jene Kälte, die sie stets umgeben hatte, war noch da.

Einen Moment blickte er sie stumm an und fühlte nichts, als er ihren leeren Blick studierte, mit dem sie den Wein in dem Becher betrachtete, den sie langsam hin- und her schwenkte. Unfähig aufzusehen, unfähig, ihrem Sohn Lebewohl zu sagen. Gefangen, eingefroren, in einer Hülle aus Verbitterung, schwenkte sie einfach nur ihren Wein, in dem sie Trost suchte.

Kyle nickte stumm und trat hinaus, ohne ein weiteres Wort von ihr zu hören. Knarrend fiel die Tür hinter ihm zu und Adrian erwartete ihn mit säuerlicher Miene vor seiner Werkstatt. „Worauf wartest du noch, Bursche? Wenn du das Tageslicht noch nutzen willst, sieh zu, dass du dich auf den Weg machst!"

Kyle schulterte den Beutel mit dem Werkzeug – und obwohl es nicht viel war, hatte er das Gefühl, dass der Sack mit Steinen gefüllt war.

Der Schmied schüttelte nur den Kopf, als Kyle sich auf den Weg machte. Er verließ Asaanfurth ohne zurückzublicken. Schritt für Schritt stapfte er den Pfad entlang, der ihn hinaus aus dem Dorf führte, den gleichen Pfad entlang, den er gestern hinausgerannt war, nachdem sie ...

Der Regen hatte nachgelassen.

Stutzend hielt Kyle unter dem Baum inne, an dem er Zuflucht gesucht hatte. Die Äste hatten in diesem Jahr sehr früh ihre grünen Finger bekommen und das lichte Blätterdach bot bereits einen leichten Schutz vor dem Regen. Doch nun erst erkannte er den Baum. Es war der ‚Fratzenbaum‘, an dem er sich gestern Abend die Hände aufgeschlagen hatte. Jetzt im späten Licht des Tages sah die Rinde wieder mehr aus, wie der knotige Stamm eines Baumes und weniger wie das Gesicht des verhassten Händlers. Dennoch, wenn er genau hinsah ...

Die Gedanken an Ania überwältigten ihn. Er ließ sich zu Boden sinken und vergrub den Kopf in seinen Händen. Ania war fort. So einfach war es. Er war allein.

Er schloss die Augen.

Allein.

Einsam.

„Na seht doch mal, wen wir hier haben!", höhnte die unangenehme Stimme. Unangenehm und nur allzu bekannt. Wie der unwirklich widerhallende Ruf einer Krähe an einem grauen Herbstmorgen schnitt der verhasste Klang von

Govics Stimme durch Kyles Bewusstsein. Blinzelnd schlug er die Augen auf und erkannte die vier Raufbolde aus dem Dorf. Die jungen Männer waren vom gleichen Alter wie Kyle, wenngleich sie stärker und muskulöser wirkten. Eine Stärke, die sie gerne an ihm ausließen. Wie oft hatten sie ihn schon in den letzten Jahren zusammengeschlagen, verspottet, getreten und gequält - nur weil er schwächer war.

Und feige, hast du vergessen, höhnte diese hinterhältige Präsenz in seinem Inneren, die sich von seiner Seelenqual nährte. *Oder ist es nur deine erbärmliche Hilflosigkeit, an der sie sich weiden? Steh auf, du Memme! Oder hast du Angst, du Feigling? Angst, dass es wehtun könnte?*

Die vier lachten. Kyle sammelte seine Kräfte. Langsam zog er sich an dem rauen Baumstamm empor und blickte Govic mit unsicherem Blick in die Augen, welcher sich gerade imposant vor ihm aufbaute. Die fettigen, braunen Haare hingen in ein grobschlächtiges Gesicht, in dem die mehrfach gebrochene Nase und die engen, kalten Augen die herausstechendsten Merkmale waren.

Kyles Blick wanderte unstet von einer Seite zur anderen, gleich einem gehetzten Tier eine Fluchtmöglichkeit suchend. „Und, ‚Hurenschleim‘? Bist du gegen einen Baum gelaufen?" Govic deutete auf die aufgeschlagene Rinde am Stamm. Das grölende Lachen von Govics Kumpanen - er machte hinter Govic den rothaarigen Janek, den bulligen Kerim und den rattengesichtigen Harro aus - ließ ihn zittern. Und auch dafür hasste er sich selbst.

Der Dämon in ihm äffte Anias Stimme nach: *Was hat deine Prinzessin noch gleich gesagt? Du bist zu weich, du solltest härter werden!*

„Wir sollen dir etwas von Anias Vater ausrichten." Govics Faust traf Kyle direkt in den Magen. Schmerzen breiteten sich in seinem Bauch aus. „Meister Fragner sagt, du sollst deine stinkende Visage von ihr fernhalten!"

Bitte!

Erneutes Grölen, Feixen und Lachen. Govic, nun angeheizt durch die Begeisterung seiner Freunde, hieb erneut zu, hielt den schlaksigen Jungen aufrecht an den Baum gedrückt und rammte ihm dann ein weiteres Mal die Faust in den Magen. Übelkeit stieg in ihm auf. Mehr und mehr Fausthiebe trafen Kyle und der größere Junge schlug immer härter und härter zu, als die Rage die Kontrolle über den Hass gewann – und sein Grinsen wurde mit jedem Schlag grausamer und kälter und verzerrte seine Fratze in wilder Brutalität.

Kyles unbeholfene Versuche sich zu wehren, ließen Govics Wut nur noch mehr entbrennen, und schon lag er am Boden, während Govic weiterhin mit seinen schweren, eisenbeschlagenen Stiefeln auf ihn eintrat, ein Geschenk des neuen Feldwebels DeBracys, für den der kräftige Junge gerne Aufträge ausführte.

Bitte nicht mehr schlagen! Bitte!

Doch etwas war dieses Mal anders. Furcht vor den Schmerzen, vor den Tritten, Hieben und Schlägen hatte ihn stets gelähmt. Doch was waren jene Schmerzen zu der brennenden Pein, die Ania ihm bereitet hatte? Kaum mehr als das Stechen einer Mücke. Allenfalls eine Irritation in einer gequälten Existenz.

Die Schmerzen verklangen, verebbten, und Kyles Verstand begriff, dass sein Peiniger aufgehört hatte, auf ihn einzutreten. Stattdessen ließ ein schriller und mit jedem Atemzug schnell höher klingender Schrei Govic zu seinen Kumpanen herumfahren.

Janek, Govics ‚Rechte Hand', sank mit schmerzverzerrtem Gesicht zu Boden und hielt sich seine Hände schützend vor seine Scham. Offensichtlich eine sinnlose Geste, denn der schmerzbringende Treffer schien schon vollzogen worden zu sein. Über dem rotschöpfigen Janek stand ein kräftiger, grimmig dreinblickender Obiskarer, die kantige Bartaxt in der einen und einen Beutel mit seinen Habseligkeiten in der anderen Hand.

„Lass den Jungen zufrieden, *Lassie!*", dröhnte die tiefe Stimme des Mannes, und die Beleidigung, dass er Govic als ‚Lassie' - als obiskarisches Mädchen - ansprach, ließ keinen Zweifel an der Ernsthaftigkeit seiner Forderung. Kyle schätzte, dass der Mann etwa vierzig, vielleicht fünfundvierzig Sommer gesehen haben mochte, waren seine einst schwarzbraunen Locken doch schon von Grau und Silber durchsetzt. Auf dem Kopf trug er ein schrägsitzendes Béret, eine runde, rote Kopfbedeckung ohne Schirm und Krempe, die aus gestrickter Wolle bestand. Wenngleich dieser Wollstrick auch ungleich feiner war, als jene Kleider, die an Kyles Körper hingen.

Ganz in derbes, hellbraunes Wildleder und Leinen gehüllt, strahlte der Mann eine seltsame Souveränität aus. Die Weste war am Bauch frei und der breite Bauch zeichnete sich deutlich unter dem hellen Leinenhemd ab. Offenbar liebte der Mann gutes Essen. Doch es war nicht jene Art von hervorstehendem Wanst, der einen schwerfällig erscheinen lässt, sondern vielmehr eine breitere Körpermasse, unter denen sich ein Geflecht von Muskeln erahnen ließ. Der Obiskarer strahlte eine urwüchsige, bullige Kraft aus.

Aber Govic war nicht gerade für seinen Verstand bekannt. Für ihn zählten nur Stärke und Muskelkraft, wenn er sie bei Menschen fand; bei Söldnern oder Rittern. Der Herr DeBracy, Herzog und Fürst über das Dorf Asaanfurth, hatte diesbezüglich klare Worte beim Meygraffest gesagt: Die rocktragenden Barbaren Obiskaras, die sich gegen den König auflehnten, seien zurückzudrängen, verweigerten sie doch ihren wahren Herren den Zugriff auf ihre Minen. Und Govic würde den Teufel tun, und den Herrn DeBracy erzürnen.

„Spiel dich nicht so auf, du rocktragender Schürzenwicht!", höhnte Govic, obgleich der Obiskarer gar keinen Rock trug, sondern weite Hosen aus Leder. Der junge Schläger hatte keine Liebe für diese Rebellen. Die Felsenheimat Obiskara und die freien Orte an den Gebirgsausläufern wie Leyn'Jengwhar gehörten vielleicht nicht zum Herzogtum DeBracys, doch die Raufbolde aus den Bergen hatten die Angewohnheit, den Holzfällern des Territoriums das Leben schwer zu machen. Genauso wie die letzten Elfen bei Feynhaard, von denen die Reisenden dann und wann berichteten. Doch die Obiskarer waren Teil des Protektorats und Edelsteine und Kohle und Eisenerze waren eine Notwendigkeit für den Herrn DeBracy, dies wusste Govic nur zu gut.

Der Mann hielt dem Blick des Jüngeren stand und fixierte ihn mit seinen grünen Augen. „Was du nicht sagst, Fatzke," brummte er mit seinem tiefen Bariton und fügte einen Vers aus einem alten Kampflied hinzu.

„*Voll stolzem Mut,*
so zogen sie fort,
mit eiserner Faust,
und Bier im Hirn,
doch verebbten,
ihre Prahlereien,
und ihre Fahnen,
wehten über Leibern blass,
aus dem Leben gerissen,
voll Angst und Pein!"

Blinzelnd starrte Govic den grinsenden Mann an und versuchte zu verstehen, was dieser ihm in seinem seltsamen, harschen Dialekt gesagt hatte. Am meisten irritierte ihn jedoch, dass der bullige Kerl überhaupt keine Angst vor ihm zu haben schien. Beinahe abwesend zog Govic Kyle auf die Beine und drückte ihn unsanft wieder an den Baumstamm.

„Was?", fragte er mit triefender Stimme. Er wartete die Antwort nicht ab. Herrisch nickte er seinen beiden verbliebenen Kumpanen zu und befehlsgewohnt stürmten diese auf den untersetzten, aber kräftigen Mann los. Ein fataler Fehler, wie sie gleich darauf feststellen sollten. Den massigen Kerim traf der drei Fuß messende Stiel der Streitaxt auf dem Spann, dann die Breitseite des nach unten verlängerten Axtblatts auf der Nase. Das helle Knacken des Knochens hallte durch den Wald und noch bevor der dicke Junge den Boden erreicht hatte, streckte der kräftige Mann Harro, den letzten Kumpan Govics, mit einem herunterkrachenden Hieb seiner Linken zu Boden.

„Nicht ,was‘, Lassie! ,Wie bitte‘, sagt man." Der obiskarische Krieger stapfte mit einer Mischung aus Verärgerung und Belustigung auf Govic und Kyle zu. „Also, wie ich schon sagte: Lass den Jungen zufrieden!"

Govic erkannte, dass er seines Schutzes beraubt war. Aus Angst, auch er könnte von dem Kerl niedergestreckt werden, ließ er Kyle los und starrte voller Zorn seine sonst unbeschützte und wehrlose Beute an. „Wenn du ins Dorf zurückkommst, Kyle, werde ich dich..."

Kyle wich zurück. Angst vor Govic hielt ihn im Zaum. Doch der Mann war nicht zurückgewichen. Nicht einen Fuß breit, wie Kyle bemerkte. Und weiter kam Govic nicht mehr. Die Rechte des Obiskarers schoss auf ihn zu und der brennende Schmerz einer Ohrfeige ließ Govic aufheulen. Erneut traf ihn die Pranke des Mannes und ein scharfes Brennen breitete sich über die ganze Hälfte seines Gesichtes aus. Ungläubig und von Schmerzen erfüllt, fasste er sich an die Seite seines singenden Schädels. Tränen sammelten sich in Govics Augen und er spürte, wie Blut zwischen seinen Fingern hindurchrann, als er nach der schmerzenden Stelle tastete. Mehr Blut troff aus seinem Gehörgang und Entsetzen erfüllte den Schläger.

„Nachschlag?", bot der Obiskarer mit einem kalten Lächeln an und hielt die rechte Pranke demonstrativ hin: Govics linkes Ohr lag darauf. Kyle sah, dass sein Peiniger etwas fühlte, das er zuvor noch nie gesehen hatte: Govic hatte Angst!

Wie von Dämonen gehetzt, wandte sich dieser um und hetzte den Pfad zum Dorf zurück hinab, Flüche rufend, dass die Wachen DeBracys es ihm schon zeigen würden. Es erfüllte Kyle mit einer seltsamen Genugtuung, dass Govic eine Lektion bekommen hatte, wenngleich er sich fragte, warum er seine Rechte nicht hatte vorschnellen lassen, als Govic abgelenkt war. Warum hatte er nicht das Ohr seines Peinigers gegriffen und es mit einem scharfen Ruck abgerissen? *Warum? Weil du ein Feigling bist!*

Seine Augen wanderten zu Janek, Harro und Kerim, die noch immer wimmernd am Boden lagen. Doch was würde ihn nun zu Hause erwarten? Wie würden sie sich an ihm rächen?

Mit Fußtritten brachte sie der Obiskarer dazu, über den Waldweg auf allen Vieren davonzukriechen, bis sie schließlich aufsprangen und hinter ihrem Anführer, der sie offenbar aufgegeben hatte, hinterhereilten.

„Kinder!", brummte der Obiskarer amüsiert und blickte zu Kyle, der gepresst atmend seinen Retter anstarrte. Das abgerissene, blutige Ohr

Govics flog achtlos ins Buschwerk und der Mann rieb sich die Hände. Zitternd dachte Kyle nun daran, welche Schrecken fortan auf ihn warten würden. Und er hatte sich wieder einmal *nicht* zur Wehr gesetzt. Seine Sinne schwanden und er stürzte in eine kalte Dunkelheit, in der schon alsbald schwarze Tentakel nach ihm griffen.

Eisige Klauen stachen in sein Wesen. Um sich schlagend, kam er wieder zu Bewusstsein. Jemand goss Kyle einen weiteren Schall Wasser ins Gesicht und sprach mit amüsierter Stimme zu ihm: „Na, komm schon, *Laddie*, du lebst ja noch!"

Prustend blies Kyle das Nass von seinen Lippen, öffnete seine verschwollenen Augen und blickte in das breite Grinsen des beeindruckenden Mannes, der ihn vor Govic und seinen Schergen gerettet hatte. Er betrachtete ihn genauer. Das Gesicht war freundlich, schien oft zu grinsen, war es doch von zahlreichen Lachfalten durchzogen. Der Bart, wie das dunkelbraune Haupthaar bereits unlängst ergraut, bestand aus einem Jägerbart, der den Mund gänzlich einrahmte und die Wangen freiließ.

Hatte er einen Krieger erwartet? Jemanden in einer eisernen Rüstung? Einen wahren Helden, der ihm zur Hilfe geeilt war, um ihn gegen Govics Hass zu verteidigen? *Er sieht eigentlich gar nicht aus wie ein Held!*, dachte Kyle verwundert. Seine Stimme war kaum mehr als ein Flüstern, als er endlich ein „Danke" hervorpressen konnte.

Der Obiskarer blickte ihn über eine große, runde Nase an, die so rau war, dass Kyle durchaus verstand, dass der Mann gerne und viel vom Wein trank. Dieser grinste erneut mit seinen vollen Zahnreihen, die ihm zusammen mit dem vollen Bartwuchs etwas Wölfisches verliehen, und drückte dem immer noch am Boden liegenden Jungen die Hand so kräftig, dass Kyle aufschrie. „Sehr erfreut, deine Bekanntschaft zu machen, Laddie! Habe seit vier Tagen niemanden mehr so herzhaft verprügeln können, wie eben deine Freunde! Nein, mein Junge, seit diese Trottel DeBracys bei Eikhaard meinten, Wegzoll erheben zu müssen, habe ich nicht solchen Spaß gehabt."

Mit einem kräftigen Ruck zog er Kyle wieder auf die Beine hoch. Schnaufend klopfte sich Kyle den Dreck aus den Kleidern. "Das waren bestimmt nicht meine Freunde, Herr... ?!"

„Finley", grinste der bullige Kämpfer und machte eine gewichtige Pause und reckte sich ein wenig, bevor er mit tiefer, sonorer Stimme hinzufügte und seine Faust hochhielt: „Die Faust der Götter!"

Oh ja, diese göttliche Faust hat Govic gerade zu spüren bekommen!, dachte Kyle amüsiert und der Obiskarer zeigte ein noch breiteres Lachen. „Mein richtiger Name jedoch ist Finley Baardrig. Aus Leyn'Nimbwhar, gelegen in den schönen Höhen von Obiskara. Doch Freunde nennen mich einfach nur Finley."

Der Mann rollte seinen Rufnamen über die Zunge, rückte sein rotes Béret gerade und beeindruckte den jungen Burschen damit zutiefst.

„Na, sei's drum! Wie auch immer dein Name sein mag, Knabe, sei vorsichtig, wenn du nach Hause gehst und ich wünsche dir noch ein geruhsames Leben!"

Ein geruhsames Leben? Nachdem Govics Ehre so blutig getreten wurde?, dachte Kyle entsetzt, doch der Obiskarer ergriff schon pfeifend seine langstielige Axt mit der Linken und schulterte den Beutel mit seiner Habe, um sich wieder seinem Weg zuzuwenden und davonzuschreiten.

„Kyle", flüsterte dieser müde und leise. „Ich heiße Kyle..."

Der Obiskarer war bereits weitergegangen. Traurig wieder allein zu sein, blickte der Junge zu Boden. Ameisen huschten im alten Laub herum. Tiere, die dennoch ein Heim hatten. *Sei vorsichtig, wenn du nach Hause gehst...*

Kyle fiel es wie Schuppen von den Augen: *Du bist zu weich. Du musst eben härter werden!* Der Obiskarer wusste, wie man kämpft, wusste, wie man keine Angst vor solchen Raufbolden haben musste! Gerade noch sah er, wie der stämmige Mann um die nächste Wegbiegung zwischen den Bäumen stapfte.

„Wartet!" Kyles Stimme hätte laut klingen sollen, doch kippte sie auf der höchsten Tonlage in ein erbärmliches Krächzen um. Der Obiskarer musste ihm einfach zeigen, was er bislang nicht vermochte: Sich gegen Govics Zorn zur Wehr setzen! „Herr Finley! Finley Baardrig! Wartet auf mich!"

Als jagten geflügelte Furien hinter ihm her, eilte Kyle den dunklen Waldweg entlang und rannte dem Obiskarer nach. Als dieser bemerkte, dass er einen ‚Verfolger' hatte, blieb er plötzlich stehen und musterte Kyle distanziert.

„Wartet!", rief Kyle erneut und kam mit ausladendem Schritt näher, maß er doch weit über sechs Fuß, wenngleich seine Schultern vornüber hingen und er stets ein wenig geduckt ging. Finley bückte sich plötzlich, klaubte etwas vom Boden auf und scheuchte ihn unwirsch mit einigen schlecht gezielten Steinwürfen davon. „Weg mit dir, Bauernlümmel! Ich habe keine Zeit, um für dich die Amme zu spielen!", rief er mit grimmiger Miene.

„Aber Govic!", antwortete der Junge ungeschickt. „Ich will... ich meine, ich möchte, dass Ihr mir zeigt, wie man kämpft!"

Der Obiskarer blickte auf den letzten Stein in seiner Hand und schaute dann in die braunen Augen des ungelenken Jungen. „Wie man kämpft?", wiederholte er verwundert. „Laddie, was stimmt denn mit dir nicht? Nur wegen deiner Freunde?"

„Das waren keine Freunde!" Aufgebracht und mit zitternder Stimme berichtete Kyle, was ihm von Ania und dem Händler und von Govic und seinen Kumpanen widerfahren war. Finley hörte notgedrungen Kyles Redeschwall zu, lauschte, wie dieser berichtete, dass er nicht wisse, wie er sich zu verteidigen habe, wenn er zur Zielscheibe rüder Attacken wurde. Kyle schüttete sein Herz vor dem Fremden aus. „Und heute, da Ihr, Herr Finley, mich vor den nächsten Grausamkeiten dieses Schweins gerettet habt, sehe ich zum ersten Male eine Möglichkeit, wie ich mich gegen die Schikanen anderer zur Wehr setzen kann, und..."

„Buhu! Du bist ja eine Heulsuse!"

Kyle starrte ihn mit aufgerissenen Augen an. Er hatte Verständnis gesucht und jetzt blickte der Obiskarer auf ihn herab, weil er... *weil er hat Recht hat und du ein Jammerlappen bist? Du bist zu weich! Du musst härter werden!*

„Ja, was willst du denn hören, Junge?", brauste Finley auf. „Dass die Starken dir eine aufs Maul geben, weil sie es können? Dass Kinder grausam sind und Spottgesänge singen? Junge, das tun sie in jedem Dorf. An jedem Ort."

Kyle blickte betroffen nieder. „Das ist nicht gerecht", murmelte er leise.

Finley lachte harsch auf. „Ja, es ist nicht gerecht und tragisch, aber ich habe eine Nachricht für dich: Werde damit fertig! Krieg deinen Hintern hoch!"

Als wenn es so einfach wäre!

„Ich meine es ernst: Werde damit fertig oder leg dich zum Sterben hin. Das sind deine Optionen."

Das waren nicht die Worte, die Kyle hören wollte. Zitternd und hilflos stand er vor seinem ‚Retter'. „Diese Welt ist ein harter, grausamer Ort. Und wenn du jammerst und weinst, werden sie dich hören und finden. Sie, das sind diese Schläger und Raufer. Sie nähren sich von deiner Furcht, weil sie selbst schwach sind."

Finley rieb sich übers Kinn und gab Kyle dann einen aufmunternden Klaps auf die Schulter. „Wehr dich das nächste Mal."

Er wollte sich schon wegdrehen, als er bemerkte, dass der Junge ihn nicht ansah, als dieser flüsterte: „Ich weiß nicht wie."

„Was heißt, du weißt nicht wie? So ein großer Kerl wie du? Du bist beinahe einen Kopf größer als dieser kleine Scheißkerl!", rief Finley aus. „Himmel, du bist größer als ich!"

Stutzend starrte Kyle den kräftigen Obiskarer an. Er war es so sehr gewöhnt schmal und klein und geduckt zu sein. Unsicher starrte er auf seine länglichen Finger. „Wie, Herr Finley?"

„Aye, schon gut, schon gut", winkte Finley seufzend ab und schwang seinen Beutel mit lautem Ächzen von den Schultern. Kyle einen bösen Blick zuwerfend, kramte er darin. Nach einigen Augenblicken huschte ein freudiges Grinsen über seine Züge und er zog er ein Kurzschwert hervor. Bewundernd glitten die Augen des Jungen über die schön gearbeitete Waffe, deren Stichblatt von einem großen, bronzenen Bärenkopf mit aufgerissenem Maul an den Enden der Parierstange verziert wurde.

Der Mann trat ihm entgegen und hielt es Kyle mit dem Knauf voran hin. „Nimm's fest in die Rechte!"

„Ich?" Nie zuvor hatte ihm jemand eine Waffe angeboten.

„Es macht wenig Sinn, es deinem Gegner anzubieten, oder?" Die Augen verengten sich für einen Moment. „Obwohl, wenn ich so darüber nachdenke..."

Kyle lachte auf ob des Humors und griff ehrfurchtsvoll nach dem schweren Schwert. Es sackte zu Boden. Grummelnd griff Finley seinen Arm, hob ihn an und unterstützte ihn ohne weiteren Kommentar. Mit kurzen Worten erklärte er dem aufgeregten Kyle, wie er die Waffe zu halten habe, mit welcher Hand er den Griff zu führen hätte, und lenkte seinen Bewegungen mit einem geraden Schlag gegen einen imaginären Gegner. Finley ließ los und die massige Klinge wäre dem Jungen beinahe wieder aus der Hand gerutscht, doch der Obiskarer lobte ihn überschwänglich.

„Du siehst, es ist ganz einfach: Das stumpfe Ende hältst du fest, das spitze kommt in den Gegner. Möglichst, bevor er seine Klinge in dir versenkt. Thema durch! Also dann...?!" Finley bemerkte, dass er sich nicht einmal den Namen seines Quälgeistes gemerkt hatte.

„Kyle!", rief dieser voller Faszination über das soeben Gelernte.

„Also, Kyle, so schlägst du zu." Finley zeigte ihm noch einige weitere Techniken, Hiebe von der Seite und Abwehrschläge, die Kyle sich in der kurzen Zeit kaum merken konnte. „Und wenn du kein Schwert hast", schloss er, „dann nimm einen Knüppel, oder einen Stein oder die Fäuste. Hau drauf, bis sie sich nicht mehr rühren!"

Zweifel war in den großen Augen Kyles zu lesen. „Ist das nicht ein wenig übertrieben?"

Schnaubend stieß Finley seinen Atem aus. „Übertrieben!?", wiederholte der Obiskarer. „Hah! Hier und heute!? In diesen bösen, dunklen Zeiten wird dir jeder Wegelagerer - oder Steuereintreiber, was annähernd dasselbe ist - die Kehle durchschneiden, wenn du ihm die Gelegenheit dazu gibst!? Nein, mein Junge. Wenn du eine Ratte am Leben lässt, holt sie mehr Ratten herbei und dann fallen sie über dich her, fressen dich auf!"

„Aber ich bin nicht so stark wie sie!"

„Dann werde *stärker*!"

„Aber..."

„*Werde* stärker!"

Sie starrten einander an und Finley hielt sich einen Moment lang das Nasenbein, als plage ihn ein zunehmender Kopfschmerz. Versöhnlicher fuhr er fort. „Junge, Kyle, du kannst es als Ausrede benutzen, dass du schwächer oder langsamer bist, aber was bringt dir das? Ja, sie hacken auf dir herum. Wehr dich! Mir haben sie immer gesagt, ich sei zu fett, um auf einen Felsen zu klettern. Und?"

„Was hast du getan?"

„Na, was schon? Ich habe heimlich still und leise versucht, auf diesen verdammten Felsen zu klettern und habe ihnen meine Kehrseite gezeigt, als ich es endlich geschafft habe. Steh für das ein, was du willst, Junge."

„Und dann haben sie dich in Ruhe gelassen?"

Finley lachte kalt auf. „Ja, danach und nachdem ich ihnen eins auf die Nase gegeben hatte. Denn durch die Kletterei *wurde* ich kräftiger und kräftiger."

Kyle blickte betroffen zu Boden, doch Finley fuhr schon fort. „Es geht immer nur darum, was du – und nur du - den anderen erlaubst. Gestattest du ihnen, dass sie dich herumstoßen, *werden* sie dich herumstoßen. Wenn du zurückweichst, *werden* sie deinen Platz für sich beanspruchen. Die Welt ist das, was du daraus machst! Weiche also nicht zurück, Kyle. Ende der Lektion!"

Finley nahm Kyle das Schwert wieder ab und schnallte es sorgsam an seinem Beutel fest. „So, und nun, da ich dir gezeigt habe, wie man kämpft, mein Junge", schloss er: „Hau ab!"

Er wartete die Antwort nicht ab. Seine Habe schulternd, stampfte Finley so schnell er konnte von dem Jungen fort.

„Aber ich kann da nicht hin zurück", rief Kyle ihm hinterher. „Sie werden schon auf mich warten!"

Erneut blieb der Mann stehen, setzte den Beutel erneut ab und schaute zurück. Beinahe verzweifelt hob er die Arme hoch, als er rief: „Was meinst du mit, du kannst nicht zurück? Stell dich deiner Angst! Ertrag die Abreibung, die sie dir geben und dann steh morgen früh auf und tu deine Arbeit! Du bist ein Bauer, ein Leibeigener! Geh und bestell deine Felder!"

Kyles Blick wanderte zu dem lichten Blätterdach über ihm hinauf. Seine Stimme war noch immer leise, als er sagte: „Ich bin kein Bauer! Ich bin der... ‚Sohn' des Schmieds von Asaanfurth!" Es fühlte sich falsch an, sich als Sohn des Schmieds zu bezeichnen, doch ihm fielen keine besseren Worte ein. Er konnte ja kaum sagen, er sei der Bastard der Hure Sahirah.

„Da hast du es! Und das ist doch etwas! Das ist deine Bestimmung, Junge. Geh und schmiede irgendetwas!" Finley machte eine abwinkende Handbewegung und schulterte ein drittes Mal seinen Beutel. Schritt für Schritt entfernte er sich von Kyle auf dem dunklen Waldweg.

Kyle seufzte. „Aber ich muss nach Lairhoven! Nicht nach Hause!" Und selbst wenn er nicht den Botengang ausführen müsste, was für ein zu Hause erwartete ihn denn schon in Asaanfurth?

Seine ‚Geliebte' hatte ihn verstoßen. Abgesehen von Govics Rachsucht und Zorn wartete dort sowieso nur die Schreierei seiner ‚Eltern' auf ihn und für die anderen Dorfbewohner war er immer nur der Dorftrottel. Der Tölpel! Der Narr!

Der Obiskarer war nun gut hundert Schritt von ihm entfernt und Kyle wusste, was er zu tun hatte. Er rannte dem Krieger aus der Felsenheimat hinterher und der langbeinige Bursche hatte keine Mühe, wieder mit dem bulligen Mann aufzuschließen. „Bitte, Herr Finley. Lasst mich heute Nacht an Eurem Feuer rasten! Ich...", seine Stimme klang zunächst zaudernd, bevor er fester behauptete: „Ich brauche Eure Hilfe! Und Ihr geht eh in die gleiche Richtung. Lairhoven ist das nächste Dorf!"

Seufzend stoppte der bullige Obiskarer und betrachtete ihn unschlüssig. Vermutlich wäre es am einfachsten, dem Bengel einfach die Kehle durchzuschneiden, aber das brachte der raue Haudegen doch nicht übers Herz. Wenn man jemanden tötet, dann sollte man immer einen guten Grund haben. Naja, man *sollte* zumindest in der Regel einen Grund haben. „Meine *Hilfe*?", fragte Finley skeptisch und fügte versöhnlicher hinzu: „Kyle?"

„Ich will wissen, wie man keine Angst mehr hat."

Schweigend sahen sich die beiden ungleichen Gestalten an, während um sie herum nur der dunkle Wald lauschte. Der Mann schüttelte nach einer Weile den Kopf, warf die Hände in die Luft und traf schwer seufzend seine Entscheidung.

„Vermutlich werde ich es schon bald bereuen, Kyle, aber heute Nacht kannst du an meinem Feuer rasten und mich fragen, was du wissen willst. Einverstanden?"

Kyle zögerte nicht. „Einverstanden!"

Finley streckte ihm die Hand entgegen und Kyle schlug ein. Anerkennend nickte der Mann, als er den Händedruck des Jungen fühlte. Er war nicht *weich*. „Ach ja, und sag nicht Herr Finley zu mir. Einfach nur Finley genügt völlig!"

Eifrig nickte der Junge aus Asaanfurth in der Dunkelheit und dankte seinem neuen Freund überschwänglich. Wieder sah sich der Mann unschlüssig um und beschloss dann, da die Nacht schon über sie hereingebrochen war, dass sie am Rand des Pfades alsbald einen geeigneten Rastplatz finden müssten.

Kyle nickte und erzählte von einer nahen Stelle an der Straße nach Lairhoven, die eine geschützte Mulde bot. Wohlgefällig nickte Finley und schickte Kyle voraus, um Feuerholz, Birkenrinde und etwas Reisig vom Wegrand aufzuklauben. Den Jungen beobachtend, fragte sich Finley, welch seltsames Schicksal ihm den Jungen geschickt hatte.

Kurz darauf hatten sie ihr Nachtlager aufgeschlagen, abseits des Weges und oberhalb eines leisen plätschernden Bachlaufs gelegen, so dass, sollten Govic und seine Freunde zurückkehren, sie sie nicht sofort entdecken würden. Doch der Obiskarer bezweifelte, dass die Raufbolde zurückkommen würden.

„Ich weiß nicht, wie es dir geht, aber ich habe Hunger!", rief er und holte einen Hasen hervor, der er offenbar vor ihrer Begegnung erlegt hatte. Finley war schweigsam und breitete vor sich die Utensilien aus, um ihnen über einem kleinen, aber wärmenden Feuer den herzhaften und saftigen Hasenbraten zuzubereiten, während Kyle sich das Blut von seinem Gesicht und aus seinem verfilzten, schwarzen Haar wusch.

Finley war offenbar ein begabter Koch, der auch mit wenigen Zutaten leckere Speisen zubereiten konnte. Aus einer kleinen, hölzernen Schatulle mit einem Deckel aus verschlungenen Symbolen von jener Art, wie sie in Obiskara üblich waren, holte er geriebenes Salz hervor, zerdrückte getrocknete Kräuter, die er in einem zusammengefalteten Pergament aufbewahrte, über dem Fleisch, und bereitete mit viel Liebe und Konzentration den schmalen Spieß vor, auf den er das gehäutete Tier schob, um es über dem Feuer zu positionieren und mit den Zutaten, die er aus den Tiefen seines Beutels zog, zu verfeinern.

„Es ist wichtig, das Fleisch immer wieder umzudrehen, sonst wird es nur von einer Seite kross!", dozierte Finley und Kyle lauschte und beobachtete aufmerksam. Schließlich warteten sie schweigend, bis Finley das Fleisch für gar erklärte und Kyle ein Stück vom Spieß reichte. Obwohl Kyle wenig Hunger hatte, aß er doch dankbar von dem liebevoll zubereiteten Fleisch. Bei zwei der Zutaten ahnte Kyle, worum es sich handelte; die Sauce, mit welcher Finley das Fleisch beim Grillen immer wieder übergossen hatte, damit es über dem offenen Feuer nicht zu trocken würde, schmeckte verdächtig stark nach schwerem Rotwein und herbem Waldhonig.

„Die Wälder hier sind voller Hasen. Morgen zeige ich dir, wie man einen Hasen jagt!", verkündete Finley und klopfte sich aufs Brustbein, um aufzustoßen. Nachdem der bullige Obiskarer sein Essen lautstark verspeist hatte, erkundigte er sich erneut nach Kyles ‚Freunden' und der Angst, die ihn plagte. Ein weiteres Mal erzählte Kyle seine Geschichte mit versteinerter Miene und diesmal lauschte Finley aufmerksamer, stellte hier und da Fragen zu Ania und Govic.

Als er sie beendet hatte, schwieg er gequält und auch Finley nickte nur mehrmals, als hadere er mit sich, was nun der nächste Schritt sei. Seufzend beugte er sich dann endlich zu seinem Beutel herüber und band das festgezurrte Kurzschwert erneut los. Er ließ es schwungvoll in seiner Hand umherwirbeln, bis der Knauf zu Kyle zeigte. „Hier. Damit du dir das nächste Mal deine Feinde vom Leib halten kannst!"

Der Mann lächelte grimmig, als er Kyle die Waffe mit der breiten, stabilen Klinge und dem reichverzierten Griff darbot. Bewundernd streifte Kyles Blick über die massigen, bronzenen Bärenköpfe, welche in Griff und Parierstange eingearbeitet worden waren. Er streckte seine Finger nach der Waffe aus. Sie war kalt. Schwer.

„Geliehen, versteht sich. Bis Lairhoven!"

Dankbar nickte Kyle knapp und dachte über den vergangenen Tag nach. Sein bisheriges Leben hatte mit Anias Worten geendet.

Gestorben.

Verbrannt.

Ausgebrannte Asche.

Nein, etwas Neues hatte sich aus der Asche erhoben. Sein Leben war innerhalb dieses einen Momentes neu geordnet worden. Eine neue Entschlossenheit. Er war lange genug das Gespött der Leute gewesen. Er würde tun, was Ania ihm gesagt hatte. Der Gedanke brannte sich mit jedem weiteren Herzschlag ein, durch die Haut, Muskeln, bis das glühende Brennen seine Knochen erreichte: *Härter...*

Erschöpft schaute er aus zusammengekniffenen Augen zu dem älteren Mann, der sich gerade auf seinem Liegefell ausstreckte und seinen wollenen Überwurf über den Bauch zog, die Arme hinter dem Kopf verschränkt und den Blick in den Nachthimmel gerichtet.

„Finley?", fragte Kyle mit leiser Stimme ins Dunkel der Nacht, die nur noch schwach durch das glimmende Lagerfeuer erhellt wurde.

„Hm?", machte der Obiskarer.

„Wie hat man keine Angst? Beim Kämpfen meine ich."

Der Obiskarer lachte leise und seine grünen Augen funkelten.

„Was ist so komisch?"

„Ach, Kyle. Jeder Kämpfer hat Angst. Doch du darfst sie nicht über dich herrschen lassen. Angst ist eine Annahme. Die Annahme, dass das Böse, das dir vorschwebt - Schmerzen, oder wovor auch immer du dich fürchtest -, sei schon wahr geworden. Der

Schwerthieb, der dir den Arm abtrennen *könnte*. Die Hunde, die dich beißen *könnten*. Also zögert man. Und dann verliert man wirklich den Arm. Oder was auch immer man fürchtet!"

Kyle dachte nach. Angst nährte sich von Angst, sorgte dafür, dass sie selbst wahr wurde. „Und wie *meistert* man seine Angst?"

„So, wie man gegen jeden Unterdrücker ankämpft. Mit Tapferkeit."

„So wie du meine Unterdrücker bezwungen hast!"

Finley lachte und rieb sich sein bärtiges Kinn. „Du gibst diesem Govic mehr Macht über dich, als er verdient hat. Govic ist nur mächtig, weil du ihm diese Macht erlaubst. Er droht, du kuschst!"

„Aber wenn ich mich ihm nicht beuge, schlägt er zu!", protestierte Kyle.

„Das tut er doch sowieso", hielt Finley dagegen. „Also wozu hast du vorher der Angst gehorcht?"

Sie schwiegen und Kyle dachte über Finleys Worte nach. „Ich habe Angst vor dem, was er dann tun könnte."

„Was meinst du?"

„Er wird ein Soldat werden. Dann hat er ein Schwert."

„Hast du jetzt auch. Und?"

„Ich..."

„Du hast Angst!" Finley drehte den Kopf zu ihm und brummte bestätigend. „Aber sollte diese Angst deine Entscheidungen lähmen? Nein, wenn dir etwas nicht gefällt, sage es. Lass deine Stimme hören. Und ja, die Angst vor dem, was passieren kann gehört dazu. Ich sorge mich auch darum, was die Zukunft bringt. Und doch mache ich weiter, ziehe durchs Land, fernab meiner Heimat."

Der Gedanke überraschte Kyle. Er hatte sich gar nicht gefragt, was denn ein Obiskarer hier im Reich von Calhuh suchte. Das Bergvolk war dafür bekannt, sehr mit seiner Heimat verwurzelt zu sein – und es hatte eine seltsame Note in den Worten des Älteren gelegen.

„Wo willst du denn eigentlich hin?", fragte Kyle nun forschend. Seine Augen gewöhnten sich zunehmend an das flackernde Halbdunkel und er sah, wie Finley wieder den Kopf wegdrehte. Der Obiskarer hatte die Augen geöffnet und schaute durch das zarte Blätterdach über ihnen hinauf zu den Sternen.

„Wunderschön, nicht wahr?", antwortete der Obiskarer, ohne auf Kyles Frage einzugehen. „Jeder steht für eine andere Möglichkeit, etwas mit den Dingen zu tun, die uns gegeben sind. Für Wege nach links oder rechts, die wir gegangen sind." Er schnaufte und richtete seinen Blick schließlich wieder auf seinen jungen Freund. Aufmerksam musterte Finley Kyle aus dem Augenwinkel, während er sich am Bart kratzte, bevor er dann mit lauterer Stimme und etwas kurz angebunden sagte: „Ich treffe einen Freund in Lairhoven. Und dann wollen wir nach Calhuh."

„Calhuh!", rief Kyle aus. „In die Hauptstadt?!" Er stützte sich auf.

„Kennst du noch ein anderes Calhuh?", fragte Finley zunehmend gereizt. „Schlaf jetzt. Mein Tag morgen wird lang."

Doch Kyle gab keine Ruhe. „Was führt dich aus den Bergen von Obiskara nach Calhuh?"

Stille schlug ihm entgegen.

„Finley?"

„Eine Frau?"

„Du hast eine Geliebte?"

Der Obiskarer gluckste bei dem Gedanken. „In der Art, ja."

„Wie heißt sie?"

„*Rose.*"

„Rose?"

„Aye!"

Etwas in der Stimme des Mannes lies Kyle stutzen. Sie schauten einander an und Kyle suchte jene unbestimmte Wahrheit, die in den Worten des Älteren lauerte. Zu seiner eigenen Überraschung war es Finley, der Kyles stechenden Blick nicht länger aushielt und er sprach: „Herrje, Laddie! Ich habe dort einen Gasthof. Die *Rose.* Hab' sie beim Glücksspiel gewonnen!", rief der Obiskarer aus: „GUTE NACHT!"

Kyle zuckte in der Dunkelheit zusammen und hielt den Atem an. Er biss sich auf die Lippen, um Finley nicht zu verärgern, fürchtete er doch, dass der Mann ihn noch in der Nacht wieder ins Dorf zurückschicken würde. Doch auch Finley spähte durch das Halbdunkel und erkannte das Brennen in den Augen des Jungen.

„Weißt du, Kyle, manchmal vertreibt einen das Schicksal aus seiner Heimat."

Kyle nickte verstehend. „Ja, ich kenne das!"

„Oh, wirklich?", lachte Finley ohne echte Wärme. „Was weiß ein Dorflümmel wie du davon, was es heißt, durchs Land zu ziehen? Ich hätte schwören können, dass du ‚an die Scholle der Erde gebunden bist‘, wie man doch wohl bei euch sagt.“

Kyle schüttelte den Kopf. „Nein, das wurde nur bei den einheimischen Bauern gemacht, um ihnen zu zeigen, wo ihr Platz ist.“ Er meinte damit das Ritual, bei dem der Lehnsherr, der Herzog DeBracy, am Tag der Sommersonnenwende mit einem jeden, der das Mannesalter erreichte, die Grenzsteine abschritt und ihnen links und rechts Ohrfeigen gab, damit derjenige sich auf ewig merkte, wo sein Platz war. Den Männern wurde dies ‚hinter die Ohren geschrieben‘ – und die jungen Frauen wurden ins Schlafgemach des Herzogs gerufen, damit dieser ‚Das Recht der Ersten Nacht‘ für sich in Anspruch nehmen konnte; ein Recht, von dem der jetzige Herzog wohl nur selten Gebrauch gemacht hatte, wie Kyle gehört hatte. Dessen Sohn jedoch...

Finley blickte ihn noch immer fragend an. Kyle biss sich auf die Lippe, fiel es ihm doch schwer, die Worte auszusprechen. „Meine Mutter und ich sind nicht von hier. Sie ist... war...“ Schwer blies er die Luft aus. „Meine Mutter war eine Hübscherin!“

Schweigend deutete Finley ihm mit der geöffneten Hand, er solle fortfahren. Kyle, hatte mit Ablehnung gerechnet, doch Finley nickte nur und lauschte. So berichtete er von der Wanderschaft durch die Dörfer Calhuhs, von dem Schmied, der sie geheiratet hatte, und dem Schreien und Trinken, den Tritten und den Schlägen.

„Meine Mutter hasst mich für das, wofür ich stehe. ‚Spross ihrer Wollust‘, sagte eines Tages ein

Priester Ajyms über mich. Ich war acht Jahre alt. Sie hat sich betrunken und mich mit einem Kochlöffel verprügelt, bis er auseinanderbrach. Dann hat sie zugetreten."

„Echte Mutterliebe, eh? Ich liebe meine Töchter. Habe sie nie geschlagen." Verstehend nickend setzte sich der Obiskarer wieder auf und verschränkte die Knie unter seinem Sitz. Er hielt die rauen Hände dem Feuer entgegen und legte noch einen Ast nach, um die Glut zu nähren. „Die Vergangenheit ist schwer abzuhängen. Ich kenne kein gnadenloseres Raubtier."

„Was jagt dich, Finley?", fragte Kyle, um das Thema von seiner Familie wegzubringen. Der andere lächelte, doch Kyle konnte im Feuerschein sehen, dass die Augenränder des Mannes ein trügerisches Schimmern bekommen hatten.

„Glücksspiel. Alkohol. Geister und Dämonen..."

„Was ist passiert?"

Finley schwieg, suchte nach den richtigen Worten. Er atmete schwer ein und aus, bevor er endlich antwortete: „Ich hatte eine Taverne in Leyn'Nimbwhar, war ein Wirt. Dann passierte etwas in unserem Leben – und ich wurde ein Wirt, der sich zu sehr in den Suff und ins Würfelspiel flüchtete. Haus und Hof hätte ich beinahe verspielt."

„Oh", machte Kyle, der nicht wusste, was er erwidern sollte.

„Ja, ‚oh' trifft es. Meine Joleyn war ziemlich sauer, als die Gläubiger vor der Tür standen. Enttäuscht war sie ja vorher schon..."

„Und dann?"

„Dann", Finley pausierte und ließ die Knöchel seiner Faust knacken, „hat mein bester Freund die Schulden bezahlt."

„Das ist doch gut", warf Kyle ein."

Das Lächeln Finleys war kalt. „Meinst du? Meine Joleyn hat mich rausgeworfen und ihn in ihr Bett geholt."

„Sie hat dich rausgeworfen? Aus deinem Haus?"

Finley lachte leise – und kalt. „Bei uns hat die Frau das Hausrecht."

„Wirklich?"

„Wirklich! Jede verheiratete Frau trägt einen Schlüssel unter ihrer Schürze! Bereitet ihnen wohl Freude, wenn sie sich drauf setzen!"

„Oh."

Einen Herzschlag lang musterte der ältere Mann den Jüngeren und sie lachten laut auf. Prustend beugte sich Finley zu seinem Beutel und holte noch etwas Brot hervor. „Wir hatten es nicht leicht. Meine Töchter..." Er schluckte und zerbrach den Laib mit einer langsamen Drehung seiner mächtigen Pranken. „Eine meiner Töchter, Moira, starb vor zwei Jahren. Eine Bärin hat sie getötet."

Kyle zu Finley, fragte sich, welche Schrecken der Mann durchgemacht hatte. „Das Untier!", rief er aus. Doch Finley schüttelte nur langsam, unerträglich langsam, den Kopf. „Nein, es lag in der Natur der Kreatur. Bären und Wölfe sind scheue Wesen. Aber wenn man sich ihren Jungtieren nähert, werden sie wild, greifen an. Doch Moira ist der Bärenmutter nicht einfach nur zu nahe gekommen. Sie hat ein Massaker gefunden, das ein paar Dreckskerle angerichtet hatten!"

„Wilderer?" Doch Kyle sah an dem Funkeln in Finleys Augen, dass dies nicht der Fall war.

„Adelige. Vermutlich wieder einmal Gäste der DeBracys, die einfach aus Spaß jagten." Er spie den Namen des Herzogs mit Verachtung aus.

„Du magst den Herrn DeBracy nicht, Finley?"

„Anmaßende Narren, Kyle. Hast du einmal ihr Wappen betrachtet? Greife, geflügelte Löwen, die den Schild des Königs halten? Mit dem Wolfskopf dahinter? Und er schimpft sich ‚Hüter des Königlichen Schwertes'?"

Kyle nickte verlegen. Er selbst hatte oft in seinen Tagträumen die Farben des Herzogs getragen, wenn er nicht als Ritter des Königs unterwegs gewesen war, um holde Maiden zu retten.

„Der Wolf steht in Obiskara für Tapferkeit. Doch bei DeBracy bedeutet sie Vormundschaft und Gnadenlosigkeit. Und die beiden schildhaltenden Greife stehen bei uns für noch mehr Tapferkeit, ja, eine todesmutige Tapferkeit, für Stärke, Wachsamkeit und Ausdauer. Sie sind die Beschützer der Berge, der Minen mit Edelsteinen und Gold und Silber. Wächter der verborgenen Schätze der Natur. Doch DeBracy behauptet mit diesem Wappen, dass ihm die Schätze Obiskaras zustehen. Schätze, die er mit seinen Truppen sichern muss, hah!" Finley knurrte die nächsten Worte. „Greife sind unsere Wappentiere, nicht die des Militärs. Auch wenn der König aus Obiskara kommt."

Kyle runzelte die Stirn. „Aber wieso nennt er euch dann Rebellen?"

Finley knurrte. „Weil nicht jeder von uns mit dem Ränkespiel einverstanden ist, das Araweyn auf den Thron gebracht hat und uns zum Protektorat machte. Diese Ränkespiele sind... *kompliziert.*"

Kyle dachte nach. Er wusste so wenig von den Fraktionen und Intrigen der Mächtigen. Er erinnerte sich der Worte Finleys. „Du hattest vorhin von deiner Tochter berichtet. Und von Gästen der DeBracys."

Der Obiskarer sah ihn nicht an, seine Züge hart vom Schmerz der Erinnerung. „Diese Schweine haben die Jungen regelrecht abgeschlachtet. Und Moira, die Bärenjungen so niedlich fand, war sie unvorsichtig geworden." Tränen stiegen dem kräftigen Mann in die Augen. „Es war ihre Natur, einfach zu neugierig zu sein – und Tieren zu helfen. Sie war wie ich, hatte eine Schwäche für junge, hilflose Welpen." Er biss sich auf die Lippe und knurrte. „Und dabei hätte sie es besser wissen müssen, ist sie doch in den wilden Landen Obiskaras aufgewachsen."

Kyle starrte den Mann mit offenem Mund an. Finley fuhr fort, seine Stimme war dünn und entrückt: „Sie musste versucht haben, die verwundeten Welpen zu retten, war vielleicht mit ihrem Blut besudelt. Wie dem auch gewesen sein mochte; die Bärin hat sie in Stücke gerissen, halb wahnsinnig vor Sinnen, weil ihre Jungen getötet und verstümmelt worden waren."

Er nickte zu dem Schwert, welches neben Kyle lag. „Meine Frau gab mir das Schwert ihres

Vaters, diese Klinge dort. Ich sollte losziehen und unsere Tochter sühnen. Ich fand ihren kalten Körper. Die Bärin hat sie nicht gefressen, hat ihr nur mit einem Hieb den Kopf vom Rumpf geschlagen, weil sie wohl dachte, dass meine kleine Moira ihren Nachwuchs getötet hatte." Seine Augen waren wie Eis. „Ihren Kopf habe ich nie gefunden."

„Was hast du mit der Bärin gemacht?"

Finley schloss die Augen. „Joleyn wollte Blut sehen, wollte, dass ich ‚das Biest' töte. Umbringe! Doch ich fragte mich die ganze Zeit, was nützte es? Moira würde tot bleiben."

Er schüttelte nachdenklich den Kopf. „Ich habe die Bärin ziehen lassen und meine Tochter heimgebracht, um sie zu bestatten."

Kyle blickte auf die Waffe und wieder zu dem Obiskarer. Finley schüttelte immer heftiger den Kopf, als ob er so die Dämonen seiner Vergangenheit abschütteln konnte. „Ja, jeder hat seine Natur. So auch die Bärin, die ihre Jungen schützen wollte."

„Und deine Natur?"

Finley lachte harsch auf: „Um den Schmerz auszuhalten, begann ich zu trinken. Na, den Rest kennst du ja schon."

Sie schwiegen und blickten in das Funkeln der Glut. Finleys Geschichte waberte mit den fahlen Rauchschwaden hinauf in den nächtlichen Himmel.

Nachdenklich ließ Kyle seine schmutzigen Finger über die vom Feuer erwärmte Erde gleiten. Er malte Zeichen in den Sand, eine Tätigkeit, die ihn entspannte, wenn er aufgewühlt war. Verschlungene Pfade, die Kreise und Ringe bildeten, und doch ein Ganzes ergaben. Wo war der Anfang? Wo das Ende?

„Das ist schön", sagte Finley leise. „Du kannst zeichnen!"

Kyle lachte verächtlich auf. „Das sieht der Schmied anders. Er sagte immer, ich könne nichts."

„Tja, da hat der Kerl sich wohl geirrt. Was kannst du noch?"

Eine schwierige Frage, befand Kyle, der sich über das Lob freute – und froh war, nicht mehr über den grausamen Tod von Finleys Tochter und die Bärin zu sprechen. Er wusste nicht, was er Tröstendes sagen konnte. Und er wusste nur zu gut, dass seine Mutter gänzlich anders als die Bärin gehandelt hatte. Er schüttelte den Gedanken unwirsch ab: Ja, was konnte er denn noch? Tagträumen und Geschichten erzählen, die Schmiede seines Vaters aufräumen - obgleich er einen Horror vor den dicken, schwarzen und haarigen Jagdspinnen hatte, die in der Finsternis des Werkzeugschuppens immer umherhuschten, so dass er diese Ecken niemals richtig säuberte - und...

Du kannst nichts!

„Ich weiß es nicht genau," beschied er kleinlaut und senkte die Augen. Nachdenklich nahm Finley einen weiteren Schluck aus dem Weinschlauch. „Du kannst meine Stiefel putzen und meine Kleider und Waffen reinigen. Ich werde dir zeigen, wie das geht. Du wirst auf dem Weg nach Lairhoven mein Gehilfe sein, kriegst etwas von meinem Essen und ich zeige dir im Gegenzug, wie man mit Axt und Schwert kämpft", schlug Finley vor, während er nach seinem Béret suchte und es sich zum Schlafen vor die Augen zog. „Aber eines muss dir klar sein", Finley richtete sich wieder auf, schob das Béret höher und drohte mit dem Zeigefinger: „Wenn es nicht so läuft, wie ich mir das vorstelle, jage ich dich davon. Und dann wirst du nicht mehr zurückkommen!"

„Ja, Finley!"

„Gute Nacht!" Die Götter verfluchend, seufzte der Obiskarer lauthals. Bestimmt war es ein Fehler, den Jungen mitzunehmen. Er drehte sich unwillig um und verfiel alsbald in einen tiefen, aber lautstark von Schnarchgeräuschen begleiteten Schlaf.

Doch Kyle schlief nicht so schnell ein. Er lauschte den Geräuschen des Waldes, hörte auf das Knacken im Unterholz und die seltsamen Laute der Nacht. Doch er fürchtete sich nicht. Weder das Knurren, welches viel zu nah erschien, noch das Rascheln im alten Laub oder das Rufen aus den Blätterdächern über ihm, ängstigte ihn. Er fühlte sich erstmals seit so langer Zeit sicher. Noch einige Zeit starrte Kyle in die tanzenden Formen aus Feuer und Glut und sann über die Welt und seinen Platz in ihr nach. Seine Finger glitten über das Schwert. *Ich werde Kämpfen lernen!*

Und plötzlich war sie wieder da: Ania. Sie blickte ihn aus ihren großen, blauen Augen heraus an und flüsterte mit kalter Stimme: *Das schaffst du doch nie, Kyle, denn du bist zu weich!*

Sie hatte den Kopf hämisch grinsend zurückgelegt und wirkte zum ersten Mal nicht länger schön, sondern zickig und kalt. Sie kicherte, als grobe Hände ihr Gewand öffneten und ihre spitzen Brüste drückten, an ihnen zogen und sie reizten. Ihr Spott verfolgte ihn noch tief bis in seine qualvollen Träume.

Rosario

ALS DIE ERSTEN SONNENSTRAHLEN durch das frühsommerliche Blätterdach des Waldes brachen, waren die beiden Wanderer längst wieder auf ihrem Weg nach Lairhoven. Noch vor Morgengrauen, bevor Finley selbst erwacht war, hatte Kyle die Kleider und Stiefel seines ‚Kampflehrers‘ vom verkrusteten Wegschlamm befreit und das sich nach unten verjüngende Axtblatt der langstieligen Waffe sorgsam eingeölt.

Überrascht und höchst zufrieden begutachtete der Obiskarer immer wieder seine Kleidung. Kyle hatte sie nicht nur gebürstet, sondern, waren sie doch von der Nacht klamm und kalt, über dem Feuer gewärmt. Während der stämmige Krieger beschwingt dahinschritt und alte Balladen aus den Bergen mit seiner tiefen Bassstimme brummte, mühte sich Kyle hinter ihm mit dem schweren Beutel ab.

„Komm schon, ‚Bursche‘!", rief er immer wieder fröhlich aus, zumeist gefolgt von einem:

„Oder ich lasse dich hier zurück, ‚Bursche‘." Diesen Satz sagte Finley bis zur ersten Wegrast gegen Mittag einige Dutzend Male, und Kyle, angespornt durch seine Angst, zurückgelassen zu werden, zwang seinen schwächlichen Leib immer wieder dazu, mit dem bulligen Mann Schritt zu halten. Das Stechen in seinen Seiten ignorierte der Junge, so gut es ging. Etwas sagte dem Mann jedoch, dass die Anspannung in Kyles Körper nicht nur durch die körperliche Belastung hervorgerufen worden war. Albträume hatten den Jungen in der Nacht heimgesucht. Er hatte gehört, wie er Namen gemurmelt hatte. ‚Ania‘, hatte er immer wieder gestöhnt und etwas von ‚Blut‘ gemurmelt.

Etwas Böses hatte die Seele des Knaben vergiftet: ‚Unerwiderte Liebe‘ hieß jener Dämon, der sich von der Pein der Leidenschaft nährte, das wusste der ältere Mann nur zu gut. Die Miene Kyles war nun verbissener; der gestern noch so weich und fliehend wirkende Kiefer wirkte heute gesetzter, unnachgiebiger. Und auch der Glanz in seinen Augen war mit einer düsteren Wildheit belegt, die sich nach und nach ihren Weg an die Oberfläche des jungen Mannes fraß.

Schweigsam nahm Kyle sein kaltes Bratenfleisch zu sich, als sie auf einer anderen Waldlichtung rasteten. Irritiert bemerkte der Obiskarer, wie sich der Junge in die kühlen, dunklen Schatten des Waldes zurückzog. Sein Wesen schien förmlich mit der Finsternis der Bäume zu verschmelzen, so als wolle Kyle das klare Sonnenlicht nicht sehen. Ja, als könne er die Reinheit des Lichtes nicht ertragen. Und immer wieder tasteten die sanften, zarten Hände des Jungen nach dem Kurzschwert, als wolle er sich vergewissern, dass es noch an seinem Platz war und ihm somit Trost spenden konnte. Finley bemühte sich, die bedrückende Stimmung des Jungen zu durchbrechen. „Das Mädchen geht dir nicht aus dem Kopf, was?"

Kyle warf ihm einen dunklen Blick zu. „Ania. Du hättest sehen sollen, wie sie sich an diesen Händler geschmiegt hat. Er hat sie überall betatscht und sie hat gekichert."

Finley nickte nur und dachte einen Moment lang nach. „Sieh es durch ihre Augen: Der Mann hat Geld und alles, was sie tun muss, ist, ihn zwischen ihre Beine zu lassen."

Kyles Augen brannten und Finley hob drohend den Zeigefinger. „Überleg genau, was du antworten willst, aber bedenke: Andere Mütter haben auch hübsche Töchter!"

„Das ist Blödsinn. Ania ist so…" Kyle suchte nach Worten. „So…"

„Perfekt? Göttlich? Anmutig?", bot Finley an und Kyle nickte, noch bevor er verstand, dass Finley wieder sein gefährliches Funkeln in den Augen hatte, das er immer zeigte, wenn er ihn aufzog. „Das sind sie alle, Kyle. Anmutige Wesen. Perfekte Geschöpfe wie Feen. Elfengleich!"

„Ja, sie ist elfengleich!", beharrte Kyle.

Finley verzog die Lippen. Es war sinnlos. Der Junge setzte diese Ania aus Asaanfurth auf ein hohes, goldenes Podest; so hoch, dass er sie selbst nicht mehr erreichen konnte. Die Narreteien junger

Männer. „Ahh, und sie kackt vermutlich Rosenblätter!"

Kyle erwiderte nichts und starrte wieder zu seinem Schwert. Finley nickte ihm zu. „Üb noch ein wenig damit. Meinetwegen stell dir vor, wie du es diesem Kerl, diesem Händler, in den Wanst rammst, wenn es dir hilft."

„Danke," sagte Kyle und brachte ein gequältes Lächeln über seine Züge.

„Gut. Dann auf!", befahl Finley und schaute zu, wie Kyle die Reste des Bratens beiseitelegte, sich erhob und am Rand der Lichtung, die Schatten suchend, zunächst ungelenk zu üben begann. Die Übungen des Vorabends wiederholte der Junge zwar recht geschickt, aber es mangelte ihm an Kraft, um die Schwertstreiche präzise und zielgenau auszuführen.

Finley erhob sich gleichfalls und nahm die Waffe an sich, um Kyle weiter anzuleiten. „Stehe fest mit deinen Beinen auf dem Boden, dann fasse den Griff so, dass deine Hand nicht verkrampft. Und dann übst du erst mal nur das senkrechte Schlagen!"

Kyle tat es ihm nach und nachdem er dem Jungen demonstriert hatte, wie er seine nächste Übung probieren sollte, setzte er sich wieder gemütlich auf den weichen Grasboden der Lichtung und schaute zu. Kyle lernte schnell, stellte Finley erstaunt fest, obwohl er sich bei seiner ersten Abwehrbewegung soweit drehte, dass er das Gleichgewicht verlor und zu Boden fiel. Doch mit der Düsternis seiner Verzweiflung schien auch eine neue Kraft in dem Jungen zu keimen, ein Wille, der nicht bereit war, aufzugeben.

„Finley?"

„Ja?"

„Warum bist du von zu Hause weggegangen?"

Der Obiskarer schwieg.

„Ich meine, deine andere Tochter. Vermisst sie dich nicht?"

„Komm, wir müssen weiter", brummte Finley und erhob sich wieder. Kyle verstand, dass der Mann nicht mit ihm darüber reden wollte, warum er wirklich von zu Hause fortgegangen war und widmete sich dem Kurzschwert mit den bronzenen Bärenköpfen. Auch als sie sich wieder auf den Weg machten, war Kyle beim Wandern nicht von seinen Übungen abzubringen und der Obiskarer begann sich schon zu fragen, ob es ein Fehler war, dem Jungen Kampfunterricht zu geben.

Der funkelnde Hass in den Augen des Jungen, der gestern noch nicht zu sehen gewesen war, erschreckte ihn, doch dort war auch noch etwas anderes; etwas Mächtiges, das der Mann nicht einzuschätzen vermochte. Und dieses Mächtige stand im Gegensatz zu der schwächlichen, hageren Erscheinung, die sich mit seinem Beutel abmühte. Letztlich war er froh, als Kyle am Abend sein Schwert nicht mehr halten konnte. Die ungewohnten Bewegungen hatten seine Handgelenke und Armmuskulatur zweifellos überansprucht.

Der Abend brachte Regen und sie suchten am Wegesrand nach einer geeigneten Stelle für die

Rast. Die verfallenen Säulen eines längst aufgegebenen Tempels ragten aus den bewaldeten Hügeln und Finley beschied, dass dies ein guter Platz für die Rast sei. Das Gebäude war einst an den Hang gebaut worden und in Jahrhunderten von Bäumen, Sträuchern und Erde überwuchert worden.

„Was ist dies für ein Ort?", fragte Kyle, doch Finley zuckte die Schultern, während er mit den Stiefeln in dem vermodernden Laub scharrte, welches die Steine bedeckte. „Stille Ahnen der Geschichte. Irgendwelche vergessenen Götter. Der Ort hier ist vier- oder fünfhundert Jahre alt."

„Ich habe nie darüber nachgedacht, dass Orte verschwinden können."

Finley grinste und legte den Kopf schief. Er holte eine Fackel hervor und entzündete diese mit Feuerstein und Stahl. Im Boden des Waldes klaffte ein Loch und sie erkannten, dass dies die Decke der Kammer war, auf der sie standen. Die Decke war an einer Stelle eingestürzt und sie konnten das Geröll hinabklettern, um ins Innere zu gelangen. Fünf Säulen aus Stein stützten die Decke ab; die sechste lag auf dem Boden. Das stetige Tropfen erklang und ein moderiger Geruch waberte im Hohlraum, doch war er bar jeder Verwesung, nur erdig, der Geruch von feuchtem Laub aus dem letzten Herbst. Und zahlloser Herbste davor.

Finley nickte und hob an: „Die Geschichte dieses Landes reicht viel weiter zurück. Die ersten Leute aus ad'Lanthyar sind an der Küste gelandet, vor... uff, vor tausend Jahren. Oder auch zweitausend. Und selbst da lebten schon Leute hier.

Wie dem auch sei, selbsternannte Fürsten und Könige kamen und gingen, vergrößerten ihren Einflussbereich von Calhuh aus, starben in Scharmützeln mit ihren Konkurrenten. Aber sie vergrößerten ihren Einfluss Jahr um Jahr, trotzen dem Urwald Stück für Stück den Boden ab, schufen neue Siedlungen und Handelswege, Klöster und Tempel. Da hinten, an der Wand, siehst du die Reste einer Karte."

„Wo? Ich sehe nichts!" Das Licht der Fackel blendete Kyle und Finley sagte lehrmeisterlich: „Guck nicht ins Feuer, wenn du in dunklen Räumen bist. Guck in die Dunkelheit. Kneif deine Augen einen Moment lang zusammen, dann siehst du mehr."

Der Junge probierte es aus, presste die Augen zusammen und tatsächlich schälten sich die Reste einer Malerei aus der Wand hervor, wenngleich es Kyle mehr als schwerfiel, aus den wenigen Strichen an der Wand eine Karte zu lesen.

„Hat mir ein verdammter Elf mal beigebracht", brummte er mit lustig funkelnden Augen. Plötzlich fixierte Kyle einen anderen Punkt auf dem Boden. Etwas Metallisches lugte aus dem blätterbedeckten Erdreich hervor. Er bückte sich und las einen Klumpen auf, aus dem ein Stück Metall herausragte. Mit spitzen Fingern schälte er die schwarze Erde ab.

„Eine Münze!", rief er aus.

Finley neigte den Kopf schief und blickte Kyle über die Schulter. „Die Kanten sind rau. Sie ist alt. Silber und Bronze." Er deutete auf den gelblichen Rand, der den helleren Kern umgab.

Kyles Finger strichen über das Geldstück. „Es ist keine von den Münzen, die ich bisher gesehen habe." Das Wappen war unkenntlich geworden, abgeschabt. Er drehte die Münze um und rieb einen Kopf frei. Das Antlitz einer Frau mit hochgesteckten Haaren konnte er ausmachen.

„Wer ist sie?"

Finley zuckte nur mit den Schultern und schüttelte den Kopf. „Ich kenne keine Königin. Vielleicht ist sie aus dem Caramassin. Würde auch den Rand aus Bronze erklären. Die Possenreißer dort mögen solcherlei Zierrat. Sie finden, es wirkt ad'lanthyarischer, hah!"

„Ist sie viel wert?"

Der Obiskarer zuckte die Schultern. „Zumindest ihr Gewicht in Bronze und Silber! Diese Münzen wiegen im Caramassin weniger als in Calhuh, sind kleiner. Zierlicher."

Kyle bot Finley die Münze an, doch dieser überlegte einen Moment lang und winkte schließlich ab. „Du hast sie gefunden. Du steckst sie ein!"

Der Junge sah sich um. „Und warum gaben sie diesen Ort wohl auf?"

„Wer weiß? Tempel und Klöster sind – und waren es auch wohl schon immer - oft abhängig von der Gunst anderer, von Kriegern, Fürsten, Hohepriestern." Finley schritt in den hinteren Bereich der Kammer und hielt die Fackel näher an den Altar. Der Stein war alt und mit Moos bewachsen, doch er fand zu seiner Erleichterung nicht das, wonach er gesucht hatte. „Zumindest war dies kein Götzentempel. Es gibt einige Irre, die haben Menschenopfer dargebracht, um Dämonen zu beschwören."

„Dämonen?"

„Ja, manche beschwören Dämonen, um ihre Gunst zu erhalten."

„Ich dachte immer, dass Dämonen von einem Besitz ergreifen...", Kyle runzelte die Stirn, behagte ihm der Gedanke doch gar nicht.

„Besessenheit gibt es in vielen Formen. Und manche Irre liefern sich dem aus, opfern Frauen und Kinder für mehr Gold, mehr Macht oder ein paar Zoll mehr zwischen den Beinen", brummte Finley abschätzig. „Wenn man an solche Dinge glaubt. Und viele Sekten predigen noch heute so einen Blödsinn."

Der Obiskarer klopfte sich auf die Schenkel. „Es kann uns beiden gleich sein, warum auch immer dieser Tempel aufgegeben wurde. Heute hausen in den zahllosen Ruinen im Land allenfalls Tiere oder Räuber – und hier sind keine. Der Regen kann uns hier nicht zusetzen. Also komm, lass uns ein Feuerchen machen und dann versorge ich deine schmerzenden Gelenke."

Kurz darauf prasselte das Feuer hell und wurde von den Wänden der Kammer zurückgeworfen, was die beiden für weitaus angenehmer befanden als das Lager unter freiem Himmel. Kyle genoss die Wärme im Rücken, während Finley seine Arme untersuchte. Mit einer unverhohlenen Schadenfreude wickelte der Ältere die angeschwollenen Glieder des Jungen in übelriechende Binden, die er mit einer eigens angerührten ‚Spezialmedizin' übergossen hatte und grinste Kyle an. „Siehst du, Kyle, das hier ist Lektion Nummer Zwei. Naturheilkunde. Das übelriechende Zeug ist ein Pflanzenextrakt aus verschiedenen Kräutern."

Kyle biss die Zähne zusammen, könnte er doch vor Schmerzen bei jeder Berührung aufschreien. Doch diese Blöße wollte er sich nicht geben und so presste er nur hervor: „Was ist das für ein Zeug?"

„Arnikablüten, die in reinem Alkohol ziehen konnten und dann in den Wickelumschlägen getränkt wurden." Bevor Kyle widersprechen konnte, wickelte Finley die verdreckten Stoffschuhe von den wunden Füßen des Jungen und rieb diese mit einer weiteren Tinktur ein.

„Einige frische, grüne Spitzen der Fichte, in *Obiskarischem Geist* eingelegt, *Uis'gey* genannt. Das tut wohl. Und das Beste: Man kann ihn auch trinken, wenn der Wein alle ist!" Finley lachte, beendete sein Werk und stand auf, um sich auf die Knie seiner ledernen Hose zu klopfen. Endlich huschte sogar der Ansatz eines Lächelns über Kyles Züge.

„Morgen werde ich dir zeigen, wo sie wachsen und wie du sie zubereiten musst", schloss der Krieger und rückte sein Béret zurecht. „Du musst *sehen* lernen, Junge. Es gibt so vieles, was es zu entdecken gibt."

Kyle nickte nur müde und schloss bald darauf die Augen, mit dem festen Glauben, dass diese Wundermixtur bestenfalls die ersten Mücken des Jahres anzuziehen vermochte, die ihn in der Nacht zerstechen würden. Zufrieden schaute Finley zu, wie ein erschöpfter Kyle endlich einschlief und die ernste, gekräuselte Stirn des Schlafenden sich ein wenig glättete.

Die Gipfel Obiskaras schimmerten silbern im Dunst des neuen Morgens. Der Blick nach Westen erfüllte das Herz Finleys mit gemischten Gefühlen. Heimat und Verlust lagen so nahe beieinander.

„Gehen wir nicht weiter?", fragte Kyle zaghaft und war überrascht, als Finley ihm vertraulich die Hand auf die Schulter legte. „Kyle, wie ich gestern Abend schon sagte: du musst lernen, ‚im Dunkeln' zu sehen!"

„Finley, es ist früher Morgen. Und hell!"

Der Obiskarer schnaubte und gab Kyle einen Klaps mit der flachen Hand an den Hinterkopf. „Besserwisser!" Finley deutete über die Hügelkuppen und fernen Wälder hinweg in Richtung der eisbedeckten Gipfel, die mehrere Tagesmärsche von ihnen entfernt lagen. Also sage mir: Was siehst du?"

„Bäume?", bot Kyle zögerlich an, nicht sicher, worauf Finley hinauswollte.

„Bäume?", sagte Finley und kniff die Augen ein wenig zusammen. „'Bäume', sagt er, ha! Nun, Kyle, ich sehe Eichen und Birken, Tannen und Fichten. Jeder Baum ist anders, jeder beheimatet andere Tiere, jeder hat einen anderen Lebensrhythmus." Er nickte zu den fernen Gebirgsausläufern, Flecken aus Weiß und Grau im Dunst.

„Berge?", bot Kyle schulterzuckend an.

„Weitaus mehr: Ich sehe die Schluchten des ‚Ochsenkopfes‘. Die dräuenden Wolken, die sich durch das ‚Wolfsmaul‘ schieben. Ich sehe ‚Mareks Fall‘, den Ort, an dem wir Obiskarer um unsere Freiheit kämpften und doch zu Vasallen der Könige Calhuhs wurden. Und dort, das ‚Steinerne Joch‘ und hunderte Gipfel mehr.“

Nun war es an Kyle, die Stirn zu runzeln. „Es sieht doch gar nicht aus, wie ein Joch!“, protestierte er. Finley lachte harsch und hob den Zeigefinger. „Nicht von dieser Seite! Lerne also stets alle Seiten einer Sache kennen!“

Kyle blickte von den Felsschluchten zurück zu den näheren Bäumen und zum ersten Mal unterschied er die Strukturen der Stämme, der Baumkronen, der Höhen und Tiefen, wo sich der Fluss Eike durchs Land schälte. *Lerne stets alle Seiten einer Sache kennen*, ermahnte er sich. Schweigend schritten sie weiter. Doch dieses Mal wanderte Kyles Blick neugierig über Steine, Gräser, Bäume. Über Erde und Himmel, von Vögeln zu herumschwirrenden Insekten.

Grelles Sonnenlicht stach hier und da durch die sich auftürmenden, stahlgrauen Wolken, einen drohenden Kontrast über dem leuchtenden Grün der Landschaft bildend. Die Schatten der Wolken tanzten über die ersten Wiesen, die sie in den lichter werdenden Wäldern empfangen hatten.

„Heute Nacht werden wir mit einem Dach überm Kopf schlafen!“, rief Finley freudig aus, als sie von der Hügelkuppe aus auf Lairhoven hinabsahen. „Und nass werden wir dann auch nicht", fügte er mit einem Blick zu den sich zusammendräuenden Wolkenbergen hinzu und rieb sich die Hände.

Der Junge neben ihm streckte seinen schmerzenden Rücken durch und schulterte den Beutel wieder. Er nickte müde und schickte sich an, den Weg hinabzusteigen. Zwei Tage und zwei Nächte waren sie durch lichte Laubwälder und die sanft dahinrollende Hügellandschaft gewandert. Je weiter südlich sie kamen, desto zugänglicher wurde das Gelände. Kyle hatte diese Beobachtung seinem Wegbegleiter mitgeteilt und von Finley erfahren, dass hier im Westen nur noch die abgelegenen Dörfer wie Asaanfurth, Eikhaard oder Leyn'Jengwhar, oder im Nordosten in der Baronie LeGoff eben auch Orte wie Feynhaard, jenes dichte Unterholz hatten, welches typisch für die alten Urwälder war. Einst war dies gesamte Gebiet bewaldet gewesen, ein einziger, gewaltiger Teppich aus dunklen, dichten Wäldern, der miteinander verbunden war. Doch dies hatte sich in den letzten Dekaden verändert. Das Land um die Hauptstadt wurde durch die königlichen Forstmannschaften nach und nach systematisch gesäubert. ‚Forsthaine' nannte man dies nun. Leichter abzuholzen, um Schiffe zu bauen, und schneller und sicherer für die Händler zu durchqueren, da es Räubern und Wegelagerern nun immer schwerer gemacht wurde, ihre Beute im dichten Urwald zu jagen.

Das Dörfchen Lairhoven war wie Asaanfurth klein. Friedlich und still lag es da, an zwei Seiten von Wäldern umschlossen. Dünne Rauchsäulen stiegen aus den Kaminen und Schornsteinen auf und Finley frohlockte: „Ahh, heute rasten wir im Wirtshaus!"

Wieder klatschte er begeistert in die Hände und wischte sich den Wegstaub aus dem Gesicht. „Mit Hühnchen vom Grill und geschmorten Kartoffeln und Speck und Tomaten. Du musst wissen, dass der Boden hier besonders schmackhafte Früchte und Gemüse hervorbringt, die bis nach Obiskara gerühmt werden", dozierte der bullige Mann freudig. „Und dann kriegen wir endlich wieder etwas Richtiges zu trinken!"

Kyle nickte nur stumm, als sie den Weg ins Dorf hinabgingen. Er mochte dieses Dorf nicht. Irgendwie erinnerte es ihn zu sehr an Asaanfurth. Schmutzige Hütten, die mit Roggenstroh und groben Schindeln bedeckt waren. Grau und braun, von der heißen Sonne ausgeblichen und von prasselndem Regen aufgeweicht und vermodernd. Und er wusste aus seiner eigenen Erfahrung, dass diese Dörfer meistens nicht gut auf Fremde reagierten. Auf ihn vielleicht noch, weil er aus dem Nachbarort stammte, aber auf den Obiskarer?

Finley musterte seinen jungen Gefährten abschätzig aus den Augenwinkeln. „Keine Sorge, nur noch eine Nacht hier, und wenn Rosario dann morgen kommt, sind wir drei, vier Tage später in Caldonn, wo wir Araweyns Pfad erreichen, die Königliche Handelsstraße des Westens. Und eine Woche darauf erreichen wir Calhuh. Endlich!"

„Für dich vielleicht, Finley", brummte Kyle düster. „Ich muss morgen nach Asaanfurth zurück."

„Oh", machte der Obiskarer und kratzte sich verlegen am Kopf. Er hatte beinahe vergessen, dass Kyle ihn nur bis Lairhoven begleiten würde.

„Und dieser Rosario? Er kommt hierher?"

„Ja", nickte Finley. „Er ist mein Partner."

„Auch ein Wirt, wie du?"

„Rosario? Hmm..." Er betrachtete Kyle nachdenklich. „Mehr oder weniger. Eher weniger. Obwohl er sich gut mit Tavernen auskennt." Der Gedanke schien den Obiskarer zu belustigen. Kyle betrachtete den gutgelaunten Mann zu seiner Rechten. „Du hast mir noch nicht geantwortet, Finley. Warum verschlägt es dich eigentlich aus Obiskara nach Calhuh?"

Der Mann warf ihm einen bösen Blick zu, doch Kyle hakte nach. „Ich meine, du kommst aus den Bergen. Deine Tochter ist noch dort. Und nun willst du an die See?"

Die Züge Finleys formten sich zu einem gequälten Lächeln und er strich sich nachdenklich über den ergrauten Bart, der seinen breiten Mund einrahmte. „Du gibst keine Ruhe, was?" Seine Augen funkelten, als er leise sagte: „Manchmal muss ein Mann eben hinaus in die Welt. Vor allem, wenn man sich Feinde gemacht hat."

„Du hast Feinde?"

Finley brummte nur und fixierte den Jungen für einen Moment lang, bevor er hinzufügte. „So, wie du, Kyle. So wie du!"

Schweigend schritten sie weiter.

„Und warum Calhuh?", fragte Kyle nach einer Zeit. „Warum nicht irgendein anderer Ort in den Bergen? Dann wärst du näher an deiner Tochter, Caja, nicht wahr?!"

Finley grunzte genervt auf. „Ihr Götter, womit sucht Ihr mich da heim?!", rief er aus und hob scherzhaft drohend die Linke zum Himmel.

„Du hast gesagt, ich solle alle Seiten einer Sache kennenlernen!"

Müde legte der Obiskarer Kyle die Hand auf die Schulter und hielt nickend inne. „Euer König, unser König, Araweyn I., ist einer der Gründe. Er stammt aus Obiskara. Er hat den Thron bestiegen, vor..." Finley setzte eine nachdenkliche Miene auf, „fünfundzwanzig, nein, beinahe achtundzwanzig Jahren. Damals, nach dem Bürgerkrieg."

„Du hast in dem Bürgerkrieg gekämpft?"

Finley nickte einmal verhalten. „Ja, als junger Mann. Und in den Wirren, die dem Krieg folgten, dem zweiten Aufstand der Bauern. Wie dem auch sei, die Obiskarer waren nicht sehr erfreut über die Verbindung zum Imperium ad'Lanthyars. Wir lieben eben unsere Freiheit. Aber im zwölften Jahr seiner Herrschaft hat Araweyn uns Obiskarern Schutz zugesichert. Und eben jene Freiheit. Eine Freiheit, die er mit einem Handel mit ad'Lanthyar erkauft hat."

Kyle hörte gebannt zu, waren ihm doch all diese Namen und Ereignisse unbekannt: Aufstände der Bauern und Bürgerkriege waren nur Dinge, die denen Betrunkene dann und wann faselten, um ihre ganz eigenen Sichtweisen zu Erlebnissen kundzutun. Ein Flickenteppich aus subjektiven Eindrücken. Er seufzte, als er erkannte, dass er bisher einfach nur existiert hatte, ohne zu wissen, was vor seiner Zeit passiert war.

Finley fuhr fort: „Jetzt sind wir zwar ein Protektorat, jedoch kein von Herzog DeBracy oder den anderen Baronen und Grafen besetztes Gebiet, sondern wir haben noch immer unseren eigenen Rat. Aber wir gehören nun auch zum Königreich und dürfen überall Geschäfte machen. Handel treiben. Eine neue große Freiheit...", vollendete er eine der Floskeln, mit denen die Ausrufer die ‚Große Freiheit' verkündet hatten. „Und seither, seit mehr als fünfzehn Jahren, liegen die ‚Freien Obiskarer' und das Haus DeBracy in einem angespannten Zustand von Grenzstreitigkeiten. Diese sogenannte ‚Große Freiheit' kostet viel Blut", flüsterte der Obiskarer grimmig.

„Freiheit", wiederholte Kyle leise. „Das klingt... gut."

„Aye, Laddie, das *klingt* gut!", lachte Finley und knuffte Kyles Hinterkopf. „Komm schon, nur noch wenige Schritte und es gibt etwas zu Essen."

„Aber ich glaube, du hast meine eigentliche Frage immer noch nicht beantwortet, Finley!"

„Ist er nicht ein kluges Bürschchen?!", lachte der Mann und schritt mit beinahe tänzelndem Schritt den Weg entlang. Als sie die kleine Ansammlung wie dahingewürfelter Hütten erreichten, empfingen sie wütende Schreie. Zornige, aufgebrachte Rufe nach Vergeltung. Reden, voller Zorn und Missgunst. Ein Schauer lief Kyle über den Rücken. Solchen Zorn hatte er selbst schon zu oft erlebt. Die gleiche Wut, wie in seinem Heimatdorf. Einige Bauern und Handwerker hoben erbost ihre Fäuste, wirbelten scharfkantiges, abgewetztes Werkzeug umher und brüllten wild durcheinander. Der Lärm auf dem zentralen Dorfplatz war so immens, dass Kyle Finley förmlich ins Ohr brüllen musste: „Was ist hier nur los?"

Die Schultern zuckend schrie der untersetzte Obiskarer zurück: „Ich sehe doch auch nur Rücken, Hintern und Beine! Du bist größer als ich, Junge!"

Verdutzt musterte Kyle seinen Begleiter und ein Lächeln erschien für einen Moment auf seinen Zügen. Er hatte es immer für gegeben hingenommen, dass er zwar schlaksig war, doch er hatte sich nie ‚groß' gefühlt. Tatsächlich überragte er Finley um beinahe eine Kopflänge. Er straffte sich ein wenig und gewann einige Zoll dazu.

Finley zuckte die Schultern und schaute ihn erwartungsvoll an. Nickend sah sich Kyle um und fand, wonach er gesucht hatte. Mit einer Behändigkeit, die Finley überraschte, zog Kyle sich an einem Balken eines Handwerkshauses hoch, um besser über die Meute hinwegsehen zu können. *Er ist vielleicht nicht stark, aber wenn man immer wieder gejagt wird, lernt man offenbar klettern*, dachte der Obiskarer grinsend, als er den Jungen beobachtete. *Es scheint mehr Potenzial in dem Jungen zu schlummern, als ich auf den ersten Blick annahm.*

Was Kyle sah, ließ die in ihm schwelende Wut wieder aufglühen, gleich der Glut in einer morgendlichen Feuerstätte, welche nur den Hauch eines Atemstoßes bedurfte, um die Flammen wieder höher emporzüngeln zu lassen: ein Mann, der Kleidung nach ein eher wohlhabender Städter, wenngleich seine Haare struppig waren und seine Züge von einem ungepflegten Backenbart dominiert wurden, stöhnte unter den Hieben von drei grobschlächtigen Kerlen auf. Während der Mann zusammengeschlagen wurde, schleuderten die Bewohner Lairhovens Steine auf eine junge Frau mit rotbraunen Haaren - ihrer ärmlichen Kleidung nach vermutlich aus dem Dorf stammend -, die um Vergebung bettelnd schrie. Mit lautem Knacken traf sie ein Stein genau an der Schläfe und sie sackte blutüberströmt zu Boden.

„Tötet den Hexer! Verbrennt ihn!", keiften andere Frauen aus dem Dorf und die Männer schrien und grunzten. Purer Hass. Brennender Hass. Der Mob war ein rasender Chor, außer Kontrolle, nicht zu bändigen. Die grobschlächtigen Männer zogen den Städter auf die Knie hoch und schleiften ihn an seinen Schultern zu einem Pfahl. Schnell wurde er dort gefesselt und andere brachten Stroh, Reisig und Holz, welches sie zu seinen Füßen aufschichteten.

Ein Scheiterhaufen! Kyle sprang herunter und blickte sich hilfesuchend um. Er war vier Jahre alt gewesen, als er seine erste Enthauptung gesehen hatte. Seine Mutter und ihre Freundinnen hatten ihn damals in Móraghem mit zur Hinrichtung genommen, da solche Ereignisse Festtage für das einfache Volk waren – und betrunkene Männer leichter ihr Geld für das zarte Fleisch williger Frauen ausgaben. Kyle jedoch hatte den Tag gehasst. Er hatte die Schreie und das Leid gesehen und das hämische Lachen und Johlen. Er hasste die

Willkür und die Häme, die dies in den Menschen zu Tage förderte. Entschlossen sprang er von seiner Aussichtshöhe herunter. „Finley, sie haben die Frau getötet und ihn wollen sie verbrennen. Wir müssen ihm helfen!!"

Der Obiskarer machte ein skeptisches Gesicht. „Warum? Vielleicht ist er ein Mörder! Oder gar etwas Schlimmeres...", schrie der bullige Mann zurück. „Rufen die nicht ‚Hexer'?!"

Doch Kyle schüttelte nur den Kopf. Zulange hatte er selbst unter einem solchen Mob gelitten. Nie wieder. „Du hast gestern Nacht noch gesagt, ich solle dafür eintreten, wenn mir etwas nicht gefällt!" Seine Augen wanderten suchend über den Platz. Endlich sah er etwas, das er gebrauchen konnte, ja, was er brauchte.

Das schaffst du nicht, keckerte die Stimme seines Dämons. *Du bist der Dorftrottel von Asaanfurth.*

„Aber dort bin ich nicht mehr!", antwortete Kyle dem Dämon lauthals, schüttelte Angst und Zweifel über sein mögliches Scheitern ab und rannte los. Geradewegs hielt er auf einen Stallburschen zu, welcher offenbar das Pferd des Städters am Zügel hielt, da dieses nicht wie ein Ackergaul aus dem Dorf aussah. Der schmutzige Bursche betastete gierig mit der freien Hand den reichverzierten Sattel und das mit Nieten beschlagene Zaumzeug des Apfelschimmels. Auf den Satteltaschen war eine zierlich wirkende Armbrust festgezurrt.

Der Stallknecht bemerkte Kyle aus den Augenwinkeln heraus. Überrascht dachte er, der abgerissenen Kleidung nach zu urteilen, dass dies zweifellos ein Dörfler war, aber der Bursche hatte Kyle noch nie hier gesehen. Weiter kam er in seinem trägen Denken nicht, da hatte Kyle ihn schon angerempelt und niedergestoßen.

Der Knecht knurrte auf, krabbelte strauchelnd zur Seite und sprang wieder auf die Beine. Die prankenartigen Fäuste ballend, rief er aus: „Jetzt bist du dran, Bürschchen!"

Finleys Hieb auf den Kopf – der Obiskarer war Kyle gefolgt - fällte den Knecht und schickte ihn ins Reich der Träume. Finley grinste, als er über den Körper des Bewusstlosen stieg. Er schaute zu dem weißgrauen Pferd und sein Lächeln gefror. „*Das* ist sein Gaul?" Sich am Kinn kratzend blickte der Obiskarer auf die Meute, die ihm die Sicht auf den Mann nahm, den sie peinigten. Er seufzte schwer und sackte in den Schultern zusammen: „Rosario."

Kyle ignorierte Finley und riss sich mit einer Entschlossenheit, die er zuvor nicht gekannt hatte, den Verband von seinen Handgelenken. Geschickt schnallte er die Armbrust aus Eibenholz von den Satteltaschen des Fremden los, die er zuvor gesehen hatte. Am Schaft war eine Halterung für die kurzen, pfeilartigen Bolzen und schnell legte Kyle das Projektil an die Sehne.

„Oh, du hast einen ‚Plan'...", spottete der Obiskarer und deutete mit einem Kopfnicken auf die Menge, die die Geschehnisse in ihrem Rücken nicht beachtet hatten.

Verdammt, wie soll ich denn das schwere Ding nur spannen?", dachte Kyle gehetzt, während er vergeblich versuchte, die Sehne mittels der

Spannhilfe in Position zu bringen. Eine starke Hand nahm ihm die leichte Armbrust ab, stellte den Fuß in den Bügel und zog die Sehne mit einer einzigen, fließenden Bewegung hinter den Sicherungsbügel.

„Ich befürchte, mein Geschäftspartner hat wieder einmal dafür gesorgt, dass ich heute Abend kein Dach über dem Kopf habe! Oder wir. Und jetzt machst du auch schon Ärger!" Finley hielt Kyle die gespannte Armbrust hin. Unsicher nahm Kyle die Waffe an sich. Er erwartete das zornige Gesicht Finleys zu sehen, doch der rauflustige Mann grinste breit. „Und danke mir bloß nicht! Denke nur an eines, wenn du schießt: Ziele mit Bedacht. Und nicht auf mich!" Daraufhin zog er sein rotes Béret mit einem erwartungsvollen Grinsen tiefer ins Gesicht, nickte Kyle auffordernd zu und stürmte mit erhobener Axt und brüllend ins Getümmel. „Aber immerhin macht es Spaß!", tönte der tiefe Brummbass des Obiskarers.

Der Junge musste für einen Herzschlag lang grinsen. Sogleich riss er sich aus seiner Bewunderung für den unerschrockenen Kämpfer und stieg auf ein Fass an einer Hauswand, um die Lage zu besehen und sein Ziel zu wählen. Chaos regierte nun auf dem Dorfplatz. Vollkommen überrascht erhielten die ersten Dorfbewohner Prügel und die Hiebe Finleys ließen so manche Kerle zurückweichen. Eine Verletzung mit einem Knüppel, geschweige denn einer Axt konnte den sicheren Tod bedeuten. Niemand scherte sich hier um einen Krüppel – oder versuchte gar ihn durchzufüttern. Wer hier nicht arbeiten konnte, hatte keinen Wert, wurde zum Ausgestoßenen.

Hinter dem Mob sah Kyle, wie ein großer, fetter Kerl mit Halbglatze und einer ledernen Weste gerade eine Fackel an den Scheiterhaufen halten wollte. Er dachte nicht nach, er zitterte nicht. Kyle hob einfach nur die Waffe, legte die Armbrust an und schoss. Seine Finger hatten nur den Abzug durchgedrückt und der Impuls des Rückschlags traf ihn hart an der Schulter.

Mit lautem Knall schlug auch schon der eiserne Bolzen dicht neben dem Kopf des Gefangenen in den Pfahl ein und riss das Holz auf. Der Fette und der Gefangene sahen beide erstaunt auf das Geschoss. Verwundert drehte sich der Fackelträger um, vergaß, was er gerade tun wollte und starrte Kyle nun fragend an. Auch die übrigen Dorfbewohner, die noch nicht in eine wilde Keilerei mit dem Obiskarer verwickelt waren, registrierten, dass etwas Ungewöhnliches ihren Rädelsführer von der Vollstreckung seiner Handlung abhielt, und so wandten sie sich ebenfalls um, um die Ursache für diese lästige Unterbrechung zu betrachten. Der schlaksige Junge mit der Armbrust erschien ihnen seltsam. Schweigen breitete sich aus und bald waren nur noch die dumpfen Kampfschreie des Obiskarers und das Wehklagen der Niedergestreckten zu vernehmen.

Finley, sich der plötzlichen Stille ebenfalls bewusst werdend, hielt gleichfalls inne und drohte den Leuten finster mit seiner erhobenen Streitaxt, sodass sie Abstand zu ihm hielten. Doch die Blicke galten eh nicht ihm, sondern dem Jungen in den abgerissen Säcken und den gewickelten

Stoffschuhen. „Sag schon, was du zu sagen hast, Laddie!", rief er.

Unbequem berührt rückte Kyle auf seinem Fass hin und her, als er die teils fragenden, teils zornigen Blicke der Menge auf sich ruhen spürte. Zögernd, unsicher und mit errötender Miene erhob er seine Stimme. „Was ist es, das ihr diesem Mann vorwerft?" *Ihr Götter, das klang armselig und krächzend.*

Sein Blick wanderte zu dem blutigen Bündel am Boden, er atmete tief ein und aus und seine Stimme wurde tiefer, düsterer und härter. Fast knurrte er die Worte heraus: „Und was ist es, das es rechtfertigt, diese junge Frau getötet zu haben?"

Die Meute gaffte ihn nur verwundert an, dann wanderten die Blicke nieder, auf seine leere Armbrust. Mit der Erkenntnis, dass der Junge nicht erneut schießen würde, ging ein Ruck durch die Meute und der fette Kerl mit der Fackel in der Hand blickte ihn herablassend an. „Du bist ja ein ganz tapferes Bürschlein", krähte er mit kratziger Stimme und griff dem gefesselten Mann ins dunkle Haar. Unsanft riss er den Kopf derart zur Seite, so dass ein jeder die kurzen Spitzen an den Ohren sehen konnte.

Ein Elf, dachte Kyle verwundert. Er hatte die Erzählungen über diese wundersamen Wesen gehört. Doch er hatte sie sich nicht so schmutzig und unrasiert vorgestellt. Eher blonde Feenwesen mit glatten Zügen. Edel und fein. Der braunhaarige Mann mit unrasierten Wangen und verwildertem Kinnbart sah aus wie ein Mensch – von den spitzen Ohren abgesehen. Sie waren bei weitem nicht so lang, wie er angenommen hatte. Die meisten Erzählungen beschrieben diese Ohren der Elfen immer als abstehende, wenigsten eine zusätzliche Handspanne messende Absonderlichkeiten. Doch diese hier liefen einfach nur dort etwas spitzer zu, wo die Menschen ein abgerundetes Ohr hatten.

Der Kerl mit der Fackel spuckte aus. „Elfenabschaum, Junge! Dieser Hexer hat die Tochter des Bäckers mit seinen Teufeleien verführt, damit sie sich ihm hingibt!"

Kyle hatte es geahnt. Diesen Hass auf alles Fremde hatte er zu oft in den Augen der Menschen gesehen. Fast schien es ihm, als wäre seine Frage überflüssig, und doch stellte er sie mit leiser Stimme: „Und darum habt ihr sie getötet?!"

„Wir haben sie in der Scheune überrascht, als sie sich gerade *paarten*! Sie hat gestöhnt wie eine Hure, als er seine dämonische Brut in ihren Bauch pflanzen wollte!", fügte der Fette voller Hass hinzu. Der Mob reagierte mit Rufen nach Vergeltung für die Schändung, doch der Fette winkte unwirsch ab. „Sie ritt im Stroh auf ihm und rieb ihr Hinterteil auf seinem Schwanz, als sei sie eine Mähre in der Hitze." Er spuckte aus. Der Speichel traf die Leiche des Mädchens.

Wut kochte in Kyle hoch, als er den Schleim auf ihren, noch im Tod entsetzten Zügen sah. *Ania. Sie sieht aus wie Ania! Dieser Abschaum hat keinen Respekt, keinen Respekt!*

Der Fette fuhr fort und die Menge murrte zustimmend: „Also mögen die Götter ihrer verdorbenen Seele gnädig sein. Wir haben sie von der Schmach erlöst, mit der Brut dieses Elfenhexers im Bauch leben zu müssen, der sie besudelt hat!"

Abfällig trat der Kerl die Tote ein weiteres Mal, wandte sich befriedigt dem gefangenen Mann zu und hielt ihm die brennende Fackel dicht vor die Nase. „Und nun wird die Kraft des Feuers deine verdorbene Seele reinigen, du Hundsfott!"

Jubelrufe wurden laut. Arme mit Dreschflegeln und Forken wurden in die Luft gestoßen.

„Haltet ein!"

Seine Stimme war leise. Die Menge ignorierte Kyle. *Seht mich an, wenn ich mit Euch rede! Lasst den Mann in Frieden. Keine Gewalt mehr! Bitte. Bitte!*

Vorstellungen von Ania erschienen vor seinem Auge, wie sie an Stelle der Bäckerstochter gesteinigt wurde, weil sie sich mit ihm, Kyle, dem Dorftölpel, eingelassen hatte. Wie er und Ania hätten auch der Elf und die Bäckerstochter nicht in die Vorstellungswelt dieser Leute hier gepasst. Der Hass regierte auch hier. Hass, Missgunst und Wut. Das Drangsalieren der Schwächeren schien die einzige Befriedigung zu sein, die diese Leute hier finden konnten. *Wie in Asaanfurth. Wie in Gaelbruk. Sie sind wie Govic. Govics Brut. Verstockte Narren.*

Die Fackel des Henkers ließ die trockene Reisigansammlung entflammen und beißender Rauch stieg auf.

Na, beachten sie dich immer noch nicht, höhnte der Dämon, der in ihm hauste. *Und jetzt? Rennst du weinend zurück zu deiner Amme? Du sprichst nicht ihre Sprache, Kyle. Offenbar bist du anders. Unfähig.*

„Jetzt widerfährt dir Gerechtigkeit, du Elfenabschaum!", schrie jemand und Leute lachten. Kyle kannte dieses Lachen. Es war die Häme, die er gehört hatte, wenn er am Boden lag und sie auf ihn eintraten, weil seine Hautfarbe im Winter wie sonnengebräunt wirkte, weil er ‚anders' war.

Anders! Schließlich begriff er, was der Dämon gemeint hatte. *Ihre Sprache...*

„Gerechtigkeit", wiederholte er leise. Er holte aus und Kyles wuchtiges Kurzschwert flog durch die Luft, drehte sich, schlingerte und traf den selbsternannten Henker mit dem Knauf am Schädel. Der Mann taumelte, starrte ihn einen Herzschlag lang ungläubig an, dann brach der Blick und er sackte betäubt zu Boden.

Nun waffenlos sah Kyle die mordlüsterne Meute aufschreien. Überraschung stand in ihren Gesichtern geschrieben. Überraschung und Zorn, gefolgt von Erkenntnis. Die lebende Masse mit Forken und Flegeln, Sicheln und Knüppeln wandte sich ihm zu, brüllte und tobte und stürmte schließlich auf ihn zu.

„Ja, das war ja eine ganz wunderbare Idee, Kyle!", schalt er sich selbst. Gehetzt blickte er sich um, suchte nach Rettung. Der einzige Fluchtweg war der Schimmel. Doch was nützte dies schon? Er konnte nicht reiten! Das Tier könnte ausschlagen und ihm die Knochen brechen.

Und? Was hast du zu verlieren? Angst ist eine Annahme!

Kyle wandte sich um und rannte los, dicht gefolgt von den bewaffneten Bauern. Keuchend erreichte er das weißgraue Pferd, griff die Zügel und sprang auf. Normalerweise hätte er nie genug Kraft gehabt, um sich auf den Rücken des hohen Pferdes zu ziehen, doch Furcht und eine geheime Freude über das Ausschalten des Henkers beflügelten ihn. Sein Oberkörper schob sich auf den breiten Pferderücken, strampelnd folgten seine Oberschenkel und endlich saß er auf, gerade, als die ersten Kerle mit ihren Dreschflegeln nach ihm hieben.

Das Pferd schnaubte, wieherte erzürnt und bäumte sich mit schlagenden Hufen auf. Beinahe hätte es ihn abgeworfen, doch er presste seine Oberschenkel fest gegen die Seiten des massigen Körpers. Kyle mochte nicht kräftig sein, doch seine durch Flucht geschulten Reflexe waren schnell und sein Sinn für Gleichgewicht offenbar hervorragend. In seiner Furcht, abgeworfen zu werden, griff er instinktiv nach dem Sattelknauf, verkrallte sich sodann panisch mit seinen suchenden Fingern in den ledernen Zügeln und der Mähne und umklammerte mit den Beinen den Leib des Tieres. Den Druck in den Flanken spürend, raste das Reitpferd los, direkt in die Meute der Dörfler hinein. Die erschrockenen Einwohner sprangen zur Seite, als das Ross mit donnernden Hufen an ihnen vorüberzog.

Wieder und wieder stampften die Hufe in die lose Erde und schleuderten Dreck auf, bis das Pferd mit Kyle schließlich den brennenden Scheiterhaufen erreichte, auf dem sein Herr noch immer gefesselt war. Erneut bäumte es sich auf, schlug nach hinten aus, um einen zu wagemutigem Dörfler mit einem Tritt zurück in die Menge zu katapultieren und warf Kyle schließlich ab.

Unsanft landete er im Staub. Direkt vor ihm, neben dem Kopf des bewusstlosen Henkers, lag sein Kurzschwert. Hätte er besser geworfen, würde die schwere Klinge nun in der glänzenden, grauen Hirnmasse stecken und die Augen eines Toten ihn gebrochen anstarren.

Was sind das für Gedanken?, schalt sich Kyle. Er hatte den Mann nicht getötet, doch in ihm gärte eine Wut, eine unheilige Kraft, die sich von ihm wünschte, er hätte den Henker gerichtet. Die Gedanken von sich schiebend, besann er sich und krabbelte schnell auf die Waffe zu und griff danach. Er umklammerte den Griff und hielt inne.

Sollte ich nicht Mitleid haben?

Er fühlte keins. Nur Kälte war in ihm. Und Wut. Kalte Wut, die seit Jahren in ihm aufgestaut worden war. Der Henker stöhnte und schlug die Augen auf. Ihre Blicke trafen sich und ein kalter Gedanke huschte durch Kyles Verstand: *Schweine haben den gleichen Blick in ihren Augen, wenn der Metzger sie tötet. Ich hätte dich töten können.*

Die schwere Klinge in der Hand erhob er sich. Das Pferd bäumte sich wieder und wieder auf und drohte mit den erhobenen Hufen, die Bauern in Grund und Boden zu stampfen. Die Menge hielt Abstand und Kyle nutzte die Atempause, um sich umzusehen. Finley konnte er nirgends ausmachen und der Mann am Pfahl des Scheiterhaufens versuchte vergeblich, die rasch größer werdenden

Flammen auszupusten. Sich mit dem Oberkörper hektisch hin- und herbewegend, bemühte er sich, seine Fesseln zu lösen.

„Feuer, Feuer!" Der neue Alarmruf ließ die Bauern zu ihren Häusern herumfahren. Beißender grauer Rauch schob sich über die Gebäude und schon leckten die ersten Flammen aus den Dächern. Die mit Roggenstroh bedeckten Hütten gegenüber den Stallungen brannten schnell und lichterloh. Die vom Regen feuchten Lagen sorgten für einen beißenden Qualm, der das Atmen erschwerte. Von Panik und Furcht um ihre Heime und Habe erfüllt, liefen die Dörfler wild durcheinander, um ihren kargen Besitz zu retten.

Kyle grinste und wandte sich dem Scheiterhaufen zu. Mit dem Fuß stieß er die brennenden Holzscheite beiseite und durchtrennte mit seinem Schwert die Fesseln des gefangenen Abenteurers.

„Danke, mein Freund!", lachte ihn der junge Mann mit dem Elfenblut beinahe fröhlich an, wenn in seinen Augen nicht Trauer und Entsetzen gestanden hätten. Es war ein professionelles Grinsen, welches von einem spitzen Ohr bis zum anderen reichte, als er sich elegant und behände aus den Flammen schwang.

„Oh, und das war ein guter Wurf!", rief der Befreite, schüttelte die schwarzbraunen Locken aus und deutete auf den immer noch liegenden, benommenen Henker. Kyle kniff die Augenbrauen zusammen und knurrte: „Ich habe auf die Fesseln gezielt!"

Der Gerettete stutzte einen Moment, wechselte mit glitzernden Augen einen letzten Blick zwischen seinem Retter und dem sich langsam erhebenden Henker und hatte nichts mehr zu erwidern.

Zwischen den Rufen und Wehklagen ob des Feuers erklang ein neuer, wilder Aufschrei und bevor die Einwohner von Lairhoven bemerkten, dass ihr Gefangener nun frei war und zu fliehen drohte, öffneten sich knarrend die Tore der Stallungen und ein grinsender Finley ritt mit zwei Pferden heraus. Der Obiskarer saß auf einem bulligen Ackergaul, braun und weiß gescheckt, und hielt einen Fuchs, ein Tier mit einem rötlichen Fell, am Zügel.

„Zeit zu gehen, würde ich sagen!" Der Mann pfiff seinen Schimmel herbei und hob den toten Körper der Frau empor. Kyle sah ihn fragend an, doch der Fremde drückte ihm die Tote in die Arme und Kyle wäre beinahe unter dem leblosen Gewicht zusammengebrochen, während sich der Elf geschickt in den Sattel schwang. Kyles Arme zitterten, doch von irgendwoher nahm er die Kraft, die Frau nicht fallen zu lassen. Sie hatte schon genug gelitten. Mit den Fingern schnipsend streckte der Mann seine Hände aus, hob die Tote sanft aus Kyles Armen und legte sie über den Rücken des Tieres.

Kyle nickte nur und schon preschte Finley zu ihm heran und hielt die Zügel des Fuchses fest, während der Junge sich ungeschickt auf den Rücken des Tieres hievte.

„Fertig, Halbelf?", brummte Finley zu dem Geretteten und Kyle blickte mit Verwunderung zu dem vermeintlichen ‚Elfen'. *Ein Halbelf?*

Doch für weitere Betrachtungen blieb ihm keine Zeit. Die drei Pferde bäumten sich ein weiteres Mal wiehernd auf, zwangen die wenigen Dorfbewohner und Bauern, die nicht versuchten, ihre Habe vor den Flammen zu retten oder beim Löschen halfen, zurückzuweichen. Schon trugen die Tiere ihre Reiter mit kraftvollen Schritten aus dem brennenden Dorf hinaus und ließen die Lairhovener mit ihrem Zorn und ihrer Wut allein.

Kyle blickte zurück und sah, wie die Flammen wenigsten vier der Häuser verzerrten. Die Bewohner von Lairhoven würden einen harten Sommer vor sich haben, wenn sie ihre Bleibe bis zum Winter wieder in Stand gesetzt haben wollten. Und Herzog DeBracy würde ganz gewiss nicht darüber erfreut sein, dass seine steuerzahlenden Untertanen ihrer Unterschlüpfe beraubt worden waren. Er wandte den Blick wieder nach vorne. Das nächste Waldstück empfing sie und sie preschten in das schützende Halbdunkel der jungen Nacht.

Nach einer Stunde harten Ritts gönnten sie ihren Pferden endlich eine Pause und machten Rast auf einer kleinen Lichtung am Rande des Flusses Eike. Keiner der drei Männer hatte bisher gesprochen. Kyle musterte abschätzend und prüfend den jung wirkenden Halbelfen. Abgesehen davon, dass dessen Kleidung unter der rüden Behandlung des Mobs gelitten hatte, trug er eine

Weste aus feinem, schwarzem Leder über einem weißen Rüschenhemd. Seine weite Hose mit dicken, geflochtenen Knöpfen an den Seiten endete in hohen Stulpenstiefel. Der Blick des Jungen glitt zur Hüfte des Mannes. An seiner Seite hing die leere Scheide eines Rapiers.

Finley verzog abfällig seine Mundwinkel, als er Kyles Reaktion sah. „Ein Rapier, Kyle. Eine von diesen neumodischen ad'lanthyarischen Stichwaffen, angeblich leicht und schnell." Er schnaubte: „Nur der Adel und diverse ‚Edelmänner', die sich selbst als ‚zivilisiert' bezeichnen, tragen diese Spielzeuge. *Richtige* Kämpfer benutzten Breitschwerter und Äxte, eben rüstungbrechende Hieb- und Stichwaffen, nicht diese neumodischen Zahnstocher."

„Immer noch ein ganz Harter, eh?" Der Halbelf bemerkte die belustigten Blicke des Obiskarers und strich sich amüsiert über seinen struppigen Wangenbart, der einen einst dezent wirkenden Oberlippenbart seit Tagen überwuchert hatte, um sodann seine Finger in dem gebundenen Zopf zu verdrehen, der sein Haupt verzierte; ein Schmuck, der ihm etwas Verspieltes gab, wenngleich einzelne Strähnen aus der Form gesprungen waren.

„Schön, dass du es doch noch einrichten konntest, Obiskarer!", sagte er sich leicht verneigend. Kyle beobachtet, wie die beiden sich voreinander aufbauten, um dann plötzlich einander in die Arme zu fallen und sich auf die Schulter zu klopfen.

„Finley!"

„Rosario!"

„Gut dich zu sehen. Du und dein junger Freund hier", Rosario deutete auf Kyle, „ihr beide kamt keinen Moment zu früh."

„Wohl eher zu spät", brummte Kyle und blickte zu der Toten. Rosario stutzte, als er zu der Leiche auf seinen Satteltaschen blickte und eine Ernsthaftigkeit überkam ihn. Er nahm den Körper seiner Liebschaft vorsichtig von seinem Schimmel herunter und bettete ihren Kopf an seine Schulter. „Ihre Lider und ihr Kiefer werden bereits steif und bald wird ihr Körper folgen", flüsterte er und schaute sich am Flusslauf um. Er fand, wonach er gesucht hatte und sagte dann lauter: „Ich werde sie hier bestatten!"

Behutsam schritt er mit dem erschlafften Körper der Toten zu einem großen Felsbrocken, der flach und breit unter einem Ahornbaum lag und von hohen Gräsern und Sommerblumen umspielt wurde. Liebevoll legte er den Leichnam darauf nieder und richtete die Tote so her, als würde sie im Schlafe ruhen. Einen Moment hielt er inne – Kyle vermutete, dass er ein stilles Gebet sprach oder sich sonst irgendwie von ihr verabschiedete -, dann wandte er sich zu Finley und Kyle um und musterte seine Retter eingehend.

„Danke, dass ihr mich gerettet habt!" Er verneigte sich leicht, die hellblauen Augen entschuldigend auf den bulligen Obiskarer geheftet. Kyle erwiderte den Gruß gleichfalls mit einem Nicken und schritt auf ihn mit ausgestreckter Hand zu. „Kyle! Aus dem Dorfe...", er brach stirnrunzelnd ab, besann sich und sprach mit fester Stimme: „Einfach nur Kyle!"

Der Halbelf ergriff mit festem Druck seine Hand. Kyle hielt stand. Eine neue Kraft schien seinen Körper erfüllt zu haben. Sein Händedruck war fest.

„Rosario duh Larroquette! Eigentlich Rosarioálas. Aber nenn mich einfach nur Rosario", ein schelmisches Lächeln huschte über seine Züge. Finley verdrehte die Augen, brummelte etwas von ‚Glücksritter'. „Und was hast du angestellt, dass sie dich umbringen wollten? Mal wieder!?"

Rosario nahm die Herausforderung an: „Nicht mehr, als du auch getan hättest. Nur tue ich es mit dem schönen, weichen Fleisch junger Frauen und nicht mit einem Fass voll Wein, mein Herr!"

Kyle konnte schwören, dass der bullige Obiskarer gerade überlegte, ob er den eitlen Gecken zum Duell herausfordern sollte oder ob eine simple Tracht Prügel nicht einfacher und ‚angemessener' wäre. Das Grinsen Finleys zeigte Kyle doch sogleich, dass der junge Kavalier nur einen Scherz gemacht hatte. Finley gab dem Halbelfen einen Klaps mit seiner prankenartigen Hand.

Mit gemischten Gefühlen schaute Kyle zwischen den beiden Männern hin und her. Offenbar war das Herumgezanke ein Teil eines alten Rituals zwischen den beiden. Endlich brachen sie die Freundschaftsbekundungen.

„Wer war sie?", fragte Kyle und deutete auf die Leiche der jungen Frau, die wie schlafend auf dem flachen Findling ruhte. Der Halbelf folgte dem

Blick des Jungen und kniff die Augen zusammen. „Ich glaube, sie hieß Liane."

„Du ‚glaubst'?", rief Kyle entsetzt aus.

„Und wer *war* sie?", fragte nun Finley eindringlicher. Rosario wand sich sichtlich unangenehm berührt unter den fragenden Blicken seiner Retter. „Ähm... Ich kannte sie kaum. Wir...", stotterte er, brach ab und probierte es erneut, „sie hat..."

Hatte er darauf gehofft, dass die beiden abwinken würden und er sich nicht weiter erklären müsse, so hatte Rosario Pech gehabt. Aufmerksam und erwartungsvoll sahen Finley und Kyle Rosario duh Larroquette an und warteten auf intime Einzelheiten. „Nun, ich bin ein Mann. Und sie ist eine Frau...", hob Rosario zum schwachen Versuch einer Erklärung an.

Finley winkte mit einer abschätzigen Geste ab und brummte: „Oh, bitte! Erspart uns bitte die Schilderungen von Blumen und Bienchen, Herr Larroquette!", brummte Finley. „Das war sehr dumm von dir. Es ist bezeichnend für diese Dörfler hier in Calhuh, dass sie Liebeleien mit Leuten deines Volkes als verpönt ansehen. Diese Leute hier sind sehr...", er suchte nach einem Wort, das Kyle nicht beleidigte, zuckte dann jedoch die Schultern und sagte: „Engstirnig!"

Der Halbelf rieb sich sein unrasiertes Kinn und nickte bestätigend. „Ja, engstirnige Kleingeister gibt es in dieser Welt zuhauf, scheint mir. Da kann ein Mann noch nicht einmal Erlösung für seine Bedürfnisse erlangen, wenn es den Nachbarn nicht gefällt."

„Bedürfnisse?!", fragte Kyle nun entsetzt dazwischen. „Ihr habt sie nicht geliebt?!"

Finley verdrehte die Augen, doch Rosario legte dem Jungen nur beruhigend die Hand auf die Schulter. „Leider, mein junger, wackerer Streiter, hatte ich noch nicht die Ehre, der Königin meines Herzens zu begegnen. Doch wer weiß? Eines Tages vielleicht - doch bis dahin koste ich das Leben aus dem Schoße solch süßer Maiden, wie..."

„Wie der *Toten*!", stichelte Finley düster und bleckte die Zähne. „Schon gut, Rosario, wir haben verstanden. Wir beschuldigen dich nicht!"

„Ich schon", fauchte Kyle erbost. „Wie kann ein Kavalier, ein Edelmann von Ehre, wenn Ihr die Stirn habt, Euch als einen solchen zu bezeichnen, denn eine holde Jungfrau dadurch zu entehren ...," er stockte, denn obgleich Kyle wusste, was Mann und Frau taten, wenn sie allein waren, lief er vor den beiden Älteren rot an, obschon er sich selbst sehr nach diesem Geheimnis sehnte. Er brachte seinen Satz nicht zu Ende und brach ab. Obschon er unter Huren aufgewachsen war, wusste er, dass seine Worte nur Träumereien von Ritterlichkeit entsprangen. Er ließ seine Arme sinken.

Der bullige Obiskarer und der Halbelf schauten sich verdutzt an - und brachen in schallendes Gelächter aus. Hilflos stand Kyle vor ihnen und erwartete etwas mehr Respekt im Beisein der Toten. Mit spitzen Fingern strich sich Rosario eine Träne aus den mandelförmigen Augen, seinem elfischen Erbe. „Jungfrau ist gut." Er lächelte versonnen. „Junger Freund: Die verblichene Liane war vieles. Bäckerstochter, eine gute Köchin und eine erfahrene Liebhaberin. Nur sie war aber gewiss eines nicht: jungfräulich."

Kyle starrte den Halbelfen fassungslos an, doch dieser fuhr bereits fort: „Nicht jede Frau ist eine jungfräuliche Prinzessin."

„Und nicht jede Prinzessin ist eine Jungfrau", warf Finley ein.

Rosario zwirbelte seinen Bart und setzte neu an. „Die Mädchen in diesen Dörfern sind harte Biester, waren lange genug ‚auf der Weide', wie man hier sagt. Sie sehen als Kinder schon, wie Stiere die Kühe besteigen und wissen, welche Macht unter ihrem Rockschoß verborgen ist."

"Und wohl nicht nur unter ihrem Rock", warf Finley ein. Rosario musterte ihn und nickte. „Ja, auch sie hatte einen sehr eigenen Kopf. Und sie wusste, was sie damit tat. Und das nicht schlecht."

Kyle blickte schockiert von einem zum anderen. Solche Reden über Frauen zu führen, war ihm zuwider, hatte er sie doch zu oft gehört. Er bevorzugte es, sie als Geschöpfe des Lichtes zu sehen. Rein und zart. Göttliche Perfektion. „Rosario, die Ehre einer holden Maid…"

Der Obiskarer glückste noch immer vor sich hin und klopfte sich amüsiert auf die Schenkel. „Mein Junge, es ist äußerst schwer, heutzutage noch Jungfrauen zu finden, gerade du solltest das wissen! Und wozu auch soll eine ‚holde Maid' ihr Blut sparen?! Für blutrünstige Priester oder Zauberer?"

„Drachen…?" Kyle hätte sich am liebsten auf die Zunge gebissen, doch die Worte waren schon heraus, hatte er doch zu oft in seinen jugendlichen Träumen ‚holde Jungfrauen' vor bösen Drachen gerettet. Finley biss sich auf die Unterlippe, um den Burschen nicht erneut auslachen zu müssen.

„Ja", sagte Rosario gedehnt und ein wenig zu gönnerhaft, „Drachen sind ein guter Punkt. Obwohl ich bis heute nicht verstanden habe, was die Biester damit wollen."

„Habt ihr schon einmal Drachen gesehen?!", rief er aus, als er die beiden ernsthaft nicken sah. Finley warf dem Halbelfen einen missmutigen Blick zu und unterbrach sein anhebendes „Nun..." mit einem Hieb auf den Oberarm.

Verletzt blickte Kyle zu Boden, als er verstand, dass er nicht ernst genommen wurde. Finley prustete lauthals los, doch hielt er wieder mühsam inne, als Rosario schließlich abwinkte und sprach: „Genug der Possen! Lasst uns nun die Tote bestatten. Liane braucht ihren Frieden."

Schweigend machten sie sich daran, Äste und Reisig aus dem dunklen Unterholz zu ziehen, die feuchten Rinden abzuschälen und um den flachen Stein herum aufzubahren, um Liane den Flammen zu übergeben. Der Rauch würde sie, so berichtete Rosario nach dem elfischen Glauben, in die himmlischen Gefilde der alten Götter und Göttinnen bringen. Zu Ajym, dem Strahlenden Gott und des Ewigen Morgens und Kalyn, der Hüterin der Nacht.

„Kalyn?" knurrte Finley. „Sie heißt bei uns immer noch die ruchlose Hure der Unterwelt!" Rosario maß ihn mit einem dunklen Blick und Finley zuckte mit den Schultern und legte einen weiteren Ast auf das Grab. Auch in Obiskara waren Brandopfer bekannt, wenngleich sie selten waren.

Es gab genug Höhlen und Katakomben in den Bergen, in die seine Leute ihre Toten brachten. Kyle war unsicher, was er davon halten sollte. Unter den Menschen des Reiches Calhuh war es Brauch, die Toten in der Erde zu begraben, doch erinnerte Rosario diese Sitte eher an Barbarei aus der Zeit der Alten, als die wilden Heiden ihre Toten verscharrten und sie den Maden überließen - wenn sie ihre Toten vorher nicht selbst auffraßen.

Der Halbelf bevorzugte die Sitte der Waldelfen von Enthanghor. „Aus dem Licht der Sonne wird das Leben geboren und mit dem Mantel der Nacht kehrt Liane nun zu ihrem Ursprung zurück", rief er aus und entzündete das Totenfeuer.

„Liane", sagte Kyle leise und verabschiedete sich von der Fremden, deren Tod er hatte mit ansehen müssen.

„Liane", wiederholten die anderen. Lange Zeit saßen sie schweigend da, starrten in die tanzenden Flammen des Bestattungsfeuers und zollten der Toten den wenigen Respekt, der ihr in ihrem Leben zuteil geworden war. Als die Flammen heruntergebrannt waren, öffnete Finley ein Bündel und holte Wein, Brot und Fleisch hervor. „Bei meinen Leuten ist es Brauch, zu Ehren der Toten Wein zu trinken und zu Ehren der Lebenden zu speisen. Ein Zeichen dafür, dass das Leben weitergeht!"

Mit Überraschung sah Kyle aus den Augenwinkeln, dass der Halbelf feuchte Augen hatte und sich bemühte, diese zusammenzukneifen, um gegen die Tränen der Trauer anzukämpfen. Finleys Wein und Speisen boten eine Erlösung von der Bestattung und Kyle und Rosario nahmen die Speisen dankend an. Als sie diese verzehrt hatten, fragte Kyle Rosario nach den Vorfällen im Dorf. Endlich erzählte dieser seine Geschichte.

„Was soll ich sagen? Ich war ein Narr und unvorsichtig. Ich war gestern schon in Lairhoven angekommen, um mich mit Finley zu treffen, und hatte zum Zeitvertreib mein gutes Geld, welches ich beim Spiel mit Würfeln oder Karten verdient hatte, in so ziemlich jedem Laden des Ortes ausgegeben. Jeder hat gut verdient und alle waren freundlich, ganz gleich, ob es der Stalljunge war oder der Schuster. Natürlich liebte mich der Wirt, denn wer spielt, der trinkt auch – vor allem jene Narren, die mit mir um Geld spielen wollten."

„Das Mädchen, Rosario", insistierte Finley mit düsterer Miene, als er diese Worte vernahm.

„Ja", machte Rosario. „Die Tochter des Bäckers, Liane, brachte mir morgens warmes, helles Brot in die Taverne. Oh, sie war wunderschön in ihrem Kleid. Diese Dörflerinnen schnüren ihre Mieder derart, dass ihre Brüste…"

Er brach ab, die Form ihres Busens mit den Händen zu zeigen, als er Kyles stechenden Blick sah, und spielte einen Moment lang mit seinen Haaren. Seufzend fuhr er nach einer Weile fort: „Nun, sie gefiel mir und ich gefiel ihr. Wir plauderten miteinander, während ich aß und ich erzählte ihr von der großen Stadt an der Küste. Von Calhuh. Von den Prunkbögen aus weißem Marmor und Gold und grünen Alleen. Von Theatern und von Kathedralen, deren Türme in den Wolken verschwanden. Und natürlich vom Palast des Königs."

„Du warst mittlerweile im Palast des Königs?" Finley fixierte den Halbelfen zweifelnd. Dieser schüttelte den Kopf. „Nein, sie aber auch nicht. Woher sollte sie es wissen? Du weißt, ich bin sehr redegewandt. Für sie klang es echt! Sie erhielt ihren Traum von mir und so kam eines zum anderen. Wir handelten einen Preis aus und wir trafen uns im Heu des Stalldachbodens."

„Einen Preis!", rief Kyle aus, doch er verstand sofort. Bevor seine Mutter den Schmied geehelicht hatte, hatte sie ihn auch immer hinausgeschickt, wenn fette, widerwärtige Männer sie des Nachts aufsuchten. *Nicht nur nachts,* keckerte die Stimme in seinem Hinterkopf. Er hatte zu oft unter der Theke gekauert, damit die Kerle ihn nicht sahen, hatte gehört, wie sie Geld heranschaffte. Oder er hatte bei Dina und den anderen gewartet, wenn sie drei oder vier Tage hintereinander fortgeblieben war, um dann müde und zornig zurückzukehren.

Endlich schloss Rosario seine Erzählung: „Ich weiß nicht, was es war. Aber plötzlich waren die Dorfbewohner da, schrien und und peinigten uns. Sie faselten etwas von unreinem Fleisch und Sünde. Den Rest kennt ihr!"

Finley und Kyle nickten düster. Der Obiskarer strich sich nachdenklich seinen Bart glatt, band dann seine Haare zu einem losen Zopf im Nacken zusammen, besann sich anders und schüttelte den Schopf aus. Mit ernsten Augen betrachtete er Rosario. „Sieht aus, als mochten sie es nicht, dass ein Elf seinen Schaft in einer ihrer Frauen versenkt."

„Jetzt fängst du damit wieder an: ‚Elf'", schnaubte Rosario und rieb sich gleichfalls über den struppigen Bart. „Meine Leute sahen das durchaus anders. ‚Halbelf' schimpfen mich die Menschen, ‚Halbmensch' die..." Er brach ab und starrte in die Glut des sterbenden Feuers.

Finley musterte die Kleidung des Mannes. „Dann erklär mir bitte noch: Warum sieht mein Geschäftspartner abgerissen aus wie ein Strolch?"

Die Rüschen an seinem Hemdsärmel zurechtzupfend, räusperte sich Rosario verlegen. „Ahh, die Folgen eines überstürzten Luftwechsels?" Er öffnete die Augen erwartungsvoll ein wenig zu weit und begann wieder mit seinem Zopf zu spielen. Gebannt beobachte Kyle die Mienen der beiden älteren Männer. Sie schienen Dinge ohne Worte auszusprechen, die sich ihm entzogen. Lächelnd nickte Finley und seine Augen glitzerten verstehend. „Ja, frische Luft kann gut für die Gesundheit sein!"

„Ja", nickte Rosario schuldbewusst und fügte in einem konspirativen Tonfall hinzu: „Oh, und Finley: Geschäfte in Gaelbruk sollten wir vorerst meiden."

„Was ist passiert?", fragte Finley lauernd und Kyle hatte das Gefühl, der Obiskarer spannte seine Körpermasse wie zum Sprung an. Rosario zupfte verlegen am Ende seines Zopfes. „Meinungsverschiedenheiten, ein paar gebrochene Nasen", er räusperte sich, blickte auf seine

Fingernägel und fügte beiläufig und ohne aufzusehen hinzu: „Und ein Toter."

„Ein Toter?", fragte Finley gedehnt. „Und würdest du uns auch erzählen, was da passiert ist?"

Kyle lauschte gebannt; seine neuen Weggefährten schienen aus einem gänzlich anderen Holz geschnitzt zu sein, als er es bisher kannte.

„Ein tolldreister Kerl, der sich erlaubte, eifersüchtig zu sein. Er ging mich in einer dunklen Gasse mit seinem Schwert an..."

„Hah, nachdem du vermutlich mit deinem Schwert in der dunklen Gasse seiner Gattin warst, was?", brummte Finley. „Suchen sie dich nun wegen Mordes?"

Ein Mörder?, schoss es Kyle entsetzt durch den Kopf. *Was tust du hier, Kyle?*

Doch Rosario winkte beruhigend ab. „Nur Verbannung für ein Jahr. Da es kein Vorsatz war, waren die Leute in Gaelbruk gemäßigter als in Calhuh oder im Caramassin. Und es hatte auch möglicherweise etwas damit zu tun, dass sich der Gute in seinem Amt als ‚Putzer'nicht allzuviele Freunde gemacht hatte."

„Ein Putzer? Was ist das?", rief Kyle fragend ein, doch Finley winkte ab. „Ein Steuereintreiber. Bekannt dafür, dass sie dir Haus und Hof nehmen, wenn du nicht zahlen kannst."

„Nachdem man dir die Knochen gebrochen hat", ergänzte Rosario.

Finley klatschte in die Hände und beschloss: „Gut, Gaelbruk ist ja sowieso nicht unter unseren Reisezielen." Er hatte nicht vor, das Thema weiter zu vertiefen. Abwesend schob er mit dem Stiefel einen halbverschmorten Ast in die Feuerstelle. Der Körper Lianes war weitestgehend verschwunden, aufgelöst von Flammen und mit der Asche des Holzes vermischt. Kyle musternd fragte Rosario nun: „Und wer ist denn eigentlich unser junger Freund hier? Wo hast du ihn aufgelesen, Finley?"

Jetzt war es an Finley, gelangweilt abzuwinken und er murmelte mit bedeutungsloser Tonlage. „Och, bei Asaanfurth."

Kyle stellte sich vor und berichtete von seiner Begegnung mit Finley. Als er geendet hatte, blickte er mit einer Miene der Verzweiflung auf den Beutel mit den Meißeln. „Die hätte ich in Lairhoven abgeben sollen."

„Du bringst Schmiedegut von Asaanfurth nach Lairhoven?"

Kyle schüttelte den Kopf. „Die haben keinen eigenen Schmied mehr. Und Adrian hat den besten Ruf in der Region."

Finley kicherte. „Vermutlich, weil er den einzigen Ruf in der Region hat."

Kyle blickte auf den Beutel, den er nun nicht mehr abgeben konnte. „Mein Stiefvater bringt mich um."

Rosario nickte nur und Finley schob sich das Béret vom Kopf und rieb sich den Hinterkopf. Er nahm einen tiefen Schluck aus dem Weinschlauch, beugte sich zu Rosario herüber und tuschelte so leise mit ihm, dass Kyle kein Wort verstehen konnte. Rosarios Miene sagte Kyle jedoch, dass es um ihn ging, denn der Halbelf blickte verdutzt zwischen Finley und Kyle hin und her, um dann schließlich zu nicken. „Ein Gedanke! Eine Laune des Weines vielleicht, aber ich frage mich gerade, *warum* du nach Asaanfurth zurück willst?"

Der Jüngere streckte sich und schaute den Obiskarer fragend an. „Ich verstehe nicht." Die Hand hebend, streckte Finley den Daumen heraus und begann zu zählen. „Du hast einen Schmied als Stiefvater, der dich nicht will, Feinde, die dir das Gesicht zu Brei schlagen wollen und eine Freundin, die lieber ihre Beine für einen reichen Geldsack breit macht!"

Heiße Wut stieg in Kyle empor, als er hörte, wie Finley über Ania sprach, doch bevor er dies zum Ausdruck bringen konnte, hob der Obiskarer schon den Zeigefinger. „Du hast ein Leben in Leibeigenschaft vor dir. DeBracy ist ein kaltherziges Schwein, wie wir Obiskarer nur allzu sehr wissen, und seine Leute werden dir die Haut vom Leib peitschen. Warum? Nur weil sie es können! Und jetzt hast du auch noch in Lairhoven für Unruhe gesorgt."

Rosario nickte. „Ja, das ist nicht gut. Wenn du Glück hast, hängen sie dich. Das geht schneller!"

„Hängen?!"

„Ja, wenn sie dich irgendwo herunterstoßen und dein Genick bricht. Wenn sie dich aber langsam hochziehen, wie man es beim Ausweiden macht..."

Finley stieß mit dem Stiefel gegen Rosarios Schienbein. „Lass ihn. Hör zu, Kyle. Komm mit nach Calhuh!"

Endlich begriff der Junge, was ihm Finley da anbot. „Calhuh? Ich soll nach Calhuh?"

„Ist es nicht das, wovon du geträumt hast? Hast du mir nicht unlängst erzählt, dass deine Mutter dir als Kind immer versprochen hatte, eines Tages dorthin zu gehen?"

Kyle nickte.

„Nun, sie wird bei ihrem Schmied bleiben. Und seien wir ehrlich. Du bist alt genug, um auf eigenen Füßen zu stehen."

„Calhuh..."

Finley kicherte. „Ein bisschen langsam bist du ja schon."

„Nein", wehrte Kyle den vermeintlichen Vorwurf ab. „Es ist nur so, dass das doch nicht geht, weil..."

Laut und harsch erklang das Lachen des Obiskarers. „Wie meine Töchter. Caja, die jüngere, - die, die nicht mehr mit mir redet – fing ihre Sätze auch immer so an: ,das Problem ist...', ,das geht nicht, weil...' oder einfach ein ,Ja, aber...'"

Betroffen senkte Kyle den Blick und starrte in das Pulsieren der Glut des Feuers, während die beiden Männer ihn musterten. „Ich kann doch nicht. Der Schmied bringt mich um! Oder DeBracy, wenn ich weglaufe! Oder..." Er brach ab, als er spürte, wie tausende weitere Gründe ihm in den Sinn kamen. Resignierend flüsterte er: „Ich danke euch, aber morgen früh gehe ich zurück!"

Die beiden Männer musterten ihn, sagten jedoch nichts. *Warum weigerst du dich, Kyle? Wann hat dir jemals jemand so eine Gelegenheit angeboten? Wovor hast du Angst? Oder ist die Angst einfach nur so vertraut, dass du sie nicht aufgeben willst?* Nur das Knacken der sterbenden Funken stahl sich in Kyles Gedanken und müde schloss er die Augen, als unzählige Gedanken wie Dämonen nun schwer auf seiner Seele lasteten und ihre Krallen in sein Fleisch trieben.

Das Kind schrie.

"Ich will *das* nicht!", schrie Sahirah entsetzt auf. „Es ist hässlich."

Angewidert starrte sie auf das kleine Bündel, welches die Amme ihr an die Brust gelegt hatte. Viel konnte sie in der Dunkelheit der nach Moder und Kuhmist stinkenden Scheune nicht sehen, doch die Haut war dunkler als die der anderen Dorfbewohner und von einem fellartigen Flaum überwuchert. Sie hätte es nie mit diesem Kerl treiben dürfen. Er war so eigenartig gewesen, hatte sie verhext und sie hatte sich ihm hingegeben.

„Stell dich nicht so an, Mädchen", krächzte die alte Amme und wischte mit einem schmutzigen Tuch das blutverschmierte Kind auf Sahirahs Arm ab. „Der Flaum verschwindet nach ein paar Wochen. Ist vermutlich Ausdruck deiner Herumhurerei."

„Ich bin keine Hure!", wimmerte Sahira, doch die Amme musterte sie nur kalt und blickte zu der anderen Frau, eine Handvoll Jahre älter als dieses dumme Ding und reichte ihr einen Schlauch mit Wasser. Viele Frauen kamen zu ihr, wenn ihre Bäuche mit der Frucht ihrer Leiber reif waren. *Oder verfault.*

Das Kind der Hure, die sich als Dina vorgestellt hatte, war tot gewesen und die aschblonde Frau mit den schulterlangen, vom Fieberschweiß zerzausten Strähnen würde Glück haben, wenn sie die Wochen nach der Totgeburt überleben würde. Früher oder später erwischte dieses Schicksal jede Hure. Nachdenklich berührte Dina den grünen Stein am Lederband um ihren Hals und betrachtete das junge Mädchen einen Moment lang, bevor sie der Amme einen stummen Dank zunickte. Leise sagte sie zu Sahirah: „Jetzt bist du eine, *Schwester*! Kein Kerl wird dich mehr zur Frau nehmen wollen, wenn du einem anderen das Heiligste geschenkt hast, wonach es den Männern dürstet."

Sahirah weinte und schluchzte Worte, die ihren zerbrechenden Verstand widerspiegelten. „Nein! Er war für mich wie ein Engel, sanft und liebevoll. Als hätte ein Engel Ajyms mich auserkoren..."

Dina schwieg und die Amme schnaubte verächtlich. „Engel? Hah, du hast deinen Schoß mit der Saat eines Kerles tränken lassen und hast nun die Früchte geerntet, die er in dir gesät hat!" Mit den rauen Händen alter Frauen drückte sie der jungen Mutter das kleine Geschöpf in die Hand. „Tränke ihn, Mädchen, oder er stirbt."

Noch immer weinte die junge Frau und blickte mit Ekel und Abscheu ihren Sohn an. Sollte sie nicht Freude empfinden? Zuneigung? Wo war jene Verzückung, von der die anderen Frauen immer gesprochen hatten? Jener Zauber?

Die Amme begann, der jungen Mutter die noch offene Scheide abzuwischen und warf das blutige Tuch in den Bottich, in den sie auch den toten Kadaver, ganz blau und rot, den sie aus Dinas Bauch herausgezerrt hatte, gelegt hatte. Knurrig sah sie auf und krächzte: „Herrje, Mädchen, hol die Zitze heraus und steck sie ihm in den Mund."

Dina beugte sich zu ihr herüber, legte ihr beruhigend die Hand auf die Schulter und sprach versöhnlicher: „Er ist ein Kerl. Er weiß schon, was er zu tun hat, wenn er eine prall gefüllte Titte schmeckt!"

Als die junge Mutter noch immer keine Anstalten machte, ihr Neugeborenes zu säugen, erhob sich die ältere Frau und rieb ihre schmutzigen Finger an ihrer Schürze ab. Tränen flossen über Sahirahs Gesicht, während die Alte ihre rechte Brust unsanft aus dem Wöchnerinnengewand befreite. Der Mund des Kindes war warm und schloss sich sofort um Sahirahs Brustwarze, gefolgt von kleinen, saugenden Bewegungen.

„Ich hätte dich wegmachen lassen sollen, als mein Bauch anschwoll", zischte sie leise und voller Abscheu, „dann wäre mir all dies erspart bleiben". Sie zitterte, als sie sich an ihre Mutter erinnerte, die sie mit Gürtelschlägen aus dem Haus gepeitscht hatte, als sie ihren Bauch nicht mehr hatte verstecken können. Ihre Lippen waren hart vor Verbitterung, als sie zu sich selbst flüsterte: „So viel würde mir noch erspart bleiben!"

Die Amme starrte auf die junge Mutter herab und nickte. Eine junge Frau, die ein Kind ohne Vater aufziehen wollte, brauchte entweder reiche Eltern, die über diese Unzucht hinwegsahen, oder es blieb ihnen nur die Wahl, die Beine für Geld zu öffnen.

Sahirah würde ihren Körper verkaufen müssen, wenn sie überleben wollte. Und vermutlich würde das Balg nicht das einzige Kind bleiben, das sie aus ihrem Leib herauspressen würde. Und auch das Kind würde verflucht sein; Hurenkinder waren oft ungeliebt. Bastarde, die keiner wollte. Die Alte biss sich auf ihre spröde Unterlippe und sagte: „Du kannst ihn ersäufen. Das wäre vielleicht besser. Du weißt schon, so, wie man Katzenjunge ersäuft, wenn der Wurf zu groß geworden ist." Kalt rieb sich die Alte über die Nase und entfernte die Irritation, die sie plagte.

Sahirah blickte von der Amme zu dem Kind an ihrer Brust. „Ja, vielleicht mache ich das."

Die drei Frauen schwiegen und nur das Schmatzen des trinkenden Kindes war in der dunklen Scheune zu hören. Die Alte lächelte müde. Nein, Sahirah würde ihn nicht im Fluss ertränken. Heute nicht. „Wie soll er denn heißen, Mädchen?"

Erschöpft strich sich die junge Frau ihre verschwitzen, blonden Locken zurück und berührte den schwarzen Flaum. „Kyle."

Die Augen der Amme waren zwei tote, schwarze Flecken. „Ja, das passt. Er ist so schwach. So weich. So schmal."

Dina legte den Kopf schief. „Doch wisse, Sahirah, dass der Name Kyle in der Sprache Obiskaras von Härte kündet, nicht von der Schwäche, wie in Móraghem."

„Ja, er muss härter werden", keckerte Sahirah und verzog ihre Züge zu einer Grimasse. *Nein, Ania!* Die Züge verformten sich, vermischten sich zu einer Fratze aus grinsendem Spott.

„Du bist ein Versager, Kyle!", lachte Ania ihn nun aus, während sie mit kreisenden Bewegungen ihres nackten Beckens auf dem blassen, schwammigen Bauch des Händlers herabglitt. Der Bauch war nass vom Schleim, den sie wie eine Schnecke absonderte, und schmatzend glitt ihr Rumpf vor und zurück, fachte die Hitze ihres Leibes an und Ania hauchte: „Du wirst mich nicht kriegen. Du nicht!"

Sie beugte sich lächelnd vor und ließ ihre nackten Brüste ins Gesicht des Händlers fallen, der sogleich begann, an ihnen zu saugen. Lustvoll schrie Ania auf, während sie den mächtigen, blutgefüllten Penis des feisten Mannes griff und zwischen ihre Beine drückte. „Er kriegt mich. Aber nicht du, Kyle!"

Mit einem Stoß rammte sie den fleischigen Schaft in ihr Becken und schnaufte dabei stoßweise. Wieder und wieder stieß er in sie hinein und Blut floss zwischen ihren Beinen hervor. Soviel Blut, bis ihre Beine rot waren. Und noch immer stöhnte und schnaufte und lachte sie dabei.

Schreiend fuhr Kyle aus dem Traum hoch und sah die Blicke der beiden Männer auf sich ruhen. „Böser Traum?", fragte Rosario und Kyle nickte nur stumm, sich den Schweiß von der Stirn wischend.

Er sah sich um. Das Feuer war beinahe vollständig heruntergebrannt und Rosario schob einen Ast in die Glut. Hungrige rote Zungen leckten nach dem Holz, ließen es aufglimmen und erneut stieben glühende Funken empor, leuchteten für einen Moment lang hell, nur um dann in Asche und Rauch zu vergehen.

Finley hat Recht, dachte Kyle, als er die Funken beobachtete und darüber sinnierte, wie er sich wohl in Rauch und Bedeutungslosigkeit auflösen würde. *Du hast immer nur Ausreden gehabt. Ausreden darüber, warum die Dinge nicht so waren, wie du sie gerne gehabt hättest.*

„Wird seine Familie ihn nicht suchen?", warf Rosario beiläufig ein, so als wäre Kyle nie eingeschlafen und hätte einen Alb auf der Brust hocken gehabt. Finley warf ihm einen grimmigen Blick aus den Augenwinkeln zu und brummte: „So, wie deine Familie dich sucht? Oder meine mich? Familie sucht dich nur heim, wenn sie etwas von dir will."

Rosario grinste ob der Wahrheit, die er in Finleys Worten fand. „Entwurzelt, wie wir, was?"

Kyle musterte den Halbelfen, als er seinen eigenen Widerstand brechen spürte. „Warum hast du deine Familie verlassen, Rosario?"

„Ein Luftwechsel?", wich dieser aus, atmete tief ein und sagte dann mit Verbitterung in der Stimme: „Wenn du kein Elf bist, hast du keine Heimat unter Elfen."

„Erzähl es ihm, Rosario!", forderte Finley den Halbelfen auf. „Er gibt sonst keine Ruhe." Der Halbelf blickte vom Obiskarer zu Kyle und klopfte sich auf die Schenkel, bevor er berichtete, wie er von den Elfen aus Enthanghor ausgestoßen wurde und sich einer Gruppe ‚Fahrenden Volkes' angeschlossen hatte, um zu überleben. Als Barde hatte er sich verdingt und hatte unter den

Schaustellern im Caramassin gelernt, wie man die Kunst der Imitation nutzen kann, um den Leuten das Geld aus der Tasche zu ziehen.

Finley klopfte sich nun seinerseits auf die Schenkel und rief. „Und dann hat er gelernt, dass reiche Witwen einem charmanten Gauner mit Gold und Schmuck und Einfluss unter die Arme greifen." Konspirativ beugte er sich zu Kyle. „Nachdem er sein elfisches Ding in sie versenkt hat, natürlich!"

Rosario schenkte dem Obiskarer einen tadelnden Blick. „Eine Illusion, ein Traum von Glück, das habe ich jenen reichen Witwen gegeben", rechtfertigte er sich. „Wie dem auch sei: Ich lernte, dass Bildung ein Schlüssel sein kann, wenn man als Außenseiter unter den Mächtigen wandelt. Bildung und ein bestimmter Akzent, der so manche alte Jungfer im Schritt tropfen lässt!"

„Du betrügst!", rief Kyle aus und Finley brach in schallendes Gelächter aus. „So langsam ist er doch nicht." Schließlich legte auch Rosario den Kopf schief und lächelte. „Manchmal ist es besser, einen Schein – oder einen Traum - zu verkaufen und zu überleben, als ehrlich zu sein und zu verhungern."

„Richtig", rief Finley. „Und ansonsten kannst du ja auch noch mit *deinen* Tricks beim Glückspiel betrügen!"

Indigniert strich sich Rosario durch seine Haare. „*Meine* Tricks beim Glücksspiel haben dir offenbar gut gedient, da du uns eine Taverne ergaunert hast, *Herr* Finley! Und immerhin habe ich Manieren und bin kein gewöhnlicher Prügler gewesen, der in eine Tavernenschlägerei nach der anderen verwickelt wurde."

„Hah", bellte Finley. „Wenn ich mich recht erinnere, *Herr* Rosario, dann war es eben eine jener Tavernenschlägereien, die dir das Leben gerettet hatte!"

Die beiden Männer grinsten sich an, schwelgten sie doch offenbar in Erinnerungen. Kyle fragte schließlich: „Und *woher* kennt ihr beide euch?"

Nun war es an Rosario zu lachen und Finley sagte: „Na, das erzählen wir dir vielleicht, wenn wir in Calhuh angekommen sind."

Kyle war das ‚wir' nicht entgangen. Ebenso wenig, dass er ja noch gar nicht gesagt hatte, dass er nun doch gedachte, mit ihnen zu reisen, wenngleich er diesen Wunsch in seiner Seele verspürte. Schwer atmend schüttelte er den Kopf, als Wogen aus neuen Gedanken und neuen Ängsten über ihm hereinbrachen: „Aber wovon soll…?" Er unterbrach sich und begann erneut: „Wovon *kann* ich in Calhuh leben?"

Rosario schürzte die Lippen. „Ach, da findet sich immer etwas. In unserer Taverne. Als Tellerschlepper. Oder als Diener. Als Laufbursche."

Kyle lachte harsch auf. „Ja, das ist eine Abwechslung zur Leibeigenschaft."

„Denk darüber nach, Kyle. Du hast uns in Lairhoven ohne zu zögern geholfen. Das ist unser Angebot. Wenn du dich auf dem Weg nach Calhuh gut als mein Bursche führst, kannst du in unserer Taverne als Küchenjunge anfangen. Und als Kellner. Du bedienst die Gäste, machst sauber, alles was man eben so in einer Taverne zu tun hat. So hast du ein Dach über dem Kopf und ich eine Hilfe für den Start."

Ein Hoffnungsschimmer erfüllte Kyle, vertrieb einen Moment die kriechenden Schatten von seiner Seele. „Wirklich?"

„Wirklich! Und wenn du ein Jahr und einen Tag in den Mauern der Stadt verweilst, bist du frei", bot Rosario an.

„Frei?", fragte Kyle ungläubig. Dergleichen hatte er noch nie gehört.

Finley schmunzelte. „König Araweyn hat es so beschieden. Und ich kann mir denken, dass die Fürsten des Reiches darüber nicht glücklich waren."

„In der Tat", sagte Rosario. „Der Beliebteste war Araweyn nach dem Bauernaufstand ja noch nie bei den Fürsten." Finley nickte grimmig, dem Halbelfen einen seltsamen Blick zuwerfend. Kyle wusste nicht, was bei diesem Bauernaufstand passiert war, doch er schwor sich, dieses herauszufinden – wenn sie Calhuh erreicht hatten.

Der Gedanke an die große Stadt übermannte ihn wieder. „Aber Calhuh ist so groß!", warf Kyle ein.

„Und da ist sie wieder: Die Angst! Die Annahme, dass alles, was schiefgehen kann, auch schiefgeht! Du hast einfach nur Angst vor dem nächsten Schritt."

Kyle schwieg und Finley ließ ihm Zeit, über das Angebot nachzudenken. Endlich nickte Kyle. „Ja, du hast Recht. Wegzulaufen, weil Ania mich für diesen Pfeffersack ‚abserviert' hat, wäre…"

„Übertrieben!"

„Aber zu gehen, weil die Freiheit der Stadt auf mich wartet, das wäre eine Idee!" Der Gedanke reizte ihn. Calhuh hatte er nie gesehen, doch seit er ein Kind war, wollte er die Stadt sehen. Asaanfurth bedeutete nur ein Leben in Hunger und Leibeigenschaft. *Nein, ich bin kein Narr. Und ich bin kein Sklave. Ich kann es schaffen, kann frei werden - kann härter werden!*, dachte er grimmig – und beinahe war er erstaunt über die neue Entschlossenheit, die an die Oberfläche trat. Eine Entschlossenheit, die sich mit einer lang aufgestauten Wut paarte. *Der alte Kyle ist tot.*

Er fragte sich, was die Leute im Dorf wohl sagen würden, ob sie sich sorgen würden, und zugleich kannte er die Antwort. Eine Antwort, die er sowohl im Wachen wie auch im Reich der Träume wusste: *In Asaanfurth wartet nichts auf dich, in Calhuh dagegen...*

Er würde nie ein Schmied sein, aber was dann? Ein Kellner in einer Taverne? Oder vielleicht eines Tages ein Maler oder Architekt in Calhuh? Oder ein Kämpfer? Ja, er würde auf jeden Fall Kämpfen lernen, um sich seine Feinde vom Hals zu halten. Und er würde jetzt andere Orte sehen. Orte, die dem Stiefsohn des Schmieds von Asaanfurth auf ewig verschlossen geblieben wären. Oder der Hure, die ihn von einem Dorf ins nächste geschleift hatte, bis sie den Schmied geheiratet hatte und ihn damit zum Besitz von Herzog DeBracy gemacht hatte. *Bestimmt wird man mich suchen.*

Er verscheuchte die Gedanken und dachte über ihr Ziel nach. Calhuh! Die Hauptstadt des

Reiches! Dina, die Freundin seiner Mutter, hatte ihm immer von der Stadt vorgeschwärmt, wenn sie auf ihn aufgepasst hatte, damals in Gaelbruk. Sie hatte ihm immer von der großen Stadt erzählt, hatte selbst dorthin gehen wollen, um sich zur Ruhe zu setzen, und an den langen Abenden hatte sie seine Fantasien über ritterliche Abenteuer am Hofe des Königs angefeuert. Und nun war dieser Traum zum Greifen nahe. Nicht am Hofe des Königs, aber eine Taverne war auch ein Dach über dem Kopf. Dort in Calhuh, der ‚Goldenen Stadt‘, wie sie in den Erzählungen der Reisenden oft genannt wurde, ja, dort würde er neu anfangen. Er würde ein neues Leben beginnen. Ein Jahr und einen Tag in der Stadt und er war frei. ‚Stadtluft macht frei‘, hatte Rosario gesagt.

Rosario schmunzelte, als er das Gesicht des Jungen betrachtete. „Glaube mir, Kyle. Calhuh hat seine Vorteile.“

Finley lachte harsch auf. „Vor allem, da Calhuh eine mehr oder weniger rechtsfreie Zone ist, in der es leichter ist, sich mit den gedungenen Häschern gehörnter Ehemänner zu ‚arrangieren‘!“

Kyle fiel in das Gelächter ein. Er zumindest mochte den jung wirkenden Edelmann mit den spitzen Ohren und dessen redegewandte Art. Stöhnend ließ sich Finley nach hinten überfallen und rieb sich mit den mächtigen Pranken über das Gesicht. „Was habe ich mir nun dabei gedacht? Jetzt habe ich zwei so junge Welpen an meinen Fersen kleben.“

„Jung, Finley?“, fragte Rosario zweifelnd nach und sah das verschmitzte Grinsen des Mannes.

Kyle verstand nicht und Rosario beugte sich verschwörerisch zu ihm herüber. „Ich befürchte, mein elfisches Blut lässt mich jünger für euch Menschen erscheinen. Aber ja, ich bin jung für meine Herkunft, aber wohl der Älteste hier in dieser Runde." Frech grinste er und fügte an Finley gewandt hinzu: „*Junger* Mann!"

Finley grinste seinen Freund breit an, gab Rosario einen Klaps auf den Arm und dann lachten sie laut, bis irgendwann auch Kyle in ihr Gelächter einfiel. In dieser Nacht schlief keiner von ihnen. Sie redeten und träumten von der ‚Goldenen Stadt', von Calhuh.

Bei Morgengrauen erhoben sie sich, sattelten ihre Pferde und ritten gemeinsam weiter. Sie mieden die einzelnen Gehöfte, die sich hier und da fanden, fürchteten sie doch, dass sie erkannt werden würden, nachdem sie in Lairhoven für Unruhe gesorgt hatten. Zwei Tage später erreichten sie Araweyns Pfad, die von Ost nach West verlaufene, ausgebaute Handelsstraße des Reiches Calhuh. Mit ihren großen, flachen Steinen auf einem Kiesbett erlaubte die Straße es ihnen, schneller voranzukommen als auf den matschigen, unebenen Naturwegen.

Natürlich hielt Kyles Neugier ihn nicht bis Calhuh zurück und so drangsalierte er die beiden Männer mit seinen Fragen. Nach und nach erfuhr er schließlich, dass Finley in der Zeit der Bauernkriege geboren worden war, nur ein oder zwei Jahre,

nachdem auch der jetzige König, Araweyn I., das
Licht der Welt in Obiskara erblickt hatte.

Er vernahm auch, dass Rosario bereits Jahre
vor dem ersten Bauernkrieg aus Enthanghor
vertrieben worden war, doch er konnte Finleys
seltsamen Blick dabei nicht einordnen. Kyle hing an
den Lippen der beiden Männer: Rosario berichtete,
wie er im Jahr bevor der Bürgerkrieg endete, der
aus den Bauernaufständen entbrannt war, sich für
beide Seiten als Spion verdingt hatte. Und auch
Finley, kaum älter als Kyle heute war, hatte hier
schon in den Scharmützeln gekämpft.

Der Junge aus Asaanfurth lauschte gebannt,
wie die beiden von Kriegen und Kämpfen
berichteten; von Söldnern, die ins Land strömten,
um auf der einen oder anderen Seite ihr Glück zu
machen. Und Rosario berichtete, wie Finley ihn
einst erst gefangen genommen hatte, da der
Obiskarer auf den Seiten der Bauern von Obiskara
gekämpft hatte und sie beim Transport von
Caldonn nach Leyn'Nimbwhar ‚Freunde' geworden
waren.

Kyle hatte die Stirn gerunzelt, als er dies
vernommen hatte, doch wie genau die beiden von
Feinden zu Freunden geworden waren, darüber
hatten sie kein Wort mehr verloren. Auf ihrem Weg
über Caldonn passierten sie hier und da alte,
überwucherte Tempelruinen und Rosario
berichtete, dass diese früher für Blutopfer für
irgendwelche längst vergessenen Dämonen
dienten. Heute fungierten sie nur noch als
Unterschlüpfe für Wegelagerer oder Flüchtlinge
vor dem Gesetz.

Kyle sah mehr und mehr Wunder, die ihm früher verwehrt geblieben waren. Finley und Rosario zeigten ihm, wie man einen Fisch aus den Bauchläufen zog oder einen Hasen fing, ihn ausweidete und ihn mit den kargen Mitteln auf der Wanderschaft, mit Feuer und einem Lehmmantel, gesichert mit Ästen und geflochtenen Grashalmen, schmackhaft zubereitete. Kyle war über sich verwundert, weil es ihm wider Erwarten nicht schwerfiel, Fisch oder Hase auszunehmen und Rosario lobte sein Fingerspitzengefühl, mit dem er die Klinge führte, um die Gallenblase nicht zu verletzen.

Der Junge aus Asaanfurth genoss die neue Freiheit, die seine beiden Weggefährten ihm bescherten. An einem Wasserfall, den Finley als ‚Die vier tanzenden Schwestern' bezeichnete, weil vier schmale Rinnsale sich durch den Fels fraßen, um sich in einem leuchtenden Wirbel aus Myriaden feinster Tröpfchen in dem kleinen Bachlauf darunter zu vereinen, wuschen sie sich das Blut des Tieres ab.

Die beiden Männer zogen sich ungeniert aus, doch Kyle lief rot an und versuchte sich zu bedecken. Über Jahre eingeprügelte Scham und Schüchternheit, das Erbe einer schlagenden Mutter, die versuchte, ihre eigene Vergangenheit zu vergessen, lähmte ihn, während Finley und Rosario in dem kalten Wasser herumtollten.

„Was ist los, Laddie?", rief Finley. „Wir gucken dir nichts weg!"

Und Rosario fügte hinzu. „Keine Sorge, Kyle. Bei dem kalten Wasser hat keiner von uns viel vorzuzeigen." Lachend ließen die beiden Männer ihn gewähren, bespritzten sich mit Wasser und lachten.

Schließlich fand Kyle den Mut, als er sich erinnerte, dass er beschlossen hatte, dass der alte Kyle tot sei. Er fühlte sich wie an einem Abgrund und er wusste, dass er nur einen Schritt tun musste, um zu stürzen. Doch war dies ein Abgrund? Seine Scham zurückbeißend, legte er seine Hose gleichermaßen ab und schritt ins eisige Wasser. Das Gefühl, eine Grenze, die ihn lange geplagt hatte, zu überschreiten, erfüllte ihn mit einer unbestimmten Genugtuung.

„Und er schwimmt wie ein Fisch!", lobte Rosario ihn, als Kyle sich mit ein paar langen Zügen seiner Arme durch das Wasser zog. Finley kniff die Augen zusammen und schmunzelte. „Ich vermute, es hat dir gut gedient, gegen..." Der Obiskarer überlegte und schon nickte Kyle: „Govic! Ja, ich musste einmal durch den See fliehen. Und Govic konnte nicht so schnell den See umrunden, wie ich ihn durchschwimmen konnte."

„*Schnell* schwimmen, *schnell* laufen und *schnell* klettern", sinnierte Rosario und betrachtete ihn nachdenklich. Kyle lächelte verlegen, entdeckte eine neue Attraktion und tauchte neugierig hinter den Wasserkaskaden her. Als sie sich schließlich ausruhten, erklärte Rosario Kyle, dass es die Macht des Wassers war, das sich im Laufe der Jahrtausende seinen Weg durch den Stein bahnte.

„Wasser, Wind und der Odem des Drachen", lachte Finley.

„Was bedeutet das?", fragte Kyle und Finley berichtete, dass es die alten Frauen in Obiskara abends an den Betten der Kinder von einem Drachen plauderten, von dem sie einst gehört hatten. Noch in der Jugend ihrer Urgroßmütter sollte die Bestie das Land terrorisiert haben. Gebannt lauschte Kyle, doch Rosario lachte nur.

„Erklärungen, Kyle. Wenn Leute nicht wissen, wie etwas entstanden ist, erfinden sie Dinge. Aberglaube!"

„Der Fels ist noch immer da", brummte Finley. „Glatt wie Glas. Drei Schritt durchmessend! Ich habe es selbst gesehen."

„Glas?", fragte Kyle und Finley nickte. „Ja, nur Drachenodem ist so heiß, dass er selbst Fels zum Brennen und Schmelzen bringe, sagte meine Großmutter immer. Zwei Drachen, Bestien von so gigantischer Größe, dass sie die Welt erschütterten, sollen hier vor Jahrtausenden miteinander gekämpft haben. Und in ihrem Streiten haben sie die Welt geformt, Gebirge aus dem Fleisch der Welt geschabt und Versenkungen geschaffen, aus denen die Meere wurden. Und dort, wo ihr flammender Atem den Fels traf, wurde er wie Glas."

Rosario lachte erneut. „Siehst du Kyle, Aberglaube. Wenn hier zwei so gewaltige Drachen, wie Finley sie beschreibt, die Berge mit ihren Krallen aus dem Fleisch der Welt geschlagen und mit ihrem Feuer Fels zu Glas verwandelt hätten, dann wäre die Stelle wohl groß wie ein Berg, und nicht so... *überschaubar.*" Mit einem spöttischen Seitenblick zu Finley machte der Halbelf eine messende Bewegung mit seinen Zeigefingern. „Die

Leute aus der Thar al Marid werden dagegen von Stürmen mit Blitzschlägen berichten, die Sand in Glas zu verwandeln vermögen! Was ich für weitaus glaubhafter halte!"

Kyle blickte auf den Wasserfall und dachte nach. Er wusste so wenig von der Welt, die mit jedem weiteren Schritt größer und größer zu werden schien. „Ich will lernen", murmelte er leise vor sich hin und spürte Rosarios Hand auf der Schulter, der ihm zunickte. „In Calhuh."

Sie brachen auf und die Straße brachte sie schnell voran. Das Klappern der beschlagenen Pferdehufe hallte laut und Kyle frohlockte, als er hörte, dass sie die Hauptstadt des Reiches noch vor dem ersten Licht des übernächsten Tages erreichen würden.

Calhuh

DUNSTIGE SCHLEIER TAUCHTEN die Stadt in fahles Grau.

Schemenhaft konnten sie in der Ferne die Bauwerke aus Stein und Holz ausmachen. Die Stadt wirkte wie eine graue Masse, geformt aus schrägen Giebeldächern, die hier und da durch Mauern und Wehrgänge, Türme und Kathedralen durchbrochen wurden. Der junge Morgen graute und sie schauten von den vorgelagerten Hügelkuppen vor der Stadt, wie Calhuh nun matt und tot dalag.

Enttäuscht blickte Kyle von der Stadt zu seinen beiden Gefährten und rieb sich sein schmerzendes Hinterteil, welches von den ungewohnten Reitbewegungen arg strapaziert worden war. „Das soll die ‚Goldene Stadt' sein?"

Die grauen Häuser mit den aufragenden Türmen wirkten durch den schwindenden Dunstschleier wie verlassen. Und auch die metallisch schimmernde See, die sich südlich und östlich des Hafens dahinstreckte, war kabbelig und rau. Abgetakelte Schiffsmasten schienen den

Fingern lebendig Begrabener zu gleichen, die einen verzweifelten Versuch unternahmen, sich aus ihren frischen Gräbern zu befreien. Selbst der große Palast des Königs, die Weiße Kathedrale und andere Türme, die auf künstlich errichteten Hügelkuppen über die Dächer hinausragten, wirkten, obschon sie von beeindruckender Größe waren, eher unbedeutend und hässlich.

Rosario nickte nur versonnen und lächelte wissend. Er legte dem Jungen die Hand auf die Schulter und deutete nach Osten. „Ahh, Calhuh, die Hure aller Städte hier im Westen. Die Verruchte. Ja, Kyle. Das ist die ‚Goldene Stadt'. Warte es nur ab."

Finley musterte den Halbelfen skeptisch und stützte sich auf seiner langstieligen Axt ab. Die dunstigen Schleier glühten hell auf, als sich das erste, fahle Sonnenlicht über den Horizont schob. Und dann sah Kyle, warum die Stadt ihren prächtigen Namen hatte. Die Sonne hob sich schnell in den blassgrauen Morgenhimmel und badete die Welt in einem goldgelben Licht. Schneller und schneller stieg der gleißende Feuerball auf, wurde heller und weißer. Reines Licht löste den Nebel auf und streifte zunächst die Felsklippen vor der Stadt, dann die steinernen Wehrmauern mit den hölzernen Gängen, um schließlich den Palast König Araweyn I. zu erfassen.

Kyle hielt den Atem an. Die Zinnen der Palastmauern glühten auf, als wären sie aus flüssigem Gold. Ja, der ganze Palast schien aus Gold zu sein, ebenso der Tempel, und die Stadtmauern und...

„Calhuh ist wirklich aus *Gold*?" Verwundert glaubte er seinen Augen nicht zu trauen. Er blickte fragend zu Finley. Ein gieriger Gesichtsausdruck erschien auf den Zügen des bulligen Mannes und er sah ein verlangendes Lächeln.

Rosario fuhr sich mit den Fingern durch die Haare, als wolle er seine zottelige Mähne ordnen und schüttelte den Kopf. „Leider nicht. Die besseren Häuser der Stadt wurden aus dem kreidegelben Sandstein erbaut, den du hier überall an den Steilklippen findest, oder mit dem weißen Marmor verkleidet, den man aus Morganthod hierherschiffen ließ. Daher die vermeintlich goldene Farbe im Licht der auf- und untergehenden Sonne."

Kyle machte ein bestätigendes Geräusch und hörte Rosario weiter aufmerksam zu. „Aber dennoch, mein junger Freund, diese Stadt ist wie eine schöne Frau. Verführe sie und du wirst von ihren Brüsten kosten können. Betrüge sie, und sie wird dich in der Dunkelheit vergiften, um dich für immer ins Reich der Schatten zu schicken."

„Was meinst du damit?" fragte Kyle irritiert.

„Calhuh war schon immer ein Zankapfel. Strategisch günstig gelegen, um Handel mit Obiskara, dem Caramassianischen Reich, Thysal und Thyat oder mit Al Marrak oder gar Odena und Dorakum zu treiben. Und so wechselten oft Eroberer und Eroberte. Einst war die Stadt ein Außenposten des Caramassianischen Reiches, kaum mehr als eine Piratenfestung. Cyres Magnus III. eroberte die Stadt, die damals noch Carahduh – altcaramassianisch für ‚Festung' - genannt wurde und errichtete im Jahr 123 ad'lanthyarischer Zeitrechnung die Grundfesten dessen, was das heutige Calhuh ausmacht."

„Das Jahr 123...?", fragte Kyle unsicher. „Das ist lange her, oder?"

Einen Moment lang musterte Rosario den Jungen mit offenem Mund, bevor er verstand. Die wenigsten Bauern wussten, wer ihr König war oder welches Jahr man schrieb. Es reichte für sie, zu wissen, dass es Frühling, Sommer, Herbst oder Winter war. Was kümmerte es sie, wer ihr Herr war? Es änderte nichts an ihrem Leben oder den Steuern, unter denen sie litten. „Das Jahr 1285 ad'lanthyarischer Zeitrechnung schreiben wir heute. Aber die Menschen sind schon viel länger hier, und ich glaube, die ersten ad'Lanthyarer landeten dann vor über zweitausend Jahren an diesen Küsten."

„Über zweitausend Jahre?! Was wurde aus ihnen?" Kyles Augen leuchteten fasziniert. Eine Neugier, die Rosario nur selten bei Bauern gesehen hatte, glomm in dem wachen Blick.

„Vermutlich wurden sie gefressen!", rief Finley dazwischen. „Das hier war lange Zeit ein wildes Land. Heidnische Stämme, Menschenfresser, Barbaren. *Elfen*."

Rosario gab Finley einen Hieb auf den Arm. „Du weißt schon, dass ihr Menschen in unserer Sprache *Goblinached* heißt, oder? Goblins!"

„Wie dem auch sei. An der Wildheit hat sich in Calhuh nicht viel geändert, was, Rosario?", knurrte der Obiskarer.

„Stimmt, Finley. Hier treffen sich seit jeher die Angehörigen aller Nationen und Stämme. Händler, Söldner, Abenteurer, Kurtisanen und gedungene Diebe und Mörder. Es ist die Stadt voller Möglichkeiten, eine Stadt der Freiheit, aber auch voller Verkommenheit und Versuchung. Korruption ist durchaus an der Tagesordnung. Was jedoch auch seine Vorzüge haben kann, wenn man genug Geld hat."

„Mehr Ruchlosigkeit und Sünde gibt es wohl nirgendwo auf der Welt zu finden...", brummte Finley dozierend und schulterte seine Bartaxt. Rosario schenkte ihm sein charmantes Glücksspielerlächeln und fügte mit sarkastischem Tonfall hinzu: „Naja, das heißt, so ein oder zwei weitere Orte fallen mir da vielleicht noch ein. Ich hörte in Leyn'Nimbwhar tragen die Männer nichts unter ihren Röcken."

Finley schnaubte und kratzte sich im Schritt. „Pah, wozu auch? Ein bisschen Luft tut der Region da unten gut."

Kyle hörte dem Gezänk der beiden nicht zu. Gefangen von dem Neuen in seinem Leben, sog er die Eindrücke in sich auf, das warme Licht, die hohen Kuppeln und Kathedralen, Prunktore und den Geruch der See, das Schreien ihm unbekannter Vögel und das dumpfe, stetige Donnern des Meeres an den Klippen vor der Stadt. Er hätte noch stundenlang dort auf der Hügelkuppe stehen können, doch seine Gefährten hießen ihn, sich vom Anblick der ins Sonnenlicht getauchten Stadt loszureißen.

Hinter sich, gen Norden, sah er weite, rollende Hügelkuppen, teils dicht bewaldet, teil mit Weingärten bepflanzt. Dahinter fand er weitere Berge, nicht so hoch wie die Gipfel Obiskaras, doch ein Berg erhob sich deutlicher, den Rosario ‚die Kapuze' nannte, weil er an die Kutten der Priester erinnerte. Gen Westen schlängelte sich die Straße von Caldonn, über die sie gekommen waren, und an der Küste gen Osten konnte Kyle Klippen und einen fernen Leuchtturm ausmachen.

Auch vor den Mauern der Stadt stiegen feine Rauchfahren auf. Söldnerlager und Heere dieses oder jenes Barons kampierten dort draußen wohl ebenso, wie die auf Einlass wartenden Händler. Sie sattelten wieder auf und ritten im Trab auf das mächtige Nordtor mit seinen Wehrtürmen zu, vor welchem sich bereits eine lange Karawane aus Karren und Zugtieren versammelt hatte. Lange Banner wehten an den Turmspitzen leicht im Wind, rot und golden bestickt.

Zahlreiche Händler, die die Stadttore nicht mehr vor der letzten Nacht erreicht hatten, hatten hier Schutz gesucht, denn die wenigsten Räuber würden es wagen, sie direkt vor den Augen der Königlichen Wachen anzugreifen. Mit dem Sonnenlicht des jungen Tages kamen auch Bauern aus dem Umland an und reihten sich in die lange Schlange ein, die sich hier jeden Morgen bildete. Kurz nach dem Sonnenaufgang öffneten die Stadtwachen die Tore der Hauptstadt und ließen die Bauern, die ihr Vieh zum Markt trieben oder Gemüse und Früchte in Kisten und Körben mit sich führten, die Händler mit ihren Packpferden und

Eseln, wie auch die Abenteurer und Söldner, die hier nach Aufträgen suchten, nach Calhuh hinein. Händlerkarren um Händlerkarren, von Ochsen und Maultieren gezogen, polterten durch das hoch und breit gemauerte Tor mit zwei runden Wehrtürmen hindurch und verschwanden außer Sicht, als sie in die befestigten Straßen der alten Hafenstadt einfuhren.

Als die Reihe an die drei Gefährten kam, Calhuh zu betreten, baute sich ein Feldwebel der Stadtwache vor ihnen auf. Kyle bewunderte die rote Livree mit dem aus *goldenen* (gelb und braun durchwirkten) Fäden eingearbeiteten doppelköpfigen Adler, die ihm den Mann wie einen Ritter erscheinen ließ. Kyle wusste um die Bedeutung, hatte er doch in seiner Kindheit stets den Frauen zugehört, die ihre Zeit mit dem Lesen von Büchern verbracht hatten und ihm Geschichten erzählt (oder das Lesen gelehrt) hatten, wenn seine Mutter ‚beschäftigt' war. Die Farben Calhuhs waren Rot und Gold, und er wusste, dass Rot für militärische Stärke und Großmut stand, während Gold die Farbe des Königs war; Zeichen des Verständnisses für sein Volk, Respekt vor seinen Untertanen und für die Tugendhaftigkeit in seinem Handeln. Gold war majestätisch und bedeutete erhabene Großzügigkeit.

Und auch das Symbol des doppelköpfigen Adlers erkannte Kyle, zierte es doch die Münzen des Reiches, die Adler aus Silber und Bronze und sogar Gold, auch wenn er letztere noch nie gesehen hatte. Doch er selbst hatte dieses Wappen in seinen Träumen getragen: Der doppelköpfige Adler war ein Beschützer, zwei Urgewalten, die in einem Wesen zusammengeführt worden waren.

Der Mann vor ihnen schob die aus kleinen Metallringen gefertigte Kettenhaube vom Kopf. Er mochte vielleicht fünfzig Jahre oder mehr zählen und kaute auf etwas herum, das wie Kautabak wirkte. Die wasserblauen Augen in dem wettergegerbten, faltigen Gesicht waren stechend und musterten sie eingehend.

Finley hielt dem Blick stand und zog die Mundwinkel zu einem kalten Lächeln hoch. „Probleme, Herr Feldwebel? Wir sind nur harmlose Reisende, die gekommen sind, um Eure wundervolle Stadt zu bewundern... *wundersamerweise!*"

Der alte Feldwebel verzog das kantige Gesicht. „Ein Possenreißer am frühen Morgen! Was habt ihr Strolche an Werten dabei, die unter das Königliche Zollgesetz fallen?"

Bevor Finley antworten und den Feldwebel weiter reizen konnte, beugte sich Rosario leicht vom Pferdesattel aus hervor und sagte mit etwas höherer Stimme als er sonst führte: „Nichts, Euer Wachthabenheit!"

Kyle blickte zu seinem sonderbaren Gefährten und sah, dass dieser übertrieben mit den Augenlidern klimperte. Der bullige Feldwebel kniff die Augen zusammen. „Nichts?! Und ihr Landstreicher glaubt, dass wir hier Platz für Hungerleider haben?"

„Aber nein! Denn seht her, die Götter - in ihrer unendlichen Güte - haben uns erleuchtet!", hob Rosario mit näselndem Tonfall an und hielt die leere Scheide seines Rapiers hoch. „So schleuderten wir unsere Waffen fort, um von nun an ein Leben in Demut und Keuschheit hier im schönen Calhuh zu führen!"

Der Halbelf lächelte ein zuckersüßes Lächeln, mit dem er normalerweise die Mütter braver Töchter umgarnte, neigte den Kopf schelmisch zur Seite und ließ seine verzückten Augen gen Himmel gleiten. Schließlich seufzte er schwer, als sei die Pein weltlichen Lebens nicht länger zu ertragen. Der Wachthabende wandte sich angewidert ab. Scheinbar griff wirklich ein neues Fieber von religiöser Besessenheit um sich. Nur noch Pilger von allen möglichen kleineren und größeren Gottheiten und Götzen.

„Und welcher Glaube soll das sein? Gehört ihr zu diesen Spinnern, die sich vom Glauben an Ajym abwenden?"

Finley wollte gerade etwas erwidern, doch Rosario fuhr schon mit seinem gekünstelten, näselnden Tonfall fort: „Nicht doch, mein Guter! Wir suchen Weisheit, hier im Glanze der Weißen Kathedrale, und wollen ins heilige Kloster von Calhuh! Unter der weisen Führung des Kardinals duh Neret kommen wir als Pilger."

Der Mann spuckte den braunen Tabak aus und blickte dann zu Kyle herüber. *Bah*, dachte der Feldwebel, *ein grüner Bauerntölpel in abgerissenen Lumpen, ein weibischer Halbelf und ein, das ist der Schlimmste, versoffener Obiskarer.* „Pilger, mein Arsch! Steigt ab, ihr Halunken. Ich will mir mal eure Habe ansehen!"

Finley verdrehte die Augen und schenkte Rosario einen ‚das hat ja wunderbar geklappt'- Blick. Knurrig ließ er den Beutel mit dem Proviant auf den Boden sacken und schnürte diesen auf. Er suchte nach einer ledernen Tasche für Dokumente und zog ein Pergament daraus hervor. „Ich habe hier eine Taverne...", er zögerte einen Moment lang, bevor er hinzufügte, *„erstanden."*

Der Wächter musterte das Dokument eingehend. „Dem Besitzer wohl die Kehle durchgeschnitten, was?"

Finley lachte. „Wohl kaum. Nein, die *Rose* gehört mir ganz legal".

Aufmerksam studierte der Soldat die Schriftzeichen und fing an zu grinsen. „Tavernen sind immer gut und die *Rose* gehört Euch, ja? Also dann, denkt dran, dass die Männer der Wache gute Preise kriegen."

„Ich werde dran denken, Feldwebel...?"

Der alte Soldat grinste. „Oluv, Bruder." Finley riss verwundert die Augen auf, dann erkannte er den verwässerten Akzent, den seine Vettern aus der Region von Leyn'Jengwhar sprachen. Oluv musste schon lange in Calhuh leben, sonst hätte er es sofort gehört. „Seit Araweyn, unser König, seine ‚Große Freiheit' ausgerufen hat, kommen ja nach und nach mehr Leute aus Obiskara hierher, meistens Strolche, wie ihr. Und die werden sich freuen, wenn du uns echten Uis'gey mitgebracht hast."

Finley grinste und nickte. „Ja, wir bringen das einzig Wahre zum Trinken hierher."

„Aye, das werden wir dann bald prüfen", lachte Oluv. Grinsend winkte er sie durch und blickte bereits zum nächsten Händler, der mit zwei Packeseln ungeduldig hinter ihnen wartete. „Na los, passieren! Haut schon ab, ihr Raufbolde."

„Oh, habt Dank, Ihr Himmlischer!", sang Rosario mit verklärtem Blick über die Schulter zurück, als sie durch das breite Tor in die Stadt einritten. Kaum außer Sichtweite der Wachen, äffte Finley auch schon Rosario nach: „'Oh, Ihr Himmlischer!' Weißt du, Rosario, manchmal kommt man mit Ehrlichkeit auch weiter!"

„Ja, manchmal! Aber meistens bringt sie dich ins Grab! Aber du hast Recht. Es kann nicht schaden, einen Freund bei der Stadtwache zu haben."

Gut gelaunt ritten sie weiter, während Rosario und Finley über Kyles staunendes Gesicht schmunzelten. Der Junge, der noch nie zuvor eine Stadt dieser Größe betreten hatte, saugte die neuen Eindrücke in sich auf, als sei er ein Schwamm. Selbst in seinen Träumen war die Welt nie so vielfältig und reich an Menschen aus aller Herren Länder gewesen, wie hier. In den engen Gassen boten Händler unter farbenprächtigen Baldachinen erlesene Waren feil, schöne Frauen und Lust-knaben, die ihre Lippen, Wangen und Augen bemalt hatten, riefen ihnen auffordernd zu, ihr Geld mit ihnen auszugeben, während Barden an den verschiedenen Häuserecken der lauschenden Menge von Helden und Drachen, Priestern und Dienstmägden oder auch dem ein oder anderen vorzeitigen Ableben eines Steuereintreibers vorsangen.

„Warte ab, bis du den eigentlichen Bazar von Calhuh siehst. Sie nennen ihn auch den Ewigen Bazar, weil er Tag und Nacht geöffnet hat. Das hier sind nur die ersten Marktstände an den Toren, wo ahnungslose Reisende zu überteuerten Preisen einkaufen," instruierte Rosario Kyle.

Finley lachte leise. „Ich glaube, er hört dich nicht."

Mit offenem Mund bewunderte Kyle die hohen Dächer mit roten Ziegeln, er bestaunte mehrgeschossige Häuser aus Fachwerk, aus Granit und immer wieder den weißen Marmor und den goldenen Sandstein der stolzen Bauten mit den geschmückten Fassaden.

„Ja, Freunde, verweilt und betrachtet die Errungenschaften einer Zeit, in der Schönheit und Anmut in jedes Bauwerk eingeflossen waren. Die Architekten ad'Lanthyars sind berühmt für ihre Baukunst!"

„Große Künstler", murmelte Kyle ehrfurchtsvoll. Die Augen des Jungen wanderten fasziniert von Torbögen und Treppen, von Fassaden mit flüsternden Gesichtern aus Stein zu Säulen und Balustraden. Viele Fenster in den oberen Geschossen reichten bis zum Boden oder hatten kleine Balkone davor, die es den Bewohnern erlaubten, auf die breiten Straßen hinabzublicken. Die Menschen hier trugen schöne, reich bestickte und bunte Kleidung aus edlen und feinen Stoffen - nicht wie er einfache, grobe und verschlissene Wolle. Hässlich und abgerissen. *Armselig*.

Sie überquerten eine Brücke, die über einen der zahlreichen Kanäle führte und auf einem Schild konnte Kyle einen gemalten Straßennamen ausmachen. Eine steinerne Mauer, hinter der Flammen aufloderten, war dort zu sehen: Nördliche Brandmauer.

Rosario beugte sich zu Finley herüber. „Wir müssen ihm unbedingt das Reiten beibringen! Er klammert sich noch immer an dem Gaul fest, als wäre er mit seinem Hintern auf einem Schleifstein festgebunden."

Der Obiskarer ließ sein breitestes Grinsen erscheinen und klatschte Kyles rotbraunem Fuchs mit der flachen Hand auf das Hinterteil. Erschrocken wiehernd brach das Tier aus und preschte durch die Straßen. In Panik rufend, die Passanten aus dem Weg scheuchend, versuchte Kyle, sich festzuhalten.

„Du musst mit den Bewegungen des Pferdes mitgehen!", rief Rosario amüsiert hinterher, während Finley sich grölend vor Lachen an seinem Sattel festhielt. „Elf, mit Freunden wie uns braucht er keine Feinde!"

Kyle hörte das Gelächter seiner raubeinigen Gefährten nicht länger. Sein Pferd donnerte im vollen Galopp durch die belebte Straße, zwang die Leute ihm aus dem Weg zu springen, während er direkt auf einen Gemüsekarren zuraste. Die Distanz des galoppierenden Tieres zum Karren wurde immer kürzer. Zu kurz, um den Klepper zu stoppen.

„Fabelhaft!", fluchte Kyle, griff die Zügel fester, sog tief die Luft ein. Der Atem wirkte. *Mitgehen!*

Er entspannte sich und drückte dem Pferd etwas fester mit den Waden in die Flanken und gab mehr Druck auf die Kandare. Das Pferd verstand seinen Reiter, der nun die Führung übernommen hatte, sprang und nahm die Hürde über den Gemüsekarren mit leichter Eleganz. Mit einem Ruck setzen sie auf und Kyle realisierte einen Herzschlag später, dass er im Sattel geblieben war. Ein Hochgefühl erfüllte ihn; er hatte es geschafft! Er hatte das Tier springen lassen und war nicht gestürzt. Ja, er hatte sogar Spaß beim Reiten empfunden und preschte über die nächste Brücke, die von blau gestrichenen Pfeilern flankiert wurde. Lachend wandte Kyle sich im Sattel um, seinen nachfolgenden Freunden zuwinkend.

Ein herabhängendes Aushängeschild, auf der einen Seite aus der Verankerung gerissen, traf ihn an der Stirn und seine Sicht verschwamm. Die ledernen Zügel entglitten seinen Händen und er spürte, wie der Fuchs regelrecht unter ihm entschwand. Er schwebte einen Moment lang – und schlug hart auf das schmutzige Kopfsteinpflaster vor dem ersten Haus diesseits des Kanals auf. Dunkelheit umfing ihn.

Kaltes Wasser holte ihn unsanft aus dem Reich der Träume zurück. Prustend schnappte Kyle nach Luft, griff tastend mit den Armen um sich und stützte sich schließlich auf dem harten Kopfsteinpflaster auf. Grinsend standen seine beiden neuen Freunde über ihm. Finley warf den leeren Eimer hinter sich, den er über dem Jungen ausgeleert hatte, und Rosario hielt ihm die Hand hin, um ihn auf die Beine zu ziehen. „Lektion Nummer drei: Pass immer auf, wohin du dich bewegst!"

Kyles Schädel brummte und dröhnte vor Schmerzen. Er versuchte sich zu erinnern, was denn die ersten beiden Lektionen gewesen waren, bis es ihm wieder gewahr wurde. Zähneknirschend ergriff er die Hand des Halbelfen und kam schwerfällig wieder auf die Füße. Vorsichtig bewegte er seinen Nacken und seine Schultern. Mit schräggelegtem Kopf lauschte er den knackenden Geräuschen, die von seinen verspannten Muskeln an seinen Schultern und seiner Wirbelsäule entstanden.

„Ich glaube, ich habe mir etwas gebrochen", sagte er leise.

Rosario lachte laut auf. „Wohl kaum. Aber du brauchst mehr Muskeln und bist verspannt. Und vielleicht eine Massage von begabter Hand." Seine Augen glitzerten wissend. Finley warf ihm einen knurrigen Blick zu. „Du hast mehr Glück als Verstand, mein Junge!", polterte er und deutete mit dem Daumen auf das alte Gebäude, vor dem sie sich befanden. „Du hast meine Taverne gefunden. Und mit deinem Hohlkopf mein Aushängeschild zerdeppert!"

„'Unser' Aushängeschild!" Der Halbelf bückte sich, las die beiden Holzstücke auf und hielt sie aneinander. Nachdenklich betrachtete er das Schild und zog seine rechte Braue hoch, während sich schon wieder das nächste Grinsen auf seine

Züge stahl. „*Schwarze Rose,* Finley? Anheimelnd, du Rosenkavalier!"

Er drückte Finley das zusammengesetzte Schild in die Hände, auf dem eine eher hässliche schwarze Rose aufgemalt worden war, und wandte sich dem Eingang zu. Die große Doppeltür war massiv und mit kantigen Eisennägeln beschlagen, die rostig in dem grauen Holz hervorlugten. Knarrend öffnete sie sich, als sich der Halbelf dagegenstemmte und in die Taverne eintrat. Mit brummiger Miene starrte der Obiskarer auf das alte Namensschild, welches längst von Sonne und Regen ausgeblichen worden war. „Rosenkavalier?", fauchte er. „Larroquette, ich denke, das bist eher du! Schauen wir uns uns ‚unsere' *Rose* mal genauer an!"

Er sah sich um und stellte fest, dass er allein vor dem großen, dunklen Gebäude stand. Die Fassade war schmutzig und düster. Fässer und Unrat waren achtlos hier und da abgestellt worden und ein wenig vertrauenerweckendes Gerüst lehnte an der Mauer, ganz so, als hätten die Handwerker mitten in ihrer Arbeit innegehalten und wären gegangen. Seufzend folgte er Kyle und Rosario ins Innere. Modriger Geruch verschlug ihm den Atem und er warf angewidert die beiden Holzstücke beiseite.

„Oh, verdammt sollt Ihr sein, Ihr verfluchten Götter!" Finley erblasste. „Das ist ja ein Drecksloch!"

„Leise verdammt! Ich leide!" Kyle saß mit unglücklicher Miene auf einem der zerschundenen und zerkratzten Tische.

Finley trat mit dem Stiefel nach einem morschen Stuhlbein und ließ das ramponierte Möbelstück umkippen. Kyle stöhnte auf. „Ich leide", äffte er den Jungen nach. „Hmpf! *Ich* leide!"

Mit zornigem Blick begann er in dem schmutzigen Schankraum auf und ab zu stampfen, alte Stühle zu verrücken, Staub von den abgewetzten Tischen zu fegen und immer wieder schüttelte er den Kopf und murmelte unverständliche Dinge vor sich hin. Rosario hörte Worte wie ‚wieder schlechte Geschäfte gemacht' und ‚Joleyn hatte Recht'.

Einen Augenblick lang schaute Rosario dem närrischen Treiben zu, um sich dann selbst der heruntergekommenen Taverne zu widmen. Der Schankraum war groß, hatte wohl einst eher als Halle einer Gildenversammlung gedient. Vier große Säulen ragten empor und reichten hinauf bis zum Dach des ersten Stocks. Eine breite Holztreppe führte dort hinauf und er sah hinter der geschnitzten Brüstung mehrere Türen zu Zimmern im Obergeschoss. Eingehend inspizierte er nacheinander die einzelnen Räume und prüfte im Vorbeigehen immer wieder das Holz der Balken auf Wurmbefall und Stabilität.

Finley setzte sich unterdessen kopfschüttelnd in einer Ecke auf eine Bank und jammerte wehleidig vor sich hin. „Oh, ich Armer! Man hat mich betrogen mit diesem Loch. Wehe mir!"

Rosario räusperte sich. Ohne ihm Gehör zu schenken, lamentierte Finley weiter: „Wie konnte ich nur so ein Einfaltspinsel sein? Streut mir die

Asche der Schande auf mein Haupt! Hunger und Elend erwarten mich!"

Schmunzelnd betrachtete Kyle den bulligen Obiskarer, der sein Gesicht in den Händen vergrub. Der Halbelf räusperte sich lauter und Finley stoppte, wandte sich Rosario zu, und brummte: „Hast du denn keinen Respekt vor dem Schmerz eines Mannes, du elendes Spitzohr!?"

Kyle lachte laut auf und Rosario ignorierte mit zuckenden Lippen die Beleidigung, betrachtete seine Fingernägel, als seien sie das Interessanteste in der Taverne und sprach: „Nicht, wenn der ,Schmerz' in Selbstmitleid ausartet, junger Mann!"

Kyle kicherte: „Also würde ich sagen, wir stellen eine neue Regel auf: Wer winselt, kommt in den Keller!"

Finley betrachtete ihn einen Moment lang mit gemischten Gefühlen, schaute dann wieder zu Rosario. Er atmete tief ein und aus, fasste sich und schlug einen sachlicheren Tonfall an. „Na schön, ihr beiden Nervensägen. Was willst du sagen, Rosario?"

Der Halbelf schälte sich aus seiner Weste heraus und winkte Kyle herbei. „Gib mir den Beutel, mit dem Werkzeug, den du nach Lairhoven bringen solltest."

Kyle tat, wie ihm geheißen wurde und Rosario holte einen der fingerlangen Nägel heraus und trieb ihn behelfsmäßig mit dem Stiel eines Meißels als Hammer in das Holz des senkrechten Stützpfeilers am Tresen. Dann hängte er seine Weste an dem Nagel.

„Was tust du da?", fragte Finley.

Der Blick des Halbelfen wanderte das Holz hinauf und er trieb einen weiteren Nagel hinein, bevor er sagte: „Der perfekte Platz für meinen Hut mit der blauen Feder."

„Was für ein Hut?", fragte Kyle irritiert. Rosario kratzte sich am Hinterkopf. „Na, den, den ich mir hier kaufen werde, wenn wir in den nächsten Tagen unsere Einkäufe besorgen."

„Einkäufe?", fragte nun Finley. „Wovon redest du, Elf?"

Rosario verdrehte die Augen und klopfte auf einen der alten Holzbalken, die zwischen den Steinsäulen gezogen worden waren, um den Schankraum in mehrere Bereiche aufzuteilen und lächelte sein schiefes Lächeln. „Wir können hier etwas draus machen, Leute!"

„Wir?", fragte Kyle hoffnungsvoll.

„Etwas *draus* machen?"

„Wir!"

„Wieso wir?" Finley verschränkte die Arme vor der Brust, musterte Kyle aus dem Augenwinkel und kniff die Augen misstrauisch zusammen. Rosario verdrehte erneut die Augen, grinste verwegen und machte unerwartet schnell einen Ausfallschritt und streckte die Rechte aus. „Weil...", er pikste mit dem Zeigefinger Finley in den Bauch, „*Wir* drei hier die Möglichkeit haben, etwas *mehr* aus unserem Leben zu machen. Nicht länger von der Hand in den Mund leben müssen, nicht länger Auftragsmörder und Diebe sein müssen."

„Diebe?!", fragte Kyle überrascht, wurde aber nicht beachtet. „Auftragsmörder?!"

„Ja aber, wo sollen wir denn schlafen?", warf Finley ein. „Das geht doch nicht!"

„Sicher geht das! Wir schlafen einfach auf dem Boden, Finley!", warf Kyle ein.

„Nein! Nur Tiere und Obiskarer schlafen auf dem Boden!", winkte Rosario lachend ab, wich einem Konter Finleys elegant aus und schwang sich rücklings auf die breite Theke. „Schaut euch doch einmal um, Leute! Lasst eure Fantasie spielen. Mit etwas Farbe, ein paar neuen Möbeln und viel harter Arbeit lässt sich hier eine nette Taverne `rauszaubern."

„Du willst aus diesem heruntergekommen Loch eine ‚nette Taverne' zaubern? Das Problem ist doch..."

„Sag nicht ‚das Problem ist', Finley!", tadelte Rosario ihn.

„Ja, aber..."

Rosario hob ermahnend den Zeigefinger. „Wenn du jetzt sagst ‚das geht nicht, weil', trete ich deinen Hintern von hier bis in den Keller!"

Kyle lachte laut auf. „Hast du nicht gesagt, dass deine Caja ihre Sätze auch immer so anfing?"

Perplex musterte Finley Kyle und den Halbelfen, der wieder von der Theke heruntersprang. Er streckte Kyle und Finley die Hände entgegen. „Bauen wir das Ding einfach nach unseren Vorstellungen auf!"

„Nach unseren Vorstellungen?"

„Ja, ist hier ein verdammtes Echo? Ja, Finley! Du wolltest mich für unsere Taverne haben. Unsere Taverne ist ein Loch. Und? Machen wir was daraus!"

Nickend trat Kyle ihm entgegen und sah sich ebenfalls um. „Er hat Recht, Finley. Vernünftig saubermachen dürfte das geringere Problem sein. Dann noch einige Reparaturen hier und da und es wird eine sehr gemütliche, nette Taverne."

„Was wisst ihr denn von Tavernen?" fauchte der Obiskarer.

Rosario zuckte mit den Schultern. „Ich habe genug Geld in Schenken gelassen, wie du weißt. Oder beim – ehrlichen - Karten- oder Würfelspiel verdient. Und mit den Schankmaiden kenne ich mich auch aus!"

„Ich bin als Kind in Tavernen aufgewachsen", sagte Kyle. „Bevor meine Mutter den Schmied geheiratet hat."

„Als Kind!", zeterte Finley. „Du bist noch ein Kind!"

„Was sind denn unsere Optionen, Finley?", fragte Rosario, ohne auf eine Antwort zu warten. „Leibeigenschaft für Kyle in Asaanfurth. Du wirst weiterziehen müssen, Finley, und ich..."

Kyles Blick fand eine tote Maus, die vertrocknet im Staub lag. „Die Welt ist das, was du daraus machst, hast du zu mir gesagt, Finley!"

Der Obiskarer schnaubte wütend: „Und womit soll ich das bezahlen, ihr beiden Possenreißer?! Ich besitze nur noch diese Bruch-bude und eine Handvoll Münzen. Kupfer und Bronze und vielleicht zwanzig Silberadler. Das war's. Keine Goldadler oder dergleichen!"

Der Obiskarer nestelte an seinem Gürtel und zog die kleine Geldbörse hervor und leerte den Inhalt klimpernd auf dem schmutzigen Tisch aus.

Kyle staunte, als er die glänzenden Münzen sah. Er hatte in seinem Leben bislang nur ein-, zweimal die schönen Silbermünzen gesehen, die von einem Adler mit gespreizten Schwingen geziert wurden und von den goldenen Münzen mit dem doppelköpfigen Adler hatte er bislang nur gehört. In den armseligen Dörfern hatte er dergleichen natürlich noch nie zu sehen bekommen. Er streckte die Finger aus, um eine der Münzen zu berühren, aber Finley gab ihm einen Klaps auf die Finger.

„Nun, Herr Finley", begann Rosario duh Larroquette und holte eine rote Wildlederbörse hervor, die er frech in seiner Hand erzittern ließ. „Das ist doch schon ein Start." Er entleerte den roten Beutel und einige silberne Monde und Piken gesellten sich klimpernd zu dem Haufen. „Und es hat den Anschein, als hätte eine gute Freundin - ihren Namen zu erwähnen, wäre überaus unhöflich und indiskret - uns mit schimmernden Münzen im Wert von einem Dutzend güldenen Adlerlein beschenkt."

„Güldenen!?", rief Finley aus und Kyle fragte ungläubig: „Ein ganzes Dutzend?!"

„Ja, zwölf reinste Talerchen aus Gold!", bestätigte der Glücksritter und löste seinen Gürtel. „Aus reinstem Gold, wohlgemerkt!" Viele der Kurantmünzen, deren Wert eigentlich dem Wert des edlen Metalls entsprechen sollte, aus dem sie geprägt worden waren, wurden mit minderwertigen Substanzen legiert, um den Profit beim Tausch zu erhöhen.

Finley blieb misstrauisch und streckte die Hand aus. Rosario blies theatralisch die Luft aus den aufgeblähten Wangen und öffnete die Innenseite seines Ledergürtels, in den die Münzen eingenäht waren. Nach einem Moment schüttete er dem Obiskarer einige der goldenen Münzen in die Hand.

Sie waren schwer. Prüfend biss Finley auf eine Münze, um zu testen, ob diese Fälschungen aus vergoldeter Bronze oder einem anderen Material waren. Schließlich schaute er grinsend wieder auf. „Sieht aus, als hättest du wieder mal meinen Preis für eine Meinungsänderung erraten, Larroquette!"

„Unsere Adler und die Taverne...", Rosario blickte zu Kyle und überlegte, was der Junge wohl beisteuern konnte. Kyle begann, seine gefundene Münze hervorzuholen, und legte sie mit auf den Stapel. Die Augen des Halbelfen funkelten belustigt. „Oh, eine silberne Rebecca mit Goldrand!"

„Gold?!" rief Kyle aus und Finley legte verlegen den Kopf auf die Seite. „Das und deine Arbeitskraft fürs Erste, sollten für eine Partnerschaft reichen."

Den Blick des Halbelfen folgend, schaute Finley die schwächliche Gestalt mit den hängenden Schultern skeptisch an. „Aye, und das wird hart für dich, Laddie. Du wirst ganz schön schwitzen."

Kyle nickte nur.

„Blut und Wasser!", setzte Finley nach und ein böses Grinsen stahl sich auf seine Züge. „Ja, du wirst für all das hier Blut und Wasser schwitzen!"

„Und Tränen nicht zu vergessen! Wir bauen unsere Taverne mit Blut, Schweiß und Tränen auf. Aber es wird *unsere* Taverne sein." Rosario nickte und rechnete. „Kyle, du wirst deinen Anteil erarbeiten und erst später voller Teilhaber."

„Teilhaber?", rief Finley aus, doch Rosario ignorierte ihn. „Du hast ein Dach über dem Kopf und bekommst Essen. Und wenn der Laden läuft, bekommst du Geld, damit wir dich nicht auf unsere Kosten aushalten müssen."

„Aber nicht viel!", rief Finley und Rosario legte tadelnd den Kopf schief. Der Obiskarer öffnete die Hände und riss die Augen übertrieben weit auf. „Er bekommt doch was zu Essen und muss nicht frieren."

„Zwei Silberadler für den Anfang im Monat. Bis wir eröffnen, dann sehen wir weiter. Drei oder vier sollten es dann wohl werden können."

Kyle und Finley nickten und der Obiskarer sagte schließlich: „Klingt gerecht. Obwohl ich mich gerade an den Luxus eines Dieners gewöhnt hatte!" Brummelnd wandte er sich ab und schritt nachdenklich durch den dunklen Schankraum mit der hohen Decke, den massigen Steinsäulen und vielen kreuz und quer eingezogenen Holzbalken. Kaum vorzustellen, dass dies wieder ein Ort der Freude, des Trunkes und des Speisens werden sollte. Als er sich wieder seinen Begleitern zuwandte, betrachtete er verwundert die ausgestreckte Hand des Halbelfen. „Schlagt ein, Partner!"

„Wieso habe ich das Gefühl, dass ich mir zwei echte Sorgenbringer an Land gezogen haben?", knurrte Finley und griff die Hände Kyles und Rosarios. Sie schlugen ein und Kyle konnte sich nicht daran erinnern, wann er das letzte Mal dieses

Gefühl von Geborgenheit und Freundschaft verspürt hatte.

„Und was soll ich nun machen, ihr Grünschnäbel?", knurrte der bullige Mann, als der Augenblick der Vertrautheit verklang. Kyle und Rosario sahen sich grinsend an. Rosario erkannte dort für einen Herzschlag lang ein Glitzern, ein unbekanntes, ungenutztes Potenzial, das ihm sagte, dass dieser Bursche kein Trottel war. Er nickte und zusammen riefen sie aus: „Du rechnest aus, was wir brauchen und zahlst das Abendessen!"

Das gespielte Knurren und Zetern und Brummen des Obiskarers hatten sie nun vollends durchschaut, denn zunehmend verwandelten sich nun auch Finleys Züge in ein breites Lachen, als er zu Rosario sagte: „Wer hätte das gedacht, Rosario, als ich dich damals vor den Häschern bewahrt hatte, die dich am nächsten Baum aufknüpfen wollten. Jetzt sind wir wieder Partner!" Der Halbelf lächelte nur still und spielte mit den schlanken Fingerspitzen an seinem Haarzopf.

Stadtluft

DAS STAKKATO DES TROMMELSCHLAGS hallte durch Asaanfurth.

Darrigan blickte mit Stolz auf den jungen Soldaten mit dem stoppelig geschorenen Haarschopf und der ohrlosen linken Gesichtshälfte, wo nun eine rötliche Narbe prangte. Der Feldwebel hatte es sich nicht nehmen lassen, dem jüngsten Mitglied seiner Mannschaft selbst den Wappenrock der DeBracy überzustreifen. Trotz der Platzwunde an seiner Stirn, stand Govic aufrecht und gerade vor ihm auf dem Exerzierplatz der Kommandantur, sein erstes eigenes Schwert an der Hüfte gegürtet und mit neuen Stiefeln, schwarz und bis zu den Knien reichend – ein Geschenk, welches der Herzog all seinen Gefolgsleuten machte, wenn sie den Eid auf ihn schworen. Dies und das Überstehen eines Kampfes gegen einen der erfahrenen Schwertträger.

Der alte Soldat mit der gebrochenen Nase, Ferror mit Namen, hatte Govic mit zwei

Schwertstreichen entwaffnet und ihm mit dem schweren Knauf einen kräftigen Hieb auf die Wange gegeben. Govic, blutend und wütend vor Frustration und Ehrgeiz, hatte sich bei dem Duell auf das besonnen, was er am Besten konnte: Er war unter der nächsten Attacke hindurchgetaucht und hatte dem Mann seine Schulter vor die Brust gerammt, um ihn zu Boden zu werfen. Wieder und wieder hatte er auf das Gesicht des Alten mit Fausthieben eingeprügelt, bis Darrigan ihn von seinem Opfer gezogen hatte.

Und so stand er, grimmig und stolz, vor seinem Mentor und nahm den Waffenrock dankbar an. Herzog DeBracy selbst war nicht anwesend, jedoch sein Sohn, Prinz Frederick, sowie zwei Adelige, die Govic nicht kannte: Der Mann mit den langen, rabenschwarzen Haaren wurde Fürst Erak genannt, und die Dame an seiner Seite, gehüllt in taubengraue Seide, hatte einen abwesenden, kalten Gesichtsausdruck. Dem jungen DeBracy stand die Langeweile ins Gesicht geschrieben, während der Fürst wachsam jeden einzelnen Soldaten aus dem Schatten seines Pavillons heraus inspizierte. Darrigan überlegte, ob er die Laune des Prinzen durch eine ‚tropfende Dörflerin‘ aufbessern konnte, wie er es gelegentlich tat, um die Gunst Fredericks zu behalten. Frederick schätzte Darrigans Auswahl, hatte ihn sogar schon einmal beim ‚Ersten Mahl‘, der Entjungferung einer holden Maid, zusehen lassen, wie es unter den DeBracy-Soldaten im Feld oftmals üblich ist. Vermutlich gab es DeBracy das Gefühl, ein Krieger zu sein, ein Begehren, das Darrigan gerne bediente.

Die Dorfbewohner selbst wohnten der Zeremonie der Vereidigung nicht bei, nur Janek und einige andere Freunde Govics warteten am Rand und stimmten ein lautes Johlen an, als sie ihren Anführer im Waffenrock eines echten Soldaten erblickten. Inka stand neben Harro und winkte aufgeregt. Hatten sie gehofft, Govic würde sich zu ihnen gesellen, nachdem er endlich das Gelb und Schwarz des Herzogtums tragen durfte, so wurden sie enttäuscht; Darrigan klemmte seine Gerte unter den Arm, ließ die übrigen Neuen wegtreten und schickte Govic in seine Schreibstube.

Ergeben stand Govic in Hab-Acht-Stellung vor dem Schreibtisch und wunderte sich irritiert, warum Darrigan ihn nicht beachtete, sondern einen Bericht nach dem anderen studierte. Schließlich hielt er das Rascheln der Pergamentbögen nicht mehr aus und räusperte sich, um die Aufmerksamkeit seines alten Mentors zu erregen.

Darrigan blickte kurz auf, legte dann das Pergament vor sich hin und gab Govic ein Zeichen, dass er sich auf den Holzstuhl setzen solle, der vor Darrigans Tisch stand. Der junge Soldat kam der Aufforderung nach, drehte das schlichte Sitzmöbel, um sich zu setzen, und wartete darauf, dass Victor Darrigan ihm das Wort erteilte.

„Rede schon, Govic."

Der Junge mit den grausamen Zügen nickte zu dem Pergament. „Ist das der Bericht aus Lairhoven? Der, in dem von dem Bastard gesprochen wird?"

„Von wem?"

„Von dem ‚Hurenschleim'", brummte Govic und sah Victor Darrigan missmutig an, der hinter seinem Schreibtisch in der Kommandantur saß und ihn kaum beachtete. Der Feldwebel runzelte die Stirn und griff erneut nach dem Schriftstück. Govic fragte sich, was so Spannendes auf dem Blatt stehen mochte, war er doch selbst des Lesens nicht mächtig. Als er sah, dass Darrigan noch immer nicht wusste, von wem er redete, schob er nach: „Kyle. Der Stiefsohn von Adrian dem Schmied!"

„Oh. *Der.*"

Govic nickte und kippelte mit dem einfachen Holzstuhl ein wenig. Adrian war zeternd durchs Dorf gelaufen, weil er sein Geld für die Meißel, Nägel und Stößel nicht bekommen hatte. Kaum hatte er seine Litanei bei jedem Händler von Asaanfurth zum Besten gegeben, ritten drei Soldaten DeBracys ein, die auf einer Patrouille durch Lairhoven geritten waren und vom Feuer dort berichteten, welches drei Abtrünnige angerichtet hatten, von denen einer verdächtig nach Kyle aussah.

„Was ist mit ihm?"

„Ich glaube, dass die Beschreibung auf ihn passt. Und dass er aus Asaanfurth geflohen ist."

„Geflohen, was?" Endlich sah Darrigan auf und musterte Govics Züge eingehend. „Dieser Kyle gehört DeBracy", brummte Darrigan und strich sich die braunen Locken aus dem kantigen Gesicht. Entgegen der soldatischen Tradition trug er seine Haare bis zu den Schultern, eine Marotte, die der alte Herzog ihm – und nur ihm - zugestand. „Wir sollten herausfinden, ob er es war – und dann bringen wir ihn hierher zurück."

„Und wo willst du ihn finden, Victor? Ich meine, er wird doch nicht mehr in Lairhoven sein."

„Das ist einfach. Dank dieses Obiskarers, der nun auf dem Thron sitzt, gibt es nur einen Ort, wo er sein kann: Calhuh."

„Wieso Calhuh?", fragte Govic und ärgerte sich sogleich, weil er so einfältig klang.

„Ein Jahr in Calhuh und er ist kein Leibeigener mehr. Stadtluft macht frei." Darrigan zog eine Grimasse, die Govic deutlich sagte, was der Feldwebel von dem Dekret des Königs hielt.

„Nach Calhuh?" Govic sackte in den Schultern zusammen und schickte sich an, sich zu erheben, die Hand auf den Schwertgriff legend, als würde er in der Berührung Halt finden.

„Nein, Govic. Du bleibst hier", entschied Darrigan. Verwundert sah Govic den Feldwebel an, schwieg jedoch. „Vorerst noch."

Govic schüttelte hin- und hergerissen den Kopf, besann sich jedoch der Hierarchie und wartete auf Darrigans Antwort. „Ich breche in zehn Tagen nach Calhuh auf, um die Nichte DeBracys dorthin zu eskortieren. Prinz Frederick hat mich darum gebeten. Und die Bitte eines Prinzen ist ein Befehl."

Govic vermutete, dass es sich bei dieser Nichte um die adelige Dame neben dem Fürsten gehandelt hatte. „Ich nehme Janek mit, der Rotschopf erkennt diesen Kyle auch, und du kümmerst dich um den Gast des Herzogs. Erak liebt die Jagd, da kannst du noch etwas lernen."

„Die Jagd? Kaninchen, oder?"

Darrigan lachte laut. Seine Hand tastete nach der Gerte und hart schlug er damit auf den Tisch. „Du Possenreißer. Wohl eher Bären und Wölfe!"

Govic mochte die Vorstellung nicht sonderlich, gefährlichen wilden Tieren draußen in der Wildnis ausgeliefert zu sein. Darrigan las die Anspannung seines jüngsten Gefolgsmannes. „Nur keine Sorge. Erak weiß, was er tut und die Wälder östlich von Obiskara sind sein liebstes Jagdrevier. Und er hat nach dir gefragt."

„Nach mir?"

„Ja. Offenbar hat ihm gefallen, wie du dem alten Ferror die Schnauze poliert hast."

Govic strahlte vor Stolz, bevor er nach einem Moment fragte: „Was ist mit Harro und Kerim?"

Darrigan schüttelte den Kopf. „Nein, die beiden sind zwar kräftig, aber nichts für den Dienst bei DeBracy. Sollen sie als Handwerker arbeiten, wie es ihnen bestimmt ist."

Govic nickte gehorsam.

„Und bis Erak mit seinen Jagdausflügen fertig ist, kannst du hier die Stellung halten. Die Bauern haben eh mehr Angst vor dir als vor Janek. Oder du schickst Harro oder Kerim hin."

Govic nickte erneut; insgeheim war er froh, dass er noch nicht aus seinem Heimatdorf weggehen musste.

„Wenn Fürst Erak nach Payntorra, zu seinen Gütern in Bergen der Edana'Kara reist, wirst du ihn bis zur Hauptstadt begleiten und wir treffen uns dann in Calhuh."

„Calhuh." Govic blickte Darrigan mit offenem Mund an: die Hauptstadt war für ihn so weit entfernt. Doch der Feldwebel nickte nur und sprach: „Dieser Händlerfürst, der vor ein paar Wochen hier war, hat zu seiner Vermählung eingeladen. Ist wohl auch ein Freund der DeBracys." Darrigan überlegte kurz. „Diese dürre Bohnenstange mit den spitzen Titten hat er sich wohl hier gekauft. Die Tochter von Meister Fragner."

„Ania", bot Govic an und erntete ein desinteressiertes Brummen von Darrigan, der wieder die Berichte studierte. Govic ertrug das Rascheln der Schriftstücke für einen Moment und polterte mit seiner zu lauten Stimme: „Und wenn wir *ihn* finden?"

Erstaunt schaute Darrigan auf, bevor sich ein kaltes Lächeln auf seine Züge stahl. „Deinen Kyle? Seltsame Frage. Dann wirst du ihm die Haut vom Leib peitschen! Nachdem wir ihn hierhin geschleift haben. Jeder soll dann sehen, was es heißt, wenn man von seinem Herrn wegläuft!"

Darrigans Augen bekamen eine grausame Note. „Und dann hängen wir ihn auf. Langsam, damit der Bastard elendig verrecken kann."

Zufrieden grinste Govic. Der Gedanke gefiel ihm.

„Siebenundsechzig Silberadler für Bierkrüge und Weinkelche…"

„Oh, ich Armer!"

„Einhundertachtundzwanzig Silberne für Bier und Wein und Schnaps...“

„Wehe mir!“

„Fünfundvierzig Talerchen gehen an den Tischler für Reparaturen...“

„Woher sollen wir das Geld nur nehmen?! Da bleibt uns ja keine Pike mehr übrig! Und überhaupt: Ist das denn alles nötig?“

Finleys Gejammer und Klagen hatte sich in den letzten Tagen als Zeremonie etabliert. Nachdem sie die erste Nacht mehr schlecht als recht auf dem harten Fußboden geschlafen hatten, hatten sie die heruntergekommene Spelunke und deren Umgebung eingehend inspiziert und Rosario hatte unermüdlich notiert, was ersetzt werden müsste, welche Möbel morsch und verrottet waren und wie viele Utensilien sie brauchen würden, um die alte Taverne wieder in einen Ort der Gastlichkeit zu verwandeln.

Das Geld, das sie hatten, reichte bei weitem nicht aus, um die Schäden zu beheben, doch Rosario zuckte nur mit den Schultern. Wo es Glückspiel und reiche Witwen gab, lag das Geld ja förmlich auf der Straße (oder in den Betten). Finley murrte dennoch, aber er ließ den Halbelfen gewähren, wenngleich er ein wachsames Auge auf ihn warf. Immerhin hatte er letzten Endes sein Heim und seine Familie durch solcherlei Glücksspiele verloren.

Auch die Kaufleute von der anderen Straßenseite beäugten die drei Neuankömmlinge zunächst skeptisch, doch Finley verstand es, sie mit süßen Worten zu umgarnen - Rosario mutmaßte, dass die dralle Bäckerin, die an der gleichen Straße ihre Waren verkaufte, seinem harten Akzent verfallen war, der ihn als Mann aus den Bergen auswies. Zumindest ließ ihr mädchenhaftes Gackern darauf schließen, wenn Finley sie ganz unverblümt ,ein festes Mädchen' nannte.

Kyle wurde nicht müde, die neue Umgebung unter Augenschein zu nehmen; das Gebäude lag mit der Längsseite direkt an einem der gemauerten Kanäle, die die Stadt in den bürgerlichen Vierteln durchzogen, und bot einen beschaulichen Anblick von der nahen Brücke aus.

Der Haupteingang mit der großen, mit Eisen beschlagenen Doppeltüre führte in die geräumige Schankhalle, während an der flussabgewandten Seite ein weiterer Zugang zu einem rückgelegenen Innenhof und einem kleinen Pferdestall lag. Gerümpel, leere Fässer und Unrat dominierten den Bereich. Teile des Gerüstes, welches er draußen gesehen hatte, lagen auch hier, kreuz und quer und verschachtelt hingeworfen. Der vorherige Besitzer der *Schwarzen Rose* hatte sich keine Mühe gemacht, die verrottenden Abfälle zu entsorgen; eine Aufgabe, die Kyle nun bevorstand.

Finley maulte in jedem Raum aufs Neue, wenn sie die nächsten Schäden entdeckten, doch erfreulicherweise war der Kellerraum unter dem Schankraum trotz der Nähe zum Fluss trocken und frei von Schimmel und Schwämmen. Rosario hatte schließlich beschieden, dass sie hier einen Rohdiamanten gefunden hatten, den sie ,nur' noch zu schleifen hatten. Doch gerade dieses ,Schleifen' würde Geld kosten und der Halbelf entwickelte eine nahezu boshafte Freude dabei, dem Obiskarer die Kosten aufgeschlüsselt darzulegen.

Der junge Morgen versprach einen sonnigen Tag und Rosario und Finley saßen an jenem Tisch, der ihnen einen freien Blick in den Raum und auf den Eingangsbereich bot, während eine Nische ihnen zugleich eine gewisse Privatsphäre vor den Blicken potenzieller Gäste bot.

Jovial kratzte sich Rosario an seinem sprießenden Kinnbart und forderte mit klarer Stimme: „So, kommen wir zu dem Geld, das wir haben. Gib mir vierzig oder fünfzig von unseren verbleibenden Adlerlein als...", er machte eine kurze Pause, um die Wirkung zu steigern, „Nun, sagen wir: als Spielgeld."

„Spielgeld!", donnerte Finley und starrte Rosario mit hochrotem Kopf an. Wütend schlug er mit der flachen Hand auf den Tisch. „Spielgeld? Warum sollte ich dir 'Spielgeld' geben, Spitzohr?!"

Der Halbelf lachte leise, doch seine Augen waren kalt. „Komm schon, mein Großer! Hast du`s vergessen? Das Leid des einen ist das Leid aller. Und weder Kyle noch ich können in unseren abgerissenen Fetzen weiterhin herumlaufen. Nicht wenn wir *mehr* Geld von den Leuten haben wollen. ‚Kleider machen Leute‘, wie man hier so sagt – und ich kriege keine reiche Witwe dazu, ihr Mieder aufzuschnüren, geschweige denn ihre Börse, wenn ich aussehe wie ein Halunke. Also stelle er sich nicht so an!"

Finley kniff die Augen zusammen und starrte auf die Zahl auf dem Pergament, die ihn von seinen Berechnungen her anguckte. „Aber dass du nichts Unnützes dafür einkaufst!" Mürrisch vor sich hin bruddelnd, äffte er Rosario nach: „'Wir können nicht in unseren abgerissenen Fetzen herumlaufen...'"

Rosario seufzte. Der Obiskarer war ein guter Kamerad, aber ein wenig geldgierig.

Und hitzköpfig.

Und zögerlich.

Grinsend beugte er sich vor und klopfte ihm beschwichtigend auf die Schulter. „Keine Sorge, ein bisschen Seide hier, Wein und willige Gespielinnen dort. Karten- und Würfelspiele am Hafen. Wir bringen das Geld schon unter die Leute!"

Finley funkelte den Halbelfen böse an. Rosario hielt seinem Blick frech grinsend stand. Donnernd hieb Finley erneut auf die Tischplatte und brach in schallendes Gelächter aus. Nun gleichfalls grinsend hob er den Zeigefinger in einer drohenden Geste, doch Rosario winkte schon ab. Elegant rutschte er von der Bank aus der Nische, erhob sich und wandte sich der breiten Holztreppe zu, die zur Galerie des oberen Stockwerkes führte. „Kyle, komm runter! Wir gehen einkaufen."

Schweigend sahen Rosario und Finley sich an, während sie auf Kyle warteten.

„Kyle!", rief Rosario nach einem Augenblick erneut und ein ‚Komme schon!' erwidernd, rannte der schlaksige Junge die breiten, ausgetretenen Stufen hinunter. Er nahm drei, vier Stufen auf einmal und der Halbelf bemerkte amüsiert, dass der Gang des Jungen weitaus federnder war, als er es am Tag ihrer Begegnung gewesen war. Kyle nestelte an seinen Kleidern und verstaute ein zusammengefaltetes Pergament darin, welches sich standhaft wehrte und zu Boden fiel.

Rosario bückte sich und hob es auf, bevor Kyle heran war. Der Junge stand mit hochrotem Kopf vor den beiden älteren Männern. Rosario blickte ihn fragend an und faltete das Pergament, nachdem Kyle ihm auffordernd zunickte, auseinander.

„Was ist das?", fragte Finley, doch Rosario belohnte ihn nur mit seinem schurkischen Lächeln. „Eine Idee, Finley, eine Idee, die unser junger Freund aufgekritzelt hat." Er faltete das Pergament wieder zusammen, ohne das Finley darauf gucken konnte, und reichte es zurück an Kyle, der es nun freudig nickend in seinem graubraunen Sackkleid verstaute.

Finley warf die Hände in die Luft. „Was stand drauf?!"

Rosario grinste frech: „Etwas, an das wir beide noch gar nicht gedacht haben!"

Perplex starrte Finley den Halbelfen an, der Kyle gerade nach draußen ins grelle Sonnenlicht schob.

„Was?"

Rosario blickte ihn mit gespielt knurriger Miene an. „Sei nicht so neugierig und lass dich überraschen!" In der Tür drehte sich der Halbelf noch einmal dem bulligen Obiskarer zu und hob ermahnend den Zeigefinger. „Und wenn du Koch und Schankmaid einstellst, sei nicht so knauserig bei der Bezahlung. Und denk dran: Je draller Hintern und Titten sind, desto eher kommen die Kerle."

Er schloss die Tür, bevor der Obiskarer einen Krug nach ihm werfen konnte und schritt pfeifend auf die sonnige Straße hinaus, auf der Kyle auf ihn wartete.

Das Treiben auf dem Marktplatz war rege.

„Also dann, Franco, heute Mittag in der *Rose*", sagte Finley und hielt dem drahtigen Mann seine Rechte hin. Franco rieb sich durch seinen schwarzen Oberlippenbart, spuckte in die Hand und schlug ein. Der Händedruck war kräftig. Winkend verabschiedete sich der neue Kellner von Finley und schritt davon.

Finley war zufrieden. Er hatte es auf dem ersten Marktplatz unweit ihrer Taverne geschickt verstanden, sich als neuen Geschäftsmann vorzustellen, und ein erstes, vorsichtiges Interesse an den neuen Betreibern der *Schwarzen Rose* war zu vernehmen. Insbesondere bei jenen, die auf Aufträge hofften oder Anstellungen suchten. Und der Obiskarer in seinem blaugrauen *Quilt*, der seine muskulösen Waden preisgab, lenkte sofort die Aufmerksamkeit aller auf sich, waren die Leute aus den Bergen zwar bekannt, aber dennoch ein seltener Anblick in Calhuh. Er hatte sich dafür entschieden, das rockähnliche Kleidungsstück für diesen Rundgang anzuziehen, denn Rosario hatte Recht damit, dass man anhand seiner Kleider von den Leuten wahrgenommen wurde. Die Calhuher waren ein neugieriges Völkchen, die ein reges Interesse an allem Neuen hatten und so war der rocktragende Obiskarer schnell in aller Munde.

Dennoch verwunderte es ihn, als er eine vertraute Sprache vernahm. Eine Frau sang wenige Schritte die Straße hinunter zum Schellenklang eines Tamburins. Gerade erklang leidenschaftlich und gefühlvoll die Zeile *„thay gràdhyr aagam ortsam"*, die Erklärung einer verzweifelten Frau an ihren in den Krieg ziehenden Mann – in der Sprache Obiskaras, wenngleich dies ein Dialekt war, der in den tiefergelegenen Regionen von Leyn'Jengwhar gesprochen wurde.

Finley drängte sich um die Gruppe von Zuhörern, die der blonden Frau mit den kurzen, strubbeligen Haaren lauschten, die singend durch die Menge schritt und dem ein oder anderen eine Blume – blassviolette Astern - ans Revers steckte. Die Leute lächelten und applaudierten, als sie mit ihrem Gesang fertig war und die Röcke ihres abgewetzten blauen Kleides anhob, um einen Knicks anzudeuten.

Schließlich verstaute sie ihr Tamburin am Gürtel, hielt lächelnd ihre schmutzige Schürze hoch und forderte die Menge auf, ihr etwas Geld zu schenken; nur wenige kamen ihrem Wunsch nach und die meisten eilten schnell davon. Still in sich hineinlächelnd nickte Finley ihr zu, als er erkannte, was sie in Wahrheit tat.

Sie verstaute die wenigen Münzen in einer Falte ihres Kleides und nun schien er das nächste Opfer ihrer Aufmerksamkeit zu werden, als sie ihn aus ihren großen, so unglaublich unschuldig wirkenden Augen musterte. „Stramme Waden, Laddie!", kicherte sie mädchenhaft und zwinkerte ihm mit einem Auge zu, eine Geste, die ihr mädchenhaftes Kichern Lügen strafte.

„Aye, Lass! Und ich muss sagen, deine Stimme zu ‚*thay gràdhyr aagam ortsam*' ist eine Wonne." Er ließ sie nicht aus den Augen und vertraulich legte sie ihm ihre Hand auf die breite Brust. Sie spitzte die Lippen und blies anerkennend die Luft aus ihren Wangen. „So stark. So muskulös!"

Irgendwo auf dem Markt schrie jemand „Diebe!", als derjenige erkannt hatte, dass er bestohlen worden war. Eine Alltäglichkeit auf den Märkten der Stadt. Finley bleckte die Zähne und hielt ihre andere Hand fest, die sich gerade an seiner Geldbörse zu schaffen machen wollte. Sie versteinerte einen Moment, als sie realisierte, dass er sie ertappt hatte. Sich in seinem Griff windend, begann sie sich zu wehren.

„Lass mich los!", zischte sie leise.

„Ich denke nicht, Lassie", sagte der immer noch grinsende Finley. Sie erinnerte ihn an das Spiel mit seinen Töchtern, die auch immer wieder versucht hatten, sich aus seinem Griff zu befreien, wenn er mit ihnen gerauft hatte. Die junge Frau holte tief Luft und überlegte fieberhaft, was sie sagen sollte, doch Finley hielt ihr Handgelenk mit eisernem Griff fest. Er beugte sich vor, soweit, dass er den Duft ihrer Haut wahrnehmen konnte. Sie roch nach Seife, was ungewöhnlich für eine Diebin war. Umso mehr, als dass es parfümierte Seife war. „Du lenkst gerade die Aufmerksamkeit der Wachen auf dich, junge Dame", flüsterte er ihr ins Ohr.

Panikerfüllt schaute sie sich um. Aus den Augenwinkeln sah sie das Rot und Braungold der

Wappenröcke der beiden Stadtwachen an, und schon hob das Gezeter eines Beraubten an, der auf den Konstabler einredete und auf die junge Sängerin zeigte.

„Was ist hier los?", fragte der Ältere der beiden und kratzte sich gelangweilt am Kinn. Der Beraubte - ein feister Bürger mit schütterem Haarwuchs, kurzen, gelbgrün gestreiften Pumphosen und weißen Seidenstrümpfen - peitschte die Luft mit seinem Zeigefinger und berichtete mit hoher Stimme, dass er dem Gesang ‚der Hure' gelauscht hätte und ihm danach Geld fehlte.

„Aha", machte der Konstabler und wandte sich Finley zu, der die junge Diebin dichter an sich gezogen hatte; ihre Linke, die er immer noch festhielt, konnten die drei anderen hinter ihrem Rücken nicht sehen. „Und was sagst du dazu, Obiskarer? Hat unser kleiner Engel hier dich auch ausgenommen?"

Finley spürte ihren Widerstand brechen und der Angst vor dem Gesetz weichen. Und die Gesetze Calhuhs waren hart für Diebe. Man würde sie auspeitschen, wenn sie Glück hatte. Oder ihr die Hände abhacken. Und da sie eine junge, durchaus hübsche Frau war, würde man sie gewiss vergewaltigen. Auch wenn es per Dekret des Königs verboten war, so hatte auch er immer wieder von den Übergriffen und Verbrechen gehört, die an Gefangenen verübt worden waren. Und wie schon bei Kyle musste er sich eingestehen, dass er eine Schwäche für junge Welpen hatte. Und diese junge Diebin einem grausameren Schicksal zuzuführen, widerstrebte ihm. Er kniff die Augen zusammen und musterte den feisten Kerl kalt. Langsam straffte er sich – immer noch die junge Diebin festhaltend – und ließ seine breite Zahnreihe aufleuchten.

„Nein." Mehr sagte er nicht. Dem Feisten stand der Mund offen, hatte er doch auf einen Verbündeten gehofft, der gegen die kleine Hündin aussagen konnte.

„Nein?", wiederholte der jüngere der beiden Stadtsoldaten, ein hakennasiger Kerl mit schiefen Zähnen.

Finley ließ ihre Hand los und legte seine breiten Pranken um ihre Hüften. „Nein!", sagte er bestimmter. Sie sah ihn verwundert an, doch bevor sie etwas entgegnen konnte, fügte er bereits hinzu: „Denn, meine Herren, die junge Dame hier ist keine Diebin, sondern die Sängerin, die Ihr in wenigen Tagen in der *Schwarzen Rose* singen hören werdet."

Er zwinkerte den Wachen vertraulich zu und streckte ihnen seine prankenartige Rechte entgegen: „Ich bin Finley aus Leyn'Nimbwhar, und sie ist meine ‚singende Rose', wenn ihr versteht." Dann schaute er zu dem feisten Bürger und deutete mit kreisendem Zeigefinger auf eine andere Ecke des Marktplatzes. „Ich vermute, dass der wahre Dieb den Gesang meiner jungen... *Nichte*", er gab ihr einen väterlichen Klapps auf die Schulter, „heimtückisch dazu benutzte, um diesen armen Herrn auszurauben."

Der Feiste schüttelte nur den Kopf, als er sah, dass die Stadtwachen dem Obiskarer Glauben schenkten. „Aber...", hob dieser an, doch Finley unterbrach ihn bereits: „Und meine Herren, grüßt mir den Feldwebel vom Stadttor. Graue, stechende Augen, Oluv. Er kennt uns und bat um angemessene Preise für die Hüter des Gesetzes."

Verdutzt musterten die Wachen den bulligen Obiskarer und seine junge ‚Nichte'. „Und die sollt Ihr auch kriegen, meine Herren! Merkt Euch die *Schwarze Rose*!"

Als gäbe es der Angelegenheit nichts mehr hinzufügen, schob er den warmen Körper der jungen Frau von sich und sagte: „So, mein Kind, die Pause ist vorbei. Sing noch einmal für unsere Freunde hier dein ‚*thay gràdhyr aagam ortsam'!*"

Sie hielt seinem Blick stand und Finley nickte erneut. Aufmunternd.

Sie löste sich von ihm und ihre Augen zuckten suchend hin- und her, suchten nach einer Fluchtmöglichkeit, doch Finley und die Wachen hatten sie eingekesselt. Ihr blieb nur die Möglichkeit, sich zu fügen und das seltsame Spiel des Obiskarers mitzuspielen.

„Ja, ‚Onkel'." Sachte hob ihre Stimme an und Laura sang.

Der Wirrwarr aus Sprachen und Akzenten klang laut durch die morgendlichen Straßen. Das Treiben an den Ständen war geschäftig und ständig fanden Kyles Augen etwas Neues, das ihn fesselte. Rosario zog Kyle daher meist durch die belebten Straßen Calhuhs, schob und drängte ihn weiter, wenn der Junge wieder einmal aus heiterem Himmel stoppte, um die nächste Attraktion zu begaffen, wie etwa Feuerschlucker, einen angeketteten Elefanten aus Khaled, buntbemalte Huren, die ihnen zotige Aufforderungen zuriefen und die Kyle freundlich zurückgrüßte, oder auch in weiße Tücher gewickelte Leichen, die mit Karren zu den Gräbern gekarrt wurden, während dunkelhäutige Händler die seltsamsten Früchte aus Al Marrak feilboten: blutrote Granatäpfel, Zitronen, Orangen und Feigen. Und über allem schwebte eine seltsame Mischung aus dem Duft von Gewürzen und dem Gestank der Straße.

In den Tagen seit ihrer Ankunft in Calhuh hatten sie bereits viele neue Straßen erkundet, neue Händler ausfindig gemacht und gelernt, sich in dem oftmals engen Gewirr der Gassen zurechtzufinden. Die Marktplätze und Bazare waren Eindrücke von solcher Vielfalt, dass Kyle immer wieder in Gefahr war, mit offenem Mund einfach stehenzubleiben und zu gaffen, als könne er die Pracht der hier angebotenen Waren kaum begreifen. Rosario erschien es, als würde der Junge in den Fluten eines Meeres aus Farben, Stimmen und Düften stehen und jede neue Welle gegen seinen Verstand branden lassen.

Rosario gönnte sich diesen Luxus nicht. Eine Gruppe von Kindern, barfüßig und abgerissen, kam auf sie zu gelaufen. Der Halbelf straffte sich, als er den Aufbau der Rudelstruktur erkannte und er gab Kyle einen leichten Stoß in den Rücken, um ihn auf die Straßenjungen aufmerksam zu machen.

„Diebe", flüsterte er mit zusammengekniffenen Augen und legte seine Linke auf seine Börse am Gürtel, um diese zu sichern. Kyle wusste zwar nicht sofort, wen sein Freund mit ‚Diebe' meinte, legte jedoch gleichfalls bedrohlich seine Hand auf die Bärenköpfe seines gegürteten Kurzschwertes (Finley hatte es noch nicht zurückverlangt) und blickte den Kindern fragend ins Gesicht. Ob sie die Diebe sahen?

Die Gruppe scherte aus und der Anführer der Jungen nickte Rosario anerkennend grinsend zu, um sich sogleich die laufende Nase zu reiben. Er gab seiner Rotte ein unauffälliges Zeichen. Die Straßenkinder ließen sie passieren, doch Rosario ließ sie nicht aus den Augen. Erst als sie ein Stück die Straße hinabgegangen waren und er sah, dass sie ein neues Opfer gefunden hatten, sprach er mit leiser Stimme: „Gut gemacht, Kyle! Diese Kinder hätten dir im Vorbeigehen deine Börse und dein Schwert gestohlen."

Kyle riss die Augen auf, doch Rosario fuhr bereits fort: „Mit kleinen, scharfen Klingen schneiden sie Taschen, Beutel und Riemen in einem Augenblick durch, und noch bevor du merkst, wie es dir geschah, sind sie wieder in der Menge verschwunden! Elende, kleine Kakerlaken."

„Diese *Kinder* waren die Diebe?!" Überrascht wandte sich Kyle um, als hoffe er sie noch zu sehen. Entnervt aufstöhnend griff Rosario sich erst selbst ans Haupt, um dann Kyle einen freundschaftlichen Klapps an den Hinterkopf zu geben. *Den Jungen für diese Stadt zu erziehen, wird einige Zeit dauern.*

Aber dann besann er sich. Hatte er nicht selbst ein hohes Lehrgeld zahlen müssen, als er zum ersten Mal eine Stadt betrat (Caramas war es gewesen) und eine Gruppe thysalischer Piraten ihn nach einem Kartenspiel gründlich ausraubt hatte?

Er schüttelte die Gedanken an seine eigene Vergangenheit ab, als sie ihr Ziel erreicht hatten. Vor einem großen, weißen Gebäude mit breiten Marmortreppen, zu deren beiden Seiten hohe Säulen aufragten, welche das flache Vordach trugen, hielten sie an. Statuen von kämpferisch wirkenden Frauen und Männern, deren Blößen nur von elegant gefalteten Stoffen verhüllt wurden, flankierten die Eingänge. Steinerne Antlitze, die die Ewigkeit sahen, gepaart mit einer Eleganz, die durch die steinernen Muskeln floss, sie gleich einer stürmischen See umtoste. Selbst die Zehen der nackten Füße waren lang und wohlgeformt. Die Schönheit dieser Figuren war atemberaubend und Kyle war von der freizügigen Darstellung der Posen fasziniert.

„Ist das ein Tempel?", fragte er staunend. Rosario musste lachen. „Nein, das ist kein Tempel. Es ist ein Badehaus!"

Kyle sah den Halbelfen zweifelnd an. In einem See schwimmen - gut. Aber in einem Haus baden? Wohlmöglich noch in heißem Wasser? „Aber es heißt, dass solche Bäder einen schwächen!"

Rosario schubste ihn die Stufen hinauf. „Dann ist bei dir nicht viel kaputtzumachen. Und das einzige, was mich schwächt, ist dein Gestank!"

Sie traten durch eine breite Doppeltür und wurden sogleich von einem bullig wirkenden Mann mit geschorener Glatze empfangen. Kyle musterte den Mann. Die muskulösen Beine endeten in offenen Sandalen und der muskelbepackte Oberkörper mit den hervorstehenden Äderchen wurde von einer weiten, weißen Tunika verhüllt. Kyle betrachte die vollen Muskeln mit einem verhohlenen Neid. Er hatte das Gefühl, dass die Oberarme des Mannes kräftiger waren als seine Beine.

Du hättest dich in der Schmiede mehr anstrengen sollen, dann wärst du nicht so ein Schwächling geworden, schalt er sich. Bilder aus seiner Vergangenheit stürmten auf Kyle ein. Er sah sich wieder und wieder dem Zorn seines Stiefvaters ausgesetzt, der nie zufrieden mit dem war, was er zu leisten im Stande war. Und zu seiner Überraschung ärgerte er sich über sich selbst; über all die Gelegenheiten, die er in seinem Leben vertan hatte.

Ein Stoß in die Rippen holte ihn aus seinen Gedanken zurück. Rosario maßregelte ihn mit einem scharfen Blick für die Tagträumerei und wandte sich dann wieder ihrem Gastgeber zu, der munter auf sie einsprach: „Ah, Reisende, denen es nach Sauberkeit, Balsam und Erholung dürstet!", begrüßte der Mann sie mit fröhlicher Stimme. „Tretet ein, edle Herren, tretet ein!"

Der Mann machte eine einladende Handbewegung und bedeutete ihnen auf den marmornen Sesseln, die in der Vorhalle aufgestellt waren, Platz zu nehmen. „Ich bin Milius, der Meister der Thermen."

Rosario drückte Kyle in einen der Sessel und setzte sich dann selbst. Kyle sprang sofort wieder auf. „Die sind ja warm!", rief er aus. Rosario hob ermahnend die Hand, deutete auf die Einschübe unter der Sitzfläche, in die glühende Kohlen gefüllt wurden, um die Möbel zu erwärmen und deutete Kyle, sich wieder zu setzen.

„Habt Dank, edler Meister der Thermen. Und Recht habt Ihr, nach unserer langen Reise dürstet es uns, nun, nach Zivilisation und charmanter Gesellschaft."

Milius erstrahlte und klatschte dann dreimal in die Hände. Sofort erschien eine junge, überaus schöne Dame. Ihr Kleid war lang, jedoch ärmellos; ihr Gesicht wurde von schwungvollen schwarzen Locken eingerahmt und ihre glänzenden Augen wirkten durch die nachtblaue Schminke, die diese einfasste, noch größer.

Milius stellte sie als Tanila vor. Sie machte einen leichten Knicks und lächelte sie freundlich an. „Meine Herren, ich stehe zu Ihrer Verfügung."

Rosario lächelte freundlich zurück, wohlwissend, dass Kyle ihn scharf beobachtete. *Gut, er lernt schnell.* Er gab seine Bestellung auf. „Schöne Dame, wir grüßen Euch und verneigen uns vor Eurer Anmut. Unsere Wünsche sind umfangreich und...", Rosario sah zu dem bereits rechnenden Milius, „kostspielig."

Als Zeichen, dass er es ernst meinte, ließ er seinen Geldbeutel aus rotem Samt mit spitzen Fingern klingeln. „Wir brauchen zuerst einen Barbier, der uns die Haare schneidet und diese grässlichen Stoppeln entfernt. Als nächstes schöne heiße Bäder, um den Schmutz von unseren Leibern zu waschen."

Tanila nickte und lauschte weiter. Sie notierte nichts, sondern schien sich die Wünsche ihrer Gäste hervorragend merken können. Rosario fuhr fort: „Für den Staub in unseren Kehlen nehmen wir einen vollmundigen, aber nicht zu schweren Rotwein. Vielleicht etwas aus dem Caramassin. Meine Kleider flickt und reinigt bitte, seine verbrennt!"

Tanila musterte Kyle in seinen schmutzigen, abgerissenen Kleidern und schaute Rosario fragend an. „Legt ihm eine weiße Leinentunika und Sandalen bereit. Für den Weg zum Schneider müsste dies genügen", beschied der Halbelf und fuhr sich mit den Fingern über seinen Schnurrbart. „Ach, nach dem Bad würden wir gerne noch die große Kunst Eurer Massagen genießen. Das wäre alles, Teuerste."

Tanila verneigte sich nochmals freundlich und rief dann nach weiteren Bademädchen, während Rosario die Rechnung großzügig beglich.

Kurz darauf hockte Kyle neben Rosario in dem sprudelnden Wasser des beheizten Beckens und versuchte seine Erregung zu verbergen. Zum Glück war das Wasser mit Salzen angereichert und dadurch beinahe weiß und undurchsichtig, doch er spürte das Pochen zwischen seinen Beinen, denn die ‚Bademädchen' waren wunderschöne Geschöpfe, beinahe wie Feen. Verstohlen betrachtete er ihre schlanken, anmutigen Körper, genoss die Wärme ihrer flüchtigen Berührungen mit Armen, Brüsten und Hüften, während sie seine Haut mit rauen Schwämmen wuschen. Er fühlte sich wie eine Eidechse, die ihre Haut abwirft. Doch er ließ es zu und erfreute sich daran, als sie ihn mit Messern und heißem Wachs von den Haaren in seinem Gesicht, seiner Brust und den Achseln befreiten, wie es offenbar die neueste Mode in Calhuh war.

Sie blickten ihn nicht an, hielten ihre Kundschaft gewandt auf Abstand und blockierten durch geschickte Positionierungen ihrer Arme etwaige Übergriffe durch ihre Kunden. Doch Kyle sog ihre Nähe förmlich in sich auf. Der Duft ihrer geölten Körper, die fest und straff waren, vernebelte seinen Verstand. Er bewunderte die Art und Weise, wie sich die glatte Haut auf den Brüsten bewegte, wenn sie sich vorbeugten oder mit langsamen Schritten durch den Raum glitten. Oh, er hatte Frauen nackt gesehen: seine Mutter und ihre Freundinnen aus dem Hübscherinnengewerbe, die bunt bemalt und mit schweren Düften auf Freierfang gegangen waren, doch sie wirkten stets verfallen unter den Schichten der Schminke. *Verrottend.*

Doch diese jungen Damen hier waren anders. Ihre Haut war seidig und zart. Wie Samt. Verwundert dachte er an die – wie sie ihm nun erschienen – ,haarigen' Mädchen und Frauen in seinem Heimatdorf, die ihm plötzlich grob und hässlich erschienen. Ja, die Frauen dieser Stadt waren andere Geschöpfe, bewegten sich fließender und gleitender, elfenhafter, weniger schwer und stampfend und am Boden haftend, sondern luftiger. Und ihre Augen waren geheimnisvoller – und wacher. Jagender! Kyle erkannte, dass er nicht wirklich viel von der Welt gesehen hatte und bekräftigte seinen Entschluss, sich dem Neuen gegenüber stets zu öffnen.

Nach der Reinigung ruhten sie eine Zeit lang auf beheizten Steinsitzen, in warme, rostfarbene Handtücher gehüllt. Kyle bewunderte den Kontrast, den die Tücher zu dem blassen Marmor bildeten. Seine Sinne schienen ihm so erweitert. Er sah und roch und fühlte tausend neue Eindrücke, die er nie zuvor gesehen hatte – und er wollte seine neuen, aufregenden Eindrücke Rosario mitteilen, doch der Halbelf hatte die Augen geschlossen und so warteten sie schweigend.

Wieder ertönte ein sanfter Gong und zwei andere Frauen erschienen, die kleinere hatte einen schwarzen Zopf und nannte sich Miri. Rosario musterte sie eingehend und erhob sich als Erster. Aus dem Augenwinkel sah Kyle, wie die Hand des Halbelfen bereits auf ihrem Becken ruhte, bevor die beiden um die Ecke verschwanden und die Tür zu einer anderen Kammer zufiel.

Kyle betrachtete die andere junge Frau und erhob sich ungelenk. Auch sie war eine sich leise und sanft bewegende Fee mit einem ebenen Gesicht, das keine Regung zeigte. Sie war eine hochgewachsene Frau, vielleicht fünfundzwanzig, allenfalls dreißig Sommer zählend und Kyle fragte sich, was wohl hinter dieser hohen Stirn vor sich ging. Ihr Gesicht hatte jene statuenhafte Anmut, die er auf den Prachtstraßen der Stadt bewundert hatte. Ihren Züge waren... *wissend*, hatte die Welt in einer Weise gesehen, die nur ein wahrhaft *Sehender* erfassen konnte. Schwere, dunkle Lider offenbarten in langen, langsamen Abständen des Aufschlags zwei kristallklare wasserblaue Augen, deren filigrane Struktur durch einen dunklen Ring am Rand der Iris noch verstärkt wurde.

Sie stellte sich eher kühl als Elah vor und deutete Kyle, ihr zu folgen. Ihre rotbraunen Locken, die bis zwischen die Schulterblätter reichten, wippten bei jedem Schritt ihrem schwingenden Schritte hin und her und sie geleitete Kyle in einen kleineren gekachelten Raum, der von einer großen Liege dominiert wurde.

Unschlüssig sah er sich um. Der Fliesen waren von einer blassroten Tönung und Kräuter und Dufthölzer standen zwischen Kerzen und Ständern mit bunten Flaschen mit Ölen und Extrakten. Sie blickte ihn aus ihren seltsam blassblauen Augen heraus an und deutete auf die massive hölzerne Liege, auf der eine dicke Schicht warmer Tücher ausgebreitet lag. Dann wandte sie sich wieder den Ölen zu und begann über einer breiten kürbisfarbenen Kerze ein helles Öl in einer Metallschale zu erwärmen.

Kyle setzte sich auf die Liege und sah unschlüssig zu ihr herüber. Seine Blicke wanderten an der Form ihres geraden Rückens zu ihrer Taille herunter. Sie war, wie auch ihre Partnerinnen, von einer atemberaubenden Schönheit. Ihre Haut war so glatt und schimmernd. Alabasterhaut. *Und sie riecht so sauber,* dachte er zitternd.

Endlich lächelte Elah versonnen und schaute ihn erwartungsvoll an. Ihre Augen schimmerten wie zwei blasse Quarzkristalle und ihre Mundwinkel verzogen sich leicht zu einem neckenden Lächeln. „Dein Gefährte hat für dich eine *Lomi Lomi Nui* geordert."

Kyle verstand nicht und starrte mit großen Augen zurück. „*Lomi*...?"

„Es ist eine spezielle Massage für den ganzen Körper, die auf der Insel Morganthod seit Jahrhunderten praktiziert wird."

„Ah", machte Kyle, der immer noch nicht wusste, was sie ihm sagen wollte. Einen Blick über die Schulter werfend, sagte sie leise: „Das Handtuch?" Ihr Ausdruck war ernst und zeigte keine Regung. Nur sachte deutete sie mit der Linken auf sein Becken und deutete dann zur Seite, wo ein kleiner Tisch aus poliertem Holz bereitstand.

Er verstand. Blut schoss ihm in die Wangen und unbeholfen nestelte Kyle das Handtuch von seinen Hüften. Elah ließ ihm Zeit, wandte sich wieder den Ölen zu und schwenkte dieses erneut über der Kerzenflamme. Ohne sich umzusehen, flüsterte sie in ihrer tiefen Stimme: „Dreh dich auf den Bauch und schließ die Augen."

Froh zu sein, dass er seine Blöße vor ihr verbergen konnte, kam Kyle der Anweisung nach. Er spürte sein Verlangen zwischen seinen Schenkeln pochen und Wellen der Erregung pulsierten aus jenem Bereich unterhalb seines Bachnabels durch seinen Körper.

„Die *Lomi Lomi Nui* ist inspiriert von dem Fluss der Natur, so wie der Wind sich in den Palmen Morganthods wiegt oder wie die Wellen Kommen und Gehen. Ein stetiger, fließender Strom aus Energie."

Er hielt den Atem an. Lauschte nur, wie sie sich mit leisen raschelnden Schritten durch den Raum bewegte. Er ‚fühlte' ihre Nähe, als sie näher an die Liege herantrat und warmes Öl über seinen Rücken goss. Die Sensation war atemberaubend. Ihre sanften, aber kräftigen Hände verteilten das Öl mit kreisenden Bewegungen und ein Wohlgefühl, wie er es noch nie zuvor erlebt hatte, durchflutete seinen Körper. Wohlig brummte er leise. „Lass es einfach zu", flüsterte Elah und massierte langsam seine Schultern, seine Arme, seine Hände. Plötzlich gab sie ihm einen Klaps auf die Hand und schüttelte seinen Arm aus. „Du sollst locker lassen. Du bist angespannt. Jede Faser deines Körpers ist angespannt. Lass mich dich *reinigen*!"

Kyle nickte. „Ja, ich..." Er überlegte, was er ihr sagen sollte. Sollte er von Ania berichten? Wie sie ihm das Herz gebrochen hatte? Warum nicht? Vorsichtig suchte er nach Worten, um der Fremden von seinem Seelenschmerz berichten, doch kaum hatte er den Namen ‚Ania' geäußert, legte sie ihm nur einen ihrer öligen Finger auf Schultern und machte ‚Shhhh'.

Kyle verstand, dass er einen Fehler gemacht hatte und Elah erklärte sich sogleich: „Erzähle einer Frau niemals etwas von einer anderen Frau."

Sie schwiegen und Kyle ließ sie gewähren, wie sie begann, seinen Kopf mit kreisenden Bewegungen hin- und herzubewegen. „Soviele Dinge sind in diesem Kopf", stellte sie fest. „Lass los."

„Versuche ich ja", brummte Kyle und verkrampfte sich erneut. Sie lachte leise. „Ich *gebe*. Du *empfängst*."

Ihre Nähe war elektrisierend und er spürte, dass sein Glied sich pumpend verstärkt hatte, ein Umstand, den sie zum Glück nicht sehen konnte.

„Atme", instruierte sie ihn leise und begann, die warmen Öle über seinem unteren Rücken aufzutragen. Er spürte ihre Hände an seiner Wirbelsäule, dann an seinem Gesäß, seinen Oberschenkeln, Waden und schließlich an seinen Füßen. Lächelnd sagte sie wieder, er solle lockerlassen und Kyle bemühte sich, ihren Anweisungen nachzukommen.

„Du hast kraftvolle Energiezentren, insbesondere in deinen Schultern und deinen Hüften."

Er versuchte, der Flötenmusik zu lauschen, die von irgendwoher in den Raum drang. Systematisch glitten ihre Finger, dann ihre Handballen und schließlich ihr Ellenbogen mit wellenförmigen Streichungen über seinen Rücken, seine Arme und Beine. Mit stetig wechselndem Druck löste Elah Verspannungen und richtete Kyles Muskeln neu aus, wenn sie merkte, wo er sich zusammenkauerte oder verkrampfte. Und wieder flüsterte sie, er solle sich treiben lassen und zulassen, was sein Körper ihm sagte.

Wie lange sie ihn massierte, wusste er nicht mehr. Er wurde müde und genoss einfach nur ihre Nähe. Sie schüttelte seine Arme und Beine aus und schenkte ihm sinnliche Berührungen. Sinnliche Berührungen ohne Liebe. Kyle erschauderte. Er spürte sie mit jedem Herzschlag deutlicher. Sie übte Druck auf seine Handinnenflächen aus, dann auf seine Fingerspitzen und er ‚fühlte' sogar die Riefen ihrer Fingerkuppen. Seine Wahrnehmung schien sich ins Unermessliche zu erweitern. Er inhalierte ihren Seifenduft. Den Duft ihrer Haare. Den Duft ihres Körpers, der einen geheimen Zauber auf ihn ausübte. Ganz so, wie ihre intensiven Augen ihn in ihren Bann zogen.

Er lächelte verstohlen, als er auf dem Bauch liegend ihre Füße und ihre Beine betrachtete, während sie seinen Kopf massierte. Kordeln ihres weißen Rocks reichten ihr bis zu den Waden und ihre nackten Zehen spielten mit der glatten Struktur des Marmorbodens, der in komplexen Mustern aus Doppelsteinen angeordnet worden war und hier und da mit blauen Mosaikfliesen durchbrochen wurde.

Die Farben und Formen vermengten sich mit dem warmen Licht, welches durch das bunte Glas in der Decke einfiel. Lichter und Feuer. Steine und Öl. Kyle versank in Eindrücken seiner Sinne. Er fühlte sich unter ihrer Anleitung so anders. Der Dorfjunge aus Asaanfurth schien verschwunden zu sein. Schien aufgelöst und wiedergeboren worden zu sein.

Ihre Hand ruhte für einen langen Moment auf seiner Schulter und sie flüsterte. „Dreh dich um."

Kyle zuckte panikerfüllt hoch. Er war nackt und überaus erregt: sie würde sein Geschlecht sehen. Und das auch noch im erigierten Zustand. Er drehte seinen Kopf beiseite und versuchte Zeit zu schinden, hoffend, dass sein Geschlecht wieder in sich zusammenfallen würde. Elahs warme Berührung bewirkte jedoch genau das Gegenteil.

„Ahh", machte er schließlich mit rotem Gesicht. „Ich kann nicht."

Sie lächelte und legte ihre Hände auf seine Schulter und seine Hüfte. „Doch. Du kannst. Dreh dich um," flüsterte sie erneut und führte ihn mit sanftem Druck in die Rückenlage. Sein steifes Glied ragte ihr entgegen und peinlich gequält schloss er für einen Moment die Augen. Kyle schämte sich, als er spürte, wie sein Penis sich mit pumpenden Bewegungen immer weiter aufrichtete und ihr deutlich sagte, welche Gedanken er hatte.

„Ist schon in Ordnung." Mehr sagte sie nicht. Ihre Hand wanderte auf seinen Brustkorb und drückte ihn in die liegende Position. „Und du sollst locker lassen", sagte sie. Er spürte ihren Atem und öffnete die Augen wieder. Sie war nah und sah ihm direkt ins Gesicht.

„Leg den Kopf ab", flüsterte Elah. Sie jedoch verzog keine weitere Miene und verteilte das warme Öl auf seiner Brust, wobei ihre Quarzaugen die seinen nicht losließen. Kyle versank in den kristallklaren Augen der Frau. Sie schienen so viel zu sehen, schienen durch ihn hindurchblicken zu können. Endlich beruhigte er sich und seine Erregung fiel in sich zusammen. Noch immer peinlich berührt, fragte er sich, was sie nun wohl dachte, nun, da sein Geschlecht klein und schlaff und in sich zusammengefallen war.

Sie beugte sich vor und wieder konnte er Fragmente ihres Körpers an dem seinen spüren.

Elah richtete seine Schultern, seine Arme und Finger, dann glitten ihre Hände über seinen Bauch und er wusste, dass diese nur wenige Fingerbreit neben seinem Geschlecht arbeiteten. „Du bist nicht der einzige Mann, dem das passiert. Die *Lomi Lomi Nui* ist eine sinnliche Massage, die mehr ist als nur Wohlgefallen. Sie ist sehr intensiv. Sie ordnet dich auf allen Ebenen deiner Elemente neu. Ein Balsam aus Wasser und Erde, Luft und... Feuer."

Damit erlöste sie ihn, griff nach einem weiteren Handtuch und legte ihm dies über die Scham, ohne ein weiteres Wort darüber zu verlieren. Sie stutzte und schaute zu Boden. „Das habe ich ja noch nie erlebt!", rief sie aus.

„Was?" Kyle drehte sich zu ihr und folge ihrem Blick. Die bunten Steine, die im Marmorboden eingelassen waren, schimmerten und pulsierten farbenfroh. Elah runzelte die Stirn. „Was zum...?"

„Sag schon", forderte Kyle. Sie deutete auf die Mosaiksteine. „Das sind Edelsteine aus den Tiefen von Obiskara. Man sagt, jeder Mensch habe seine Elemente und die Steine reagieren darauf, leuchten intensiver, wenn ein Mensch seine Energieströme freilässt."

„Und?"

„Normalerweise schimmert ein Stein, je nachdem, welches Element derjenige hat. Doch bei dir..."

„Ja?", fragte Kyle, der noch immer nicht ganz verstand, was sie ihm sagen wollte.

„Bei dir schimmern und pulsieren die Steine des Feuers, der Erde, des Wassers und der Luft. Und sogar jene violetten dort, von denen ich nicht genau weiß, was sie bedeuten. Da müsste man einen dieser rocktragenden Barbaren fragen, die in Obiskara hausen."

Kyle schmunzelte bei dem Gedanken, dass er seinen ganz eigenen Obiskarer ja an der Hand hatte. Das Schimmern der Steine lenkte ihn von der Frage nach der Magie der bunten Edelsteine ab und fasziniert beobachteten sie das Spiel des Lichtes. Mit jedem Herzschlag nahm er mehr Strukturen auf. Dort schimmerte eine blaue Energie. Schattierungen von Blau manifestierten sich in seinem Verstand und auch die Düfte und Lichter erschienen ihm vielfältiger als zuvor. Er bemerkte einen scheibenförmigen Lapislazulistein auf einem obsidianfarbenen Kranz, der an einem Lederband um ihren Hals hing.

„Das ist schön", flüsterte er. Sie nickte und ein seltsamer Ausdruck stahl sich in ihre Augen. Der dunklere Rand um ihre Iris schien größer zu werden und sie schluckte. „Ein Geschenk von meiner Schwester."

„Deine Schwester? Wie heißt sie?"

„Helen."

„Ahh", machte Kyle. „Ist sie auch hier? In Calhuh, meine ich."

Elah nickte, doch ihre Stirn legte sich in Falten. „Ja, aber sie war nicht so glücklich wie ich. Sie ging einen *anderen* Weg."

Kyle setzte nach. „Welchen?"

Doch Elah funkelte ihn nun böse an. „Frag nicht so dumm! Sie arbeitet in der Zeltstadt!", zischte sie schärfer als beabsichtigt und Kyle nickte, als würde er wissen müssen, was mit der ‚Zeltstadt‘ gemeint war. Er schwieg und auch Elah schien sich ein wenig von ihm zu distanzieren.

„Ich entschuldige mich", sagte Kyle leise, der spürte, dass er ein schmerzhaftes Thema berührt hatte, und beschloss, Rosario nach der Zeltstadt zu fragen. Nach einer Weile winkte sie versöhnlicher ab. „Ist schon in Ordnung. Was ist deine Geschichte? Was hat dich nach Calhuh geführt?"

Er legte den Kopf schief und berichtete ihr, vorsichtig den Namen Anias vermeidend, von Finley und dem schmutzigen Dorf Asaanfurth. Ihre Fingerspitzen berührten seine Waden. „Du bist ein seltsamer junger Mann, Kyle. So sanft. Und doch schlummert eine Stärke in dir."

Kyle sagte nichts dazu. Ania hatte so Recht gehabt. Routiniert setzte Elah die Massage von seinen Beinen und Füßen wieder hinauf zu seinem Kopf fort. Sie griff und zog, führte und löste und schließlich atmete er ruhiger. Sein Kiefer schob sich leicht nach vorne und sein Kinn hatte nicht länger jene ängstliche, fliehende Position.

„Komm, richte dich auf", forderte sie und zog ihn auf seine Füße. Das Handtuch über seiner Scham fiel zu Boden und sie schickte es mit einer leisen Bewegung ihres nackten Fußes beiseite. Mit bestimmtem Druck schob sie ihn vor den mannshohen Spiegel, der an der Wand eingelassen war. Das Klingen eines feinen Fußkettchens klang silbern in seinen Ohren. Elah umrundete ihn und er war sich ihrer Nähe nur allzu gewahr. „Steh gerade", wies sie ihn an, als sie hinter ihm stand.

Kyle schaute über die Schulter zu ihr. „Tue ich doch", protestierte er leise, doch sie verzog nur die Mundwinkel, lachte leise und verdrehte die Augen. Ihre schlanken Finger fühlten sich warm an seinem Hals an, als sie seinen Kopf wieder drehte und ihn zwang, nach vorne zu sehen. Ihre Finger glitten über seine Wirbelsäule und wanderten unter seine Schulterblätter. Sanft, aber bestimmt erhöhte sie den Druck und Kyle zog die Schultern zurück. Wieder und wieder drückte sie auf Punkte, die ihn zwangen, gerader und aufrechter zu stehen. Die hängenden Schultern, die ihn schmal und fliehend hatten wirken lassen, fielen ab wie eine böse Erinnerung. Er fühlte sich seltsam.

Größer.

Und tatsächlich hatte er wohl ein paar Fingerbreit durch Elahs Führung gewonnen.

Sie umrundete ihn erneut und stand vor ihm. Wieder wurde ihm gewahr, dass er nackt war, doch ihre Nähe hatte ihn beruhigt. Er schämte sich nicht vor ihr. Nicht mehr. Es war ihm gleich. Sie lächelte, als ihr Blick über seinen von Ölen glänzenden Körper glitt. Seine Haare waren nun derart geschnitten, dass sie ihm bis zu den Schultern reichten, und Kiefer und Kinn wirkten markanter als noch Stunden zuvor. Sie legte den Kopf schief und er bemerkte, wie ihre Mundwinkel zuckten.

„Was…?", fragte er unsicher und wäre beinahe wieder in seine alte Haltung gefallen, doch Elah berührte seine Bauchdecke, und ließ ihre Hand über die dünne Speckschicht gleiten. Das Gefühl ihrer Fingernägel hätte ihn beinahe aufknurren lassen und er spürte, wie sein Penis begann, sich mit jedem Herzschlag wieder mit Blut zu füllen. Doch Elah blickte ihm einfach nur in die Augen und gestattete ihm, sich zu entspannen, bevor sie antwortete. „Stähle deine Muskeln."

„Wie bitte?"

Sie biss sich auf die Unterlippe und die Finger ihrer Linken spielten abwesend in ihren Locken. „Du hast Feuer in dir. Potenzial. Potenzial für Stärke und Schnelligkeit. Stähle deine Muskeln und die Damen Calhuhs werden dir zu Füßen liegen." Ihre Finger glitten über seinen Bauch tiefer, bis sie eine Handbreit unter seinem Bauchnabel stoppten.

„Mit einem Körper wie diesem..." Sie vollendete den Satz nicht, sondern schmunzelte nur, ihre linke Braue leicht angehoben. Ein letztes Mal schürzte sie ihre geschwungenen Lippen und zeigte dann auf ein Bündel, welches in einem der Regale bereitgelegt worden war. „Zieh dich an!" Sie wandte sich um. „Die *Lomi Lomi Nui* ist vollendet."

Bevor er etwas antworten konnte, hatte sie den Raum verlassen und er war allein. Verwirrt öffnete er das Bündel, entdeckte feinere Leinenstoffe und kleidete sich an.

Rosario schlenderte gut gelaunt aus dem Raum und winkte der dunkelhaarigen Schönheit mit einem verschmitzten Lächeln zu, die erschöpft gegen den Türrahmen lehnte.

Überrascht bestaunte Kyle den nun elegant aussehenden Rosario: Dessen struppiger

Backenbart war abrasiert worden und sein markantes Kinn wurde nun von einem feinen Oberlippenbart und einem kleineren, dreieckigen Kinnbart dominiert. Auch das wallende, braune Haar legte sich nun offen über die breiten Schultern und ein frecher Zug umspielte die klaren, blauen Augen des Halbelfen.

„Du hast die Stunden in netter ‚Konversation' zugebracht, Kyle?", fragte Rosario und schritt die breiten Treppen des Badehauses hinab. Er schaute sich orientierend um und schlug den Weg zum Zentrum ein. Kyle stolperte ihm hinterher und nickte. „Ja, Elah war sehr nett. Wohin gehen wir jetzt?"

Rosario blieb kurz stehen und musterte Kyle. „Elah, eh?" Er grinste, sagte jedoch nicht mehr und deutete dann die Straße zu ihrer Linken hinab. „Wir begeben uns nun zu einem Schneider von gutem Ruf, der uns von Milius empfohlen wurde."

„Ahh", machte Kyle und zupfte an dem kurzen Leinenstoff seiner Tunika herum, die seine langen Beine für seinen Geschmack viel zu sehr freigab.

„Du hast ihnen gefallen", bemerkte Rosario, während sie sich durch den Strom der Passanten bahnten.

„Wem?" Er hörte nur mit halbem Ohr zu. Er kam sich lächerlich vor in diesen Kleidern und halb nackt.

„Den Damen im Bad. *Deiner* Elah!" Der Halbelf gab Kyle grinsend einen leichten Stoß auf den Arm.

„Ach ja?" Kyle rückte das Kurzschwert zurecht; der Gürtel ließ den Stoff der Tunika zusammenrutschen und er fürchtete, man würde sehen können, dass er nichts unter der Tunika trug.

„Sie mögen es, wenn man sie respektvoll und zurückhaltend behandelt. Nicht wie die billigen Huren aus der Zeltstadt!"

„Zeltstadt?"

„Ja, am Rande des Hafens. Da, wo sich die meisten Waschhäuser befinden, um aus den riesigen Zubern und Kesseln das schmutzige Wasser direkt ins Meer laufen zu lassen. Manche Waschweiber verdienen sich gerne etwas nebenher, machen die Beine für ein paar Kupferstücke breit. Und bei den Hübscherinnen dort fängst dir auch todsicher irgendetwas ein! Wie ich schon sagte: Die Frauen dort sind in jeder Hinsicht ‚billig'!"

Der Junge griff Rosarios Arm und der Halbelf war erstaunt, wieviel Kraft darin schlummerte, eine Kraft, die zu Tage trat, wenn sie mit jener schlummernden Wut gepaart wurde. Er stutzte - überhaupt schien Kyle um ein paar Fingerbreit gewachsen zu sein und ein entfachtes Feuer glomm in seinen Augen. „Jeder Mensch sollte respektvoll behandelt werden, ebenso wie jeder Halbelf. Und auch, wie du es sagst, die *billigen Huren*!" Wütend stapfte Kyle weiter und ließ Rosario stehen.

„Was?", rief dieser ihm hinterher und schloss mit schnellem Schritt wieder zu ihm auf. „Was regst du dich auf, Kyle?"

Der junge Mann blieb stehen und Rosario sah, dass die Kiefer vor Wut am Mahlen waren. Mit erhobenem Zeigefinger baute sich Kyle vor seinem Gefährten auf. „Ich bin unter diesen ‚billigen Huren‘ aufgewachsen! Ich selbst bin der Sohn einer ‚billigen Hure‘. Ein Hurensohn, Rosario!", zischte er zornig und Tränen der Frustration sammelten sich in seinen Augen. Unwillig schüttelte er den Kopf bei den Gedanken an seine Kindheit. Viel Geld hatte den Frauen das nie eingebracht. Vermutlich waren sie ... zu ‚billig‘ gewesen.

„He, Kyle, es tut mir leid, ich meinte es nicht so..."

„Schon gut. Aber irgendwo ist der Glanz dieser Stadt nicht so rein und golden, wie es auf den ersten Blick erscheint. Oder wie man über sie berichtet!"

Mit düsterer Miene deutete Kyle auf die schattenhaften Gestalten, die zwischen den bunten Ständen bettelten. Hager, halb verhungert, streckten sie faltige, knorrige Hände aus und hofften auf Almosen. Er sah in diese Gesichter, die nicht schön waren wie die unzähligen Statuen, die es überall in der Stadt gab. Diese Gesichter waren eingefallen. Faltig. Oder aufgeschwemmt. Narbig. Oder ausdruckslos. Haarig. Verfilzt. Und ein jedes Gesicht erzählte vom Leben und Entbehrungen.

Von Ängsten und Wünschen.

Von Krankheit.

Oder vom Tod.

Eine wirr aussehende Frau, untersetzt und vom Alter gebeugt, taumelte auf der anderen Seite der Straße vorüber und stammelte leise Worte vor sich hin: „Meine Enkelin... Ach, ihr Teufel und

Dämonen! Oh, wohin habt ihr nur meine arme Enkelin verschleppt?"

Sie sahen, dass die Frau strauchelte und plötzlich ohnmächtig zu Boden sank. Einige Handwerker, wohl Nachbarn der Frau, waren schneller als Kyle und Rosario, und holten sie eiligst von der Straße, damit sie nicht den Hufen der Lasttiere und den Rädern der Wagen, Karren und Kutschen zum Opfer fiel.

Kyle verschränkte die Arme und brummte: „Siehst du, was ich meine? Es geht hier nicht allen Leuten gut."

„Na ja, so ist es eben. Manchen geht es gut, anderen nicht. Komm jetzt!", winkte Rosario ab. *Was für seltsame Gedanken dem Jungen nur immer durch den Kopf gehen*, dachte er und war froh, als sie kurz darauf die ihnen empfohlene Schneiderwerkstatt erreichten. Sie traten ein, lauschten dem sanften Klingen einer kleinen Türglocke aus Messing. Schon hörten sie, wie der Schneidermeister, ein kleiner, knotig aussehender Mann mit schütterem Haarkranz, ihnen mit hurtig schlurfenden Schritten entgegeneilte. „Willkommen, willkommen!", flötete dieser mit weicher, ein wenig zu hoch tönender Stimme und strich sich seine Hände an seiner Schürze ab, aus deren Mitteltasche ein Maßband hervorlugte. „Ich bin Meister Konrad und stehe Euch zur Verfügung."

Rosario ergriff erneut das Wort: „Nun, Meister Konrad, mein Freund hier benötigt ein paar Beinkleider und da hat der gute Milius von den Bädern Euch empfohlen!"

„Ahh, Milius und seine bezaubernden Feen", lachte der Mann anerkennend schmunzelnd. „Von solcher Schönheit, dass man meinen könnte, diese kleinen Elfinnen seien direkt bei Feynhaard über den Elordyr hierhergekommen!"

Rosario schmunzelte, sagte jedoch nichts. Feynhaard war eine menschliche Siedlung am südlichen Ufer des Elordyr, jenes Flusses, der das Reich Calhuh von dem Gebiet der Elfen von Enthanghor trennte. Auch Kyle hielt sich zurück, denn kannte er Feynhaard noch aus seiner Kindheit; ein kleines Dorf wie Asaanfurth mit verbrauchten Kreaturen. *Keine elfischen Schönheiten*...

„Ihr seid bewandert in der Schönheit, Meister Konrad", fuhr Rosario fort. „Die Kleider, die wir benötigen, sollten unseren Stand widerspiegeln. Einfach, aber erfolgreich."

„Natürlich, mein Herr!" Kyle wunderte sich, wie oft sich Konrad verneigen konnte, während er sprach. Rosario kümmerte dies nicht, sondern er instruierte den Schneidermeister weiter. „Aber keine einzelnen Beinlinge, sondern Hosen, zusammengenähte Beinlinge, wie man sie nun in ad'Lanthyar trägt. Ebenso wie ein neues Wams." Er deutete auf die westenartigen Kleidungsstücke, erblickte dann etwas anderes und rief freudig aus: „Ahh, Schecken!"

Kyle betrachtete die kürzeren Röcke für Männer, die eine kurze Ärmeljacke darstellten, und am Schoß an den Seiten und nach vorne offen gehalten wurden, was eine erhöhte Bewegungsfreiheit garantierte. Rosario inspizierte die Waren anerkennend. „Oder sagen wir besser drei Neue."

Kyle bemerkte aus den Augenwinkeln, wie der Mann die Finger seiner Linken abzählte und bereits die Rechnung überschlug. „Welches Material darf es sein, Herr? Hanf und Nessel sind..."

„Kratzig! Nehmt Stoffe für einen jungen Edelmann, sagen wir..." Überlegend betrachtete der Halbelf Kyle und führte dann aus: „Leinen für die Hemden. Samt wäre vermutlich übertrieben, und, wenn ich mir angucke, worin du bisher herumgerannt bist, Kyle, auch Perlen für die Säue, aber Leinen und raues Leder sollte ihren Zweck erfüllen."

Konrad rieb sich erfreut die Hände über das gute Geschäft, holte ein geknotetes Maßband unter seiner Schürze hervor und machte sich an die Arbeit. Bewundernd sah er zu Kyles Größe auf - fast sechseinhalb Fuß maß der junge Mann. Oh ja, das würde viel Stoff und Leder kosten.

„Und haben die Herren einen Farbwunsch? Ich kenne da einen Färber, der so ziemlich jede Farbe besorgen kann: Krapp für königliches Rot, Birke, Rainfarn und Gilbkraut für ein leuchtendes Gelb, Färberwaid für Blau und sogar caramassianisches Indigo."

Kyles Hände glitten über die bunten Stoffballen. Er suchte nach einer passenden Farbe für seine neuen Kleider. Die Stimme, die erklang, war sanft und doch von einer tiefen Note. „Nehmt das pechschwarze Leder und den nachtschwarzen Stoff! Er passt schön zu dem Schwarz Eures

Haarschopfes, der mich an die Schwingen eines Raben erinnert."

Schattierungen von Schwarz...

Sie drehten sich der hellen, von zärtlicher Sanftheit erfüllten Stimme zu. Ein junges Mädchen mit schulterlangen, dunklen Locken deutete auf die entsprechenden Stoffrollen. Der Schneidermeister eilte herbei um die junge Frau vorzustellen. „Meine Tochter Anicka. Ani, diese Ehrenmänner hat uns der Milius gesandt."

Kyle zuckte bei dem Namen zusammen. Anicka. Ani. *Ania. Welch schöner Name. Welcher Schmerz. Die Wunde in meinem Herzen wird aufgerissen und blutet erneut.*

Unwillig schüttelte er den Kopf und spürte, wie er seine Schultern plötzlich wieder hängen ließ. Bewusst straffte er sich und ermahnte sich selbst. Sein altes Leben war vorbei: *Das war damals! Das war ein anderes Leben. Ein Leben, das nun nicht mehr zählt! Der alte Kyle ist tot! Ich bin nicht mehr der, der ich einst war. Nicht länger der gebeutelte Junge aus dem stinkenden Dorf. Ich habe Freunde. Eine Taverne, habe gearbeitet und trage sogar eine Klinge. Niemand soll mich mehr auslachen.*

Kyle verneigte sich leicht vor der jungen Frau. „Schwarz soll es dann sein, Madame Anicka." *Und du, meine liebliche Ania, lachst mich auch nicht aus...*

Rosario räusperte sich. „Das glaube ich nicht, Kyle. Du rennst nicht wie diese Spinner herum, die meinen, in Schwarz würden sie gefährlicher aussehen. Buh, wir sind ganz böse Jungs!"

Der Halbelf deutete auf grüne Stoffe und gefärbtes braunes Leder. „Das ist solide. Und malt dir keine Zielscheibe auf die Brust! "

Enttäuscht und hilfesuchend blickte Kyle zu der dunkelhaarigen Anicka, doch diese nickte breit lächelnd. Ihre Vorderzähne waren schief, wie Kyle feststellte. Anias Zähne waren ebener gewesen.

„Sagt, mein teurer Schneider, Ihr kennt nicht zufällig einen guten Waffenschmied und einen brauchbaren Schuster?", fragte Rosario mit gespielter aristokratischer Langeweile, während er sich die Stoffe besah.

„Aber natürlich, edler Herr. Sofort werde ich meine Tochter losschicken und ihnen von Euch berichten, damit Ihr besser behandelt werdet und auch besseres Handwerk erhaltet!" Der Schneider zwinkerte Rosario zu und dieser ließ eine Bronzepike durch die Luft fliegen, welche der Mann geschickt auffing und in seiner Schürze verschwinden ließ.

„Anicka, komm her, mein Kind!" Die blasse, junge Frau hörte ihrem Vater gehorsam – beinahe unterwürfig, wie Kyle befand - zu, wie er sie beauftragte, die anderen Handwerker auf die beiden Kunden vorzubereiten, dann verabschiedete sie sich schüchtern und begab sich auf den Weg zu Schuster und Waffenschmied. Bald darauf war der Schneidermeister fertig mit dem Nehmen von Kyles Maßen. „Wo soll ich die Herren benachrichtigen, wenn die Kleider fertig sind?"

„In der Taverne *Zur Schwarzen Rose*. Dort, wo die blaue Brücke über den Kanal führt..."

„Dort, wo der Blaue Kanal die Alte Brandmauer kreuzt?!" Konrad lächelte und fügte überrascht hinzu: „Ihr habt also die *Rose* am Blauen Kanal übernommen?" Rosario nickte und Konrad setzte eine anerkennende Miene auf, wenngleich eine nachdenkliche Note sich hinzugesellte. „Nun, dann freue ich mich, dass es doch zu etwas gut war, dass die Stadtwachen dieses verlotterte Schmugglernest ausgehoben hatten".

Routiniert lächelnd nickte Rosario, wenngleich etwas unschlüssig wirkend. Er spielte nachdenklich mit den Fingern an dem grünen Band seines Zopfes und machte im Geiste eine Notiz, bei Gelegenheit mehr über das ,verlotterte Schmugglernest' in Erfahrung zu bringen. Mit neugieriger Miene betrachtete er nun Kyle, der immer noch sehnsüchtig zu den dunklen Stoffen starrte, und gab ihm einen Wink, dass sie gehen sollten.

Kyle zuckte die Schultern und verließ mit seinem Gefährten den Schneider, als drei andere Männer die Werkstatt betraten. Der Geruch von altem Schweiß lag schwer in Kyles Nase. Er sah auf. Die Kerle waren grobschlächtig und bullig. Kyles Nackenhaare begannen zu kribbeln, doch er konnte dieses neue Gefühl nicht einordnen und ging weiter.

Schnell war das seltsame Gefühl wieder verflogen und kurz darauf erstanden sie bei dem empfohlenen Schuhmacher ein paar weicher, brauner Wildlederstiefel mit breiter Stulpe. Bei Niko, dem Waffenschmied, entdeckte Rosario einige Degen und Rapiers und stürzte sich begeistert auf sie, um sie sogleich auszuprobieren. Er forderte Kyle auf, sich ebenfalls nach einem richtigen Schwert umzusehen.

„Warum soll ich nicht ebenfalls so ein Rapier nehmen?" Kyle sah misstrauisch auf die massigen Stahlschwerter. Sie erschienen ihm schwer. Zu schwer für ihn.

Rosario machte einen weiteren Ausfallschritt und betrachtete die biegsame Klinge, die seine bevorzugte Waffe war. „Weil du nicht gut genug im Umgang damit bist. Nur ein Experte, so jemand wie ich, kann sich mit einem Rapier und einer Parierwaffe, der *Main Gauche,* auch gegen ein schweres Breitschwert verteidigen. Ein Anfänger wie du würde gegen die schweren Waffen nicht lange bestehen."

Kyle sah ihn verletzt an, gestand sich dann aber ein, dass er ja tatsächlich nicht wirklich kämpfen konnte.

„Vergiss die Langschwerter und Zweihänder. Mit ihnen bist du zu sehr auf eine Technik festgelegt, wie sie beim Militär oder den Stadtwachen geübt werden. Entweder nur Schwert und Schild oder nur das Schwert. Mehr brauchen die für ihre Schafe für die Schlachtbank ja auch nicht. Und für die Säbel brauchst du ebenfalls besondere Techniken, aber das üben wir später."

Niko räusperte sich, gab Rosario ein Zeichen, woraufhin dieser mit dem Rapier zu einem Regal im hinteren Bereich der Schmiede deutete. „Danke Niko, eine gute Idee. Kyle, dort hinten findest du Anderthalber; Klingen, die man auch Bastardschwerter nennt. Sie können sowohl einhändig, als auch beidhändig geführt werden. Benutzt du beide Hände, dringt die Klinge tiefer und du fügst dem Gegner tiefere Wunden zu."

„Das ist doch gut, oder?"

„Ja, aber du bist jedoch langsamer. Einhändig ist es umgekehrt."

Ein Bastardschwert für den Bastard! Wie passend. Kyle gab sich einen Ruck. *Na los, such dir eines aus!*

„Und denk dran: Ein Schwert muss nicht schön sein. Es muss etwas taugen!"

Zögernd griff Kyle nach einem der vier Fuß langen Schwerter. Seine Hand schwebte einen Herzschlag lang über dem Regal, bevor seine Hand zielsicher eine Waffe auswählte.

Ja, wie gut der Griff in der Hand liegt, ohne dass sich meine Hand verkrampft. Auch die Klinge ist gerade und frei von jeglicher Fuge. Er drehte sie in der Hand und stellte fest, dass der Schwerpunkt im Drehpunkt erhalten blieb. Eine Sensation durchlief seinen Körper. Klirrend fiel die Waffe zu Boden. Erschrocken sahen der Schmied und Rosario ihn an.

„Ist etwas nicht in Ordnung, Herr?", fragte Niko. Die Stimme des Schmieds klang misstrauisch, als er sah, wie mit seiner Ware umgegangen wurde. Kyle hob das Schwert wieder auf und murmelte ein verlegenes „Alles in Ordnung."

Verwundert betrachtete er die Klinge. Er hatte, abgesehen von Finleys Kurzschwert, noch nie ein richtiges Schwert in der Hand gehabt. Und doch hatte er das unbestimmte Gefühl, alles über diese Schwerter zu wissen. Nein. Er konnte sie nicht benennen, aber er *spürte* ihre Vorzüge und ihre

Schwachpunkte in seiner Hand, als wären sie lebende Wesen. Er hielt Rosario das Schwert hin, für das er sich entschieden hatte.

Verwundert rieb sich der Halbelf über die Spitzen seines linken Ohres und nickte. „Meisterhafte Schmiedekunst." Auch Niko klopfte Kyle anerkennend auf die Schulter und gratulierte ihm zu seiner guten Wahl. „Und für drei Goldadler ist es Euer!"

Rosario lachte harsch auf, schüttelte den Kopf und deutete auf sein neues Rapier und die Main Gauche. „Wohl kaum. Ich gebe Euch eher für alles zusammen..." Der Halbelf machte eine lange Pause und studierte die Züge seines Gegenübers. „Zwei Goldadler!"

„Aber Edler Herr. Ich habe fünf hungrige Mäuler zu stopfen..."

Der Mann wich Rosarios stechendem Blick aus und fragte dann zögerlich: „Vier Mäuler? Nun gut, Herr. Ihr seid ein Ehrenmann und meine arme Frau wird verstehen, wenn sie erst nächsten Monat wieder ihre Heilkräuter bekommen kann..."

Rosario grinste und gab Niko seine zwei goldenen Münzen. Sich überschwänglich bedankend, wünschte der Handwerker ihnen viel Erfolg, Glück und ein langes Leben.

Wieder auf der Straße stöhnte Kyle entsetzt auf. „Zwei ganze Münzen aus Gold! Verdammt viel für drei Schwerter!"

„Viel? Er hat sich gerade von uns übers Ohr hauen lassen, vermutlich, weil er weiß, dass Abenteurer und Glücksritter häufiger einmal neue Klingen brauchen und er uns deswegen einen guten

Preis machen wollte. Wie dem auch sei, dein Schwert allein ist fast seine zwei Goldmünzen wert, oder siebzig bis achtzig Silberadler, würde ich sagen. Die Ware hier ist nicht mit dem Schrott zu vergleichen, den du in kleinen Schmieden bei heruntergekommenen Landadeligen findest. Hier in Calhuh überleben nur die Besten der Besten. Und das gilt auch für die Kunst der Waffenschmiede. Also rechne nochmal einen halben Goldadler für das Rapier und neun Silberne für die Main Gauche dazu, dann weißt du, was du in der Hand hältst!"

Kyle musterte seinen neuen Freund eingehend. „Ich bin nicht so gut im Rechnen..."

M'onciah

DIE KLINGEN DURCHBOHRTEN die Kehle des *Parias*.

M'onciah warf die schwere Felldecke zurück, mit der sie sich gegen die klirrende Kälte des nächtlichen Hochlandes geschützt hatte. Hart drehte sie die beiden schlanken, ellenlangen Klingen, die sie an ihrem, in eine lederne Rüstungsschiene gehüllten Unterarm verborgen getragen hatte, durch den berstenden Knochen des Oberkiefers. Der heiße Atem der Bestie streifte sie und mit einem Ruck trieb sie ihre todbringenden ‚Tatze' mit einem kräftigen Stoß tief ins Hirn des *Tomtoo*.

Seit zwei Nächten hatte sie die beiden Wölfe in der Ferne gehört und seit Sonnenaufgang hatten sie ihre Witterung aufgenommen. Diese Abarten der scheueren, kleineren Wölfe aus der *Obishara'leyt* waren die Kampftiere der Elfen aus Durum Thamalel gewesen, doch nach dem Fall des

Matriarchats waren sie freigesetzt und von Jahr zu Jahr wilder und aggressiver geworden.

Auch bevorzugten die löwengroßen Tiere die tiefen Wälder, wo sie Rehe und Hasen stellen konnten. Sie hier draußen, in der baumlosen Ödlandschaft der Snarak'Nui anzutreffen, hatte die Elfin überrascht. Das Gelände war karg, einst durch Lavaströme geformt, die vor Jahrtausenden hier aus dem Norden entlanggeflossen und vom Wind und Regen zu schroffen, schwarzgrauen Felsklippen ausgeschabt worden waren. Das poröse Gestein war überwuchert von dichtem Moos, welches faserige Mützen bildete, die sich zu Tausenden aneinanderreihten, nur um dann wieder durch schwarze, gezackte Felsnadeln durchbrochen zu werden.

Die Snarak'Nui war karg an Leben. Wenige Tiere fanden hier Nahrung. Ein Fuchs mochte vielleicht Glück haben und eine der Mäuse fangen können, doch für die massigen Wölfe gab es hier nur wenig Beute. Diese beiden Tiere jedoch gehörten nicht zu einem Rudel, sondern waren Streuner, Strolche, verletzte, ausgestoßene Kreaturen, die nur noch das Töten suchten: *Parias* genannt.

Das Fell des Tieres war vernarbt; an den Flanken der Hinterläufe und am massigen Hals. Unzählige Kämpfe musste die Kreatur geführt und gewonnen haben. Oder zumindest überlebt. Der Wolf zuckte noch einmal, dann sackte der massige Leib auf dem harten Steinboden zusammen.

Bis jetzt, dachte die Elfin und befreite die an ihrem Unterarm befestigten Klingen mit einem scharfen Ruck aus dem Schädel der Kreatur. Ihr verblieb keine Zeit, ihr Überleben zu überdenken. Der zweite Wolf knurrte und sprang auf sie zu. Noch im Herausreißen der Waffe aus dem massigen Wolf, duckte sie sich und schlug rückhändig gegen den Schädel des zweiten Angreifers. Das Tier jaulte, als sie ihm eine tiefe Scharte auf der rechten Seite des Gesichtes versetzte. Der *Tomtoo* wich zurück, fletschte die Zähne, doch blieb er auf Abstand.

Sie funkelte das Tier grimmig an und der Zorn der Bestie spiegelte sich in ihren Zügen wider. Ihr Atem ging schwer und sie spürte, wie silberne Schauer durch ihre Tätowierungen flossen. Ihre Gedanken stahlen sich wie der markierende Geruch eines Jägers in die Nase des Wolfes. *Dies ist mein Revier*, sagte sie ihm. *Dies ist mein Revier! Geh! Oder stirb!*

Der überlebende Wolf bleckte ein letztes Mal die Fänge, dann wandte er sich um und eilte davon. Sie sah ihm hinterher, bis der dunkle Fleck in der Finsternis vor den fernen Gebirgszacken der *Obishara'leyt* verschwand.

Endlich entspannte sie sich, und schob das Klingenpaar wieder in die Versenkung ihres Unterarmschoners zurück, um sie zu arretieren. Still beobachtete sie, wie die silbernen Linien ihrer Tätowierungen wieder verblassten und die Farben annahmen, mit denen sie ihr unter die Haut getrieben worden waren. Ihr Blick wanderte zu dem toten Wolf. Sie hatte dem anderen seinen Gefährten genommen und das tote Tier stimmte sie traurig, waren die *Tomtoo* doch furchtlose Tiere gewesen, wild und streitbar.

Doch diese beiden hatten sie seit Tagesanbruch verfolgt, nicht jagend, sondern lauernd, stets aus der Ferne. Kein wilder Angriff, sondern ein Heranpirschen, um dann gnadenlos zuzuschlagen, so wie es den Tieren über Generationen von ihrem Volk gelehrt worden war.

Als M'onciah schließlich ihr Nachtlager aufgeschlagen hatte – die Elfin hatte zunächst flache Steine zu einem kleinen, kniehohem Turm aufgerichtet und durch ein Feuer derart erwärmt, dass sie die heißen Steine unter ihrer ausgerollten Bettstatt ausbreiten konnte, um sich gegen den Frost des moosbewachsenen Bodens zu wappnen -, waren die beiden Wölfe näher gekommen und hatten schließlich, von Hunger getrieben, ihren Angriff begonnen.

Doch M'onciah wusste um deren Taktik und so hatte die Elfin unter der schweren Felldecke gelauert, zusammengekauert auf dem Boden liegend, die Decke in Falten bis über ihren Kopf gezogen, damit ihr eigener Atem sie wärmen konnte – und die schlanken Klingen längst stoßbereit über ihrer Faust ruhend. Als die knurrende Bestie sich auf Bissnähe genähert hatte, hatte sie nur noch, gleich einer Viper, zustoßen müssen. So war der Kampf vorbei, noch bevor er begonnen hatte, und nun trauerte ihr Herz um das getötete Tier.

Doch der schwere Körper des Wolfes war noch warm, und so suchte sie, halb von den langsam erkaltenden Steinen gewärmt, halb von dem auskühlenden Körper, jedes Quäntchen Wärme, welches ihr in der eisigen Nacht des Hochlandes von Snarak'Nui vergönnt war. Zitternd hüllte sie sich wieder in die Felldecke ein und presste ihre nackten Füße gegen die letzte Wärme in den vom Feuer erhitzten Steinen, während ihr Blick sich auf den langsam heller werdenden Streifen aus Blau und Violett, feurigem Orange und Gold richtete, mit dem die Sonne ihren baldigen Aufstieg ankündigte.

In der Ferne lösten sich die grünen und schwarzen Felder aus schroffem Gestein und Moos langsam auf und gingen in die dahinrollenden Steppen über, die sie in wenigen Tagen erreichen würde. Ein neuer Tag der Wanderung nach Duruk'Thar lag vor ihr.

Rose

LAURAS HERZ SCHLUG WILD in ihrer Brust.

In den frühen Morgenstunden hatte sie ihr Weg über die Grachten und Kanäle geführt, die diesen Teil der Stadt abgrenzten. Das Gebäude, das ihr der Obiskarer genannt hatte, lag direkt mit einer Seite zu dem breiten Kanal, der ‚Blaue' genannt ob der blau gestrichenen Brückenpfosten, die über den Strom führten. Der Blaue Kanal führte zum Elordyr, jenem großen Fluss, der die Stadt in Ost und West teilte, und hier im Westen, wo die einfacheren Leute lebten, die Handwerker und Schneider, die Bäcker und Tischler, war es weitaus freundlicher als im Süden der Stadt, wo es eng war und nach Fisch und Unrat stank.

Die Taverne ängstigte sie. Hoch und dunkel ragte das Gebäude vor ihr auf, hatten die Sonnenstrahlen des jungen Morgens die Fassade noch nicht erhellt. Gedämpfte Stille lag in der Straße. Nur einige Straßengeschäfte hatten bereits geöffnet, doch hier rührte sich nicht viel. Die

Klappen zur Straße waren geschlossen. War es ein Scherz gewesen, den der Obiskarer sich mit den Wachen auf ihre Kosten gemacht hatte? Sie konnte es verstehen, wenn dem so sein sollte, denn auch sie würde gerne den Wachen den einen oder anderen Streich spielen. Doch sein Angebot war so seltsam gewesen. ‚Komm morgen früh zur *Schwarzen Rose* und du kannst für mich arbeiten. Weg von der Straße, Mädchen.'

Sie hatten ihn misstrauisch beäugt. ‚Arbeite für mich gegen Geld' war meist eine Aufforderung, für einen Kerl ihre Rockschöße hochzuschlagen, ein Schicksal, dem sie sich bisher immer erfolgreich entzogen hatte.

Sie schlich um das stille Gebäude herum, bis sie unvermittelt fluchende Stimmen aus dem Innenhof zusammenzucken ließen. Sie konnte die Worte nicht verstehen, doch das donnernde Organ des Obiskarers war zu erkennen. Sie lugte um die Ecke durch den dunklen Torbogen.

Laura sah einen jungen Mann in einer Tunika, die seine langen Beine ein wenig zu sehr freigaben, beim Stapeln von Kisten, während Finley – heute trug er weite Hosen aus schwarzem Leder – mit einem schlanken und hochgewachsenen Mann mit geckenhaftem Bart diskutierte. Offenbar hatten sie andere Vorstellungen über die eine oder andere Sache, welche den Innenhof betraf.

Und offenbar hatte Finley nicht gelogen, als er sagte, dass sie eine Taverne aufbauen wollten. Der Junge mit den Kisten stellte einen neuen Stapel neben ein paar Fässern ab und streckte den Rücken durch, lehnte sich dann mit den Händen gegen ein hölzernes Gerüst, welches im Innenhof errichtet worden war, um seine Verspannung zu lösen. Plötzlich schaute er in ihre Richtung und sie wich hinter die Ecke des Eingangs zurück. Ihr Herz schien bis in ihre Kehle zu schlagen.

Was tust du hier, Laura?, fragte sie sich. *Du bist eine Diebin! Was willst du hier? Teller für den Obiskarer schleppen? Und wenn sie mich ablehnen oder mich wieder nur enttäuschen? Was, wenn sie mich nicht brauchen und mich morgen Abend wieder hinauswerfen? Was, wenn...?*

„Was tust du *hier*, Laura?", donnerte Finley Stimme hinter ihr. Er musste innen entlanggegangen sein und sie hatte sich so sehr auf den Innenhof konzentriert, dass sie den Haupteingang nicht beachtet hatte. „Komm doch herein!"

Er lächelte und deutete ihr den Weg ins Innere. Sie sahen einander an. Sie suchte in seinen Augen die Falschheit, die sie sonst von den Rüpeln und Kerlen und Säufern und Raufern kannte. Rüde Scherze, die man mit ihr und ihresgleichen trieb. Doch Finley hielt ihrem Blick stand und zeigte sein breites Lächeln. Und noch immer hielt er die Hand den Weg deutend hin. Sie atmete tief ein und zog ihre Jacke enger um ihren - ihr nun zu ausladend erscheinenden - Busen, der sich aus ihrem Mieder hervorschob.

Finley schürzte die Lippen; er kannte diese Geste von seinen Töchtern, wenn sie Schutz suchten. Oder ihre ‚Angriffsfläche' verkleinerten. Leise, beinahe einem scheuen Tier gleich, trat sie ins Dunkel des Schankraumes. Ihre Sinne waren gespannt: würde man versuchen, sie niederzuschlagen, um über sie herzufallen?

Sie blickte zurück und Finley musterte sie eingehend. Vorsichtig, um sie nicht zu verschrecken, trat er beiseite und gab den Weg auf den Ausgang frei. Er hielt ihre Augen gefangen. *Soll ich fliehen?*

„Du kannst fliehen, Laura", brummte Finley. „Oder du gehst mit zur Theke, lernst Rosario und Kyle kennen und isst erstmal etwas. Wir wollten gleich einen morgendlichen Happen speisen."

Sie sah ihn fassungslos an. „Essen?", fragte sie. „Du bietest mir Essen an?"

„Ja."

„Ohne Gegenleistung?" Sie hatte stehlen müssen, um etwas zu Essen zu bekommen. Jeden Tag aufs Neue - und nun bot ihr dieser seltsame Fremde Essen ohne Bezahlung an.

„Ja."

Sie blickte in die nun einladend wirkende Taverne, die groß und still mit den aufragenden Säulen auf sie wartete. Laura ließ ihren Blick hinauf über den Rundgang im ersten Stock wandern und wieder hinab über die breite Treppe. Überall lagen Holzbretter und Werkzeuge. Tische waren umhergerückt worden, einige abgedeckt, Stühle umgedreht und hier und da fanden sich Nägel auf dem Boden, während an den Wänden Eimer für Farbe bereitstanden.

Finley deutete in die Ecke bei der Theke, an dem nun der Geckenhafte stand und sie musterte. Er war hübsch und hatte spitze Ohren: *ein Elf! Oder Halbelf vermutlich!* Doch sein Blick aus den schönen, blauen Augen wanderte zu Lauras Busen und verweilte einen Moment zu lange darauf. Laura zog ihre Jacke noch enger und war froh, als Finley an ihr vorbeitrat und sie vor dem Blick des Mannes schützte.

„Stell dir vor, sie ist meine Tochter, Spitzohr", brummte er leise und gab seinem Freund einen Klaps an den Hinterkopf, ganz so, wie man es bei einem ungezogenen Kind tat. Rosario ertappte sich bei seinem ungehörigen Blick und straffte sich.

„Verzeiht, Madame. Ihr müsst Laura Dashie sein!"

Er verneigte sich galant und Laura musste kichern. 'Madame' hatte sie noch niemand genannt. „Ihr kennt meinen Familiennamen, ...?"

„Rosario", stellte sich der Halbelf knapp vor. „Finley hat uns schon von dir berichtet. Und ein Name aus Obiskara ist hier eben immer noch selten." Bevor Rosario noch mehr erwidern konnte, kam der hochgewachsene junge Mann, den sie zuvor im Innenhof gesehen hatte, aus dem Raum hinter der Theke hervor, und balancierte ein Tablett mit warmen, hellen Broten, Fleisch und Käse auf seinen Händen.

„Und hier kommt Kyle. Unser Gehilfe!"

Beinahe wäre Kyle das Tablett zu Boden gefallen und Finley brummte nur. „Sag guten Tag zu Laura, Kyle!"

Verdutzt betrachteten die beiden einander und Finley stellte Laura vor, während Rosario den Tisch deckte und einen Teller mit Brot und feingehacktem Fleisch vor dem Mädchen platzierte.

„Es ist roh", sagte sie angewidert.

„*Tartar*", bot Kyle hilfreich an. „Es kommt aus Caramas, welches bereits ad'lanthyarischer ist als Calhuh!"

„Es ist immer noch roh", murrte Laura und untersuchte die zerhackte Masse aus Fleisch. Finley schnaubte. „Jetzt hör dir unseren Jungspund an. Als wir ihm das vor einer Woche das erste Mal vor die Nase setzen, zeterte er herum ‚was ist das denn?'"

Rosario grinste. „Ja, aber er hat schnell gelernt, dass es immer gut ist, die Sitten und Gepflogenheiten anderer Kulturen anzunehmen – oder auch zu wissen, wo sie herstammen. Also vertrau mir, Laura: Das ist etwas ganz Feines. Bestes Rindfleisch, mit Eigelb geschmeidig gemacht!"

„Das ist eine Spezialität, die es eben nur in den Reichen des Ostens gibt," warf Finley ein.

„Und jetzt hier in Calhuh." Der Halbelf nestelte an seiner Jacke und zog einen kleinen Beutel hervor und legte ihn in die Mitte des Tisches, wo ein kleines Fässchen mit Salz bereitstand. Laura blickte ihn fragend an.

„Pfeffer", erklärte Rosario und machte eine einladende Geste. Kyle griff nach ihrem Teller und schnitt ihr das weiße Brot auf. Die harte Kruste knackte leise und ein frischer Duft stieg auf. „Probiere Pfeffer und Salz dazu, Laura. Dann das Ganze auf das Brot verteilen und genießen."

Zaghaft probierte Laura unter Kyles Anleitung die unbekannte Speise.

„Mmmmmh", machte sie und ihre Augen leuchteten, als sie den neuen Geschmack bewusst aufnahm. Kyle schnitt mehr Brot klein, diesmal ein dunkles, goss Olivenöl und einen dunklen Traubenessig auf einige Scheiben und rieb grobkörniges Salz auf die übrigen.

„Was ist das?", fragte Laura mit großen Augen. „Einfach Salz auf Brot?"

Konspirativ beugte Kyle sich vor. „*Fior de Sale*, wie man im Caramassin sagt!"

Rosario warf die Hände in die Luft. „*Fior di Sale*! Doch in ad'Lanthyar sagt man *fleur de sel*!"

Verdutzt blickte Laura zwischen den beiden hin und her und lachte. Mit spitzen Fingern nahm sie etwas Salz auf und schnupperte daran. „Es duftet würzig!", rief sie überrascht aus und ließ das dunkle Brot auf der Zunge zergehen.

„Eine wahre Freude für den Gaumen!", dozierte Rosario gönnerhaft und erntete einen dunklen Blick von Kyle. „Das *Fior di Sale* wird von Salzbauern von Hand abgeerntet!"

„Gut?", fragte Finley grinsend und goss ihr Wein ein. Sie nickte kauend ein Danke und griff nach dem Becher. Die anderen taten es ihr gleich. „Willkommen, Laura Dashie!" Erneut nickte sie und nippte am Wein. Ihre Stirn runzelte sich, als der raue, bittere Geschmack sich an ihrem Gaumen ausbreitete.

Rosario lachte leise und Finley kniff die Augen zusammen. „Ja?"

Laura blickte betroffen von einem zum anderen. Was sollte sie sagen? Dieser Ort war seltsam. Neu und faszinierend. Und wenn sie hierbleiben wollte, sollte sie dann lügen, und sagen, dass der Wein hervorragend mundete – oder dass er nach Katzenpisse schmeckte?!

Sie entschied sich für Letzteres und nach einem Moment des Schweigens, brachen die beiden Männer in schallendes Gelächter aus, während der dunkelhaarige Junge betreten dreinblickte.

„Du gefällst mir, Lassie!", rief Finley und schlug mit der flachen Hand auf den Tisch. „Und kannst du mir auch sagen, wo wir hier besseren Wein bekommen?"

„Nicht besseren, du Geizhals", schalt ihn Rosario. „Den Besten!"

Laura legte den Kopf schief und dachte nach. Sie hatte einst von einem Hehler gehört, dass eine Landadelige, die ein Gut vor der Stadt hatte, für ihren Wein berühmt war. „Madame Deanna D'Evonbourgh ist berühmt für ihre erlesenen Weine. Es heißt, sie beliefert sogar den Kardinal!" Laura leckte sich über ihre Lippen und fügte hinzu: „Und man sagt, sie habe ein gutes Herz. Dass sie ein Licht unter Engeln sei."

Finley schob die Unterlippe vor und schnalzte mit der Zunge. „Madame Deanna D'Evonbourgh, also?! Fein, fein, fein, was gut genug für die Kuttenträger ist, ist auch gut genug für meine Gäste!" Er rieb erwartungsvoll die Hände aneinander und fixierte Laura mit den Augen. „Dann mach einen Termin mit ihr aus, Laura!"

Zu ihrer Überraschung bemerkte sie, dass sie nickte.

Von Draußen her hallte ein stetiges Hämmern durch die enge Dachkammer.

Kyle legte das Buch beiseite, welches Rosario ihm zum Studium gegeben hatte.

Er lauschte.

Noch eine andere Note war nun da: Lauras Gesang. Ganz gleich, welcher Tätigkeit sie nachging, Laura sang gerne beim Arbeiten. Sanfte Klänge, manchmal nur Worthülsen oder Laute, doch stets ließ sie ihre Stimme erklingen; Laute, die ihnen allen gefielen. Manchmal sang sie sogar am Abend für sie, bevor sie sich zur Ruhe legten.

Kyle schmunzelte, steckte das weiße Hemd in die braungrüne Hose und schnallte seinen Gürtel mit dem Schwert um die Hüfte. Meister Konrad hatte wenige Tage nach ihrem Besuch in der Schneiderei die Kleider durch seine Tochter ‚Ani‘ liefern lassen. Kyle war nicht zugegen gewesen, doch Laura hatte ihm von Anicka berichtet, die ihrerseits wohl enttäuscht war, dass Kyle nicht zugegen gewesen war. Er hatte dies mit einem Achselzucken quittiert; Anickas schiefe Zähne entsprachen nicht der Vorstellung, wie seine Prinzessin sein sollte. Rosario und Laura hatten Blicke getauscht, doch nichts dazu gesagt. Kyle sah nicht, wie ihm Blicke hinterhergeworfen wurden, ein Umstand, der zwischen Laura und Rosario das ein oder andere Mal in den letzten Tagen bemerkt worden war.

Der junge Mann genoss die neue Freiheit, die ihm die Taverne bot. Jeder von ihnen hatte einen eigenen Raum bezogen, die im oberen Bereich der Taverne lagen. Dies war undenkbar für ihn gewesen, als er noch in Asaanfurth oder anderen kleinen Dörfern gehaust hatte. Im schlimmsten Fall hatte er unter einem schmutzigen Dachstuhl Unterschlupf gefunden, im besten Fall eine kleine Schlafkammer in einer Nische gehabt, mehr einen bekriechbaren Schrank, der wenig Luft bot.

Kyles neue Kammer war von einem mit Holzlatten überdachtem Außengang im hinteren Bereich des Innenhofes gelegen und bot dem jungen Mann somit die notwendige Ruhe, seinen Studien nachzugehen, wann immer es seine Zeit erlaubte. Ein einfaches Bett, Schrank und Tisch mit Schemel gehörten nun ebenso zu seinem Besitz und Rosario und Finley hatten ihm zahlreiche Bücher vom Bazar besorgt, mit denen er sich auseinandersetzen sollte, wenn er nicht mit dem Säubern und Umbauen der alten Taverne oder den täglichen Fechtlektionen im Innenhof beschäftigt war.

Er schloss die Tür – im Verriegeln sah er keinen Sinn, da er zum einen eh keinen Besitz hatte und er zum anderen seinen Gefährten vertraute – und eilte vom Außengang zurück ins Innere des Haupttraktes. Schnell schritt er die ausgetretene Treppe herunter, die in den breiten Schankraum führte.

Laura, die unten am Tresen bei ein paar neuen Bierfässern die Korken prüfte, drehte sich zu ihm um, stemmte die Rechte in die Hüfe und pfiff ihm ein anzügliches Kompliment entgegen. Die harte Arbeit hatte begonnen, den Körper des Jungen zu verändern. Sein Hüftfett schmolz zusehends und an den Armen zeichneten sich die ersten Formen von Muskeln ab.

Er blieb stehen und zupfte an dem weißen Hemd, das er in die grünbraun abgesetzte Hose gesteckt hatte. Missmutig schüttelte er den Kopf. „Ich fühle mich immer noch wie verkleidet in den Klamotten!" Allein der Umstand, dass diese Kleider weitaus hochwertiger waren als die groben Wollstoffe, die er bisher hatte tragen müssen, ließen ihn die Stoffe akzeptieren – auch wenn er das Muster auf Hose und Jacke für zu verspielt hielt. *Kein Wunder, wenn du einen geckenhaften Halbelfen entscheiden lässt, was du zu deinem Neuanfang in Calhuh tragen darfst!*

Laura lächelte nur – Kyle hatte sich die letzten Tage wieder und wieder darüber beschwert, dass es nicht seine Wahl an Kleidern war, sondern ihm die ‚Wahl' von Rosario mitgeteilt worden war - und wandte sich dann der Küche zu. Laut rief sie: „Heh, Finley! Unser Aushängeschild ist gerade gekommen!"

Sich die Hände an einem Tuch abwischend, eilte der Obiskarer aus der Küche und rannte zum Eingang.

„*Mein* Schild?!", rief Kyle aus und beeilte sich gleichfalls, nach Draußen zu kommen. Zwei stämmige Handwerker in braunen Sackkleidern hoben gerade das neue Schild aus Eichenholz und Schmiedeeisen mit einer Seilwinde, die sie am Fenster des ersten Stocks befestigt hatten, empor.

Rosario stand bereits auf der Straße und beaufsichtigte die Arbeiten. Er gab den drei Neuankömmlingen einen kurzen Gruß und lächelte sein verschmitztes, schiefes Lächeln. Laura schritt zu ihm und legte ihm vertraulich die Hände auf die

Schultern. „Du hättest doch etwas sagen können!",
schalt sie ihn und verstummte: ihre Augen weiteten
sich, als sie das Muster sah.

Statt einer schwarzen Rose wuchs eine rote
Rose um ein Tamburin: Lauras Tamburin (Kyle
hatte es selbst im Alleingang nach Lauras Ankunft
noch aufgetragen, als er die Idee für einen
Namenswechsel nach ihrer Ankunft gehabt hatte).

„Ahh", machte Finley und stutzte dann, als er
den Schriftzug las. Kyle hielt den Atem an, wusste
doch nur Rosario von seinem Vorschlag, die
Schwarze Rose in die *Rote Rose* umzubenennen. Und
nun hatte er nach Lauras Hinzustoßen ganz
eigenmächtig einen anderen Namen gewählt.

„Die *Singende Rose?*", rief Finley aus und
donnerte dann nochmal: „Die *Singende Rose!*" Er
grinste zufrieden und gab Kyle einen Klapps auf
den Arm. „Unser junger Schöngeist hier mag zwar
nicht gut rechnen können, aber er kann malen. Kyle
hat das entworfen!", erklärte er Laura und voller
Stolz besahen sie sich ihr Werk und lächelten. Die
Rose wurde von der Taverne zum Zuhause.

Kyle zeigte das erste Mal seit langer Zeit ein
warmes Lächeln. Unermüdlich hatte er geschuftet,
hatte gestrichen, geschliffen und geputzt. Am Ende
der vier Wochen waren Rosario und Finley so
zufrieden mit ihm, dass sie ihn beinahe in ihrer
Euphorie zum vollwertigen Teilhaber gemacht
hätten, doch dann obsiegte Finleys Geiz.
‚Juniorpartner' nannten sie ihn nun, gestatteten
ihm, seine Gedanken einzubringen, diese aber mit
einem ‚Veto-Recht' abzulehnen oder in andere
Bahnen zu lenken. Kyle störte dies nicht. Er

schätzte es, dass die beiden ihm vertrauten und ihn nicht bei jeder Gelegenheit kritisierten. Er hatte sich als schnell und präzise arbeitender Lehrling erwiesen, immer bemüht, jedem Tadel zuvorzukommen.

Und mein Stiefvater hat mir niemals derartige Taten zugetraut, dachte er mit einem Anflug von Verbitterung, als er auf das neue Schild sah, welches er entworfen hatte. Nein, Finley und Rosario behandelten ihn anders. Für sie erledigte er keine Handlangerdienste, die er beim ‚Schmied‘ gehasst hatte – und vor denen er sich oftmals auch gedrückt hatte, wenn er sich selbst gegenüber ehrlich war. Doch das war vorbei. Er war Asaanfurth entkommen, der Schmiede. Govic. *Ania*.

Er schüttelte die Gedanken ab. Wichtig war nun nur eines: Er, Kyle, war in dieser Stadt, in Calhuh. Und die Luft dieser Stadt machte frei, wenn er lange genug hier blieb. Dann, in einem Jahr, war er kein entflohener Leibeigener mehr, gehörte nicht mehr den DeBracys, die ihn gewiss schon suchen ließen (oder vielleicht auch nicht, war er doch nur als ein Tunichtgut bekannt gewesen). Kyle war es gleich: Hier, gemeinsam mit seinen Gefährten, konnte er sich ein neues Zuhause aufbauen, konnte er seinen Platz im Leben finden.

Wütend stand Kyle vor Franco, der ihn herausfordernd angrinste. Der Farbeimer war umgekippt und die weiße Farbe hatte sich über den Boden ergossen.

„Was soll der Mist!?“, schrie Kyle.

„War'n Scherz!", erwiderte der hagere Kellner und grinste noch immer frech.

„Ich hätte abstürzen können!", schrie Kyle mit hoher Stimme und deutete auf die umgekippte Leiter, auf der er sich wenige Augenblicke zuvor noch befunden hatte, um die oberen Bereiche über dem Eingang zu streichen.

„Ich sagte doch: Scherz!"

„Ich lache nicht!", brüllte Kyle nun, dessen Wut, wie ein Feuer, mehr und mehr von ihm verzehrte.

„Was zur Hölle ist denn hier los?!", donnerte Finley, der aus dem Keller emporgeeilt kam, Laura ihm dicht auf den Fersen. Grimmig blickte er auf die Lache weißer Farbe, die sich zwischen den Fugen des Steinbodens verteilte.

„Dieser Arsch hat gegen meine Leiter getreten!", hob Kyle an, doch brach ab, als er Lauras Kopfschütteln sah. Finley blickte grimmig zwischen Kyle und Franco hin und her. „Ihr beide klärt das unter euch. Löst euer Problem! Und diese Schweinerei ist sauber, wenn ich wiederkomme! Sonst ziehe ich euch beiden die Hammelbeine lang!"

„Aber er hat..."

Finley hob drohend einen Zeigefinger. „Das Leben ist nicht gerecht, jaja, ich weiß Bescheid."

Damit wandte er sich zu Laura um, hob sie mit einer Leichtigkeit an den Hüften hoch und setzte sie auf der anderen Seite der Farbpfütze ab. Galant deutete er ihr, ihm zu folgen. „Komm, junge Dame. Unsere neue Weinlieferantin wartet auf uns." Finley wartete die Reaktion nicht ab und schritt hinaus auf die Straße, sorgsam darauf bedacht, nicht in die weiße Farbe zu treten.

„Weinlieferantin?", fragte Kyle stirnrunzelnd. Laura nickte und warf Finley einen anzüglichen Blick hinterher. „Ja, ,Lady' Deanna, haha!"

Nun musste auch Kyle schmunzeln und er spürte seinen Ärger versiegen, als er Lauras Lachen sah. „Der olle Charmeur!"

Neidisch blickte Kyle ihnen hinterher. Er hätte sie auch gerne so hochheben wollen, doch er wusste, dass er dazu nicht kräftig genug war. Schon zwei Nächte zuvor, als sie beieinander saßen, hatten Rosario und Finley spielerisch ein Kräftemessen mit einem mit Bier gefüllten Humpen ausgetragen, um zu sehen, wer ihn länger hochheben konnte. Kyle hatte es versucht und sein Arm war sofort wieder heruntergesackt, während Finley zwei, drei oder vier Krüge mit Leichtigkeit hochhielt. Und nun hatte er Laura so spielerisch hochgehoben. *Buhu, Schwächling! Dann werde doch stärker!*

Er knurrte seinem Dämon zu, doch er wusste, dass dieser Recht hatte. Grimmig heftete sich sein Blick auf Franco, der sich anschickte, hinter der Theke zu verschwinden.

„Heh! Du hast mich heruntergestoßen, du wischst das auf!", rief Kyle wieder zornig. Francos Gehabe erinnerte ihn sehr an Govic. Und das Letzte, was er in seinem neuen Heim brauchen konnte, war ein neuer Govic.

„Zwing mich doch!" erwiderte Franco und ignorierte Kyle.

Kochend vor Zorn, holte sich Kyle Eimer und Wischwasser und begann die Farbe aufzulesen. *Ich muss stärker werden.*

Zwei weitere Wochen später wartete Rosario auf Kyles Rückkehr – der Junge verteilte gerade die Einladungen zur Eröffnung in der Stadt - und inspizierte ein letztes Mal ihr Werk. Nach sechs Wochen Umbau und intensiver Reparaturen, war die Taverne sowohl innerlich als auch äußerlich nicht mehr wiederzuerkennen. Der alte Müll und Schrott, der im Innenhof gelagert worden war, war entfernt worden. Die Wände waren mit weißer Farbe getüncht worden, das Holz mit Beize geschwärzt. Rosario ließ seinen Blick einen Moment lang auf den dunkelroten und blauen Ornamenten verweilen, die Kyle eines Morgens aufgetragen hatte. Er war überrascht gewesen, in welcher Höhe der Junge gearbeitet hatte, ohne dabei Schwindel zu verspüren. Von der Treppe aus war Kyle im oberen Stock über das Geländer geklettert und hatte sich mit seinen nackten Füßen auf zwei vorstehende Balken gestützt – und dabei die schwungvollen, ineinander verschlungenen Formen aufgemalt.

Der Steinfußboden, aus roten Kacheln bestehend, war ausgebessert und neu gefugt oder in den hinteren Bereichen mit Holzbohlen versehen worden, die aus drei unterschiedlichen Breiten bestanden und so ein lebendiges Muster bildeten. Auch die schweren und massiven Tische waren vom Schreiner abgehobelt und anschließend auf

Hochglanz poliert worden. Die Kanten hatten umlaufende Hölzer, die nun rund abgeschliffen worden waren und auch die Formen der Tische variierten. Hier gab es quadratische Tische, dort rechteckige, achteckige oder sogar asymmetrisch ausgeschnittene, die in die Eckalkoven eingelassen waren.

Gegenüber dem breiten, doppeltürigen Eingang befand sich die ausgebesserte Treppe, nun mit schönen Schnitzereien verziert, die zu den Gästezimmern, wie auch ihren eigenen Räumen führte. Direkt über dem Treppenaufgang befand sich ein gewaltiger Kronleuchter, gefertigt aus einem alten Wagenrad. Kerzen in bunten Gläsern spendeten ein angenehmes Licht, wenn die Dunkelheit hereinbrach. Neben der Treppe hatten sie einen Durchgang zu dem hinteren Schankzimmer gelassen, welches ebenfalls von der großen L-förmigen Theke einsehbar war und durch die Hintertür in den Hof führte, wo - wenn sie diesen irgendwann einmal in einen passablen Zustand versetzt haben sollten – an sonnigen Tagen ein gemütliches Plätzchen für ein oder zwei Bier auf die Gäste wartete. Noch war der Innenhof die Abladestelle für leere Kisten und Fässer, Werkzeug und allerlei anderes Baumaterial, doch Rosario war guter Dinge, dass er bis zum Herbst von den Gästen genutzt werden konnte.

Er ließ seine Finger über das schmiedeeiserne Gitter gleiten, an dem die Weinkelche und Bierkrüge über der Theke hingen, geschützt vor den gierigen Fingern übereifriger Gäste. Doch ihre künftige Kundschaft sollte nicht aus betrunkenen Handwerkern bestehen. Rosario und Finley hatten dies in vielen Nächten diskutiert und sie wollten gutes Essen bieten, Unterhaltung durch Lauras Gesang und eine herzliche Gastlichkeit, keine Spelunke für Raufer und Säufer. *Natürlich bedeutet dies nicht, dass es im Hinterzimmer nicht das ein oder andere Glückspiel geben wird*, dachte Rosario schmunzelnd und griff nach einem Stapel handbemalter Spielkarten, die er bei einem Händler aus Al Marrak erstanden hatte.

Calhuh war schnell ihre neue Heimat geworden und Kyle liebte diese Stadt mit ihren mehrstöckigen Gebäuden und den großen Fenstern, die es nur in den Städten gab, da hier die breite und hohe Wehrmauer den Schutz vor Angriffen bildete. Innerhalb der Mauern galt jene neue Gelassenheit, die es in den engen, düsteren und zugigen Burgen und Höfen des Umlandes nicht gab. Baute man auf dem Land, wo es noch häufiger zu Überfällen kam, in der Regel kleiner und gedrungener, um auch den Angreifer in seiner Bewegungsfreiheit einzuschränken, dachte man hier an das eigene Wohlbefinden, an Luft und Harmonie. Größe und Raum bestimmten somit die steinernen Häuser der Stadt in den Hauptstraßen. Manche hatten bis zu fünf Stockwerke, verziert mit Säulen, kleinen Balkonen und steinernen Figuren. Die reicheren Geschäfte befanden sich an den Prachtstraßen, oftmals unter Arkaden, mit Bögen, rund oder spitz zulaufend, die ihnen kühlen Schatten spendeten und es ihrer Kundschaft auch bei Regen erlaubte, trockenen Fußes ihrer Besorgung nachzukommen.

Natürlich gab es diese Pracht nicht in dem Viertel, in dem sie selbst wohnten. Dort bestanden die Gebäude in der Regel aus Holz, Fachwerk und Schiefer- oder Tonschindeln, aber auch hier und da aus Sandstein. Keine hochherrschaftliche Adresse, aber eben auch nicht zu vergleichen mit dem heruntergekommenen Hafenviertel, in dem viele Bauwerke durch Pfosten und Balken gestützt wurden, und es Dieben somit leicht machten, in die Häuser einzudringen (wenn es denn dort Beute gegeben hätte).

Auch wurde in ihrem Viertel viel gebaut, wie man an den vielen Handwerkergerüsten unschwer sehen konnte. Die Fassaden waren schön, wenngleich die rückwärtigen Wände oftmals von Patina befallen waren. Zumindest war die Straße vor ihrem Haus gepflastert und bestand nicht aus festgetretenem Lehm, der bei starken Regengüssen gleich wieder aufweichte.

Die Stadt selbst bot viele Gesichter, hatte sie doch eine Geschichte, die sie in den letzten beinahe drei Millennien wieder und wieder geprägt und verändert hatte. Rosario und Finley hatten Kyle berichtet, wie die Bewohner der ersten, heidnischen Siedlung - Carahduh von den Schreibern genannt - auf den Hügeln der Stadt Menschenopfer darbrachten, um ihre Götzen anzubeten.

Wie viel hiervon der Wahrheit entsprach und was den weinseligen Schilderungen und Geschichten seiner beiden neuen Freunde entsprungen war, das vermochte Kyle nicht zu entscheiden. Überall in den ‚besseren‘ Straßen fanden sich Statuen in edlen Posen, verzierte Brunnen und Reliefs, die von der Vergangenheit kündeten. Szenen, in Stein gemeißelt, die von Blut und Schmerz, von Aufstieg und Fall berichteten.

Oder vom Denken, kauernd und vorgebeugt.

Oder vom Liebesspiel, Körper aus Marmor, verschlungen in steinerner Leidenschaft.

Oder betend.

Klagend.

Ein jedes Thema fand sich in der Stadt, drückte das Leben von Einst im Jetzt aus. Und auch die Bücher, die ihm seine beiden neuen Freunde für seine Lektionen gegeben hatten, behandelten diese Themen gleichfalls und Kyle war fasziniert von all dem, was er nicht wusste: Die ersten vertrauenswürdigen Aufzeichnungen über Calhuhs Geschichte reichten erst etwas mehr als zwei Millennia zurück, in die Zeit, als das ad'lanthyarische Imperium sich erneut ausbreitete und Königreich um Königreich eroberte. Stück für Stück verlief die Eroberung, wandelte besiegte Gebiete in Protektorate um und gewährte den Eroberten zugleich ein Mitspracherecht und eine Selbstverwaltung, die die Treue zum Reich sicherte. Calhuh – Carahduh - war damals nur ein unbedeutender Außenposten des Caramassianischen Reiches gewesen, kaum mehr als ein Piratennest. Ein Brückenkopf mit einer kleinen Festung und einem Fischerdorf. Doch ein Piratennest mit einem strategischen Vorteil, wie Cyres Magnus III. befunden haben musste.

Kyle verschlang die Berichte, wie Cyres Magnus die Kluften der Edana'Kara überquerte, um Carahduh über den Landweg zu erobern. Er las von den Gräueln, die seine Soldaten begangen hatten. Von Alleen aus abgeschlagenen Händen, von Belagerungen, bei denen die Ausgehungerten begonnen hatten, ihre Toten zu essen, vom Verschachern der Kinder als Zeichen der Unterwerfung.

Irgendwann, in den Wirren der Jahrhunderte, die folgten, hatte dieser strategische Brückenkopf an Bedeutung für das ad'lanthyarische Königreich verloren, war nach dem ersten Konzil im Jahre 428 als Lehen vergeben worden und dann durch eine Epoche der inneren Zwistigkeiten in Vergessenheit geraten. Offiziell zwar Teil des ad'lanthyarischen Imperiums, doch eigentlich ein souveränes Königtum, führte dieser Status zu einer großen Zuwanderung der verschiedensten Gruppen, die hier Unterschlupf suchten. Mal waren es Piraten, Söldner, Abenteurer, die Gold und Silber witterten, Flüchtlinge, die wegen ihres abweichenden Glaubens die anderen Reiche verlassen hatten, und dann wieder Siedler, die hierher kamen.

Dann, seit dem Jahre 589, folgten Jahrzehnte von Hunger und Pest, eingeschleppt durch die Ratten auf den Handelsschiffen. Und mit dem ‚Schwarzen Tod' waren nicht nur viele Menschen hier und jenseits des Meeres gestorben, sondern auch die Städte verfallen. Entlang der Küsten des Ostens hatten die Städte gebrannt: Dorakum, Odena, Thyat – und mit ihnen ihre Bibliotheken. Ein

Großteil der Aufzeichnungen des einstigen Protektorats war verloren gegangen. Das Reich von Calhuh hatte letztlich eine Atempause erhalten und dadurch den Schlüssel zur Unabhängigkeit.

Als sich dann vor dreihundert Jahren, im Jahre 992, das ad'lanthyarische Reich wieder an den einstigen Brückenkopf erinnert hatte, war Calhuh längst eine blühende Stadt geworden und vermochte sich fortan erfolgreich gegen die plötzlichen Besteuerungen der einstigen Mutternation zu erwehren. Im ‚Ewigen Krieg', so benannt, weil er mehr als einhundertachtundzwanzig Jahre dauerte, hatten immer wieder ad'lanthyarische Schiffe und Armeen versucht, das kleine, aufrührerische Königreich zu erobern, doch dies hatte sich als schwierig erwiesen. Die Steilküsten machten noch immer eine Landung mit einer Invasionsflotte unmöglich und die Calhuher hatten sich als die siegreicheren Kämpfer erwiesen, obgleich sie in der Unterzahl gewesen waren. Auch die Schiffe Calhuhs waren kleiner und wendiger gewesen als die mächtigen Galeeren ad'Lanthyars, und durch ihre damals neuen Taktiken des Zuschlagens und Abdrehens, hatten die Calhuher die Schiffe des Gegners versenken können.

Und auch über den Landweg, vom Caramassin im Osten aus, war dies ein gewagtes Unterfangen gewesen, denn der Weg hatte die ad'Lanthyarer durch enge Pässe geführt, die es kleinen Gruppen bewaffneter Krieger erlaubt hatten, ganze Armeen aufzuhalten, indem sie sie in den steinernen Schluchten der Edana'Kara von oben attackierten und unter Lawinen aus Fels und Geröll begraben hatten.

Kyle betrat den Durchgang aus Arkaden, die mehrere Stockwerke hinaufragten: Über den Ständen der zahllosen Händler erblickte er hoch oben Reliefs, die von jener Zeit kündeten. Kriege und Könige, Seuchen und Tod: Das Führen von Kriegen hatte auch damals seinen Zoll gefordert. Wieder hatte die Bevölkerung gelitten, wieder waren Handel und Kultur stagniert und auch der hohe Blutzoll hatte sich bemerkbar gemacht. Kyles Blick wanderte über Darstellungen von heidnischen Gottheiten, die angebetet wurden. Menschenopfer waren damals offenbar ebenso an der Tagesordnung gewesen, wie Verbrennungen und Verstümmelungen.

Hatte er diese Bildnisse vorher nur für schöngeistige Kunst gehalten, so wusste er nun aus den Büchern, wie ‚Meisterwerke der Baukunst Calhuhs, Band II' von Ruben Ethos Vinla DeChamp, welches Rosario ihm gegeben hatte, was diese Darstellungen zu bedeuten hatten. Um das Land an den östlichen Grenzen zu den Wüsten von Al Marrak und den Schattenelfen in den Ödländern zu retten, hatten der frühere König Verengard und die Kaiserin Rebecca II. schließlich eine akzeptable Lösung gefunden: Ad'Lanthyar hatte das Königreich symbolisch als ‚Geschenk' erhalten und der Calhuher König hatte es im Gegenzug als autarkes Lehen zurückbekommen. Calhuh sicherte fortan den Handel, insbesondere zu den Barbaren von Obiskara, die für ihre Minen- wie auch Schmiedekunst weltberühmt waren.

Verdutzt hielt Kyle in seinen Gedanken inne und erinnerte sich der Münze, die er in der zweiten Nacht ihrer Wanderung nach Lairhoven in dem verfallenen Tempel gefunden hatte und die er in diese seltsame Fügung des Schicksals, die Partnerschaft mit seinen neuen Freunden, hatte einbringen können: Es war eine Münze aus ad'Lanthyar, aus der Zeit der Kaiserin!

Fasziniert rief er sich in Erinnerung, was er am Tag zuvor noch in den alten Schriften gelesen hatte: Der Handel auf dem Seeweg hatte neuen Reichtum gebracht und Calhuh war weiter gewachsen. Die einstige Burg war mittlerweile ein Bollwerk mit großen Rundtürmen, breiten Wehrgängen, Katapultanlagen und *Ballistae*, jenen gigantischen armbrustähnlichen Schleudern, die mannshohe Brandpfeile auf angreifende Schiffe schleudern konnte.

Auch Kunst und Kultur erlebten in den letzten Jahren eine neue Blüte. Maler und Bildhauer schufen nun aufstrebende Werke, die einen neuen Zeitgeist verkündeten. Ebenso hatte sich das Handwerk neu organisiert, war unabhängiger geworden und hatte Gilden und Bruderschaften erschaffen - und mit jedem Jahr erlangten die Bürger mehr Freiheit von der Krone (und den Fürsten).

Kyle lächelte, als er am Ende des Arkadendurchgangs die Weiße Kathedrale in der Ferne aufragen sah. Ja, Calhuh war eine reiche Stadt – und er lebte hier. Heute gab es großzügige Viertel für die Bürger und Handwerker, die von gewählten Bürgermeistern verwaltet wurden. Grüne Alleen führten durch die Prachtstraßen in die bewachten Viertel der Adeligen. Es gab die Bereiche des Klerus, in denen viele kleine Tempelgebäude wie auf einer Perlenkette aufgereiht waren, ein jedes Haus eine Gottheit beherbergend, sogar jene aus anderen Ländern, um Besuchern der Stadt die Möglichkeit zu geben, zu ihren Göttern zu beten. Und natürlich war hier der Palast des Königs Araweyn I., der dem Bollwerk der Feste angeschlossen war.

Und so verschieden wie die Gebäude waren, erschienen ihm auch die Livreen der unterschiedlichen Wachen: Die des Königs waren in Rot und Gold gewandet, die des Hofrichters in Rot und Blau, während sogar der Kardinal eine eigene Garde zu haben schien, prächtig in fließendem Weiß gewandet und mit dem blauen Auge Ajyms als Symbol auf der Brust.

Aber was Kyle noch viel mehr faszinierte, war der Hafen mit seinen Docks und Lagerhäusern, den vielen Schiffen, mit ihren Segeln und Masten. Calhuh lebte vom Handel; von Waren, die aus aller Welt hierher gebracht wurden, und von Waren, die das Land verkaufte: Holz, Eisenerz und bestes Korn. Er dachte mit Sehnsucht an das Geäst aus Kränen und Masten, aus Seilen und gerafften Segeln, die er auf seinen Streifzügen gesehen hatte. Dort draußen lag eine ganze Welt, die es zu entdecken galt. Ein Jahr musste er nur hier bleiben, dann konnte er die Welt dort draußen entdecken. Dann konnten ihm die Häscher DeBracys, so sie ihn überhaupt suchen sollten, nichts mehr anhaben. Eines Tages...

Er riss sich aus seinen Gedanken, als er sah, dass er die Kommandantur, die Finley ihm genannt hatte, vor sich sah. Es war ein einfaches Steingebäude aus roten Ziegeln, klotzig und klobig, mit schweren eisenbeschlagenen Eichenholzbrettern vor den Läden und Luken.

Finley hatte ihm aufgetragen, auch eine Einladung an den Feldwebel Oluv zu überbringen. Der Obiskarer hatte lachend erklärt, dass es nie schaden kann, die Hüter für Recht und Ordnung auf seiner Seite zu haben – insbesondere, wenn man eine Taverne in einer großen Stadt wie Calhuh zu betreiben bedachte.

Kyle schob die schwere Tür auf und trat ins Innere der Kommandantur. Es war dunkel und muffig. Und unangenehm kalt. Der Geruch von öligem Eisen und Schweiß von zu vielen Männern, die auf engem Raum zusammen hausten, lag schwer in der Luft. Doch noch eine andere Note lag darin, schwerer und süßer, wie das Parfüm einer edlen Dame. Er nahm den Duft abwesend auf und schaute sich um. Ein großer Tresen verlief quer durch den Raum und trennte den vorderen Empfangsbereich, in dem zwei Schreibtische standen, von dem hinteren, wo sich der Durchgang zu einem Zellentrakt befand. Rosario hatte Kyle erklärt, dass die kleinen Stadtkommandanturen diese Zellen in der Regel nur für Betrunkene oder Raufbolde benutzen. ‚Richtige' Straftäter wurden in Arbeitslager gebracht, wenn man sie nicht vorher hinrichtete.

Er schaute sich in dem halbdunklen Raum um und fand niemanden. Er hatte eigentlich erwartet, dass in einer Kommandantur Wachen ihren Dienst absolvieren würden und ihn jemand in Empfang nehmen würde.

„Hallo?", rief er, wobei seine Stimme leise und zaghaft war, fast so, als fürchte er, jemand könne ihn tatsächlich hören.

Die Tür öffnete sich und ein hagerer Wachmann in einer viel zu groß wirkenden Livree eskortierte eine junge Frau aus dem hinteren Bereich noch vorne. „Also denk dran, er erwartet dich morgen bei Sonnenuntergang bei sich. Die Adresse kennst du ja. Und du sollst den Hintereingang nehmen."

Der Schlaksige ließ seinen Blick an ihrem Körper herunterwandern, der nur von leichten, roten Stoffen spärlich verhüllt wurde. Die Form ihrer langen Beine wurde durch die luftigen Stoffe ebenso betont wie ihre kleinen, festen Brüste, deren hervorstehenden Mamillen sich deutlich abzeichneten.

Kyle schätzte, dass sie vielleicht fünf oder zehn Jahre älter war als er selbst, vielleicht weniger. Sie senkte die Augen, die mit viel blauer und grüner Farbe, abgedunkelt mit einem Gemisch aus Ruß und Graphit, bemalt worden waren und strich sich nachdenklich die schwarzen Locken zurück. Etwas Seltsames lag in ihrem Blick, etwas Gehetztes, so als fühle sie sich einem großen Dunklen ausgeliefert, dem sich jedoch zu fügen hatte. Der Schlaksige starrte auf ihre Brüste als sei sie ein Stück Vieh und grinste mit offenem Mund. Der Wachmann fasste ihr an den Po und die kleinen Ketten, die ihre Stoffe zusammenhielten, klirrten. Sie wirbelte herum, um ihm eine Ohrfeige zu geben, doch er fing ihre Hand auf und hielt sie fest.

„Sachte, Alexandra. Das wäre Widerstand gegen das Gesetz!", kicherte der Kerl, ließ sie aber los, als er sah, dass Kyle in der Wachstube stand. Sie ignorierte den dreisten Wachmann und schritt stolz und aufrecht an Kyle vorüber. Die Wolke aus schwerem Parfüm füllte seine Nase und auch er blickte ihr hinterher, wie sie ohne ein weiteres Wort zu sagen auf die Tür zuschritt. Kyle bemerkte, dass nun auch er gaffte und gab sich einen Ruck: „Madame!"

Er sprang schnell an ihr vorbei und hielt ihr ungelenk die Tür auf. Sie nickte beinahe unmerklich, als sie hinaus in die späte Abendsonne trat und sich auf ihren Weg machte.

Kyle sah ihr nach. Die Bewegung ihrer langen, glatten Beine war perfekt und ihre betonten Bewegungen mit schwingenden Hüften sorgten dafür, dass viele Männer sich nach ihr umdrehten. Sie verschwand in der Menge, ohne sich ein weiteres Mal umzusehen. Langsam und konzentriert ließ Kyle die Luft aus seinen Wangen strömen, dann straffte er sich und schritt zurück in das Halbdunkel der Kommandantur.

Er ließ die Tür offenstehen, damit der muffige Geruch entweichen konnte. Der Schlaksige hatte sich leger über den Tresen gelehnt und gluckste ihn zweifelnd an. „*Madame?*", feixte er. „Das war nur eine Hure, Junge!"

Vor dem Tresen funkelte etwas. Ein silberner Ohrring, der ihr heruntergefallen sein musste. Kyle biss sich auf die Lippe und sagte nichts. Der Mann zuckte die Schultern. „Und? Was willst du, Bursche?"

Kyle nestelte an der Innentasche seiner Weste und holte die handgeschriebene Einladung hervor. „Feldwebel Oluv! Ich habe eine Einladung für ihn und seine Männer!"

„Das ist mein Vater!", rief eine jüngere, klarere Stimme hinter ihm. Ein hochgewachsener junger Mann mit schulterlangen blonden Haaren, der gleichfalls die Uniform der Stadtwachen trug, trat ein, gefolgt von zwei weiteren Männern, die gerade von ihrer Patrouille zurückkehrten. Er streifte die ledernen Handschuhe ab und musterte mit missbilligendem Blick den Schlaksigen hinter dem Tresen. „Und wir führen keine Botendienste für LeGoffs Garde aus, sondern sind Männer des Königs!"

„Ah, Derc!", rief der Schlaksige und stieß sich mit abfälligem Blick von der Tischplatte ab. „Dann kannst du das hier direkt übernehmen." Ohne ein weiteres Wort zu sagen, wandte sich der andere ab und verschwand durch die Tür, durch die er mit der schönen Frau gekommen war.

Kyle nutzte den Blickwechsel, um den Ohrring aufzuheben und in seiner Weste verschwinden zu lassen. Das Kleinod war länglich, nach unten ausladend und doch fragil unter seiner Berührung. Der junge Sergeant, der sich als Derc vorgestellt hatte, blickte dem Hageren mit funkelnden Augen nach und Kyle sah, wie die Kiefer des hochgewachsenen Wachmannes am Arbeiten waren. Wut, unterschwellige Wut, erkannte er nur zu gut. Derc wandte sich ihm zu und Kyle übergab die Einladung für Oluv und seine Männer – und er hoffte inständig, dass der ungehobelte Kerl nicht dazu gehörte.

Bazar

WOLKEN AUS GLÜHENDEM FEUER loderten über der Stadt.

Das feurige Gold der Abendsonne lag schwer über der Stadt und tauchte den Ewigen Bazar von Calhuh in ein seltsames, unwirklich erscheinendes Farbenmeer. Im Zentrum der vier in alle Himmelsrichtungen verlaufenden Prachtstraßen gelegen, befand sich der Markt im Schutze der Weißen Kathedrale mit den beiden hoch aufragenden, flachen Zwillingstürmen, die die filigrane Fensterrose aus buntem Glas flankierten. Das warme Licht der untergehenden Sonne wurde durch den hellen Sandstein und weißen Marmor der weitläufigen Seitenschiffe und stützenden Strebebögen gebrochen, und auch die glitzernden Edelsteinfassaden der schönen und stolzen Stadthäuser der reichen Händler spendeten ihren ganz eigenen Glanz zu diesem Abend.

Kyle liebte den Glanz und die Strukturen, die Muster und Zeichnungen, die Farben und Formen. Viele hatten Fassaden, in denen sich hier und da sogar Muscheln befanden, in Steinen, die man aus dem Meer gezogen hatte. Anfangs wohl eine günstige Lösung statt ferner Steinbrüche – und heute eine Mode, die sich nur noch wenige leisten konnten.

Und er liebte jene Statuen, die Geschichten erzählten. Krieger mit Schwertern, die Schlangen am Kopf hielten, ganz nackt, bis auf einen Helm oder eine Klinge in den Händen. Oder Frauen, so schöne Frauen, wie er sie noch nie zuvor gesehen hatte, festgehalten mit dem Auge begnadeter Künstler. Manche liegend oder kauernd, eine Amphore am Brunnen füllend oder im steinernen Tanz eingefroren für alle Zeit.

Doch nicht nur Sagen wurden hier durch Statuen und Reliefs erzählt. Militärische Ereignisse - von denen er nicht immer wusste, wann oder wo sie stattgefunden hatten - wurden dargestellt. Auf dem Platz vor der Kathedrale stand eine Siegessäule, deren Schaft mit allerlei Bildern und Szenen des ‚Großen Triumphs' dargestellt wurden. Rosario hatte ihm allerdings schon erklärt, dass es immer die Sieger wären, die bestimmen, wie solche Ereignisse wahrgenommen werden: die Darstellungen der Elfen über die Massaker und Vergewaltigungen seien etwas gänzlich anderes als ein ‚Großer Triumph'.

Kyle hatte nahezu alle Einladungen verteilt, die Finley und Rosario ihm aufgetragen hatten, und sich nach dem Besuch der Kommandantur dazu entschlossen, über den Bazar zu schlendern, um die letzten Einladungen auszulegen. Oder hatte er insgeheim gehofft, er würde die dunkelhaarige Schönheit wiedersehen? Alexandra, war das ihr Name gewesen? Er spielte mit dem länglichen, mit seltsamen, fremdländischen Mustern verzierten Ohrring, den sie in der Kommandantur verloren hatte, zuckte nur die Schultern und betrat den Bazar.

Der Ort aus Hütten, roten, blauen und gelben Baldachinen und Ständen selbst war ein einziger Schmelztiegel aller Kulturen. Händler mit Hautfarben, die schwarz wie die Nacht, rötlich und gelblich waren, boten hier Waren aus allen Teilen der bekannten Welt an. Hier plauderten die Leute bei einem Becher Wein, machten Geschäfte, dort verteilte jemand Steckbriefe nach einer Verwandten, die offenbar verschwunden war, und wieder eine Ecke weiter verwickelten Gauner die Ahnungslosen in Glückspiele, um sie um ihr Silber zu bringen, während auf Kisten stehende Prediger von dieser oder jener Glaubensrichtung zur Abkehr vor den Abgründen des Lasters aufriefen (oder dazu ermutigten; je nach Ausrichtung der jeweiligen Götter und Götzen).

Kyle gab nichts auf das religiöse Gerede. Seine Mutter war zum Ende ihrer Hurenzeit eine beinahe fanatische Anhängerin des Strahlenden Gottes, Ajym, gewesen – und hatte ihn mit Tritten und Prügel zum Aufsagen von Gebeten gezwungen, an die er nie geglaubt hatte. Zumindest diesen Albtraum hatte Adrian ihm damals genommen. Er schüttelte den Gedanken ab und bestaunte lieber die Vielfalt der hier feilgebotenen Waren. Die Kostbarkeiten der Händler schienen einfach immer neue Formen anzunehmen und ihn zum Kauf verlocken zu wollen. Hier glänzte edle Seide aus dem fernen Thyat, dort stieg ihm der Geruch von Kräutern und duftenden Ölen aus dem sagenumwobenen Samalar in die Nase. Schausteller führten ihre Künste vor, jonglierten Bälle und Messer, spien Feuer, und hier und da wurden Wetten auf Schlangen, die Kaninchen töteten oder gegen Mungos kämpften, abgeschlossen. Immer wieder zerrte einer an seinem Arm, um ihm Pfeffer aus Dasra zu verkaufen oder Salz aus dem Caramassin, und dort priesen gutgelaunte Händler ihre kunstvolle Töpferware von den Inseln des Südens an, während an einem anderen Stand kunstvoll gefertigte Karten sein Auge gefangen hielten.

Er blieb stehen und betrachtete die Karten des Kontinents Skartaria genauer. Landkarten aus Pergament und Papyrus mit handgemalten Verzierungen von Drachen im fernen Norden und Westen, krakenartigen Seeungeheuern in den endlosen Weiten der Meere des Ostens und eine Vielzahl (sich widersprechender) Flecken von Inseln und Landmassen, die Kyle zeigten, wie groß die Welt war, die es zu entdecken galt. Von Nationen wie Troma im Süden des ad'lanthyarischen Imperiums, der Wüste Thar al Marid oder gar dem Königreich Aphya auf dem weit entfernten Ostkontinent Ekomar hatte er zuvor zumindest schon einmal gehört, doch wusste er nie, wo sie lagen.

Er erstand eine kleine Karte, auf der er die Stadt Calhuh in ihrer heutigen Form fand und erkannte erstmals, wie wenig er über die Ausmaße dieser Stadt wusste. Fasziniert betrachtete er die schroffen Felshänge im Osten, welche die geschützte Lage des königlichen Palastes sicherten. Er staunte über die Lage des Leuchtturms, der die Handelsschiffe auch bei Nacht sicher zum Hafen geleitete, und über die nierenförmigen Stadtmauern, die im Laufe der Zeit ausgebaut worden waren. Er verstand, wie sich die einzelnen Viertel aufteilten, mit den Alleen des Adels, den Villen der reichen Händler, den Einkaufsstraßen oder auch den bescheideneren Bürgerhäusern und den verwinkelten Gassen im heruntergekommenen Teil des Hafenbereichs. Vorsichtig rollte er die Karte zusammen und beschloss, diese als Wandschmuck in seiner Kammer aufzuhängen.

Am anderen Ende des Bazars wurden Waffen der allerfeinsten Schmiedekunst angeboten (zumindest glaubte er das). Einige stammten aus der ad'lanthyarischen Hauptstadt, andere aus Dasra, Al Marrak oder Caramas. Allerlei Schwerter, Spieße und Sicheln wie auch Rüstungen glänzten und muskelbepackte, oftmals eingeölte Kämpfer standen auf hölzernen Bühnen und lobten die Qualität der Klingen, wirbelten diese kunstvoll herum und hieben kraftvoll Attacken in die Luft; stets unter den wachsamen Augen der Händler, für die sie posierten.

Welch schöne Schwerter, dachte Kyle, als er die Ware eines dunkelhäutigen Händlers begutachtete. Der Mann trug einen gewickelten

Turban auf dem Kopf und am Leib einen braungelb gestreiften Kaftan der Wüstenmänner aus der heißen Küstenstadt Al Marrak.

Eine Klinge fiel ihm besonders auf, nein, irritierte ihn. Im Gegensatz zu den anderen Klingen war sie schartig und verrostet, die Parierstange an einer Seite gebrochen, und doch zog sie ihn an. Vielleicht, weil sie so anders war. *So anders, wie ich...*

Sachte nahm er die Waffe in die Hand, während ihn der Händler mit den schiefen Zähnen zweifelnd beobachtete. Nur ein Dummkopf würde dieses Stück Schrott haben wollen. Kyles Hand zuckte zurück. *Der Griff!*

Sich herunterbeugend, betrachtete er den Griff aus der Nähe. Eine Figur war eingelegt, braungrauer Dreck und Schmutz hatten sie beinahe bis zur Unendlichkeit verklebt. Kyle betrachtete die Figur genauer und schabte mit dem Fingernagel etwas von dem zerbröselnden Dreck ab. Ein kleiner, kunstvoll gefertigter Drache aus (vermutlich nur aus Bronze statt aus reinstem Gold) kam zum Vorschein; eine Zierde, die von der Parierstange bis aufs Klingenblatt verlief. Das Maul schien in die Klinge zu beißen und eine Stimme wie das Klingen ferner Glöckchen manifestierte sich in seinem Verstand. Weit weg und nur in seinem Hirn. *Drakos ashla be'gh Jiddar!*

Kyle starrte den geschäftig lächelnden Händler an. *Diese Stimme in meinem Kopf! Woher...?* Einen Moment später verstand Kyle: Der Drache hatte sich *lebendig* angefühlt und schien zu ihm zu sprechen. Die Worte waren so seltsam und er verstand ihre Bedeutung nicht. Nur ein seltsames Gefühl war in ihm, ganz so, wie der Schwindel, den man verspürte, wenn man zu nahe an einen Abgrund trat. Er zitterte und spürte kalte Schauer über seinen Rücken fließen. Aufgeregt musterte er eine Zeit lang die schartige Klinge und studierte immer wieder den eigenartigen Drachen. Er stutzte. Hatte dieser nicht gerade seine Position verändert? Aber wie? Dies war doch nur ein Kleinod. *Geschmiedet, um eine Klinge zu verzieren!*

„Wieviel willst du dafür?" Kyle hielt die Waffe hoch, achtete aber sorgsam darauf, dass die nun freigekratzte, golden glänzende Stelle von seiner Hand verdeckt wurde.

„Ahh, ein weiser Herr. Es ist ein schönes Stück, sehr wertvoll, *Efendi*!"

Kyle sah nicht auf und konnte seinen Blick nicht von dem verzierten Griff abwenden. „Ihr mögt Drachen, Herr? Dann ist dies für Euch bestimmt, vertraut einem ehrbaren Händler." Der Mann legte sich die Hand auf die Brust und lächelte breit. Kyle musterte ihn und kniff die Augen zusammen. Er sagte nichts.

„Ihr wisst, *Efendi*, der Drache steht für eine übergeordnete Macht in dieser Welt. Ein Fabelwesen nur, gleich einem Traum aus einer längst vergessenen Zeit, doch ein Fabelwesen, welches auf vielen Bannern ein Symbol für Stärke ist."

Kyle nickte nur und dachte über die Worte nach. Der Händler setzte nach. „Oder für Freiheit!" Der Mann tat, als würde er im Kopfe überlegen.

„Nun, *Efendi*, sagen wir, unter Freunden: Drei Silberadler für ein solch erlesenes Stück!"

Kyle dachte nur an den kleinen, golden wirkenden Drachen, vergaß alles, was er über den Bazar gelernt hatte und schlug ohne weitere Verhandlungen ein. Verdutzt starrte ihn der Händler an, zuckte dann die Schultern, reichte Kyle ein Stück altes Leinentuch, um die Ware darin einzuschlagen. Lächelnd strich er das Geld ein, um es in dem braungelben Kaftan verschwinden zu lassen, der ihm bis zu den Füßen reichte. Bereits auf der Suche nach dem nächsten Kunden warf er Kyle keinen weiteren Blick hinterher, als dieser gedankenverloren davonging.

Kyle erstand an einem anderen Stand ein paar Unterarmschoner aus braunem Leder, welche mit silbernen Federn verziert worden waren, die an der Oberseite in Längsrichtung verliefen. Ihm gefiel die Art, wie sie seine Unterarme kräftiger erscheinen und zugleich das weiße Hemd und die grünbraune Weste ,interessanter' wirken ließen. Wenige Momente später hatte er den Bereich verlassen, in dem Waffen und Rüstungen angeboten wurden und drängte sich erneut durch die fließende Masse aus Menschen, Geräuschen, Farben und Gerüchen. Er senkte diesmal nicht mehr seinen Blick, sondern sah den Fremden in die Augen. Diese blickten nun ihrerseits zur Seite, als er vorüberschritt.

Gewürze und Früchte bestimmten nun die Gerüche, gemischt mit dem Parfüm schöner Frauen, die mehr davon trugen, als er es aus seinem früheren Leben kannten. Auch zeigten diese Frauen hier mehr, welche Schönheit sie hatten. Brüste wurden durch Wickelungen angehoben und er sah, wie sie sich bei jedem Schritt wippend auf und ab bewegten. Doch obwohl sie ihre Weiblichkeit auf der einen Seite betonten, bewegten sie sich zugleich entweder in Gruppen, so wie ein Fisch in einem Schwarm den Schutz der Masse sucht, oder sie wurden von grimmigen Leibwächtern flankiert, die breite Schwerter trugen.

Mit Faszination lauschte er dem Grunzen und Blöken und Schmatzen der Tiere. Kühe und sogar ein, zwei Elefanten, die man aus dem Süden hergebracht hatte. Sogar die seltenen, widderköpfigen Lastenechsen – Nugáru genannt –, die er als Kind immer für Drachen gehalten hatte, gab es hier zu sehen.

Sein Weg führte ihn in Richtung Hafen und er sah mehr Seeleute in den nun enger werdenden Gassen, die auf der Suche nach den schönen Huren mit den bunt bemalten Gesichtern waren. Die Enge der Gassen überraschte ihn; fast war es vielerorts so, als könnten sich die Dächer beinahe berühren. Dann jedoch wurden sie wieder breiter, um mehr Licht in die Straßen zu lassen. Hier und da gab es sogar einige alte Bäume, die die Leute hatten stehen lassen, um etwas Grünes in der Enge der Stadt zu haben.

Mit offenen Augen bewunderte Kyle die kleinen schmiedeeisernen Balkone vor den Fenstern zur Straße, kaum mehr als einen halben Schritt tief, jedoch mit breiten bauchigen Aussparrungen, die, wie er nun lernte, dazu dienten, dass die Damen in ihren langen Kleidern hinaussehen konnten. Er winkte der Dame über sich zu, die ihn mit kühler Miene ignorierte und kurzerhand die Läden schloss, als sie ins Innere zurücktrat.

Er lachte und ging weiter durch die verwinkelten Gassen. Manche Häuser waren schief und schienen durch das jeweils andere gestützt zu werden. Stützbalken fanden sich hier und da. Die Leute hatten Leinen zwischen den Schluchten aufgehängt, um Wäsche zu trocknen und über allem lag ein endloses Plappern, Schwatzen, Rufen, Klappern, Knurren und Grunzen.

Wie mit der Strömung der See, an der er nun lebte, ließ er sich durch den Rhythmus der Masse treiben. Hier der Duft von geräuchertem Schinken, dort der Geruch von gezuckerten Backwaren, vermischt mit dem schweren Parfüm vorbeigehender Schönheiten.

Er sah Lachen in den Gesichtern der Händler. Faltige Gesichter. Traurige Gesichter. *Sorgen.*

An einem Stand erwarb er mit Bratfleisch gefüllte Teigtaschen und gönnte sich eine Pause. Der Händler gehörte zu einem von Finleys Lieferanten und Kyle war froh gewesen, die letzte Einladung auf diese Weise losgeworden zu sein. Kauend stand er am Rand und schaute dem Treiben zu. Er sah, wie ihn die allgegenwärtigen Hübscherinnen musterten, ihn aus kalten Augen heraus anlächelten und ihre geschwungenen Brauen einladend hochzogen. Einige riefen ihm Angebote zu, doch er hob nur die Hand an der Hüfte – ein allgemeingültiges Zeichen, dass er im Moment nicht interessiert sei - und lächelte zurück. Ein freundliches Gesicht war alles, was er ihnen heute geben konnte. Aber er wusste, dass es etwas war, das sie dennoch wertschätzten, auch wenn sie es nicht zeigten.

Als er seinen Blick wieder zurückwarf, gefror ihm das Blut in den Adern. Ein nur allzu vertrauter roter Haarschopf brannte wie ein Leuchtfeuer in der Menge. Janek schaute missmutig drein, als der Händler für die mit Bratfleisch gefüllten Teigwaren vehement den Kopf schüttelte. Offenbar hatte Janek ein zu geiziges Angebot abgegeben. Oder er war von den höheren Preisen in dieser Stadt überwältigt. Janek schien den Mann zu bezahlen und erhielt seine Teigtasche. Aber dies war Kyle gleich: Die brennendste Frage, die Kyle durch den Kopf schoss, war: *Warum ist Janek hier in Calhuh?*

Die Antwort erfolgte einen Herzschlag später. Ein weiterer viel zu vertrauter und verhasster brauner Haarschopf bewegte sich mit festem Schritt durch die Menge auf Janek zu. Das Schwarz und Gelb der Greife DeBracys brannte in Kyles Augen, als er Feldwebel Darrigan erkannte, der den kauenden Janek unwirsch von dem Stand fortzog und direkt in seine Richtung zuhielt. Die alte Angst griff nach seinem Herzen. Die Angst des Scheiterns. Des gehetzten Tieres.

Aber das bist du nicht mehr!, ermahnte er sich. *Handle! Lass dich nicht von deiner Angst lähmen! Angst ist eine Annahme...*

Mit schlagendem Herzen und dennoch entschlossen, drehte Kyle sich um, bevor sie ihn sahen. Er ließ sich von einer Gruppe Seeleute abdrängen, inspizierte scheinbar interessiert die Waren an einem Stand, immer darauf bedacht, den beiden nicht das Gesicht zuzudrehen, bevor er wieder in der Menge verschwand.

Er eilte durch Gassen, mal nach links, dann nach rechts. Schließlich wurde die Straße wieder breiter und er sah Palmen, die man auf dem Ausläufer des Marktes gepflanzt hatte. Rosario hatte ihm erzählt, dass die ad'Lanthyarer gerne Tiere und Pflanzen aus anderen Ländern als Beute und Zeichen der Eroberung ‚heimbrachten'.

Er passierte ein von Blumenbeeten umgebenes, aufgebocktes Fischerboot, das man blau angemalt hatte. Ein Glücksbringer, um die Götter der See zu besänftigen, vermutlich. Oder für gute Fänge. Oder die Heimkehr der Fischer. Aberglaube und Hoffnungen mischten sich hier in Calhuh stets miteinander.

Oliven glänzten im Licht der Abendsonne und er sah die Masten der Schiffe, wenn er die herabfallende Straße hinabblickte. Kyle stutzte. An einem Stand mit Früchten, roten, grünen und gelben, sah er sie. Die dunkelhaarige Dame aus der Kommandantur erstand gerade eine Handvoll roter ‚Kugeln' und machte sich wieder auf ihren Weg, bevor Kyle sie erreichen konnte. Er eilte ihr hinterher, doch sie war schon wieder in der Menge verschwunden, und eine weitere Gruppe von Seeleuten, die ihm in breiter Front entgegentorkelte, zwang ihn, den Männern auszuweichen.

Er fluchte und machte sich wieder auf den Weg, doch er schien sie verloren zu haben. Der Geruch von Lauge aus den nahen Waschhäusern wurde zu ihm herübergetragen und er hörte Zetern und Zanken.

„Passt doch auf!" Die Stimme der Frau klang zornig und Kyle schaute nach der Ursache. In einem Torbogen, dessen Sandsteinblöcke im letzten Licht der untergehenden Sonne orangegelb leuchte, schimpfte Alexandra und klaubte ihre Habe auf, während eine Gruppe von schmutzigen Kindern mit hinterhältigen Gesichtern sie mit einem Sprechgesang mit „Metze, Metze!" beschimpften und sie aus sicherer Entfernung auslachten.

Kyle trat in den Torbogen, die Hand am Griff seines Schwertes und warf ihnen einen bösen Blick zu. Zu seinem Erstaunen tuschelten die Kinder und rannten davon. Er sah sich um.

Auch Alexandra starrte ihn an. Der junge Kämpfer, der vor ihr stand, schien zu glühen, als ein einzelner Streifen goldenes Licht aus dem Himmel zwischen den Häusern herabfiel. Einen Herzschlag später krochen die Schatten aus den Ecken empor und die Abendsonne verschwand hinter den hohen Dächern; das Licht in den Häuserschluchten nahm bläulichere Züge an und die Wärme verging mit jedem Atemzug. Der Mann war jung, befand sie, kaum der stattliche Kämpfer, für den sie ihn im Gegenlicht noch einen Moment zuvor gehalten hatte.

Misstrauisch wechselten Alexandras Blicke zwischen ihm und den zermatschten Früchten, die zu Boden gefallen waren, als die Kinder sie angerempelt hatten. Es waren Granatäpfel, deren rote Kerne sich nun auf der schmutzigen Straße verteilt hatten. Kyle bückte sich und las gleichfalls jene auf, die ihm noch essbar erschienen. Er hielt sie ihr hin.

Alexandra nickte ein stummes Danke und schüttelte den Kopf. Tränen standen in ihren Augen und ihr Kiefer mahlte vor Anspannung. Sie behielt ihn im Auge und Kyle sah, dass ihre Linke ihrer Hüfte ruhte, an der sie eine langstielige Pfeife versteckt hielt. Er kannte diese Pfeifen noch von seiner Mutter. Um das Dasein erträglicher zu machen, rauchten manche Mädchen und Frauen einen süßlichen Tabak, eine Droge, die die Sinne benebelte - und der schlanke, an einer Seite angeschliffene Schaft ließ sich zudem als Stichwaffe gegen aufdringliche Freier einsetzen. Er hob beschwichtigend die Hände. „Keine Sorge. Ich bin harmlos!", sagte er mit gequältem Gesicht.

„Sicher", antwortete sie kühl, beließ ihre Hand jedoch auf der Klinge. Ihre geschwungenen Augenbrauen bildeten einen skeptischen Winkel. „Ich kenne dich", sagte sie schließlich mit jenem fremden Klang in ihrer Stimme. Ihr war eine Sprachmelodie zu eigen, die ihm sagte, dass sie von weither kam; sie fügte die Worte richtig aneinander, doch die Betonungen waren *verschoben*.

Kyle nickte und holte ihren Ohrring hervor. „Die Kommandantur."

„Oh."

Sie entspannte sich ein wenig, dann nahm sie vorsichtig das Schmuckstück aus seiner flachen

Hand entgegen. Doch ihr Blick blieb wachsam, beinahe so, als sei sie ein Tier, das das erste Mal aus der Hand eines Menschen Futter entgegennimmt.

„Ich bin Kyle!", stellte er sich vor. Sie schüttelte den Kopf und lachte leise.

„Schön, dich kennenzulernen - *Kyle.*" Ihre Stimme klang exotisch, aufregend, rollte sie doch leicht das ‚R' und betonte die scharfen Laute ein wenig mehr, als es in Calhuh üblich war. Sie hielt die noch essbaren Früchte mit der Rechten fest und verneigte sich leicht. „Ich bin..."

„*Alexandra!*", rief Kyle aus, und rollte nun seinerseits das ‚R' in ihrem Namen, derart, wie es die Männer in Calhuh nicht taten. „Ich hatte das Gespräch mitbekommen. Einen Teil davon."

„Ja", machte sie nur und ihr Blick wurde dunkel. „LeGoffs Art mir zu sagen, dass meine Dienste für einen seiner Gäste gebraucht werden."

Kyle stutzte. „LeGoff?" Er hatte den Namen bereits gehört. Rosario hatte ihm von den Adeligen der Stadt berichtet, aber er konnte den Namen nicht zuordnen.

„Vergiss es, Junge!" Sie bleckte die Zähne, die eben und gerade waren. „Vergiss, was du gesehen und gehört hast."

„Der Hagere hatte kein Recht, dich so zu behandeln", sagte er.

Sie lachte. Kein warmes Lachen, sondern dieses Mal lachte sie ihn aus. „Wach auf, kleiner Mann. Das ist Calhuh. Für alle bin ich nur ein Stück Fleisch. Für die Seeleute, die Wachen oder die *Hariga*", sie spie das Wort mit ihrem fremdländischen Akzent förmlich aus, „die Frauen wie mich auf ihren Altären schlachten! So oder so – ich bin nur ein Stück Fleisch. Und wenn dieses Stück Fleisch Glück hat, wird es bezahlt."

Sie deutete den Weg hinunter zur Zeltstadt. Der zweite Torbogen wirkte noch düsterer als der erste und Kyle konnte dahinter ein Gespinst aus Wäscheleinen ausmachen; ein Spinnennetz, welches zwischen den dunklen, heruntergekommenen Häusern, grau und grün von Schlamm und Moos, aufgespannt worden waren.

Gelbe und rote Laken hingen in den Fenstern, Kennzeichen für die Bordelle und die Lustkammern der besserverdienenden Huren. Und vor den Häusern konnte er die ersten Ausläufer der Zeltstadt ausmachen, eine Ansammlung durcheinander aufgebauter Zelte und Planen, in denen die ärmeren Frauen ihrem Tage- und Nachtwerk nachgingen. Der Wind, der von der See kam, presste den modrigen Geruch der Zeltstadt durch den Torbogen und Kyle roch die Mischung aus Brackwasser, Unrat und weitaus anderen Dingen, die er nicht zu benennen vermochte. Er verstand nun, warum dieser Ort im Volksmund ,Höllenküche' genannt wurde.

„Ich muss gehen." Ohne seine Reaktion abzuwarten, wandte sie sich um und schritt über gebrochenes, unebenes Kopfsteinpflaster davon. Kyle sah ihr nachdenklich hinterher und fragte sich: *Was sind Hariga?*

Die Schule

KYLE VERLIEß DEN BAZAR durch ein Wehrtor über die nach Süden ins Hafengebiet hinabführende Straße und suchte eine ruhige Ecke, um über die Begegnung mit Alexandra nachzudenken. Sie hatte etwas so... ‚gehetztes‘ an sich gehabt. *Ein waidwundes Tier wie du?*

Unschlüssig blickte er sich um und holte das rostige, alte Schwert hervor. Vorsichtig schlug er es aus dem Tuch aus und begann, seine neueste Errungenschaft näher zu betrachten. Hier, wo die letzten Stände des über seine vorgegebenen Grenzen hinauswuchernden Marktes weniger gedrängt standen, fand er eine ruhige Gasse. Er sah sich um, beschied, dass er unbeachtet war und untersuchte gebannt den Schwertgriff des alten Schwertes. Mit Fingern und seinem Hemdsaum kratzte er die Figur vom Dreck frei. Der kleine kunstvoll gefertigte Drache selbst war nachträglich an die Klinge angebracht worden. Und hatte er nicht das Gefühl, dass die Augen des Kleinods ihn anzusehen schienen? Natürlich war dies

347

ausgemachter Unsinn, und doch fühlte Kyle eine tiefe, eine innige Verbindung zu dieser... *Kreatur*.

Ein neues Geräusch drängte sich in seine Gedanken; bassig und kraftvoll. Kurze und laute Kampfschreie ließen ihn aus seinen Gedanken hochfahren. Sie kamen rhythmisch und abrupt. So lauschte er einen Moment lang den Lauten, die aus der Tiefe der Gasse kamen. Waren die Prachtstraßen schön verputzt, so stapelte sich oft der Müll in den schäbigen, kleinen Seitenstraßen. Kyle atmete flach, schritt tiefer in die stickige Gasse und fand eine neue Straße, die parallel zu jener verlief, die er gerade entlanggekommen war.

Eine hohe Holzpalisade, nicht schlicht und schroff, sondern rot glänzend gestrichen und glatt poliert, lag hier versteckt. Das Gebäude dahinter war flacher als die anderen Gebäude und die Palisade ein weites Areal einfasste, wirkte es heller und freundlicher, als die vier oder fünf Stockwerke messenden Häuser an den Handelsstraßen. Er konnte hinter der Mauer sogar hier und da grüne Baumkronen aufragen sehen, als verberge sich ein weitläufiger Garten hinter dem Mauerwerk.

Das breite Haus faszinierte ihn. Eine schlichte Eleganz ging von dem weitläufigen einstöckigen Gebäude mit dem seltsam flachen Giebeldach aus und Kyle versuchte zu verstehen, um was für ein Gebäude es sich hier handelte. Wieder erklangen diese kurzen, donnernden Kampfschreie; neugierig und vorsichtig trat er näher an die hölzerne Fassade. Das letzte Sonnenlicht schien ihm den Weg zu weisen und so blickte er durch den offenen Durchgang ins Innere des Gebäudes.

In dem breiten Durchgang hockte ein Dutzend teils leise fluchender und grimmig dreinblickender Männer und Frauen, manche kaum älter als er selbst, manche vierzig Sommer oder mehr. Und sie trugen alle die gleiche Kleidung, einfache weite Hosen und Schecken aus weißgelber Baumwolle, die mit einem kunstvoll geknoteten Gürtel aus dem gleichen Material zusammengehalten wurden.

Kyle traute seinen Augen kaum: sie *malten*. Mit einem langstieligen Pinsel versuchten sie Formen mit schwarzer Tinte auf Bögen von Papier zu malen. Einige, die Ruhigeren, schienen dies mit Präzision zu tun, während die Fluchenden eher ungelenk der Tätigkeit nachgingen und wohl gar nicht den Sinn darin sahen.

Erneut fegte eine Welle aus donnernder Luft über ihn hinweg, als die Kampfschreie aus dem Inneren des Gebäudes erklangen. Eine größere Gruppe von Kämpfern musste hier definitiv zugegen sein. Aber es war nicht das Schnaufen und Keuchen, das er von Stadtwachen, DeBracys Schergen oder auch Rosario und Finley kannte, wenn sie sich in Schwertübungen ergingen. Es war... *verhaltener*.

Niemand beachtete ihn und so schritt Kyle leise an den Malenden vorbei. Um die Ecke des Eingangs spähend, blickte er nun in eine große, ebenfalls mit edlem Holz verkleidete Halle, in der sich das Geschehen abspielte. Ungefähr zwanzig Männer und Frauen standen nun einfach da und atmeten nur. An den Wänden der Halle waren Fackeln angebracht, welche die Übenden nur schwach erhellten, aber Kyles Augen gewöhnten sich schnell an das Halbdunkel. Die Männer und Frauen hatten die Augen halb geschlossen, standen fest auf dem Boden und hatten die Hände kampfbereit erhoben. Und jeder schien für sich einen Raum einzunehmen, war in sich versunken.

„Der Kampf ist etwas Eigenes, Intimes, nur für einen Kämpfer selbst", erklang eine sonore Stimme hinter ihm. „Er ist... persönlich."

Kyle drehte sich zu dem Besitzer der tiefen Stimme um. Vor ihm stand ein großer und drahtig gebauter Mann mit schwarzgrauen Locken. Der Mann trug die gleiche Baumwollkleidung wie die Übenden, wenngleich schwarze Beinröcke ihn offenbar als einen der Lehrer auswiesen, so vermutete Kyle. Ein freundliches Lächeln lud ihn ein, näher zu treten.

„Verzeiht, aber ich hörte die Schreie. Schreie von Kämpfenden. Und ich sah, dass jemand malte."

Der Mann lächelte sein stilles, bescheidenes Lächeln und deutete den Weg in die Halle. Dann drehte er sich um, trat ein und verbeugte sich kurz im Durchgang. Kyle folgte ihm. Der Mann führte ihn zu einigen Matten an der Wand hinter den in Reih und Glied Exerzierenden und setzte sich im Kriegersitz nieder. Aufmerksam beobachtete Kyle, wie der Mann zuerst das linke und dann das rechte Knie auf den Boden setzte, während seine Hände in der gleichen Reihenfolge folgten. Diesmal tat Kyle es ihm gleich. Der Mann bemerkte dieses und verneigte sich leicht. „Du lernst offenbar schnell, mein junger Freund." Der Mann deutete auf Kyles Kämpfersitz. „Aber weißt du, warum wir das so tun?"

Kyle überlegte, ahnte es, konnte es jedoch nicht in Worte fassen. Der Lehrer lächelte erneut und erlöste ihn. „Die meisten Krieger tragen ihr Schwert links. Wenn du dich hinkniest, willst du nicht, dass dein Körper dich behindert. Also gehst du erst mit dem linken Knie herunter – und der Weg für deine rechte Hand ist immer frei, bei jedem Bewegungsschritt."

Kyle verstand und nickte.

„Und weißt du, warum die Schüler draußen malten?"

Er schüttelte den Kopf.

Der ältere Mann lächelte und machte eine bedeutende Geste. „Es liegt eine besondere Magie im Malen. Formen manifestieren sich. Frage dich also, ist es nicht das Gleiche, ob du einen Pinselstrich tust, eine Wand streichst oder einen Schwertstreich ausführst?"

„Das Gleiche?", fragte Kyle verwirrt.

„Ja, ein jedes Ding erfordert Präzision."

Kyle runzelte die Stirn.

„Präzision im Kampf ist das Gleiche, wie Präzision bei einer jeden Handlung, die du ausführst", erklärte der Mann.

„Ich verstehe nicht."

„Du kannst beispielsweise den Boden fegen, indem du einen Besen hin- und her bewegst, ziellos schrubbst und hoffst, dass du keine Stelle übersehen hast."

Kyle nickte.

„Oder du kannst den Raum erfassen und gezielt Bahn für Bahn reinigen. Mit klaren, wissenden Bewegungen. Kontrolliert. Zu *deinen* Regeln."

Ein anderer Lehrer, der, der die Gruppe betreute, rief ein Kommando und die Übenden erwachten aus ihrer meditativen Haltung und machten blitzschnell einen Ausfallschritt nach vorn. Der donnernde Kampfschrei der Gruppe fuhr wie eine Welle über Kyle hinweg.

„Die meisten dieser Kämpfer kämpfen nicht etwa gegen irgendwelche Banditen im Geiste - oder um Söldner zu werden. Nein! Sie kämpfen gegen sich selbst."

Fragend blickte Kyle den Mann an.

„Die Atmung!" Wieder ließ er dieses wissende Lächeln auf seinen Zügen erscheinen und fuhr mit gedämpfter Stimme fort: „Die Atmung ist die Grundverbindung zwischen Körper und Geist. Erst wenn dein Geist sich der Bedeutung des Atmens bewusst ist, kann dein Körper die durch ihn fließenden Energien richtig und gezielt nutzen. Und ungeahnte Energien sind es, die durch dein Sein fließen; eine urwüchsige Verbindung zu den Elementen, aus denen diese Welt besteht. All dies ist in deinem *Ich*."

„Mein *Ich*..." Gebannt schaute Kyle auf die wieder mit halb geschlossenen Augen dastehenden Männer und Frauen. In jedem Glied seines Leibes spürte er die starke Kraft, die von ihnen ausging. Von ihrer Konzentration, von ihrer, er verstand es, *Atmung.*

„Wir nennen dieses die Kunst des Shaii-Re." Der Lehrer erhob sich so gezielt, wie er sich gesetzt hatte und bedeutete Kyle erneut, ihm zu folgen. „Ich bin Tomé", erklärte er mit leiser Stimme und führte den jungen Mann in eine kleinere Halle, von der aus er im Innenhof einen prachtvoll angelegten Garten ausmachen konnte. Kyle schritt langsam durch die von Dutzenden Fackeln und Kerzen erhellte Halle, achtsam darauf bedacht, sowenig Krach wie möglich zu machen, um die anwesenden Adepten, dieser ihm so bizarr und doch faszinierend erscheinenden Kampfkunst, nicht in ihren Übungen zu stören.

„Setz dich und sieh zu", flüsterte Tomé, der ihn aus den Augenwinkeln aufmerksam beobachtete. Und Kyle *sah* zu.

Er sah, wie die jungen Männer und Frauen ihre kalte Muskulatur erwärmten und dehnten, um eine größere Flexibilität ihres Körpers zu erlangen. Er sah, wie Kampfübungen mit und ohne Schwert langsam und voller Konzentration immer und immer wieder lautlos durchexerziert wurden. Übungen von einer Präzision, wie er sie noch nie gesehen hatte. Keine überflüssigen Bewegungen, keine verschwendete Kraft, nur fließende Wechsel der Spannung und Entspannung.

Eine Flöte erklang aus dem Garten.

Stöße.

Gleiten.

Begleitet von dumpfen Trommeln, gleich eines Herzschlags.

Gleiten.

Stöße.

Paraden aus sich überkreuzenden Gliedern. Fließend.

Der Blick des Mannes wanderte strafend zu zwei Frauen, die eine blond, die andere dunkelhaarig, in Rüstungen gekleidet, die kichernd am Rand der Übungsfläche saßen und miteinander tuschelten. Kyle sah ihn fragend an, doch Tomé winkte ab und nahm einen Bogen handgeschöpftes Papier sowie einen Pinsel aus einem Tintenfässchen, welches an der Wand neben den Sitzmatten stand.

Tomé legte das weiße Blatt vor Kyle nieder und führte den Pinsel mit geschickter Hand um einen faustgroßen Kreis darauf zu malen. Dann tunkte er den langstieligen Pinsel erneut in das Tintenfass ein, strich die überschüssige schwarze Farbe ab, so dass sie nicht tropfte und reichte Kyle das Ende des Griffes. Der Pinsel war mehr als eine Elle lang.

„Hier. Probiere es aus."

Fragend blickte Kyle auf den Kreis und dann den Pinsel.

„Führe einen einzigen Strich, der unten links auf dem Blatt beginnt und versuche bewusst, den Kreis zu treffen."

Kyle nickte und wollte den Pinsel tiefer anfassen, um langsam mit der Malerei zu beginnen.

„Nein!", unterbrach in Tomé. „Wie eine Klinge fasse den Pinsel hinten. Und dann ein schneller, präziser Streich. Nicht kritzelnd, nicht suchend. Wissend!"

Wieder nickte Kyle und fasste den Pinsel, wie Tomé ihm geheißen hatte. Er atmete tief ein und führte ohne nachzudenken den geforderten Strich. Tomé blinzelte. „Du hast den Kreis genau mittig durchteilt."

„Sollte ich das nicht?"

„Ja", machte Tomé. „Aber du bist seit langer Zeit der Erste, der dies auf Anhieb schafft."

„Also war das gut?"

Tomé lachte leise. „Hier geht es nicht um Punkte. Aber wäre dies ein Schwertstreich gewesen, so hättest du deinen Gegner getötet."

Das Herz des jungen Mannes glühte in heller Freude. Dies war etwas ganz anderes, als die rohe und gewalttätige Art der Söldner und Krieger, welche in den Schweinepferchen Asaanfurth nur mit reiner Körperkraft ihre Lektionen einstudiert hatten. Diese Art zu Kämpfen war etwas Edles. Sie war erhaben. Die Einheit von Körper und Geist. Er war umgeben von der reinen Aura dieser Schule des... *Shaii-Re.*

Noch in der Kraft des Augenblicks badend, durchfuhr ein neues Beben Kyles Seele, als er eine Göttin des Kampfes erblickte! Oh, er hatte viele schöne Frauen hier in Calhuh gesehen. Frauen, die wie Wesen aus einem Traum erschienen. Doch sie erschien ihm... *anders.*

Die junge Schülerin, jene, die zuvor kichernd bei ihrer dunkelhaarigen Gefährtin gesessen hatte, bewegte sich nun anmutiger und sicherer als viele der älteren und erfahreneren Kämpfer, obwohl sie noch weit am Anfang der hierarchisch geordneten Reihe von Adepten stand, welche auf Anweisung des Lehrers ihre Kampftechniken durchführten. Beinahe katzenhaft schob sie einen Fuß vor, verlagerte dann erst ihr Gewicht vom hinteren auf das vordere Bein und machte einen schnellen, gleitenden Schritt nach vorn, wobei sie ihr hölzernes Übungsschwert in einer schnellen Abwärtsbewegung gegen einen fiktiven Gegner führte.

Die Kombination aus Schönheit und Kampfeswille faszinierte ihn. Ihre Züge waren ebenmäßig, ihre Nase gerade und ihre hohen Wangenknochen gaben ihrem Gesicht die erhabene Form jener klassischen Statuen, die Kyle vor den reicheren Tempeln der Stadt gesehen hatte; in wallende Gewänder gehüllt, die Haare zu perfekten Zöpfen aus Stein geflochten.

Die Farbe ihrer Augen konnte er im Halbdunkel nicht ausmachen, doch waren sie groß und wurden von langen, dunklen Wimpern eingerahmt. Ihre Anmut erfüllte ihren ganzen Körper, ihre schlanken, aber kräftigen Arme und Beine, ihren festen Busen wie auch ihren schwanenhaften Hals. Schulterlang waren ihre, zu einem einfachen Zopf gebundenen, Haare, die mit einer feinen honigfarbenen Note glänzten. Eine Lichtgestalt der Anmut und der Reinheit.

Seine Finger ertasteten das Kleinod, das er um den Hals trug; den Wolfskopfstein, den Ania ihm zurückgegeben hatte. Einen Wimpernschlag später erinnerte er sich beschämt an seine Gefühle für Ania und schalt sich für die Sensation, die ihn beim Anblick der jungen Frau überkommen hatte. *Es gibt so viele schöne und perfekte Frauen in dieser Stadt, verführerisch und sinnlich, lauernd und tödlich*, schalt er sich und zwang sich, seinen Blick von dieser neuen Verlockung loszureißen. *Und du hast noch nicht einmal versucht, deine Ania hier in Calhuh zu finden*, tadelte ihn die Stimme in seiner Seele. *Oh, richtig, sie gehört jetzt ja diesem Händler!*

Er schickte den Dämon wieder in seine Höhle. Konzentriert sah er zu seinem Gastgeber und sagte: „Bitte, erzählt mir mehr! Ich möchten alles über das Shaii-Re erfahren!"

„Alles?", gluckste Tomé. „Das würde ein Leben dauern! Für den Anfang: Wir streben die Reinheit des Geistes an. Die Perfektion des Augenblicks."

„Und wenn ihr diesen Moment erreicht habt?"

Wieder das weise Lächeln. „Wir erreichen ihn nicht. Wir beschreiten nur den Weg auf dieses Ziel zu." Er ließ die Worte auf den jüngeren Mann einwirken. „Ein weiser...", Tomé zögerte einen Augenblick, überdachte seine Worte und begann erneut: „Eine sehr weise Frau, meine Lehrerin, sagte immer, dass es leicht sei und nur Stärke erfordere, einen anderen zu besiegen." Zögerlich nickte Kyle erneut und dachte über die Worte nach.

„Wir wollen unsere wahre Natur entdecken", fuhr Tomé leise fort. Er berührte den Stein, den Kyle an dem ledernen Band um seinen Hals trug. „Nimm nur diesen Drachenkopf aus Stein, denn du trägst. Dein Totem? Deine Natur?"

Kyle legte verlegen den Kopf schief. „Eigentlich soll es ein Wolfskopf sein. Ein Geschenk..."

Tomé musterte ihn eindringlich und nickte langsam, ganz so, als würde er die Worte des jungen

Mannes sorgsam abwägen. „Wenn du es sagst, also gut: ein Wolfskopf. Trägst du ihn, weil es deine Natur ist? Bist du ein Wolf?"

Kyle runzelte die Stirn. Dina hatte ihm das Kleinod geschenkt, um ihm Hoffnung zu geben. Und er trug es, weil es ihn an seine Liebe zu Ania erinnerte. *Ermahnt!*, keckerte der Dämon in seinem Innersten.

„Die Frage steht: Was ist deine Natur?"

„Ich…", hob Kyle an, doch Tomé winkte ab. „Ich will keine Antwort auf meine Frage. Die Wege des Shaii-Re zu beschreiten, bedeutet, sich auf eine Reise zu begeben, um seine wahre Natur zu entdecken."

„Ich verstehe es immer noch nicht. Was soll schon meine Natur sein? Ich komme aus einem Dorf. Ich arbeite in einer Taverne." Kyle schüttelte sein Haupt und strich sich nervös durch seine schwarzen Haare.

Tomé deutete erneut auf den Wolfskopf aus Stein. „Nimm einen Wolf. Vielleicht wird dieser Wolf als Welpe gefangen und gezähmt - wie ein Hund. Ja, er wird wie ein Hund behandelt, bewacht Haus und Hof."

Kyle nickte, ignorierte das Donnern und Schnaufen der Kämpfenden, und lauschte aufmerksam den Worten Tomés. „Einen jeden Tag tut der Wolf in seiner Funktion als Hund, was ihm aufgetragen wurde, anerzogen wurde. Doch dann, eines Tages vielleicht, erwacht die wahre Seele des Wolfes."

„Er wird zur wilden Bestie!", rief Kyle aus, doch Tomé hob abwehrend die Hand. „Ist der Wolf

‚eine wilde Bestie'? Oder ist dies ein Bild, das in den Köpfen derjenigen existiert, die vielleicht nie die wahre Natur des Wolfes erblickt haben?"

Kyle blickte auf seine Hände, verlegen über seine Voreiligkeit.

„Der Wolf ist einfach ein Wolf. Und eines Tages entdeckt er seine wahre Natur, erkennt, dass er eben kein Hund ist. Nicht mehr, nicht weniger", schloss Tomé. Er schmunzelte still, als er dem Blick des jungen Mannes folgte.

Die Hüfte der Dunkelhaarigen, die nun ihre Schwertspielereien mit der blonden Göttin begann, schwang einladend vor und zurück, wenn sie ihre Position veränderte. Die Dunkelhaarige bleckte ihre weißen Zähne, als sie die Deckung der anderen durchdrang und die Getroffene ihre goldenen Locken im schimmernden Licht ausschüttelte.

Kyle riss verärgert den Blick von den beiden ab und hörte die Stimme seines eigenen Dämons auflachen. *Erinnert dich ihr langes honigblondes Haar doch zu sehr an das Anias? Hast du nicht immer gejammert: O Ania! O Ania!*, spottete die Kreatur. *Diese beiden hier sind aber schöner als die simple Dorfprinzessin, was? Königinnen, keine Prinzessinnen!*

Der Dämon in seinem Inneren verhöhnte ihn und Kyle wollte sich die Wahrheit nicht eingestehen, nicht erkennen, dass Ania nur ein gewöhnliches Mädchen war, das er vergöttert hatte, als er sich, von jugendlicher Leidenschaft erfüllt, in sie verliebt hatte. Hatte er deswegen nie versucht, herauszufinden, wo sie und ihr Gemahl ihr Haus in Calhuh hatten? Er riss sich aus seinen

Gedanken und konzentrierte sich auf Tomés Ausführungen.

„...aber es viel schwerer sei und Weisheit erfordere, sich selbst zu bezwingen!"

Es kostete Kyle viel Kraft, die Gedanken an die schönen Kämpferinnen beiseite zu wischen und angestrengt lauschte er den Erklärungen Tomés. In dem Bemühen die verlockenden Bewegungen der Frauen nicht zu beachten, konzentrierte er sich erneut auf die ersten Übungen, die so ganz anders waren, als das, was Rosario und Finley ihn gelehrt hatten. *Diese Kampfkunst muss ich erlernen*, schwor er sich und begann, sich jede Bewegung genauestens einzuprägen. *Shaii-Re.*

Lektionen

„LECK DIE MILCH AUF, Sklavin!"

Er drückte ihr seinen Stiefel in die Scham, die sie mit Ölen feucht gehalten hatte, um die Schmerzen der ‚Folter' zu lindern. Ihr Kunde liebte es, sie als sein ‚Spielzeug' zu nehmen, sie abzurichten als sein ‚Haustier'. Sie musste sich den Rang einer ‚Sklavin' erst jedes Mal verdienen und einen Namen hatte sie nicht. Nicht für den jungen Frederick DeBracy. Sie war nur das Stück Fleisch, das ihm zu Diensten war. Ein Ding, kein Mensch. Sie musste eine Maske tragen, die ihre Augen umrahmte und ihre Nase bedeckte, jedoch den Mund freiließ. Dennoch war sie dankbar für den schwarzen Stoff, der ihr halbes Gesicht bedeckte, gab er ihr doch das Gefühl von Schutz. Schutz vor den Dingen, die sie tat; die sie sich selbst antat: Ihre Zunge strich über den schmutzigen Boden des Kellerraums der Villa und sie las die Flüssigkeit und den Dreck mit dem fleischigen Zungenrücken auf.

Der junge Adelige mit den dünnen, blonden Haarsträhnen war heute wieder einmal besonders grausam und liebte es, sie zu quälen. Er hatte ihren ganzen Körper mit erwärmtem Öl begossen, wodurch die Hiebe der Striemenpeitsche, einem kurzen Griff mit einundzwanzig ellenlangen Schwänzen, umso schmerzhafter wurden. Er liebte es, wenn sie schrie, laut schrie und bettelte und wimmerte. Und ihr Schreien kündete von der Perfektion des Schmerzes, die *er* in ihr hervorrief.

Er hatte ihre Brüste mit einem Seil zusammengebunden, bis sie bläulich anliefen und ihre taub werdenden Mamillen mit der Peitsche bearbeitet, bis ihr die Tränen über das Gesicht liefen und ihre dunkle Augenschminke verlaufen ließen. Er hatte sie wie eine Hündin auf dem Boden kriechen lassen und ihren Po und ihren Rücken geprügelt, bis sie von roten Striemen gezeichnet war. Er hatte sich an ihren brennenden Schmerzen ergötzt und sich an ihrem Wimmern gelabt. Und jedes Mal hatte sie „Danke, mein Prinz" geheuchelt, so wie es ihre Rolle vorschrieb, genoss es der Sohn des Herzogs doch, dass ihm der adelige Titel zustand.

Frederick DeBracy hatte sie wieder und wieder vor seinen beiden ‚Freunden' – ein gewisser Darrigan, wohl ein Leibwächter von geringerem Rang, den der Fürst um sich duldete, und ein dicker Kerl, dessen Namen sie nicht kannte -, mit seinem Samen besudelt und sie mit allerlei Schimpfwörtern bedacht, von denen ‚Metze' noch das sanfteste war. Die beiden ‚Gäste' hatten gespannt dem Treiben zugesehen, während sie teuren Wein aus goldumrandeten Weingläsern nippten.

DeBracys Samen hatte faulig geschmeckt und ihre Lippe war angeschwollen und mischte den eisernen Geschmack von Blut unter. Er war heute weitaus brutaler als sonst. Doch sie brauchte das Geld, das dieser Auftrag ein-, zweimal im Jahr bot. Der junge DeBracy war stets ein Gast LeGoffs. Und sie brauchte die Gunst LeGoffs in dieser Stadt, denn sie war eine Hure und der alte LeGoff der Hofrichter des Königs. Der ‚Gerechte Arm des Königs' wurde er genannt – und dies war seine ‚Gerechtigkeit'. Wimmernd sackte sie auf dem Boden des Kellers zusammen und versuchte, ihren Atem zu fangen. Der Boden fühlte sich kalt an und sie fror. Doch es war besser als die Schläge.

„Ja, ruhe dich aus, Alexandra." Wieder drückte er die Stiefelspitze in ihren Schritt und sie spürte, wie er eindrang. Tränen stiegen in ihren Augen auf. Es brannte fürchterlich und sie biss sich auf die Lippe. Sie konzentrierte sich auf seine Stimme. *Alexandra*. Er benutzte plötzlich ihren Namen, nicht ‚Sklavin', ‚Metze', ‚Futt' oder ‚Fotze'. Sie sah nicht auf und versuchte, ihren Atem zu beruhigen.

„Weißt du eigentlich, was dein Name bedeutet?"

Sie schloss die Augen. Ja, sie kannte die Bedeutung ihres Namens. Ein Name, der nicht unzutreffender hätte sein können. Ihre Mutter hatte es ihr gesagt, damals im Norden der Nomadenzelte in der Thar al Marid. Damals, bevor ihr Vater...

„'Beschützerin des Volkes' heißt er", führte DeBracy aus. Wieder schob er seinen Fuß zwischen ihre Beine und der feuchte Film auf ihren Schamlippen fühlte sich kalt an und ließ sie frösteln. „Und doch sage mir, Alexandra: wen vermagst du schon zu beschützten?"

Sie sah auf und erschrak über die kalte Grausamkeit, die in den Augen des jungen Adeligen mit den blonden Locken lag. Das Gesicht war eigentlich fein und lieblich, doch diese Augen waren böse.

„Du beschützt ja noch nicht einmal dich selbst." Er griff zu einem Kohlebecken und holte einen langen, am Ende rotglühenden Eisenstab hervor. Ihre Augen weiteten sich vor Furcht. Er lachte und kratzte sich an seinem Geschlecht. „Dreh dich um, Sklavin."

Angsterfüllt kam sie dem Befehl nach, obgleich ihr ganzer Leib zu zittern begann.

„Schmerz ist etwas ganz Besonderes. Du erlangst Bewusstsein, wie man hier sagt!" Er kicherte. „Ich schenke dir also etwas sehr, sehr Kostbares." Und obwohl sie dachte, dass es nicht möglich sei, wurde seine Stimme noch um eine weitere Note kälter. „Und ich markiere dich als meinen Besitz! Nein, mein Eigentum!" Er trat vor und richtete das glühende Brandwerkzeug gegen ihren Bauchnabel. „Dreh dich um und lass mich deinen Arsch mit meinem Zeichen versehen, wie man es bei einem Rind tut!"

Panisch wich Alexandra aus und versuchte, auf die Beine zu kommen. Doch schon griff er ihre dunklen Locken und riss ihren Kopf zurück. Die beiden Kerle mit dem Wein kicherten irre und er schlug ihr ins Gesicht. Sie schrie, hörte sich „Nein!" und „Bitte!" rufen.

„Du wagst es?" Er trat ihr in den Unterleib. Myriaden von Sternen explodierten vor ihrem geistigen Auge und der Atem blieb ihr weg. Erst dann breitete sich der Schmerz in Wellen durch ihre Existenz aus. „Das war ein Fehler, Hure, jetzt markiere ich dein Gesicht, damit jeder sieht, dass du nur ein Stück Fleisch bist!"

Sie hob abwehrend die Hände, doch er schleuderte sie gegen den Tisch, an dem seine beiden Freunde dem Treiben zusahen. Roter Wein ergoss sich über das weiße Tuch auf dem Tisch, der so gar nicht in diesen dreckigen, nach Schweiß und Lust stinkenden Keller passen wollte. Die beiden fluchten und richteten die Gläser wieder auf.

„Du brauchst eine Lektion!"

Sie schrie auf, als DeBracy ihre Beine auseinanderschob. Wie war ihre Opiumpfeife in ihre Hand gekommen? Sie wusste es nicht mehr. Hatte sie sie gegriffen, als sie gegen den Tisch gestoßen war? Sie drehte sich herum, stach zu und spürte, wie das Metall des Stiels seine Wange durchstieß. Der Stiel ihrer Pfeife stieß gegen die Zähne, es knackte einmal, er wurde abgelenkt und durchbohrte den Kiefer. DeBracy gurgelte und die beiden Kerle am Tisch fluchten. Als sie sah, dass der junge Prinz blutüberströmt zu Boden sackte, drehte sie sich um und floh. Der Dicke kreischte hinter ihr und Darrigan eilte ihr nach, wie ein Bluthund, der seine Beute hetzt.

Diesmal wich Kyle dem Angriff aus.

Verdutzt starrte Franco auf den Fleck, an dem Kyle noch einen Moment zuvor gestanden hatte. Wieder und wieder hatte der Kellner in den letzten Wochen Kyle im Vorübergehen mit kleinen Stichelleien, zotigen Bemerkungen oder Rippenpiksern mit ausgestrecktem Zeige- und Mittelfinger geärgert.

Morgen würden sie die *Rose* eröffnen und Finley ließ alle beim Probelauf wieder und wieder die Abläufe üben. Hatte Kyle am Anfang in dem engen Raum in der Küche mal ungelenk im Weg gestanden, strafte Franco ihn mit einem Stoß ab. Oder Laura gab ihm verspielt einen Klapps auf den Po, wenn er zu sehr in ihrem ‚Tanzbereich' war, wie sie es nannte. War er noch ungelenk zuerst, bemerkte insbesondere Laura zunehmend, dass Kyle immer geschickter und wendiger wurde. Das vermeintliche Chaos, welches in Tavernen herrschte, schien ihm nichts auszumachen und schon bald hatte Kyle ein Gefühl für die Rhythmen und Bewegungen, wenn hinter der Theke die eingelassenen Schubladen geöffnet und geschlossen wurden oder im Durchgang zur Küche voll beladene Tabletts mit Speisen und Tränken dicht an dicht aneinander vorbeigetragen wurden.

Laura hielt ihm Franco vom Leib, wenn der Kellner zu boshaft wurde. Beinahe wie eine große Schwester deckte sie dann ihrerseits den Rüpel ein. Erinnerungen an Dina, die ihn als Kind geschützt hatte, wenn allzu grobe Hetzereien gegen Sahirahs Bastard kundgetan wurden. Kyle berührte einen

Moment lang sein Lederband mit dem grünen Stein, der für ihn aussah wie ein Wolfskopf, das Geschenk Dinas. Und nun beschützte Laura ihn wie Dina.

Die Gedanken an die Vergangenheit verflogen schnell und Kyle gestand sich ein, dass er Laura mochte, wenngleich ihr Blick leerer war, als er es sich gewünscht hätte. Dennoch genoss er die Art, wie sie ihn manchmal zufällig, manchmal scheinbar *zufällig* berührte. Hier die Hüfte des Mädchens, die sich geschickt an der seinen vorbeidrehte, wenn sie hinter der Theke standen, eine kurze Berührung aus fleischgewordener Hitze; dort eine Hand auf der Schulter oder am Oberarm. Doch dann, wenn er es am wenigsten erwartet hatte, scherzte sie auch mit Franco und neckte ihn mit aufreizenden Blicken oder Berührungen.

Auch Laura hatte ihrerseits gemerkt, wie Kyle sich veränderte. Längst war er von der harten Arbeit kräftiger geworden. Ihre prüfenden Berührungen an seinem Arm bestätigten ihr dies. Nur schien der junge Mann dies selbst noch nicht verstanden zu haben.

Und nun, da Kyle in der Küche stand, wo er die Teller mit den Speisen auf das Abholbrett für Franco und Laura stellte, funkelten sich die beiden Kontrahenten zornig an. Kyles Augen glühten vor Wut, als er Francos Blick standhielt. „Lass es", knurrte er nur. *Überall gibt es jemanden, der versucht, dich zu ärgern, sagte er sich. Aber das lasse ich nicht mehr zu.*

Franco griff nur das nächste Tablett mit Essen und kehrte in den Schankraum zurück. *Nie wieder.*

Am nächsten Tag eröffneten sie feierlich die *Singende Rose*. Kyle hatte sich von Elah im Badehaus massieren lassen, um sich auf den Ansturm vorzubereiten und nun erwarteten er, Rosario, Franco und Finley, festlich gekleidet und in einer Reihe aufgestellt, ihre Gäste, während Laura still durch den Raum schwebte und beinahe andächtig die letzten Kerzen anzündete. Zuvor hatten sie und Kyle alle Gläser liebevoll auf Hochglanz poliert und die Lichter der drei Dutzend Kerzen schimmerten hell und strahlend wie eine klare Sternennacht.

Laura war in ihrem blauen Kleid, welches im dezenten Kontrast zu ihrem kurzen aschblonden Haar stand, hübsch anzusehen, befand Kyle. Ja, ‚Hübsch' war das Wort, das es für ihn am besten traf, wenn er sie betrachtete. Er fand sie hübsch, aber nicht schön. Sie war nicht jene Prinzessin, wie Ania sie für ihn gewesen war. Doch auch die Prinzessin Ania existierte nicht mehr in seiner Vorstellung, wie der Dämon in seiner Seele keckernd feststellte: *Ania? Das Prinzesschen, an das du kaum noch denkst?*

Wieder schüttelte er den Gedanken ab. Die burschikose Laura war ein guter Kamerad, mehr eine Schwester. Es war beinahe ein Spiel zwischen ihnen geworden, dass sie sich ein wenig neckten und manchmal, wenn Kyle wieder in dunkle Gedanken zu versinken drohte und seine Schultern hängen ließ, pikste sie ihm mit den Fingern in den Rücken – genau zwischen die Schulterblätter – und ermahnte ihn, auf seine Haltung zu achten. „Sei stolz!", hauchte sie ihm zu.

Er begann erst jetzt sie genauer zu betrachten: Laura hatte ein Gesicht, das immer schelmisch zu Lachen schien, eine frech nach oben gerichtete Nase und große, oftmals spottende Augen, die sie – wenn sie ihn aufzog – noch größer und mit gespielter Unschuld aufreißen konnte, bevor sie spöttisch mit ihren Wimpern klimperte. Auch war Laura weitaus kräftiger gebaut als Ania, bemerkte Kyle, und doch faszinierte ihn die Fülle ihres Busens, der nur durch ein geschnürtes Hemd zusammengehalten wurde und ihr breiteres Becken, welches sie bei jedem Schritt etwas zu sehr hin- und herschwingen ließ. Ihre Waden waren kräftig vom vielen Laufen, welches der Beruf der Schankmaid (oder der der Diebin auf Märkten) mit sich brachte, und ihre Hände kräftig und rau, aber er mochte sie. Die Diebin von einst erschien ihm irgendwie... *ehrlich.*

Schon strömten die Gäste neugierig in die saubere Schenke und genossen unter Finleys Fürsorge die behagliche Gastlichkeit der *Rose.* Kyle beobachtete die neugierigen und bewundernden Blicke, die durch den Raum huschten. Hier lächelte jemand, als er die mit roten Strichen aufgemalten Rosenornamente entdeckte, dort las ein anderer die Namen in dem großen, runden Bierfassdeckel, den sie grün gestrichen hatten und auf dem sie ihre Namen und Zeichen eingeritzt hatten. Finley hatte die flache Scheibe über der Theke aufgehängt, auf dass ein jeder ihn sofort erblicken konnte.

Lachen und Gesang erfüllte den Schankraum. Lauras Tamburin erklang und ihre Stimme trällerte durch den Raum. Kyle sah, dass manche Gäste feucht schimmernde Augen bei dem lieblichen Klang ihrer Stimme bekamen. Und Lauras Augen selbst glänzten gleichfalls feucht.

Kyle verstand warum: Sie hatte ihre Bühne gefunden. Die Taverne war ihre Bühne. Mehr noch, sie war ihr Zuhause. Hier baten sie die Gäste, für sie zu singen. Hier musste sie nicht stehlen, um zu überleben. Ihre Wangen glühten rot vor Freude, als der erste Applaus durch die Schenke brandete und Zugabe um Zugabe gefordert wurde. Der Schneidermeister Konrad und sein Freund, der Waffenschmied Niko versuchten vergeblich, Laura schöne Augen zu machen, wenn sie vorüberschritt, während Rosario großzügig gebrannte Schnäpse und Wein für diejenigen ausgab, die zuvor ein Mahl bestellt hatten. Sie hatten keinen Koch gefunden, doch Finley selbst zauberte in der offenen Küche eine herzhafte und überaus gut portionierte Speise nach der anderen. Gerade zischte das gepresste Öl von Oliven auf der heißen Steinplatte und mit Wonne mischte Finley mit einem Schaber Muscheln und Krebse hin und her, bevor er sie auf der nächsten Servierplatte anrichtete.

So ging es Stunde um Stunde. Ab und an lugte Finley aus der Küche, eine weiße ballonförmige Mütze auf dem Kopf und trieb seine Gefährten an, schneller das Essen zu holen, damit die Gäste es nicht kalt essen mussten. Der Abend lief gut, die Gäste lobten die neue Ausstattung und freuten sich, dass nun endlich wieder eine akzeptable Taverne in ihrer Nachbarschaft zu finden sei. Die *Schwarze Rose* war ihnen allen ja eher ein Dorn im Auge gewesen, der jegliche Art von Gesindel angezogen hatte, und diese neue *Singende Rose* war der Ort, den sie nun für sich beanspruchen konnten. Laura und Kyle erhielten sogar ‚Kavaliersküsse‘, wie man das ‚Trinkgeld‘ in Calhuh nannte. Kyle erhielt zwar nicht so viele ‚Küsse‘ wie Laura, die immer am Lächeln war und wusste, mit wem sie scherzen musste, um mehr Gesten der Freundlichkeit zu erhalten, doch er war zufrieden.

Schließlich wurde es ruhiger und Kyle saß mit Rosario an ihrem etwas abseits in einer Nische gelegenen ‚Personalstammtisch’ (wie Rosario ihn nannte) und betrachtete die gut gelaunte Menge. Laura sang nach einer kurzen Pause bereits wieder und tanzte nun mit einem Tamburin zwischen den Tischen hindurch, wehrte lachend die eine oder andere Hand ab, die zu zudringlich wurde. Kyles Blick wanderte auf den Träger, der ihr über die Schulter gerutscht war, ob absichtlich oder versehentlich beim Tanzen, vermochte er nicht zu sagen, doch er liebte ihre Hüftdrehungen und das Spiel ihrer nackten Schulter. Bewegungen, die sich wellengleich bis in ihre Fingerspitzen fortpflanzten, als bade sie im Klang der Musik.

Er wippte auf den Füßen mit. Kyle liebt das Gefühl des Mitschwingens zu dem Rhythmus. Er fühlte sich heute Nacht lebendig. Nie zuvor hatte er solche Zufriedenheit verspürt und ließ seinen Blick durch den Raum wandern. Diese Taverne hatten sie gemeinsam aufgebaut. Sie hatten etwas geschaffen,

sie hatten ihre Kraft und ihren Schweiß eingebracht, und nun, als er all die glücklichen Gesichter
der Gäste sah, wusste er, dass es gut war. Er hatte
etwas zustande gebracht. Er...

Krachend flog die eisenbeschlagene Tür auf.
Die Köpfe der Gäste drehten sich zum Eingang und
ein erschrockenes Raunen ging durch die Menge.
Laura brach ihren Gesang ab und Finley eilte aus
der offenen Küche hinter den Thekenbereich. Seine
Miene verdunkelte sich, während seine Hand
tastend zu seiner unter dem Tresen liegenden Axt
glitt.

Auch die Finger Rosarios legten sich leicht
auf die Glocke seines Rapiers. Ärger lag in der Luft
und das Kribbeln in seinem Nacken nahm wieder
zu. Kyles braune Augen veränderten ihre Farbe zu
tiefstem Schwarz. Seine Nackenhaare begannen
sich aufzurichten, als er den Sicherungsriemen
seines Dolches löste und sich erhob. Der Halbelf
warf ihm warnende Blicke zu. Kyle nickte nur und
blieb wachsam neben der Nische stehen.

Eine Handvoll heruntergekommener
Raufbolde und Schläger betrat die *Rose*. Ihr
Anführer, ein grobschlächtiger, abgerissener
Söldner mit verfilztem Haar und gelben, verfaulten
Zähnen, stapfte rücksichtslos in den Raum und
stieß einen Gast vom Stuhl.

„Hallo!", rief er zu laut und mit falscher
Freundlichkeit aus. Seine Kumpane stellten sich im
Halbkreis hinter ihm auf und zogen ihre
Schlagwaffen hervor; kurze Knüppel, Eisenringe
und abgesägte Dreschflegel.

Nun hielt Kyle den Atem an und griff unter seinen Platz der Sitzbank, um ein kleines Bündel aus Leinenstoff hervorzuholen. Einer von den Raufbolden kam ihm nur allzu bekannt vor: Janeks roter Haarschopf war unverkennbar. *Sie haben mich gefunden. DeBracy hat mich gefunden!*

„Was sagt man dazu? Machen die hier 'ne neue Schenke auf - und laden uns nicht ein!" Der Kerl hielt einen der Aushänge in der Hand, die Kyle auf dem Bazar verteilt hatte. Laura trat vor und funkelte die Störenfriede wütend an. „Abschaum wie ihr hat hier nichts zu suchen. Verschwindet!"

Grölendes Gelächter erfüllte die Schenke. Der Söldner beugte sich leicht vor, als wolle er sich spöttisch verneigen, spuckte dann auf den Boden und warf das Blatt achtlos zur Seite. Mit offenem Mund leckte er sich über die Zähne. „Ah. Eine kleine, wilde Stute. Scheint mir, als müsse dich erstmal ein Kerl zureiten! Soll ich dich einreiten, kleine Stute?"

Stute einreiten... Die gleichen Worte, die Carwolus zu Ania gesagt hatte. Kyle trat hervor und stellte sich vor Laura. *Dieses Pack ist doch überall gleich. Bist du gegen einen Baum gelaufen?*, hatte Govic gesagt, bevor er zugeschlagen hatte. Er schloss die Augen halb und versuchte, den Schatten der Vergangenheit zu entkommen. Hiebe prasselten auf ihn ein, Tritte. Gewalt wurde ihm angetan, seit er sich erinnern konnte. *Bitte nicht schlagen. Bitte geht. Geht!*

Der Dämon, der sich in das Fleisch seiner Seele krallte, lachte und spottete, doch unvermittelt, von einem Herzschlag auf den anderen, kam ihm ein neuer Gedanke in den Sinn, eine neue Stimme: *Du bist nicht mehr der unbeholfene Junge aus dem stinkenden Asaanfurth. Du bist Kyle von Calhuh. Du bist jetzt jemand anderes. Du musst dir das nicht mehr bieten lassen!*

„Du wirst dich bei ihr entschuldigen", flüsterte Kyle leise.

Stille.

Nur Janek kicherte hoch und heiser und verstummte schließlich. Bilder blitzten vor Kyles Auge auf: *Govic, Janek, Harro...*

„Und wenn nicht, was dann?" Der bullige Söldner schien sich über das Verhalten des Grünschnabels köstlich zu amüsieren und ein glühender Zorn stieg in Kyles Brust herauf. Nun musterte auch Janek irritiert diesen neuen Kyle, doch er schwieg erwartungsvoll. Er hatte Darrigan auf dem Bazar berichtet, dass er für einen Augenblick geglaubt hatte, Kyle gesehen zu haben, doch dann hatten sie ihn aus den Augen verloren. Der Zufall jedoch, oder die Götter, hatte sie am Stand des Händlers den Aushang finden lassen, eine Spur, die sie hierher geführt hatte. Darrigan, der für den Herrn DeBracy den einen oder anderen Dienst erfüllte, war nun nicht dabei und Janek hatte beim Betreten der Schenke zu Rechnen begonnen, wieviel er wohl als Belohnung erhalten mochte und wofür er das Geld ausgeben würde. Doch dieser Kyle war nicht das, was er erwartet hatte.

Kyles Blick kochte vor Hass. *Lacht mich nicht aus, ihr Schweine!*

„Ich sagte, entschuldige dich bei der Dame!" Um seinen Worten Nachdruck zu verleihen, zog Kyle eine kleine doppelschüssige Armbrust hinter seinem Rücken hervor und zielte auf die Stirn des Mannes. Die Waffe maß nicht mehr als eine halbe Elle und ließ sich bequem mit einer Hand halten. Rosario warf Finley einen alarmierenden Blick zu, doch der Obiskarer schüttelte nur den Kopf und beobachtete Kyle aufmerksam aus den Augenwinkeln. Franco starrte Kyle mit offenem Mund an und sein Blick sagte, dass er den Jungen für übergeschnappt hielt.

Der Söldner machte einen ärgerlichen Schritt auf Kyle zu. „Geh mir aus dem Weg, du Sohn einer Hure!"

„Das ist er wirklich", murmelte Janek unsicher. Etwas stimmte nicht. Nein, dieser Kyle war ganz und gar nicht der Junge, den sie herumgestoßen hatten. Dieser Kyle war größer, kräftiger. Dieser Kyle blickte nicht zu Boden.

Na los! Weiche zurück, Kyle, weiche zurück! So wie du es immer getan hast. Klemme deinen Schwanz zwischen die Beine und trolle dich, wie ein geprügelter Köter! Kyle hörte nicht auf die hämische Stimme des Dämons. Er wich nicht zurück.

Eine neue, ihm noch unvertraute Ruhe erfüllte ihn, als er langsam und tief die Luft einsog und durch die Nase wieder ausströmen lies. Mit der Waffe in der Hand fühlte er sich weniger angreifbar, fühlte sich mächtiger. „Es sind Damen anwesend und ich erwarte Eure Entschuldigung", flüsterte er noch leiser als zuvor und senkte seine Armbrust leicht, nun aufs Herz seines Gegners zielend. *Wenn du jemanden nicht mit den Fäusten besiegen kannst, nimm eben ein Schwert!* So hatte Finley es doch gesagt.

Die Wut kochte wie brodelndes, flüssiges Eisen in einer Esse in seiner Brust. *Du hast die Gelegenheit, dich zurückzuziehen, Schwein. Du musst mich nicht angreifen!*

Der Söldner zog sein Schwert.

Endlich!

Kyle drückte den ersten Abzug der Waffe. Es war ganz leicht, er spürte nicht einmal einen Moment der Angst oder des Bedenkens. Er drückte einfach den Abzug und mit einem schnappenden Schlaggeräusch wurde das Geschoss über den Schaft katapultiert. Hart schlug der Armbrustbolzen in die Forte der Klinge und katapultierte das Schwert singend aus der Hand des Söldners.

Gut! Gut!, keckerte die Stimme einer Bestie in ihm, gierig darauf mehr zu tun, mehr Blut zu vergießen. Kyle hob die Armbrust wieder an. *Jetzt töte ihn!*

„Mist!", rief Janek und hetzte zur Tür hinaus. Auch der Söldner schrie verdutzt auf und zuckte zurück.

„Der zweite geht durch deinen Schädel", flüsterte Kyle leise und zielte genau zwischen die Augen des Mannes. „Eure Entschuldigung!", forderte Kyle äußerlich ungerührt, während tief in ihm ein Kampf tobte. Ein Kampf, in dem sich die Wut und der Schmerz der langen Jahre plötzlich entladen zu schienen. *Na los! Respektiere mich, fürchte mich und dann geh endlich! Geh! Oder stirb!*

Der Söldner starrte mit wütendem Gesicht zu Laura, die ihrerseits ungläubig zu Kyle blickte, und spuckte ihr vor die Füße.

Ich will, dass du mich fürchtest! Ich will, dass du aufhörst! Ich will, dass du aufhörst zu existieren!

Aber der Söldner blickte sie nur mit Hass an. Hass und Ablehnung, diesen Blick kannte er zur Genüge. Diesen Blick wollte er nicht mehr.

Dann schafft Schmerz eben Bewusstsein!

Diese Kerle sind nichts anderes als Govic und seine böse Brut.

Sich windende Maden im Angesicht der Hölle.

Abschaum, Abschaum.

Nur wert, zertreten zu werden.

Ich bin nicht mehr euer Opfer.

Jetzt bin ich euer Richter!

Seine Finger schlossen sich um den Abzug. Der zweite Schacht der Doppelarmbrust entließ seinen Bolzen, doch jemand fiel ihm den Arm. Krachend wurde das Geschoss in den Boden abgelenkt und schlitterte bis zur Wand. Laura schrie etwas und hielt seinen Arm fest. Endlich kam Kyle wieder zu klarem Verstand, blinzelte und sah die Tränen in ihren Augen.

„Hör auf!", rief sie, „Was tust du denn? Bitte nicht. Nicht wegen mir! Oder dir... tu es *dir* nicht an!"

Rosario beugte sich zu Finley und flüsterte: „Wann hat er denn mit der Armbrust geübt? Und wo hat er das Ding her?" Der Obiskarer schüttelte nur abwinkend den Kopf und deutete zu Kyle. Dieser stand wie ein schwarzer Schatten im Raum, wirkte plötzlich größer, drohender und kraftvoller, und warf den Kumpanen des Söldners glühende Blicke voller Hass und Mordlust zu, um sie in die Schranken zu weisen. Von den düsteren Gedanken, die ihn quälten, ahnten sie nichts. Doch die Männer griffen nicht an, blieben auf Abstand, als sei er ein tollwütiger Hund, dessen Biss sie fürchteten.

Rosario und Finley traten an ihm vorbei und winkten die Söldner hinaus. Zwar hatten sie ihre Hände an den Waffen, doch sie hatten ihre nicht gezogen, sondern drangen immer weiter mit ruhigem Schritt vor.

Kyle war verwirrt, versuchte zu begreifen, was um ihn herum vorging. Er sah, wie Finley und Rosario in den Raum der Söldner eindrangen und weitergingen, sie zurückdrängten. Und er versuchte, zu verstehen, was er getan hatte und warum Laura ihm die Hände auf die Wangen gelegt hatte. Wärme floss durch seinen Körper. „Kyle, bitte."

Kyles Hass versiegte wieder in den Tiefen seiner Seele, floss zurück durch die Narben und Wunden in sein Inneres. Seine Seele fühlte sich zerschlissen an, ein Gewand, das Jahre der Qual in grobe Streifen zerteilt hatten, in ein Nichts, das keinen Halt geben konnte. Verbrannt, ausgebrannt. Aber wie sollten sie das wissen?

Finley musterte ihn kurz aus den Augenwinkeln und wandte er sich an die Schläger: „So, der Spaß ist vorbei. Wer immer euch angeheuert hat, bezahlt euch nicht genug dafür, Jungs. Also trollt euch. Und kommt nicht wieder. Denn das nächste Mal wird vielleicht keine Schankmaid da sein, um euch zu schützen!"

Einige wenige der anwesenden Gäste lachten gelöst auf. Wieder brandete Zorn in Kyle auf, als er schrie: „Und sagt Janek und DeBracy, dass ich nicht mehr ihr Eigentum bin! Ich bin nicht mehr ihr Prügelknabe!"

Die Söldner eilten aus der Taverne und Finley und Rosario versuchten die Stimmung durch Gesang und weitere Lokalrunden wieder zu heben. Aber die meisten der Gäste starrten Kyle nur kopfschüttelnd an und tuschelten miteinander, andere gingen, nachdem sie in aller Hast gezahlt hatten. Als er den Druck der auf ihm lastenden Blicke der Gäste nicht länger ertrug, wandte sich Kyle um, verließ den Schankraum und begab sich in sein Zimmer.

Laura

STILLE KEHRTE in der Taverne ein.

Kyle liebte sein Zimmer über dem Hinterhof. Vom Hof gelangte man zum Pferdestall und durch die lichte Seitengasse hinaus auf die Straße; eine außen gelegene Stiege reichte hinauf ins Obergeschoss, von wo aus er ebenfalls zu seiner Kammer gelangen konnte, und er mochte den Anblick der nächtlichen Nachbardächer der sie umgebenden Gebäude.

Heute Nacht jedoch war es seine Zuflucht, seine schützende Höhle. Er lag aufgewühlt auf seinem Bett und starrte finster an die Decke seiner Kammer. Seine Gedanken drehten sich noch immer um die vergangenen Stunde, die vergangenen Tage und Wochen, in denen er zunehmend seine Veränderung zu spüren begann. Eine mächtige und kraftvolle Veränderung. Eine Veränderung, die ihn zugleich auch beunruhigte. Den Söldner hatte er töten wollen, hatte ihn zahlen lassen wollen, für all das, was Leute wie Govic ihm angetan hatten.

Finley und Rosario behandelten ihn gut. Sie schienen gute und ehrliche Freunde zu sein, die ihn so akzeptierten, wie er war. Sie hatten ihm ein Heim geboten, ganz anders als er es als Kind in Asaanfurth und Gaelbruk und wosonstnoch erfahren hatte. Er erinnerte sich an seine Mutter, die ihm – nachdem sie einen Freier empfangen und sich dann betrunken hatte - einmal gesagt hatte, dass ihr viel erspart geblieben wäre, wenn die Tränke der Kräuterfrau ihr Werk getan hätten, als sie ihn empfangen hatte. Er vermisste sie nicht. Er hasste sie noch nicht einmal, sondern sie war ihm allenfalls gleichgültig. Er hatte seine Aufgaben erfüllt und war froh, dem Dorf Asaanfurth entkommen zu sein, in dem er sich niemals zugehörig gefühlt hatte.

Und er war dem alten Kyle entkommen. Der Versager von damals musste dem Kämpfer mit dem Schwert weichen. Der Obiskarer und der Halbelf waren tapfer und Ehrenmänner. Doch nachts, wenn sein Körper nach Ruhe verlangte, schien sein Geist immer wieder die Dämonen der Vergangenheit zu beschwören, um ihm neue Qualen zu bereiten. So schien es, als würde er diese eisige Kälte nicht aus seinem Herzen verbannen können. Wut und Hass nagten verzehrend an ihm. Nacht für Nacht.

Vorhin hätte er einem Mann beinahe zwischen die Augen geschossen, um ihn zu töten! Kyle verstand, dass er selbst diese Grenze überschreiten wollte, spüren wollte, was auf der anderen Seite auf ihn wartete. *Was ist nur mit mir?*

Ist es das, was die strahlenden Ritter auf ihren weißen Rössern getan hätten? Was sie gedacht und gefühlt hätten? Davon berichten sie nichts in den Liedern der Barden.

Doch er fühlte nichts. Kein Mitleid, keine Gnade. *Ich habe es genossen, wie ich nicht vor ihm zurückgewichen bin.* In den Tiefen seines Seins war noch etwas Anderes. Etwas Fremdes und Mächtiges. Etwas, das ihn glauben machen wollte, dass es gut war, was er getan hatte (oder das sein Gewissen beruhigen wollte).

Jemand klopfte leise an der Tür und unterbrach seine Gedanken. Es folgte das Knarren der Scharniere. Kyle erhob seinen Kopf und schaute auf. Nackte Füße schritten leise über den alten, knarrenden Holzboden. Bei jedem zweiten Schritt knacksten Gelenke leise, was daraufhin deutete, dass die Person oft und fiel lief, so als seien die Gelenke schon ein wenig abgenutzt. Durch das schwache Licht der Sterne, welches durch das geöffnete Fenster einfiel, sah er, wie sich ein dünnes, beinahe durchsichtiges Gewand an die üppigen Rundungen der jungen Frau schmiegte. Undeutlich machte er aus, wie sie zitternd die Träger ihres Nachtgewandes öffnete und es zu Boden gleiten ließ.

Laura stand vor ihm. Zum ersten Mal sah er ihre Brüste, die voll und schwer waren und leicht nach unten hingen. Etwas Speck war auf ihren Hüften und ihr Bauch stand leicht vor. Sie war nicht perfekt, aber ihr Anblick ließ ihn trotzdem erzittern, hatte er doch noch nie eine Frau so nah und willens gesehen; zumindest nicht in Bezug auf ihn.

Sein Blut hämmerte bereits schmerzhaft in seinem Schritt und er spürte, wie sich sein Geschlecht erhärtete. Er beugte sich verschämt vor, wollte er doch nicht, dass sie dies bemerkte, doch Laura lachte nur und schlüpfte zu dem überraschten Kyle auf das Lager. Die Wärme ihres Körpers hüllte ihn ein und ein seltsamer Zauber umhüllte ihn und trieb die Reste der eingeprügelten Scham fort. Er spürte, wie die Spitzen ihrer festen Mamillen über seinen Oberkörper streiften und ihre Wärme war eine ihm unbekannte Wonne. Die Wärme der Haut einer Frau hatte eine ganz eigene Magie, eine eigene Hitze.

Ihr Mund öffnete sich leicht und sie küsste sanft seine Brust. Der heiße, feuchte Atem ließ ihn aufseufzen und ihre Finger spielten nun provozierend in den Härchen auf seinem Oberkörper, entlocktem ihm ein leises Keuchen und glitten hinab über seinen Bauch. Kyle stöhnte leise auf, spürte er nun, wie sein Glied sich hart und pumpend aufrichtete. Lächelnd glitt sie über ihn und ließ sie sich auf ihm nieder. Sie fühlte sich warm und schwer an. Keine trockene Wärme, sondern eine feuchte Hitze offenbarte sich mit hohem Druck zwischen ihren Schenkeln. Als sie sich vorbeugte, drückte ihr massiger Busen sich an seinen Brustkorb. Seine Hände berührten zaghaft die runde Form ihrer Hüften; mehr ein Reflex, dann tastend. Erkundend.

Einen Moment lang ließ sie ihn gewähren und Kyle inhalierte ihren Duft. Schließlich glitt sie höher und ihre Schenkel, warm und feucht, drückten sich zwischen die seinen. Als Kyle spürte, wie ihre Fingerspitzen geschickt die Verschlüsse seiner Beinkleider öffneten, hielt er ihre Hand fest.

„Warte, Laura", sagte Kyle leise, „Ich kann nicht, ich liebe..."

Ihr Mund öffnete sich erneut und er schmeckte ihren Atem. Forsch drückte sie ihre Zunge zwischen seine Lippen und heiß und zielstrebig küsste sie ihn. Kyle war perplex, doch ließ er sie gewähren.

„Ich weiß", hauchte sie schließlich. „Rosario sagte mir, dass du einem anderen Mädchen nachtrauerst!" Sie blickte auf den Stein am Lederband, den er um seinen Hals trug. „Oder *meinst*, ihr nachtrauern zu müssen!"

Ihre Hände glitten zwischen seine Beine, ertasteten seine Erektion, rissen seine Kleider auf und streichelten seine Lenden. Feurige Wogen entflammten erneut und sein Blut kochte in seinen Adern.

„Aber ich liebe dich nicht! Und dann ist es doch falsch, wenn wir...", stammelte er. Laura lächelte nur, legte ihm den Zeigefinger auf die Lippen, drückte ihren glühenden Unterleib heftiger an den seinen und griff seinen Penis mit der anderen Hand. Sie zog die weiche Haut zurück und ließ ihre Finger über den rauen Rand der Eichel gleiten. Er spannte die Bauchmuskulatur an.

„Halt die Klappe, Kyle", befahl sie. „Mal abgesehen davon kann ich dich beruhigen: Das hier geht nicht um Liebe. Ich finde eh nicht den, den ich brauche. Nein, es ist einfach so: Die Nachtwächter haben zum Verlöschen der Lichter und Feuer gerufen. Es hält sich zwar niemand dran, aber was also sonst soll man in der Dunkelheit tun? Und so ist es wärmer und es hilft mir beim Einschlafen. Also denk an etwas anderes...", presste sie leise hervor, bevor sie schelmisch hinzufügte: „Bereuen kannst du es später!"

Kyle starrte sie an. Laura wollte ihn offenbar, sie lehnte ihn nicht ab. Er erwiderte ihren Kuss, unsicher zuerst, dann wild und ungestüm, während sie seine pulsierende Eichel härter und härter werden ließ, indem sie die Haut vor- und zurückzog. Gierig küsste er ihre Brüste, biss und saugte an ihnen, streichelte zugleich ihren Körper und ließ seine Finger mit festem Druck über die Kurve ihres Rückens gleiten. Süchtig konnte er von jener magischen Wärme, die nur eine Frau geben kann, nicht genug bekommen. Er inhalierte den Duft ihrer Haare, ihrer schimmernden, warmen Haut, die nach einer Mischung aus Freesien und dem frischen Schweiß getaner Arbeit duftete.

Sanft führte sie seine Hände über die Hügel ihres Leibes und er kostete von Kaskaden aus Wärme und Hitze, aus fleischlichem Flammen und Glühen. Als seine Hände schließlich in pulsierenden Kreisen die Form ihrer Brüste umstrichen, durchfuhr ein Schauer ihren Körper. Sie sog die Berührung seiner tastenden Fingerspitzen in sich auf, als sie den Hof ihrer Mamillen umkreisten.

Ein Schock schoss von ihren Brustwarzen aus zu ihrem Bauchnabel und tiefer hinab in ihren

Schoß. Sie schloss ihre Beine, presste sie dichter aneinander, beinahe verwehrend und doch verlangend, und keuchend bäumte sie sich endlich auf. Der Laut sollte ihr Linderung zum süßen Schmerz bringen, doch die spielenden Finger des jungen Mannes, die sanft, so unsagbar sanft, zudrückten, streichelten und kreisten, ließen keine Minderung der lustvollen Pein zu.

Ihre Hand schnellte vor, umgriff sein Handgelenk für einen Herzschlag lang und zwang ihn, innezuhalten, während pulsierende Kaskaden der Lust sich in ihrem Bauch ausbreiteten. Laura erwies sich als erfahrene Lehrerin und Kyle wollte gar nicht wissen, woher sie dieses Wissen hatte. Er wollte nur in dieses Zentrum der Lust eintauchen, er wollte einfach nur seine eigene Jungfräulichkeit verlieren, die ihm wie ein Makel erschien. Benebelt, im Rausch gefangen, ging sein Atem rasselnd, verwob sich mit dem ihren. Seine andere Hand begab sich erneut auf die Suche, während sie seine Rechte hielt. Zitternd erkundete er ihre Seite, von unten nach oben, ihren Arm entlang bis in die Fingerspitzen, tastend, sich mit ihren Gliedern verhakend, innehaltend und sie fühlend. Schauer um Schauer durchfloss ihren Leib, hinterließ ein angenehmes Kribbeln am Hals und überrascht bemerkte Laura, dass ihre Augen dem Spiel seiner Hand folgten. Sie vergaß, ihn festzuhalten und ließ den jungen Entdecker gewähren.

Blitze der Lust flackerten vor ihren halbgeschlossen Lidern, als seine Hand sich nun fester um ihre Brust schloss und beinahe zufällig ihre Brustwarze zusammendrückte.

Er wurde hungrig. Sie spürte seinen heißen Atem an ihrer Wange und suchte seinen Blick. Hatte er etwas zu ihr gesagt? Sie wusste es nicht. Seine Lippen waren so nahe, so verlockend, voll und zart. Doch der Kuss sollte ihr verwehrt bleiben; sein Penis drückte gegen ihre Scheide, aber er drang nicht in ihr feuchtes Fleisch ein. Sie fühlte seine ungeduldige Erregung, sein Becken um so vieles heißer als der Rest seines glühenden Leibes. Er stocherte, drückte und drängte, doch fand den Weg nicht. Ein stechender Schmerz durchzuckte ihn und auch Laura schrie kurz auf.

Kyle begann zu zittern. Er wurde nervös. Was, wenn sie ihn auslachen würde? Seine Erektion begann zu schwinden und er begann sich zu schämen. Der kleine Dämon, der in ihm hauste, keckerte, dass er eben doch nur ein Versager sei. *Du schaffst es nicht einmal, deinen Schwanz in die Futt dieser Hündin zu stecken!*

Kyle verfluchte den Dämon. *Nenn sie nicht so!*

Das Keckern versiegte und Lauras Stimme drang zu ihm durch. „Sachte", ermahnte sie ihn und tastete ihren Schritt. Sie hatte Blut an den Fingern. „Deins oder meins?"

Kyle sah an sich herunter und erkannte, dass er sich selbst in seinem Ungestüm verletzt hatte. Seine Vorhaut war eingerissen und Blut besudelte das Laken.

„Meins...", sagte er mit leiser Frustration in der Stimme, doch Laura knuffte ihn nur und flüsterte, dass das halt manchmal passieren könne, wenn man so jung und unerfahren sei. Sie hauchte ihm einen flüchtigen Kuss auf die Wange und schickte sich an, die Bettstatt zu verlassen.

Versagt! Ein Gedanke kam ihm in den Sinn. Genährt aus Erinnerungen, die sich längst mit jenen Prahlereien vermischt hatten, denen er in den Tavernen so oft lauschen musste – und die er auch aus seinem Versteck heraus beobachtete hatte, wenn Sahirah und Dina selbst ‚Erlösung‘ gesucht hatten.

Vielleicht...

„Warte!" Kyle hielt sie sanft, aber bestimmt am Arm fest und zog sie wieder zurück. Seine Augen funkelten und Laura spürte seine lodernde Leidenschaft. Auch die ihre war noch am Schwelen, war noch nicht verraucht. Willig ließ sie sich wieder nieder und bemerkte verwundert, wie Kyle ihren Körper mit Küssen bedeckte; systematisch, zielgerichtet, erst auf ihre Lippen, ihren Hals, ihre Brüste, Bauch und schließlich erreichte er ihren Schoß. Sie ergötzte sich an der Wärme seiner Lippen, die heißer waren als die Haut ihres Körpers. Sie presste mit ihren Gliedern zurück, badete in dem Beben, welches abwechselnd durch ihre wie auch seine Muskulatur fuhr, übertragen durch die Stellen ihrer Leiber, die einander berührten, miteinander verschmolzen.

Sein Atem umspielte den Dreieckshügel und seine Lippen erhöhten den Druck. Laura verstand und rollte sich verlangend auf den Rücken.

„Mehr!", forderte sie und genoss die Wärme, die sich in ihrem Schritt ausgebreitet hatte. Das Kitzeln ging in einen ziehenden Schmerz über, der ihr vertraut war, der ihr sagte, dass sie ihn in sich spüren wollte.

Leicht spreizte sie ihre Beine. Kyles Hände glitten über ihre Oberschenkel, über ihre Knie und Waden, bis zu ihren Füßen, umspielten ihre Sohlen. Sie lächelte und ohne darüber nachzudenken, ließ sie ihre Beine über das Laken fahren, ließ es sich unter dem Druck zusammenfalten. Der dünne Stoff raschelte unter ihrer Haut, das einzige Geräusch in der Kammer, außer ihrer beiden Keuchen und Atmen und Stöhnen und Seufzen.

Ihre Waden, kräftig und mit Druck, glitten an den Seiten seines Körpers vorbei. Wieder fuhr er hinauf und seine Hände glitten in die Kehlen ihre Knie und schoben ihre Beine weit zurück. Sie keuchte, lächelte noch immer, und er zwang sie, mit angewinkelten Knien ihren Schritt zu spreizen. Der Duft von Salz empfing ihn, gepaart mit einer Note aus Metall, nicht jene Note von Rost, die vom Blut kündet, sondern jener Geschmack, der auf der Zunge bleibt, wenn diese vom Stahl einer Klinge kostet. Seine Zunge fand jene Perle in ihrem Schoß und sandte Wellen der Ekstase durch ihr Sein.

Lustvoll stöhnte sie auf. Nicht hoch und spitz, wie es Sahirah immer getan hatte, wenn er sie gehört hatte, sondern tief und guttural. Mehr ein Grunzen. Gepresst.

Ihre Augen glitzerten im Dunkeln, ihre Wimpern ließen die Feuchtigkeit dahinter schimmern. Sein Atem war heiß in ihrem Schritt und Laura sog erwartungsvoll die Luft ein, als Wellen erfüllter Hoffnung unter ihrem Bauchnabel explodierten. Ihre Hände glitten über seinen

Körper, neugierig, nun ihrerseits erkundend, als
seine warmen Lippen ihrem Schoß begegneten. Sie
rollte ihr Becken zurück, damit er leichter mit
seiner Zunge in sie eindringen konnte. Tastend,
schlängelnd spürte sie ihn - und nun war sie es, die
ihre Kontrolle verlor. Er senkte seinen Kopf dichter
in ihre Hitze und endlich kostete Kyle den salzigen
Geschmack ihres Schoßes. Laura wimmerte leise
und nahm ihre Arme über den Kopf, suchte Halt am
Rand seiner Bettstatt. Leise jauchzte sie ob seiner
Liebkosungen und die Anspannung fiel von ihm ab,
als er sah, welche Macht er über sie ausüben
konnte.

Er spürte, dass seine Verletzung aufgehört
hatte zu bluten, und nun entflammte auch in ihm
die Leidenschaft erneut. Ganz vorsichtig tastete
Laura nun mit zwei Fingern, um ihre Feuchtigkeit
zu fühlen, und sie war sich nicht sicher, ob es diese
war, die seinen Körper wie einen Bogen spannte,
oder ihre anderen Finger, die sich nun um sein
blutgefülltes Glied geschlossen hatten.

Bestimmt glitt er über sie und Laura half
dem jungen Mann bei seinem ‚Ersten Mahl', wie
auch die Entjungferung eines jungen Mannes in
Calhuh genannt wurde. Sie ließ ihre Beine unter
ihm hindurchschlängeln und Kyle verstand, wie er
nun sein Gewicht verlagern musste, um sich
zwischen ihre Beine zu knien. Die Spitze seines
Penis' berührte den Mund der feuchten Grotte.

Seine Hand glitt wieder zwischen ihre Beine,
drückte das nasse Fleisch leicht auseinander und er
ließ seine Fingerspitzen beinahe besänftigend die
Form ihrer Labia nachzeichnen.

Laura schlang ungeduldig ihre Beine um ihn und schob ihn bestimmt, und doch sanft, näher. Kyle gab ihr nach und badete sich im Moment ihres Stöhnens und der Liebkosungen ihrer Hände, die nicht aufhören konnten, seinen Körper zu erkunden. Lauras Finger glitten über seine Brust, seine Schlüsselbeine, über die Schultern zu den Armen hinab und wieder hinauf. Sie berührte, was sie von ihm berühren konnte, doch waren ihre Sinne tiefer, unten, dort, bei dem Ziehen und Drücken in ihrer Leiste und der schwülen, pochenden Hitze.

„Komm!"

Ihre Beine gaben nach, spreizten sich ein wenig mehr, als sich ihre Muskeln um seinen Schaft schlossen. Noch ein Moment des Widerstandes, den ihr heißes Fleisch bildete, und schon glitt er in jenes wundersame Gemisch aus Wärme und gleitender Feuchtigkeit. Sie spürte sein Zittern, als er langsam in sie eindrang und ihr war nicht klar, ob sie sich freuen wollte, dass er so unerträglich sanft war, oder ob sie ihn zwingen sollte, tiefer zu gleiten, indem sie ihn mit ihren Beinen in ihren Leib schob.

Kyle war atemlos. Dergleichen hatte er nicht gekannt – und er wollte nicht, dass es endete, wollte hier ewig verbleiben. Die Magie des Schoßes einer Frau war machtvoll, ein Licht, welches ihn wie eine Motte anzog. Er gehorchte dem Druck ihres Schoßes.

Ausgeliefert.

Ihre Beine hatten sich um seine Flanken geschlossen und mit einem Ruck nach vorne gezogen, auf dass sich sein Körper ihrem Willen fügte. Verschmolzen, ein Wesen, nicht mehr zwei.

Seine Sinne drehten sich wie wild, schienen sich in gleißendem Licht aufzulösen. Sie schnappte nach Luft und gestand sich ein, dass sie vielleicht zu voreilig gewesen war. Ihre Muskeln spannten sich und es brannte leicht und heiß, doch es war gut, die Wärme ihrer Leiber zu berühren und zu fühlen.

Kyle begann sich zu bewegen und jeder Gedanke löste sich auf. Ihre eigene Ungeduld schien auf ihn übergegangen zu sein und mit tiefen Stößen drang er wieder und wieder in sie ein und ihr Körper wiegte sich unter seinem Gewicht.

Wilder und wilder gaben sie sich einander hin, Kyle spürte, wie sie sich bereitwillig von ihm führen ließ, obgleich er der Unerfahrenere war. Doch er hatte viel gesehen und er nahm die würzigen Düfte ihres Schoßes ebenso auf, wenn sie auf allen Vieren kauerte oder wenn sie ihn mit sanften Stößen ritt und seine Hände die Form ihrer Brüste erkundeten.

Laura lieferte sich ihm aus, war seine Beute, befriedigte ein lange in ihr schlummerndes Bedürfnis. Ja, Laura unterwarf sich ihm, seiner animalischen Seite, die in dieser Nacht durchgebrochen war, offenbarte sich dem Tier, das in ihm erwacht war. Sich ihm auszuliefern war eine Notwendigkeit. Wie Fressen oder Paaren. *Wäre ich denn ein Tier...*

Sie mochte seine Körpermasse auf ihr, hinter ihr, in ihr. Sie liebte die pulsierende Wärme, die aus Haut und Muskeln, angespannt und entspannend, im rhythmischen Wechsel, gleich wie im Tanz gefangen, zwischen ihnen hin- und herpulsierte, Erlösung verheißend.

„Danke, dass du mich vor den Söldnern schützen wolltest", hauchte sie zwischen seinen Stößen. Keuchend, stöhnend, sich auf die Lippe beißend. Ihre Fingerspitzen waren krallengleich wieder und wieder über seinen Rücken geglitten, seine Hände hatten jede Struktur ihres Leibes erkundet, die Formen ihrer Hüften, die feinen Härchen an ihrem Nacken, Lippen an Lippen, Lippen an Füßen, die Widerstände ihrer nassen, verschwitzen Leiber, das Reiben und Keuchen.

Irgendwann küsste er sie und sie reckte sich ihm entgegen, versuchte, mit seinem Becken zu verschmelzen, um mehr von ihm in sich aufzunehmen. Ein Tanz aus Farben, aus Gerüchen und kaskadierender Wärme entspann, als Kyle Laura nahm und sie sich ihm hingab.

Er wusste nicht mehr, wann sie ihn aufgefordert hatte, ihre Hände mit einem Stück Seil zu binden und er hatte sie wieder und wieder genommen, bis sie schrie und es sie nicht mehr kümmerte, dass Finley und Rosario sie vermutlich hörten. Sie lösten sich auf in eine See von Farben und Blitze und Lichtern und Wogen, wieder und wieder.

Ein Kribbeln durchlief ihre Scham, lies sie noch feuchter werden und es schmerzte fast, als sie zuckend und stöhnend über die Klippe fiel. Schwarze Punkte tanzten vor ihren Augenlidern und Laura wusste nicht mehr, wann sie diese geschlossen hatte.

Es war ihr gleich.

Sie ließ sich fallen und gab sich den Wogen der Eruption hin, die ihren Körper hinabflossen. Seine Hände krallten sich in ihre Hüften und holte sie ins Diesseits zurück, als sich seine Wärme erneut mit der ihren verband. Ein Film aus Schweiß glitzerte auf ihnen und ihre Körper teilten das Zittern und Beben, bis endlich die erlösende Erschöpfung einsetzte und die klebrige Flüssigkeit zwischen ihren Beinen kühler wurde.

Laura spürte mehr als dass sie sah, wie er aus ihr herausglitt und sich neben sie legte. Ihre Hand taste nach ihm und er hielt die ihre fest. Das Gefühl, wie die milchige Substanz, die er in sie verstreut hatte, ihre Beine hinablief, ließ sie sich auf die Seite drehen, war sie zu mehr doch nicht mehr in der Lage. Laura schloss die Augen und hörte dem Rauschen ihres Blutes zu, bis sie beide endlich vor Erschöpfung einschliefen.

Kyle fuhr hoch. Er war desorientiert und versuchte vergeblich, in der Dunkelheit der Kammer zu sehen. Nur der Klang von leise prasselndem Regen drang an sein Ohr und etwas hatte ihn geweckt, hatte ihn aus dem süßen Schlaf gerissen, der ihrer Leidenschaft gefolgt war. Er streckte die Hand nach dem warmen Körper aus, der neben ihm ruhte und ertastete Lauras nackten Rücken. Die junge Frau rührte sich leise neben ihm und murmelte etwas Unverständliches.

Kyle bemerkte irritiert, dass sein Gesicht nass war und er fuhr sich mit der Hand über seinen Kopf. Schon traf ihn ein weiterer Tropfen.

„Verdammt!", rief er aus und Laura erhob sich schlaftrunken neben ihm.

„Was ist los?", fragte sie, gefolgt von einem Aufschrei, der Kyle sagte, dass auch sie von einem kalten Wassertropfen getroffen worden war.

Rasch entzündete Kyle die Kerze, die neben seinem Bett auf dem Boden stand und er blickte zur Decke hinauf. Ein stetiges Rinnsal floss an den Schindeln entlang, die er von hier aus sehen konnte, und im regelmäßigen Rhythmus gab ein Vorsprung über ihnen nun immer wieder Tropfen kalten Regenwassers frei.

„Das verdammte Dach ist undicht", stellte Kyle fest und Laura klopfte ihm beruhigend auf die Schulter. Schlaftrunken schwang sie sich aus dem Bett und schlüpfte wieder in ihr Kleid, welches sie am Abend zuvor achtlos auf den Boden geworfen hatte.

„Wo gehst du hin?", fragte er und blickte, noch immer die Kerze in der Hand haltend, zwischen Laura und dem Loch in der Decke hin und her.

Laura kicherte leise. „Na, in meine Kammer. Unten ist es trocken." Sie wandte sich ab und legte ihre Hand auf den runden Knauf, um die Tür leise zu öffnen. Sie hielt einen Moment inne, dann wandte sie sich ihm wieder zu und flüsterte mit hochgezogenen Augenbrauen und gespitzten Lippen: „Aber du darfst mitkommen. Vielleicht findet sich unten ja doch auch noch etwas Feuchtes. Und vielleicht können wir unser Spiel von heute Nacht ein weiteres Mal wiederholen."

Als Kyle in ihrer Kammer erwachte, war Laura längst verschwunden, die Stelle, auf der sie gelegenen hatte, kalt. Er war verwirrt. Sein Schritt pochte, war angeschwollen und von der Verletzung leicht entzündet, doch das war es nicht, was ihm auf der Seele lastete. Er hatte sich diesen Moment immer so anders vorgestellt, romantischer, *sauberer*, aber, wenngleich erlösend, war es irgendwie ein Akt gewesen, dem es an etwas Bestimmtem gefehlt hatte. Es ging nicht um Liebe, es war einfach nur eine körperliche Leidenschaft. Hatte er all die Jahre an falsche Ideale geglaubt? Was war denn mit der wahren Liebe, der ritterlichen Minne?

Die Wärme ihres Körpers war verführerisch, doch wusste er in seinem Innersten, dass etwas gefehlt hatte. Was war es? Das Herz? Oder war es der Verstand? Er begriff, dass er Laura benutzt hatte. Laura, die nicht diejenige war, die er ganz wollte.

Er hatte sie trotzdem benutzt.

Nicht ihr Herz.

Nicht ihren Verstand.

Nur ihren Körper.

Ganz so, wie jene Kerle, die seine Mutter und ihre Freundinnen ‚benutzt' hatten. Zweifel begannen wieder und wieder an ihm zu nagen, als missgönnten sie ihm die schönen und hingebungsvollen Stunden. *Ihr Götter*, dachte er, *bin ich nicht in der Lage, mich zu beherrschen und meine Liebe zu Ania nicht zu verraten...*

Ania? Verraten? Werde erwachsen, Kyle! Er verdrängte den Gedanken, wollte sich nicht eingestehen, dass seiner ‚Liebe' zu Ania einem jugendlichen Traum entsprungen war.

Ja, sie war mit dem Händler nach Calhuh gegangen; sie hatte ihre Entscheidungen getroffen. Ganz so, wie er seine getroffen hatte. Und nie hatte er versucht, sie ausfindig zu machen. Und er wusste, warum er es nie versucht hatte. Ania gehörte nicht mehr in sein Leben. Ania war verheiratet, vermutlich bereits schwanger und lebte ein anderes Leben, ein Leben in Luxus und Reichtum, ganz so, wie ihre Eltern es für sie gewollt hatten. Träume der Jugend hatten hier keinen Platz mehr. Seine Gedanken trieben ihn mal in diese, mal in jene Richtung, bis er nicht mehr wusste, was er von seinen Gefühlen zu halten hatte. Schließlich schüttelte er wütend und verwirrt den Kopf. *Liebe! Hah! Die Liebe ist doch nur ein dunkler, qualvoller Schmerz, ein Etwas, das unendliche Leiden schuf und mich zerstören will.*

Zornig zog er sich an, riss unsanft die Tür auf und hinaus in den Hof, um sich zu waschen. Er berührte das Lederband, das er trug, um Ania in Erinnerung zu behalten. Das Geschenk Dinas, das er weiterverschenkt hatte. Das Geschenk, das Ania ihm zurückgegeben hatte. Mit einem Ruck riss er es sich vom Hals und warf den Stein fort, und schickte sich dann an, den Schaden auf dem Dach zu inspizieren.

Mit Hammer, Schindeln und Nägeln bewaffnet, kletterte er hinaus auf das nasse Dach über seiner Kammer. Er liebte es, an dem Gerüst hochzuklettern, welches sie für den Umbau wieder errichtet hatten. Die verwitterten und von Regen und Sonnenschein verblassten Schindeln waren grau und rutschig, doch Kyle hielt den Atem an, als er aus dieser erhobenen Position nicht nur ihr Dach sah, sondern über viele der anderen, tiefer gelegenen Dächern hinwegsehen konnte. Er war wieder davon überrascht, wie dicht viele der Häuser beieinander standen und auch hier schienen sich manche der Dächer regelrecht zu berühren.

Sein Blick wanderte in den Himmel, an dem die Wolken des jungen Morgens vorüberzogen. Der fahle Himmel der Nacht riss auf und die Sonne leuchtete im Osten auf. Ein Spiel aus Farben webte nun eine ganz eigene Magie; Schimmer aus Rot wurden zu Violett, dann zu Blau mit Schleiern aus Grün... und Gelb. Die Strahlen fielen auf die noch immer regennassen Straßen von Calhuh und glitzerten.

Tief sog er die Luft ein und für einen Moment lang fühlte er sich wie ein Vogel, der zum ersten Male seine Schwingen ausbreitete, um zu fliegen. Er lachte ob des Gedankens. Hatte er nicht hier in Calhuh begonnen, seine wahre Natur zu entdecken? Hatte er nicht hier, gleich einem jungen Vogel, damit begonnen, die Schale seines Eis zu durchbrechen, sich selbst befreiend?

Kyle schloss die Augen. Der Wind wirbelte in seinen Haaren, streichelte ihn und er begann still und konzentriert zu atmen, ganz so, wie er es in der Schule der Shaii-Re erfahren hatte. Ruhig saß er eine Zeit lang da, bevor er die Augen wieder öffnete und die Welt um sich herum wahrnahm: Dächer aus Schindeln, Balken, die die Häuser stützen. Masten und Kräne am Hafen.

Er schaute zum Himmel empor. Noch sammelten sich dort keine Vögel zum Flug in südlichere Gefilde, doch Kyle wusste, dass sich der Sommer in wenigen Wochen, fünf oder sechs vielleicht, dem Ende zuneigen würde. Noch ein, zwei heiße Perioden und schon bald würden die Nächte kühler und wieder länger werden. Doch dies kümmerte ihn nicht. Nein, Kyle genoss den Blick über *seine* Stadt, den Himmel und das Meer hinter den Häuserdächern und Schiffsmasten. *Ist dies die Welt des ,neuen' Kyle?*, fragte er sich. *Oder ist dieser ,neue' Kyle schon immer da gewesen, nur versteckt unter Schichten aus Angst und Zweifel?*

Endlich griff er zu Hammer und Nagel und begann sein Tagewerk.

Ein Adept fegte den Eingang mit kurzen, sehr effizienten Bewegungen, als Kyle auf das Gebäude zuschritt. Der junge Mann verfolgte ihn mit den Augen, ohne jedoch in seinem präzisen Fegen innezuhalten. Kyle nickte einen stummen Gruß und trat in den offenen Eingang.

Wieder umfing ihn ein Gefühl der Ruhe. Diesem Ort, obgleich es eine Stätte des Kampfes war, war eine ganz eigene Stille zu eigen. Diese Stille zwang Kyle förmlich, sich gleichfalls leiser zu bewegen. Fast traute er sich nicht, seine ledernen Stiefel auf dem glänzend polierten Holz abzusetzen. Schritt für Schritt trat er näher. Die Bauweise dieses

Gebäudes unterschied sich so sehr von den anderen Gebäuden, die er kannte; von der Schmiede, den Tavernen, Krämerläden oder den Werkstätten. Alles hier war gepflegt. Mit Ölen poliert und sauber und glatt. Gerade und symmetrisch, statt krumm und schief. Und anstelle rauer Steinplatten und grobem Putz und Mörtel, waren hier die Wände mit edlen Hölzern vertäfelt. Die Balken, die mit einem feinen Glanz schimmerten, waren perfekt glatt geschliffen worden. Keine Astlöcher und schiefe Balken, wie in den Decken und Wänden der Taverne, waren hier zu finden. Durchgänge waren mit breiten Türen versehen, die sich jedoch nicht in Angeln befanden, sondern seitlich an den Wänden entlang geschoben wurden. Die Türen selbst liefen in einfachen Schienen aus schwarz und rot lackiertem Holz. Sie waren leicht, bestanden sie doch nur aus einem dünnen Rahmen, auf dem weiße Stoffe aufgezogen worden waren.

Neugierig und aufgewühlt schaute er nun in die noch recht leere Halle, die gleichfalls schön und glänzend und sauber wirkte. Nur eine Handvoll Adepten, wieder gekleidet in den weiten, groben Baumwollkleidern, die er schon beim ersten Besuch hier gesehen hatte, zelebrierten ihre Aufwärmübungen. Es war ein seltsames Schauspiel, bar jenes kampfwütenden Gehabes, wie er es von Rosario oder Finley kannte. Kein Grunzen und Schnaufen, um sich aufzustacheln, bevor die Fechtübungen begannen. Und kein Aufplustern, wie er es von den Raufern in Asaanfurth und Gaelbruk kannte.

Hier herrschte Stille. Eine seltsame Disziplin. Einige Adepten bewegten ihre Glieder, dehnten und streckten sich, während andere ganz verhaltene Schrittübungen ausführten.

Leise.

Gleitend.

Diese Bewegungen waren schön und zielgerichtet. Kyle wurde sofort an den jungen Mann mit dem Besen erinnert: keine überflüssige Bewegung, sondern eine fast bizarr wirkende Präzision. Er studierte die konzentrierten Gesichter der Handvoll Männer und Frauen. Er ertappte sich dabei, dass er sogar nach den beiden Kämpferinnen Ausschau hielt, die er bei seinem ersten Besuch hier gesehen hatte und deren katzenhaften Bewegungen ihn fasziniert hatten.

„Schön, dass du gekommen bist", erklang leise eine vertraute, sonore Stimme hinter ihm. Kyle wandte sich um, um den Lehrer zu begrüßen. Er hatte ihn nicht kommen gehört. „Meister Tomé", Kyle verneigte sich leicht. „Ich möchte Eure Kampfkunst erlernen."

Der Mann mit den schwarzen Locken musterte ihn einen Moment lang. Mit suchender Miene begann Tomé zu lächeln. „Ah, du willst lernen? Und warum? Ist es Gold, das du als Söldner suchen willst, oder die Macht auf dem Schlachtfeld, um deine Gegner niederzumetzeln?" Die Stimme des Mannes wurde tiefer. „Willst du sie erlernen, um andere zu verletzen?"

Kyle sah ihn überrascht an. Nachdenklich rieb er sich am Kinn: Warum er ausgerechnet diese Kampfkunst lernen wollte, hatte er sich bisher eigentlich noch nie gefragt. Gut, er wollte Kämpfen, um sich zu verteidigen. Und ja, da waren die Angriffe von Schlägern wie Govic auf Wehrlose. *Auf mich!*

In seiner Seele lauerte ein Verlangen nach... Er grübelte, doch fiel ihm kein geeigneteres Wort als ,Rache' ein. *An wem? Govic?*

Kyle blickte zu Boden, während Tomé ihn nicht aus den Augen ließ. Sein Blick wanderte über die Maserung des glatt polierten Holzes. Die Linien im Holz erschienen ihm wie Pfade seiner Zukunft. Unendliche Möglichkeiten, nur unterschieden durch Variationen. Nuancen des Schicksals.

Plötzlich manifestierte sich seine Zukunft ganz klar vor seinen Augen. Er sah Alexandra, die in der Kommandantur gedemütigt worden war, er erinnerte sich der Hübscherinnen, die herumgestoßen worden waren. Und an Ania, die von diesem Carwolus verhext worden war. Es war ganz einfach: Er wollte diese Kampfkunst lernen, um gegen das Unrecht zu kämpfen. Für jene, die unterdrückt wurden. Für Ausgestoßene; so wie er sich selbst sein Leben lang ausgestoßen gefühlt hatte.

Er straffte sich, hob seinen Blick wieder und traf Tomés Augen. „Das Brennen in deinen Augen sagt mir, dass du deine eigene Rache suchst. Rache für die Dinge, die man dir angetan hat."

Kyle blickte wieder zu Boden; das verschachtelte Muster der polierten Holzbohlen schien vor seinem Blick zu rotieren, als er spürte, wie er zurückgewiesen wurde. Rachegedanken, unterschwellige Wut und Zorn schienen nicht an diesen Ort zu passen. Tomé musterte den jungen Mann eingehend und die Augenblicke zogen sich für Kyle unendlich lange hin. Er hörte nur das Schaben und Schleifen der Füße und das Rascheln des Stoffes der Übenden hinter sich, die ihnen offenbar keine Beachtung schenkten.

Endlich seufzte der Lehrer schwer und deutete dann Kyle hinaus auf den Gang. Traurigkeit erfüllte ihn, als er dem Mann aus der Halle folgte. Hier wollten sie ihn offenbar auch nicht. Doch dann bog Tomé nach rechts ab, statt Kyle nach draußen vor das Gebäude zu führen, und öffnete eine der leichten Schiebetüren. Eine zusammengelegte weiße Hose und eine Jacke aus Baumwolle lagen dort auf einer Bank. „Zieh die Übungskleider an!"

Kyle stand wie angewurzelt da; die Worte waren heraus, bevor er sie zurückhalten konnte. „Tragt ihr denn keine Rüstungen?" Er hatte in einem der Räume Kämpfer mit Holzschwertern gesehen, die leichte Rüstungen getragen hatten.

Tomé musterte ihn und Kyle hätte sich für seine Reaktion am liebsten geohrfeigt. Doch der Shaii-Re-Meister legte nur den Kopf schief und sprach: „Nein, Kyle. Bei den Übungen sollst du dich nicht auf eine Rüstung verlassen, sondern auf deinen Körper. Und auf deinen Geist. Die beste Art, einen Kampf zu überleben, ist nicht, mehr Schläge als dein Gegner zu überstehen, sondern keinen einzigen Treffer zu erhalten."

Er deutete ihm, in den Raum zu treten, der nur ein paar einfache Bänke an den Wänden stehen hatte. Vor jeder Bank lagen Kleider, sogar Rüstungen, und auch das ein oder andere Schwert, während Stiefel unter die Bänke geschoben worden waren. An den freien Plätzen lagen kunstvoll in exakte Rechtecke zusammengefaltete Übungskleider. Tomé zeigte mit geöffneter Hand auf einen Platz. „Und nun zieh dich um. Wir beginnen in wenigen Augenblicken."

Der drahtige Mann ließ ihn allein in dem Raum zurück und vorsichtig zog Kyle das Rechteck aus dem groben, weißen Baumwollstoff auseinander und betrachte die drei Teile: Jacke, Hose und ein Gürtel aus Stoff. *Weiß. Die Farbe der Anfänger.*

Bei seinem ersten Besuch hatte er gesehen, dass die Meister am oberen Ende der Reihe Aufstellung genommen hatten, während die Anfänger am unteren Ende standen. Nun, er hatte nicht vor, lange am Fußende der Reihe zu bleiben.

Mit spitzen Fingern streifte er Hose und Hemd ab und legte sie etwas versteckt in eine Ecke. *Als würde dies einen Dieb abhalten, meine Kleider zu stehlen*, schalt er sich im selben Moment. Aber als er sah, dass auch die anderen Adepten ihre Kleider und auch weitaus kostbarere Waffen hier abgelegt hatten, fühlte er sich sicherer. Offenbar gab es hier einen stillen Ehrenkodex, dass der Besitz eines anderen unantastbar war.

Nachdenklich legte er die weite harte Baumwollhose an und verknotete die Bänder an den Seiten, die die weite Hose an seiner Hüfte hielten. Sodann streifte er das Oberteil über, dessen langen Enden über Kreuz vor seiner Brust gelegt wurde. Er fühlte sich seltsam befreit in den Kleidern. Der Stoff war hart und schwer, doch er kühlte ihn zugleich. Sein eigener Geruch stieg ihm in die Nase und Kyle schämte sich plötzlich für den verhaltenen Geruch nach Schweiß. Dieser Ort war so rein und sauber – und er selbst fühlte sich wie ein Schandfleck in dieser reinen Umgebung.

Schließlich blickte er nachdenklich auf den Stoffgürtel, welchen die anderen Adepten so kunstvoll gebunden hatten. Unschlüssig hielt er den Stoffgürtel in den Händen. Sollte er hinausgehen und Tomé fragen? Doch bevor er den Gedanken weiterverfolgen konnte, kam ein anderer Schüler herein und beobachtete ihn amüsiert. Der junge Mann, vielleicht ein, zwei Jahre älter mit strohblonden Haaren und einem hektisch geröteten Gesicht, stellte sich als Jorag vor. „Komm her, mein Freund, und dann zeige ich dir, wie der *Obi* gebunden wird.“

Kyle nahm das Angebot an und ließ sich von Jorag helfen. Die Schritte, in denen der flache Baumwollgürtel gebunden wurde, überraschten ihn. Die flache Seite wurde vorne vor den Bauch gelegt, nicht von hinten nach vorne, wie er es mit einer Kordel früher getan hatte. Der Knoten wanderte von der hinteren Lage vor dem Bauch wieder nach vorne, sodass sich ein herzförmiger Knoten ergab, der es beiden Enden erlaubte, gleichmäßig nach unten zu fallen.

Nachdem Kyle ihn einmal gebunden hatte, öffnete er ihn nochmals, um diesmal unter Jorags Augen zu testen, ob er sich alles hatte merken können. Erstaunt sah Jorag Kyle zu, wie dieser schnell und geschickt den Knoten aus den beiden Enden des Stoffes zauberte.

Der Adept kratzte sich an der blonden Schläfe. „Du...", hob er an. „Du bist sicher, dass du das noch nie gemacht hast?", fragte Jorag irritiert und nestelte an seinem eigenen Gürtel, dessen herabhängende Enden zu seinem Ärger jedoch nicht so perfekt ausgerichtet saßen, wie die Kyles.

„Ganz sicher."

Jorag sagte nichts und deutete Kyle den Weg in die Halle, in der Tomé wartete.

Kyle fühlte sich seltsam beobachtet, als er am unteren Ende darauf wartete, dass Tomé ihm zeigen würde, was er zu tun hatte. Doch die anwesenden Adepten beachteten ihn nicht, sondern waren in ihre eigenen Gedanken vertieft.

Nach ihnen betraten nur noch wenige Adepten, drei, vier vielleicht, diese stille Halle, verbeugten sich demütig im Eingang - Jorag hatte ihm zugezischt, dass er sich verbeugen solle, als Kyle ohne dieses Ritual über die Schwelle treten wollte - und nahmen ihre Aufstellung am Ende der Halle ein.

Und nun standen sie schweigend da und warteten auf ihren Lehrer. Keiner redete, kein Plaudern und Kichern. Stille Erwartung, bis hinter dem Haus ein Gong geschlagen wurde. Nur einmal erklang das tiefe Geräusch, doch das Vibrieren spürte Kyle durch die Holzbohlen unter seinen nackten Füßen.

Nach einer kurzen Zeit erschien Tomé in Begleitung eines anderen Mannes und beide verneigten sich gleichfalls beim Betreten der Halle

– *Dojo*, wie Jorag ihm erklärt hatte. Die beiden Männer waren in Gewänder vom gleichen Schnitt wie die der Schüler gehüllt, doch die ihren waren schwarz.

Kyle sog die Luft ein. *Schwarz. Die Farbe der Meister.*

Ein Gefühl der Gier kam in ihm hoch. Ein Bedürfnis nach Macht und Stärke. Und hier, ja, hier war er an der Quelle dieser neuen Stärke und Macht. Er fixierte die beiden Männer, sog die Art auf, wie sie mit festem und doch leisem Schritt über das polierte Parkett huschten.

Er beobachtete.

Er lernte.

Diese Macht würde ihm gehören. Tomé deutete mit einem Kopfnicken in Kyles Richtung und der andere Mann betrachtete Kyle aus den Augenwinkeln. Das Blut pochte wild in Kyles Schläfen, als er versuchte, den Machtrausch abzuschütteln, denn der andere sprach bereits zu den Adepten. „*Sensei ni rei!*"

Kyle verstand die Worte nicht, doch offenbar war es ein Zeichen, sich in ritueller Form hinzuknien, um den Meister zu grüßen. Ungelenk tat er es den anderen nach, die in die Hocke gingen, dann erst das linke Knie aufsetzen, dann das rechte, bis sie schließlich die linke und die rechte Hand absetzten, um diese kurz zu berühren. „*Oss!*" hallte der Gruß durch die Halle und dann erhoben sich die Adepten in umgekehrter Reihenfolge wieder.

Kyle stand unschlüssig da, als der andere Lehrer ihnen Befehle zurief, die er nicht verstand. Tomé ließ die übrigen Adepten ihre Übungen

Schwelende Wut

ausführen und schritt zu Kyle. „Es ist wichtig, dass du dich konzentrierst. Zehn konzentrierte Schwerthiebe oder Fauststöße, die du kritisch vollziehst, stählen deinen Körper und deinen Geist mehr, als stundenlanges brachiales Hin- und Hergestoße."

Kyle sah ihm fest in die Augen. Dies alles war neu für ihn. Doch es war nicht nur der Reiz des Neuen. Dieser Kunst des Shaii-Re war eine besondere Macht inne.

Ungreifbar.

Flüchtig.

Etwas, das selbst die anderen, die Leute außerhalb der Schule, Schläger und Söldner, sogar Rosario und Finley, niemals verspüren oder verstehen konnten. Er sah aus den Augenwinkeln, wie ein Adept am Kopfende der Reihe gähnte. *Oder sogar einige der hier Anwesenden.*

Er würde diesem neuen Etwas in seinem Leben keine Schande bereiten. *Dies war...*, ihm fiel kein geeigneteres Wort ein: *Würdig.*

„Kampfstellung!", bellte die Stimme des anderen Lehrers und wie ein einziger Organismus glitten alle Schüler mit ihrem linken Fuß nach vorn, drückten ihre Becken tief hinunter und pressten ihre Knie nach außen.

Kyle runzelte die Stirn. Die Pose sah alles andere als bequem aus. „Ebenso wichtig wie deine Atmung ist die Spannung deines Körpers", erläuterte Tomé. „Jeder Muskel gehört dazu - nicht nur der Schwertarm."

Tomé korrigierte Kyles Stand ein wenig und deutete ihm dann, den anderen *Sensei* zu beobachten. „Achte auf Wera", flüsterte Tomé. Der Mann, den Tomé Wera nannte, schritt nun wachsam durch die Reihen der Schüler und musterte die angespannten Adepten. „Tiefer stehen", knurrte er einige der älteren Schüler leise und bedrohlich an.

Er kam zu dem scheinbar immer noch müden Schüler, schritt um ihn herum und musterte die schlaffe Statur eingehend. Weras Fuß stieß dem Mann in die Kniekehle, griff ihn mit seiner Hand an der Schulter und schleuderte ihn spielerisch durch den Raum. Noch bevor der überrumpelte Adept wieder auf den Beinen war, führte Tomé aus, welchen Fehler der Adept gemacht hatte. „Wer tief steht, hat eine höhere Standsicherheit und bewegt sich schneller. Verkrampfe nicht dabei. Sei Herr über die Entspannung und somit auch über die Anspannung. Kontrolliere dein Sein und lasse dich nicht von der Masse deines eigenen Leibes zu Fall bringen."

Wera gab die Anweisung, der Erklärung Tomés zu folgen und die Adepten sanken mit ihrem Becken tiefer und spannten ihre Beine und Arme erneut an. Wera erreichte nun Kyle und besah sich ruhig den tief stehenden jungen Mann in aller Seelenruhe. Er schmunzelte leicht; zweifellos schmerzten Kyles Knie und Lenden von der ungewöhnlichen Körperhaltung, doch ließ der Neue sich nichts anmerken.

Auch Tomé stutzte. Kyle wirkte konzentriert und doch entspannt. *Eigenartig. Ungewöhnlich für einen Anfänger*. Tomé gab Wera einen Wink und dieser trat aus Kyles Blickfeld hinter ihn.

Stille herrschte in der Halle. Die anderen Schüler drehten den Kopf, entgegen der Etikette der Schule. Kyle sah sich nicht um. Er blieb in der Stellung, die man ihm zugewiesen hatte und wartete. Er spürte nur Weras Präsenz hinter sich, sah ihn aber nicht.

Plötzlich stieß der Lehrer in die Kniekehle Kyles. Ein kaum merkliches Wanken, doch der junge Mann stand fest und sicher. Der Shaii-Re-Meister runzelte die Stirn. Er war sich sicher, dass Kyle erst einen Augenschlag bevor sein Fuß dessen Bein erreichte, seinen Körper angespannt hatte und somit seine Energien nicht vorzeitig verbrauchte. Wera und Tomé musterten einander und betrachteten dann Kyle eingehend, der immer noch in der ursprünglichen Kampfstellung da stand und den imaginären Gegner vor sich anvisierte.

„Das", hallte Tomés Stimme durch die Halle, „ist Körperspannung." Die Rede des Lehrers führte zu einem Aufatmen der Adepten, die die kurze Pause nutzen. Blitzschnell drehte sich Tomé um seine eigene Achse, um Schwung zu holen und rammte seine Fußkante hart in die andere Kniekehle Kyles. Überrumpelt sackte Kyle diesmal zwar weiter ein, versuchte sich aber einen Moment lang zu fangen. Tomé drückte ihm jedoch schon den Ellenbogen auf die Brust und hebelte ihn rücklings zu Boden.

„Mist!", fluchte Kyle laut und biss sich auf die Lippe. Fluchen war an diesem Ort nicht angebracht.

Tomé verzog leicht die Lippen und streckte ihm die Hand hin, um ihm wieder auf die Füße zu helfen. „Wer sein Gleichgewicht verliert, ist schwach. Er kann weder abwehren noch angreifen."

Kyle fühlte sich vorgeführt, doch schon klopfte Wera Kyle auf die Schulter. „Das war gut", flüsterte er. „Alle wären bei der Attacke zu Boden gegangen. Doch du hast einen Moment lang auch einem unerwarteten Angriff standgehalten."

Kyle sah den Mann verwundert an. „Habe ich?"

Wera nickte anerkennend. „Anspannung und Entspannung." Dann wandte er sich ab und erklärte den Adepten, wie sie ihren Stand durch die Atmung festigen konnten, indem sie über den Bauch atmeten. Tomé legte seine flache Hand auf Kyles Bauch.

„Hierhin atmen!" Mehr sagte er nicht. Kyle erprobte es sogleich und wandelte seine Brustkorbatmung tief in eine Zwerchfellatmung um. Seine nackten Füße schienen mit dem Boden zu verschmelzen. „Es ist ein Muster, Kyle. Du stehst. Du siehst. Du atmest."

Stehen.
Sehen.
Atmen.
Ein.
Aus.

Wieder und wieder atmete Kyle in einer Form, die ihm völlig fremd erschien. Und er fühlte sich kräftiger und mächtiger als je zuvor.

„Atme!", wies ihn Tomé an. „Und beobachte!"

Kyle stand da, angespannt, und tat, wie ihm geheißen worden war.

Tomé und Wera demonstrierten nun andere Techniken. Zuerst ging Tomé zu einer Abwehrtechnik über. „Eine starke Abwehr ist entscheidend. Wehrt stark ab und ihr brecht eurem Gegner den Arm. Wehrt fließend ab und ihr dreht ihm den Schwertarm aus dem Gelenk." Tomé hob in einer Drehung seinen linken Arm, um den Fauststoß Weras über sein Haupt abzulenken.

Kyle saugte diese Bewegungen in sich auf. Sie waren so effizient, so präzise. Kein überflüssiges Überreißen. Umso mehr schockierte es ihn, als er sah, wie einige der älteren Schüler den oft gehörten Ausführungen ihres Meisters eher gelangweilt zuhörten. *Oft gehört, doch nie verstanden*, schoss es Kyle durch den Kopf. *Keine Gegner. Höchstens Opfer. Einige weniger, die mir gefährlich werden können.*

„Bewegt euch aus dem Becken. Die Hüfte zuerst, dann die Glieder hinterher! *Hajyme!*"

Hajyme - Beginnt! Endlich durfte Kyle auch in die Kampfhaltung gleiten. Wut, aufgestaut in den Jahren seines Lebens, brandete an die Oberfläche, Magma aus dem Erdinneren gleich, das an die Oberfläche eines scheinbar ruhenden Vulkans quoll. Mit dieser Kampfkunst würde er all jene in die Knie zwingen können, die ihn gedemütigt hatten. Govic. Carwolus, der ihm seine Ania genommen hatte.

Tief sog er die Luft ein. *Brich ihm mit der Abwehr den Arm, hat Tomé gesagt.* Kyle fixierte seinen gedanklichen Gegner: Carwolus. Er sah die Fratze des Händlers regelrecht vor sich.

„*Ageuke!*", forderte Tomé die Schüler zur Abwehr der ersten Attacke auf, die er ihnen zuvor demonstriert hatte. Kyle wartete nicht. Schnell und geschmeidig bewegten sich seine Muskeln, als hätten sie nie etwas anderes gemacht. Sein Unterarm drückte den imaginären Angriff nach oben, nur leicht oberhalb seines Kopfes, während seine andere Hand nach der seines *Gegners* griff und diesem durch die Abwehr den Ellenbogen brach. Carwolus schrie.

„*Sun-dome!*" Kyle wusste nicht, was es bedeutete, und es war ihm gleich. Schnell wechselte seine Körperspannung zwischen der fließenden Bewegung und dem Moment des Kontaktes hin und her. Gierig genoss er sein eigenes geschmeidiges, schnelles Bewegen. Angespanntes Abstoppen und merkliches Einrasten der treffenden Technik. Er war wütend. Er jagte.

In seinem Geist spürte er das Zersplittern von Knochen, das Schreien seines Gegenübers. Und beinahe roch er dessen Blut. Gezielt und gerichtet führte er die Übungen aus. Voller Kraft.

Ich...

Schmerz brannte durch seine Muskeln.

Ich liebe den Geruch des Blutes...

Tosender Schmerz, aus dem der unnachgiebige Wille erwacht war, seinem Körper nicht nachzugeben, als die Übungen peinigender und anstrengender wurden. Zischend stieß Kyle seinen Atem aus, wenn er einen Angriff oder eine Abwehr ausführte. Und unbarmherzig zählte Tomé, forderte Stellungen und Techniken ein und korrigierte die Schüler. Und immer beobachteten Tomé und Wera den jungen Adepten, der so sehr bemüht war, sich nur einmal für jede neue Technik verbessern zu lassen. Tomés messende Blicke wurden zum Lob für Kyle, seine Stimme zur Herausforderung.

„Mehr!"

Töte! Zeige keine Gnade!, keckerte der Dämon in seiner Seele. *Govic. Carwolus. Die Rüpel in der Taverne. Schlag zu, Kyle. Schlage hart zu! Übe keine Gnade!*

Schweiß spritzte durch die Halle, als die Schüler ihre explosiven Techniken vollführten. Und Kyles Schweiß floss ihm in Strömen übers Gesicht, brannte in seinen Augen, doch er wollte diese Kampfstellungen nicht verlassen, um sich den Schweiß aus den Augen zu wischen. Er wollte weiter üben. Weiter kämpfen. Hungrig. Wild.

„Strengt euch an. Geht an eure Grenzen!", rief Wera. „Ohne Anstrengung könnt ihr nicht wachsen!"

Die Stimmen der Schüler wurden von dem Kampfgeschrei heiser und bald darauf krächzten die meisten von ihnen nur noch müde, warteten auf das Ende der Lektionen. Diejenigen, die vollends am Ende ihrer Kräfte waren, verneigten sich und zogen sich in gerade Linie an den Rand zurück, um sich dort im traditionellen Sitz niederzukauern. Doch Kyle, nun nur noch als einziger am Fußende, stand noch gemeinsam mit einer Handvoll erfahrenerer Adepten am oberen Ende der Reihe, und wollte nicht aufgeben. Seine Muskeln zitterten von der ungewohnten Anspannung, sein Brustkorb schien nicht mehr in der Lage zu sein, genügend Luft in seinen Körper zu pumpen und seine Augen brannten mehr und mehr von seinem eigenen Schweiß.

Nein, er würde nicht aufgeben. Er wollte nicht in die Schwäche zurück, die dem ‚alten' Kyle gehörte. Rosarios Worte fielen ihm ein, der am ersten Tag in der Taverne gesagt hatte, dass ein jeder nach seinen Möglichkeiten handeln würde. Und Kyle würde hier und jetzt das Beste geben, das er zu geben vermochte. Er sah Adepten, die Bewegungen halbherzig ausführten, doch die nicht an ihre Grenzen gingen. Ihm wurde klar, dass sie scheitern würden.

Härter und härter führte er seine Angriffe und Abwehrtechniken aus, zertrümmerte Govics Nase, brach Carwolus wieder und wieder die Arme und ließ sie für ihre Gräueltaten zahlen. Wilde Energien wurden freigesetzt, wieder und wieder, bis Kyles Muskeln schrien. Und endlich nahm sein Verstand Worte wahr, die Tomé oder Wera gesprochen haben musste: *Nicht töten, um zu vernichten...*

Frieden...

Frieden...

Sterne tanzten wild vor seinen Augen auf und ab. Der polierte Boden, von Schweißflecken glitzernd, drehte sich und schien sich unter ihm aufzubäumen. Kyle verlor das Bewusstsein.

Wasser plätscherte.

Klänge von Saiten, gezupft, nicht geschlagen, schwebten durch das Nichts.

Ein Mahlstrom aus schwarzen Flecken rotierte vor seinen Augen und verklärte seine Sicht, als er zu sich kam. Irgendjemand hatte Kyle unter den Armen gegriffen und in den Innengarten der Kampfschule geleitet. Am Fuße eines Brunnens, dessen Ränder in das achtsam geschnittene Grün des Gartens eingebettet waren, hatte man ihn zu Boden gelegt.

„Normalerweise wird nach dem Unterricht noch der Sensei verabschiedet", spottete eine sanfte Stimme. Kyle kämpfte gegen das Gefühl an, sich übergeben zu müssen. *Nicht hier. Bitte nicht hier.*

Der Wirbel löste sich auf und er erblickte den anderen Lehrer, den Mann, der ebenfalls die schwarzen Roben eines Shaii-Re-Meisters trug. *Wera!*

„Wir haben uns vorhin schon gesehen", sagte der Mann und reichte ihm die Hand. „Man nennt mich Wera. Ich leite gemeinsam mit Tomé unsere bescheidene Shaii-Re-Schule."

Kyle versuchte aufzustehen, doch der große, hagere Mann drückte ihn auf den kühlenden Boden zurück. „Bleib liegen, bis sich dein Körper beruhigt hat, sonst bekommst du vielleicht erst Stiche im Herzen. Gefolgt vom Tod."

Kyle zitterte und tat, wie ihm geheißen wurde. Mühsam versuchte er sich zu entspannen. Er drehte den Kopf zur Seite und sah eine Schülerin mit einem geflochtenen, haselnussbraunen Zopf an der *Koto* sitzen, einem mannslangen, flachen und aus Holz gefertigten Saiteninstrument. Es mutete Kyle seltsam an, wie sie darauf spielte und die auf lange Stege gespannten Saiten berührte, sodann einen Schieber betätigte, um andere Töne zu erzielen. Eine seltsame Klarheit erfüllte ihn, als er ihr lauschte.

Wera schöpfte mit einer langstieligen Holzkelle Wasser aus dem plätschernden Brunnen und reichte sie ihm. „Du hast sehr gut durchgehalten", sagte er, während Kyle vorsichtig an der Kelle nippte. „Besser als all die anderen."

Der junge Mann sah Wera schweigend an und spürte seine Muskeln am Kinn, am Nacken, zwischen den Beinen und überhaupt überall an seinem ganzen Körper erlahmen. Der Ältere musterte Kyle eingehend. „Shaii-Re ist eine Bestimmung, Kyle", sprach der Meister und setzte sich im Schneidersitz neben den Zitternden. „Wenn du erst ein Kämpfer des Shaii-Re bist, dann gehörst du zu einer der größten Ritterkasten, die einst über den Kontinent Skartaria herrschte."

Kyle straffte sich ein wenig. *Ritterkasten?* „Ich dachte, ihr bietet diese Techniken an, damit normale Leute Kämpfen lernen. Nicht Adelige und Ritter!"

Wera lächelte versonnen. „Ah, deine Gedanken kennen nur diese eine Richtung. Nicht jeder Ritter ist in glänzende Plattenpanzer gehüllt. Die Shaii-Re sind älter als viele des niederen Adels der berittenen Streiter."

Wera deutete zu einer stilisierten Figurine aus Stein. Kyle traute seinen Augen kaum, als er nach und nach erkannte, dass es der vereinfachte Kopf eines Drachen war, nun längst mit dunkelgrünem Moos umwachsen. „Ja, wir sind alt.

Einst, als Götter und Drachen und Riesen über unsere Welt wanderten, da entstanden wir."

Kyle legte den Kopf schief, deutete an, dass er aufmerksam war. Weras Stimme verschmolz mit den Klängen aus den Saiten der *Koto*. „Vor langer Zeit, drei Jahrhunderte bevor Cyres Magnus I. sein Imperium von ad'Lanthyar ausrief, und noch länger bevor sein Urgroßenkel, Cyres Magnus III., unter unbeschreiblichen Gräueln die zersplitterten Stämme, kaum mehr als Klane, des einstigen Carahduhs niederwarf, vereinte und unser heutiges Calhuh gründete, entstand Shaii-Re aus der Kampfeskunst des Shahii-Te-A."

„Shahii...?", fragte Kyle.

„Te-A!" Wera öffnete seine Hand und deutete darauf. „Die Hand, ,Te', als Waffe, ,A'. Te-A. Eine Kunst, die wir Menschen von den Elfen des Nordens erlernten. Wir nannten sie Elfen des Frostes."

„Elfen des Frostes?"

„Oh, Wesen der Schatten. Hart. Grausam. Kalt wie Eis."

„Was wurde aus ihnen?", rief Kyle aus.

Wera legte den Kopf schief. „Sie verschwanden aus dieser Region, als wir hier Fuß fassten. Sie wurden ausgelöscht, denke ich. Von wem? Wer weiß? Götter, Riesen, Menschen? Niemand vermag es mehr zu sagen. Nicht einmal die Mönche, die uns das Shaii-Re überlieferten, entsinnen sich noch aller Geheimnisse. Der Lauf aller Dinge: Wir vergessen allzu oft, was wir bewahren sollten, und sehen nicht, was wir bereits haben."

Sie blickten sich einen Moment schweigend an, bevor Wera weiter erklärte: „Aber wir, hier in Calhuh, bemühen uns um die Reinheit des Geistes des alten Shaii-Re, junger Freund!" Eine Note der Verbitterung gesellte sich in die Stimme, als Wera nach einem Moment hinzufügte: „Zumindest, was noch davon übrig ist."

Die Stimme Weras wurde trauriger. „Heute jedoch sind wir nur noch die versprengten Überbleibsel einer ehemals starken Ritterkaste. Mehr Mönche als Kämpfer. Traurige Reste einer längst vergessenen Religion."

Religion? Kyle runzelte die Stirn. Zu Göttern hatte er kein Vertrauen. Sie schützen ihn nicht, hatten ihn nie geschützt. Wera musterte ihn eingehend. „Nicht so eine Religion. Mehr der Glaube an etwas Größeres. Nichts Dogmatisiertes, wie hier in der Weißen Kathedrale unter dem Kardinal von Calhuh, oder etwa in Dasra. Oder im Caramassin."

Der Mann schmunzelte. „Und wir haben auch kein Zölibat oder eine andere unnatürliche Beschneidung unserer Verlangen, die es uns verbietet, die Wärme einer Frau oder eines Mannes zu genießen. Nein, wir waren die besten Kämpfer. Im Jahre 833 berief uns König Aldemort von Odena sogar zur Garde seines Hofes, doch..."

„Doch?" Kyle brannte auf die Geschichte. Was waren dies für Kämpfer? Was war aus ihnen geworden?

Wera legte den Kopf erneut schief und lächelte ein bedauerndes Lächeln. „Kurz vor Ende des ‚Ewigen Krieges', du weißt schon, jener Konflikt mit ad'Lanthyar, der Calhuh letztlich die

Unabhängigkeit einbrachte, wurde die Shaii-Re-Garde aufgelöst und wir durften nur noch im Orden eines Klosters agieren."

„Erzählt mir mehr", bat Kyle erneut und lauschte. Wera legte ihm die Hand auf den Oberarm. „Eine Zeit der Besinnung erfolgte für uns. ‚Kampfmönche' nannten uns manche, suchten wir doch innere Ruhe und Schönheit, denn ungezügelten Zorn."

Kyle runzelte die Stirn. Er mochte seinen Zorn. Er wollte seinen Zorn auf Govic und Carwolus und die Häscher nicht aufgeben. Er wollte sie zahlen lassen.

„Es liegt eine besondere Kraft in der Ruhe", fuhr Wera fort und Kyle mühte sich, sich nicht anmerken zu lassen, dass er nicht ruhig bleiben wollte. Doch Wera schien in ihm wie in einem Buch zu lesen. „Du, mein junger Schüler, suchst die Faszination, die im Kampfe liegt. Eine Faszination, von denen sich deine Dämonen nähren."

Kyle sah zu Boden, als er sich so offengelegt fand.

„Du hast dir gewiss Feinde vorgestellt, die es tatsächlich gab, nicht wahr?"

Kyle nickte. Doch Wera verurteilte ihn nicht. „Du hast hier die Gelegenheit, etwas Neues zu lernen, Kyle. Eine Möglichkeit, eine ganz besondere Freiheit zu erlangen. Eine Freiheit des Geistes."

„Des Geistes?"

Wera nickte. „Shaii-Re erfordert nicht nur Gelassenheit und Bildung. Nein, Shaii-Re erfordert einen erweiterten Verstand!"

„Und wie bekomme ich den?", fragte Kyle und rückte seine Stirn an den kühlen Stein des Brunnens. „Hat jemand wie ich denn überhaupt die Möglichkeit, all dies zu meistern?"

„Die Frage ist, was du willst, Kyle", sagte Wera bestimmt. „Tomé berichtete mir nach deinem ersten Besuch, dass du auch die Begabung zu einem Künstler hat, der sehr präzise den Pinsel zu führen vermag."

Kyle nickte.

„Und warum wirst du kein Künstler? Kein Maler? Oder Bildhauer?"

Kyle schwieg. Er hatte keine Antwort.

„Du bist gefangen in einem Wald. Und immer wieder musst du entscheiden, ob du nach Links oder Rechts gehst."

„Und was ist richtig?"

Wera schmunzelte. „Ich habe keine Antworten für dich, Kyle. Nur Fragen. Aber wenn dir etwas hilft, alte Muster zu durchbrechen, dann lernst du etwas Neues. Und das mag wiederum gut sein."

Kyle versuchte langsam aufzustehen. Es war bereits dunkel und er hätte längst seinen Dienst in der Taverne antreten müssen. Finley würde toben.

„Wovon lebt ihr?", fragte Kyle.

Wera legte den Kopf schief. „Seit der ‚Großen Freiheit' Araweyns dürfen wir unsere Dienste wieder anbieten, also leben wir nun von den Spenden unserer Schüler. Von Schätzen, die sie uns mitbringen, wenn sie erfolgreich in die Schlacht gezogen sind."

„Ihr bildet Söldner aus?!", rief Kyle aus, doch der Mann winkte ab. „Wie Tomé schon sagte, nicht einmal wir kennen alle Geheimnisse der alten Meister. Vieles ist in Vergessenheit geraten."

„Ich verstehe nicht", sagte Kyle.

„Wir nehmen Geld für diese Ausbildung, das ist richtig. Jedes Mal, wenn du herkommst. Und auch nur einen Anteil, wenn du erfolgreich aus der Schlacht zurückkehrst. Söldner sind viel raffgierigere Seelen." Er sah durch den Garten zur Halle, in der nun Stille eingekehrt war. „Gut, einige von *ihnen* sind raffgierig. Aber so können wir die Reste unserer Kaste weitergeben, unser Wissen – oder vielmehr Halbwissen."

Kyle war enttäuscht. Die Shaii-Re-Schule war ihm wie ein Leuchtfeuer in der Nacht erschienen. Und nun war es nicht mehr als eine Gruppe von Leuten, die die Reste einer alten Kampfkunst lehrten, ohne wirklich zu leben, was sie lehrten.

Wera legte ihm die Hand auf die Schulter. „Was erzähle ich dir, junger Freund? Ja, wir Shaii-Re haben viel Wissen verloren. Und ja, wir bieten unser Wissen gegen Geld an. Aber unser Wissen und Halbwissen wird dich zu einem starken, aufrechten Mann machen, Kyle. Bemühe dich, deinen eigenen Weg zu finden. Baue auf dem auf, was du hier lernst. Reinen Herzens und klaren Kopfes."

Kyle nickte. Es gab so viel, über das er nachdenken musste.

„Und nun gehe nach Hause und schlafe."

Kyle sagte nichts und verabschiedete sich. Mit steifen Schritten ging Kyle zurück ins Innere, um seine Kleider aufzuklauben. Wera grinste, wusste er doch, welche Muskelschmerzen nun auf den jungen Adepten zukamen. *Oder erst morgen früh...*

Zwischenspiel: Vermählung

DIE DUNKELHEIT WICH einem fahlen Licht.

Ania wimmerte. Der Traum von einem Leben in Silber und Seide war einem Albtraum gewichen. Die Wochen waren wie in einem Taumel vergangen. Sie hatte nicht klar denken können, war stets wie durch einen Nebel geschwebt. Carwolus und ihre Eltern hatten sie nach Calhuh gebracht und dort war sie wie eine Prinzessin gehütet worden. Wachen vor den Türen sorgten dafür, dass niemand der Braut zu nahe treten konnte; die Zofen, die man ihr an die Seite gestellt hatte, kamen aus dem Caramassin und sprachen nicht mit ihr. Sie kannte nicht einmal deren Namen. Sie kamen, zupften ihre Augenbrauen, rasierten sogar den zarten Flaum an ihrer Scham – ein Vorgang, der ihr unendlich erniedrigend vorkam – und zu allem Überdruss war auch ihre Mutter stets bei ihr und dozierte über die Aufgaben einer willigen Ehefrau.

Ihre Mutter hatte ihr von den Wonnen berichtet, die der Gemahl in ihr hervorzaubern würde, wenn sie denn gehorsam war und ihren Schoß willig darbieten würde. So hatte sie dem Tag ihrer Vermählung entgegengefiebert, hatte davon geträumt, wie die Nächte sein würden, wenn sie sich ihm hinzugeben hatte, wie ihre Mutter es ihr erklärt hatte.

Ihr Vater hatte sie in den Wochen kaum beachtet, fast schien es ihr, als schäme er sich für sie, und ihre Mutter hatte sie abends mit warmen Händen untersucht, so wie man ein Kind untersucht, das krank ist, hatte sie gehalten und ihr erklärt, dass es die Aufgabe einer Gemahlin sei, den Acker für die Saat ihres Gemahls zu bieten.

Sie sah nichts von dieser großen Stadt. Sie hörte nur die Glocken der Weißen Kathedrale und zählte die Stunden. Alles, was ihr blieb, war ein Blick in den Garten mit den Rosen und anderen Gewächsen, die sie nicht kannte. War dies das Leben einer Prinzessin? Eingesperrt in einen goldenen Käfig?

Endlich schien das Warten auf die Vermählung ein Ende zu nehmen und sie sah, dass Gäste eintrafen, die in Kutschen vorfuhren oder auf Pferden eingeritten kamen, doch niemand machte der Braut die Aufwartung. Die letzte Nacht brachte ihr wenig Rast, warf sie sich doch in Träumen hin und her - die Träume, die sie verfolgt hatten, waren stärker und stärker geworden -, bis sie in den Morgenstunden endlich erschöpft eingeschlafen war.

Am Morgen ihrer Vermählung erwachte sie durch eine harsche Stimme, die ihr befahl, noch bevor sie gänzlich wach war: „Trink!"

Der Becher war schon an ihren Lippen und die Flüssigkeit lief ihr am Hals herunter. Sie stank und Ania weigerte sich, das schwarze, ölige Getränk zu schlucken. Jemand hielt ihr die Nase zu und als sie zu ersticken drohte, schluckte sie den Trank. Schwer und faulig breitete sich der Geschmack über ihren Gaumen aus. Gleichgültigkeit erfüllte sie mit jedem weiteren Herzschlag und es kümmerte sie plötzlich nicht mehr, was mit ihr geschah und ihr Zimmer mit den feingeschnitzten Möbeln und teuren Stoffen versank in einer schweren Düsternis. Sie hörte eine keckernde Stimme, die flüsterte, dass es an der Zeit sei, die Braut vorzubereiten.

Zeit und Raum schienen sich aufzulösen. Wie betrunken folgte sie ihren Zofen, die sie die breite Treppe hinabführten, durch die Eingangshalle, in der das Sonnenlicht des Sommers durch rote Glasfenster eine seltsame Note erhielt. Doch auch dies war ihr gleich. So, wie es ihr gleich war, dass sie noch immer ihr Nachtgewand trug und barfuß war. Weiter hinab führte man sie, in Kellerräume, die sie nie zuvor gesehen hatte. Grobe Steine, die eher in eine Burg zu passen schienen, denn in eine Stadtvilla, nur hier und da durch Fackeln erleuchtet.

Steile Stufen führten in eine Kammer hinab, in der verschlungene Symbole in Kreisen und Haken in den Boden getrieben worden waren. Der Geruch von Kräutern, die über Kohlebecken verbrannt wurden, schwängerte die rauchige Luft.

Sie erreichte das Zentrum der Kammer und ihre Zofen, nun in weite, dunkelblaue Roben gehüllt, hießen ihr, stehenzubleiben. Sie tat, wie ihr geheißen war, war doch jeglicher Widerstand in ihr gebrochen. Ihre Dienerinnen schnitten ihr mit Klingen das weiße Nachtgewand vom Leib und führten sie nackt zu dem runden, kniehohen Altarpodest. Gehorsam legte sie sich auf dem grüngrauen Stein nieder und wartete. Der dunkle Stein war hart und kalt. Es war ihr gleich.

Gesänge erfüllten die Kammer. Schwer und dunkel. Mehr ein Brummen hier und ein Wispern dort. Anias Augen gewöhnten sich an das Dunkel und sie drehte den Kopf zur Seite. Die Wände waren mit Wandmalereien verziert. Doch diese waren nicht jene schönen Gemälde mit Engeln und Heiligen, von denen Kyle ihr noch beim Meygraffest erzählt hatte. Es waren dunkle Bilder, voller Zorn und Hass und Dunkelheit und Krankheit. Knochenartige Wesen fesselten die nackten Körper von Frauen und Männern, banden sie, beugten und brachen sie, während phallusartige Stachel und Tentakel in Münder und Scham eindrangen. Die Frauengestalten kauerten wie Hündinnen, waren gefesselt, während gehörnte Dämonen auf ihnen hockten und bizarr große Gliedmaßen in ihren empfangenden ‚Kelchen' versenkten.

Und fast schien es ihr, als würden sich die Gemälde bewegen, als würde die Wirklichkeit dieser Welt wie durch einen Schleier im Wind beiseite gefegt werden und den Weg in eine andere Wirklichkeit offenbaren. Einer dunklen Wirklichkeit.

Die Droge, die man ihr gegeben hatte, schien nachzulassen, kam doch ein unbestimmtes Gefühl der Sorge in ihr auf. Sie zitterte, als sie erkannte, dass weitere Gestalten aus der Dunkelheit hervortraten. Vermummt, die Gesichter mit Masken verborgen. Masken aus dunklem Stoff, aus geschwärztem Holz oder auch gebeiztem Metall.

Fratzen. Dutzende.

Ein heißer Atem.

Faulig.

Ihre Zofen betrachteten sie eingehend. Rituell hielten sie Schalen aus Bronze hoch, in die Fratzen und Symbole getrieben worden waren, die jenen an den Wänden und auf dem Boden ähnelten. Mit spitzen Fingern tauchten die Zofen ihre Hände ein und begannen dann, mit schwarzer und roter Farbe Symbole auf ihren nackten Leib zu malen. Formen, die ihre Bürste umspielten, ihren Bauchnabel und ihre Schenkel.

Die Farbe war heiß, brannte auf ihrer Haut.

„Was tut ihr?!", fragte sie ängstlich, doch schon hielt ihr eine der Zofen erneut einen Becher an die Lippen und die Sorge verschwand wieder in jenem Nebel der Gleichgültigkeit. Ihre Fußgelenke wurden gegriffen und ihre Beine auseinandergeschoben. Die erzwungene Spreizung ließ ihre ein wenig hervorstehenden Schamlippen leicht auseinanderklaffen. Hätte sie nicht Scham kennen müssen?

Ketten aus Metall wurden ihr um die Knöchel an Füßen und Handgelenken gelegt. Schließlich traten die Zofen zurück und öffneten ihre Roben. Der schwere Stoff raschelte samtgleich, als er zu Boden fiel. Ania sah aus den Augenwinkeln, dass ihre Zofen gleichfalls nackt waren und ihr

Schamhaar zu einem schmalen Streifen gestutzt hatten. Die Einzelheiten, die ihr auffielen, verwunderten sie. Was war aus den züchtigen Lehren geworden, die ihre Mutter sie stets gelehrt hatte? Was aus dem Traum der Vermählung, bei der sie die Prinzessin des Tages war?

Die Gesänge hoben an und schwollen ab. Auf und nieder.

Sie blickte nicht auf, als sie den Mann vortreten sah. Es war Carwolus. Ihr Verlobter. Ihr zukünftiger Gemahl, gehüllt in eine Robe aus dunklem, rotschwarzem Samt, reich verziert mit verschlungenen Mustern, Schriftzeichen gleich.

„Eine junge Braut, im Schlafe aus dem Bett gerissen, vor ihrer Vermählung", hob die Zofe zu ihrer Linken an und öffnete die Bänder ihrer Robe. Gleichfalls fiel sie zu Boden.

Anias Verstand versuchte sich einen Weg durch den Nebel der Gleichgültigkeit zu bahnen. Die andere Zofe, zu ihrer Rechten, trat nun auch neben ihn und ließ ihre schlanken Finger über seinen Leib gleiten. Jetzt war er nicht mehr der stolze Händlerfürst, der sie verhext hatte. Nein, nun erschien er ihr wie ein Monster: Sein haariger Bauch hing in Falten über, und sein Geschlecht war hart und aufgerichtet und lugte ihr hungrig entgegen. Die Zofe schob die faltige Haut zurück und die Eichel glitzerte in einem unheilvollen Rot.

„Dies ist mein Werkzeug", sprach er laut und kniete sich zwischen ihre geöffneten Beine. Sie spürte die Form seines Körpers. Sie hatte sich stets vorgestellt, wie wunderbar dieser Moment sein musste, wenn ihr Gemahl sie zur Frau machte. Die

Wärme des anderen. Vertrauen und Hingabe. Zärtliche Liebkosungen und ein langsames Verlangen nach der Seele des anderen. Doch nun, da sie gefesselt auf dem Altar lag, war da nichts von jenem Zauber, nicht jene seltsame Magie. Stattdessen nährte ihre Seele mit jedem Herzschlag mehr eine unbestimmte Angst.

Sein Körper fühlte sich an wie der eines Fisches.

Glitschig.

Kalt.

Zu ihrem Entsetzen spürte sie den pulsierenden Kopf seines feuchten Penis' an ihrer Scham. Sie war trocken. Sie wimmerte, mehr aus Furcht, denn vor Schmerz.

„Ein jungfräulicher Acker für Eure heilige Saat", befand die Zofe zur Linken und goss leicht erhitztes Öl über ihren Bauch und zwischen ihre Beine. Ania spürte, wie die andere Zofe mit lüstern glühenden Augen den Kopf seines Geschlechts von unten nach oben führte, um sie zu weiten.

Sie empfand nichts dabei. Sie spürte nur, wie ihr Fleisch dem schwammigen Kopf einen Herzschlag Widerstand bot, dann mit einem Schmatzen nachgab und der Schaft schließlich langsam und stetig in ihren Körper glitt. Nicht tief, nur ein wenig, dann hielt der Mann inne.

„Geweiht mit Blut!", knurrte er und trieb sein Geschlecht mit einem scharfen Ruck tief in sie hinein. Ein kurzer Schmerz nahm ihr einen Moment lang den Atem. Schon bewegte er sich in ihr. *Pflügt meinen Acker...*

Pulsierend.

Pumpend.

Sie hörte das feuchte Schmatzen ihres eigenen Fleisches. Sie biss die Zähne zusammen und presste ihre Lippen aufeinander. Eine Note von rostigem Eisen erfüllte die Luft der dunklen Kammer.

„Von der Jungfrau zur Gemahlin", flüsterte die linke Zofe.

„Von der Gemahlin zur Hure!", sang die Rechte.

Ich bin keine Hure!

Schmatzen und Grunzen, Schmatzen und Grunzen.

„Stöhn, du Hure!", befahl er gepresst. Sein Bauch platschte gegen den ihren.

Tränen stiegen ihr in die Augen. Sie schüttelte den Kopf, den Mund zusammengepresst, die Lippen ein einziger schmaler Strich in ihrem verzerrten Gesicht.

Er gab ihr eine Ohrfeige, ohne in seinen Bewegungen innezuhalten, griff ihren Oberkörper, riss sie hoch und vergrub sich mit seinen Klauen in ihrem Fleisch, Striemen hinterlassend. Sie keuchte und eine der Zofen holte eine kurze Peitsche hervor, schlug sie im Takt der pulsierenden Stöße.

Klatschten und Schlagen.

Der Geruch von Blut.

Schmerz.

Endlich stöhnte sie auf.

Nicht jenes mädchenhafte, liebliche Aufseufzen.

Nicht jenes Unterdrückte, wie es ihr ihre Mutter es für ziemlich erklärt hatte, als sie ihr erklärt hatten, dass sie Carwolus heiraten würde.

Nein, jetzt war sie seine Hure. Eine Hure in der Finsternis.

Wo waren ihre Eltern? Wieso beschützten sie sie nicht?

Trommeln wurden geschlagen. Ein einfacher Rhythmus. Schnell und hart. Keuchend fiel Carwolus in den Rhythmus ein und pflügte mit seinem Schaft durch ihre Scham. Pumpend weiteten sich die Äderchen und jeder Stoß seines massigen Beckens gegen das ihre ließ sie Aufstöhnen.

„Lauter!", befahl er und begann sie zu würgen. Ania grunzte und schnaufte, spürte, wie ihr die Luft wegblieb. Kurz bevor sie zu ersticken drohte, gab er sie frei und aufatmend schrie sie auf. Tief und harsch.

Wieder und wieder stieß er sein Fleisch in sie hinein. Härter und härter, passend im Takt der Trommeln. Er schnaufte. Er schwitzte. Und wieder und wieder schrie sie.

Ihr Verstand zersplitterte wie Glas.

Sie fiel, bewegte ihr Becken nun willentlich dem Stachel in ihrem Fleisch entgegen.

Angegafft von den Jüngern.

Ausgestellt wie eine Attraktion.

Sie war sein, so wie es ihr befohlen worden war.

Schneller wurde er und schneller, keuchte und grunzte, während die Jünger um sie herum mit hohen Stimmen sangen. Worte, die sie nicht verstand.

Wieder und wieder stieß er sein Fleisch in das ihre und für einen Moment lang glaubte sie zu sehen, wie seine Augen glühten, als seien sie von Fieber und Drogen geweitet. Bläuliche Lichter tanzten über seine kalte Fischhaut.

Hart stieß er in sie hinein und Wellen des Schmerzes durchpflügten ihren Leib, als der Kopf seines Geschlechts gegen ihr Innerstes hämmerte.

Härter und härter pflügte er sie, unaufhaltsam. Sie nicht beachtend. Wieder und wieder - bis er abrupt innehielt. Sie schrie laut, als sich die heiße, schleimige Flüssigkeit in ihren Bauch ergoss. Die milchig-weiße Flut floss bis in ihren Bauch, breitete sich unterhalb ihres Bauchnabels in ihrem Inneren aus und schon spürte sie sie aus ihrer Scham heraustropfen und an ihren Beinen herunterlaufen.

Die Jünger nahmen ihre Masken ab und flüsterten einen Namen, den sie noch nie zuvor gehört hatte, und der ihr doch Schauer des Schreckens durch den Körper fahren ließ: *Vajtar!*

Für einen Moment lang sah sie klar. Entsetzen machte sich in ihrem Inneren breit, als sie die wahren Gesichter hinter den Masken aus Fleisch und Blut ausmachte.

Ihre Mutter stand in dem Kreis der Fremden.

Ihr Vater.

Sie haben mich verkauft! Für einen Traum von Wohlstand!

Andere Leute, Männer und Frauen, die sie noch nie zuvor gesehen hatte, starrten auf ihren Leib. Die Blicke waren kalt. Messend.

Sie verstand. All diese Leute waren Teil dieser Gemeinschaft; einer Gemeinschaft, die sich von den Werten abgewandt hatte, nach denen ihre Mutter sie erzogen hatte. *Welch Heuchelei!*

„Kalyn ist die Hüterin des Lebens und Vajtar ihr Werkzeug!" hatte es durch die Kammer. Die Männer und Frauen legten ihre Kleider ab und wandten sich einander zu. Ania hörte Wimmern und weitere Frauen wurden hereingezerrt, nackt, gefesselt an den Händen. Sie las die Fragen und die Angst in ihren Gesichtern, als sie kauernd zu Boden gepresst wurden und ihnen mit Blut Zeichen auf die Leiber gemalt wurden.

Ihr wurde übel, als sie sah, dass das Blut aus den aufgeschnittenen Leibern von Kindern stammte, die man getötet hatte. Der Gestank anderer Flüssigkeiten ließ sie keuchen und würgen und sie wusste nur, dass es sich dabei nicht um Blut handelte. Tränen stiegen ihr in die Augen und auch die Frauen und Mädchen weinten.

Sie hörte das Wimmern, als einige Frauen die Hiebe von Peitschen zu spüren bekamen. Andere wurden mit Wachs übergossen, um vor Schmerz aufzuschreien.

„Schmerz erschafft Leben!", sang eine der Adeptinnen und jemand reichte einer anderen glühende Eisen, mit denen die Zeichen aus Blut nachgezeichnet wurden.

Ania hörte das Schreien und Flehen und Wimmern.

„Vajtar ist aus dem Schmerz entsprungen!"

Angst und Ekel und Übelkeit waberten gleich einer unheiligen Energie durch den Raum, doch am Schlimmsten wurde der Druck, als der leise Gesang endlich abbrach. Grunzend und schnaufend griffen die Männer nun die gefesselten Frauen und drangen in sie ein. Andere, jene, die nicht für die rituelle Schändung auserwählt worden waren, wurden an den Haaren auf die Seite gezerrt und Ania sah, wie ihre Mutter grinsend einer jungen Frau ihre Hand zwischen die Beine schob.

„Vajtar, wir weihen dir diese Kelche voller Angst!", rief Carwolus. „Kelche, die deinen Samen weihen und stärken!"

Sie verstand: Diese Sektierer riefen eine alte Macht an, praktizierten obskure Rituale, nur um ein Ziel zu erreichen. Sie sollte empfangen: eine Empfängnis aus Angst und Schmerz und Blut!

Anias Schreie erstickten in ihrer Furcht, als sie spürte, wie die Saat ihres *Gemahls* in ihr aufging. Übelkeit ergriff Besitz von ihr, bevor sie endlich in die erlösende Dunkelheit zurückfiel.

Die Elenden

NACH DER ERÖFFNUNG der *Singenden Rose* hatte Finley alle Hände voll zu tun, damit er seinen Gästen einen behaglichen Aufenthalt bereiten und eine angenehme Erinnerung an sein Lokal vermachen konnte. Der Vorfall am Eröffnungsabend hatte sich als Glücksfall erwiesen, denn natürlich wurde darüber gesprochen, wie ,die Neuen' das Gesindel, das vorher schon die *Schwarze Rose* aufgesucht hatte, kurzerhand von den neuen Herren rausgeworfen wurde. Und insbesondere von der Herrin des Hauses, der singenden Laura (von denen die meisten nun erzählten, sie hieße Rose). Größer und größer wurden die Geschichten; hier hatte der junge Heißsporn dem Söldner die Kniescheiben mit der Armbrust zertrümmert, dort hatte der Obiskarer fünfzehn Söldnern die Köpfe mit seiner langstieligen Axt eingeschlagen.

Wie dem auch gewesen war, die Leute waren neugierig, strömten herbei und blieben ob der Fürsorge von Finley und Laura. Geschäftsleute aus der Umgebung suchten Finley auf, tranken mit ihm und berichteten über das Spinnennetz aus Beziehungen, das in Calhuh herrschte. Nach der ersten Woche kannte Finley alle wichtigen Namen, nach der zweiten lud man ihn ein, als Inhaber der *Rose* auch an den Abstimmungen der Händler im Viertel teilzunehmen.

Sie hörten Tratsch über die Unzufriedenheit mit den neuen Steuern, vom Kampf gegen die Ruchlosigkeit der Huren (und dass die Adeligen den Kardinal zwingen wollten, Dekrete zu verhängen, auf dass man sie als Metzen erkennen könne), von zahllosen Sekten – manche aus der Thar al Marid, andere aus dem Caramassin oder dem fernen Thysal -, die wie Unkraut aus dem Boden sprossen und sich vom Glauben an den Strahlenden Gott abkehrten.

Von Oluv und Derc erfuhren sie, welche Rivalitäten es hier in den Zuständigkeiten zwischen den verschiedenen Einheiten gab: Die Männer des Königs mochten die rauen Kerle des Hofrichters nicht, und alle Abteilungen waren sich darüber einig, dass die *Weiße Garde* des Kardinals eine Ansammlung von ‚Milchbärten' sei, deren einzige Funktion es sei, den Eingang der Kathedrale zu dekorieren.

Und die beiden berichteten oftmals bei einem Becher Uis'gey von den Toten, die nach ihren Saufzügen mit durchgeschnittenen Kehlen ausgeraubt in den Gassen lagen oder klärten sie darüber auf, dass das vermeintliche Schlachtopfer eines sagenumwobenen Kultes, der Gegenstand des immerwährenden Händlertratsches, die Gemüter der Rechtschaffenden erregte, und sich dann doch nur als Exempel eines Bandenkrieges entpuppt hatte. Informationen jeglicher Art wurden ausgetauscht und Finley lauschte stets aufmerksam und filterte Wahres von Übertreibungen und Prahlerei.

Kyle hatte ihn nach dem Wort *Hariga* gefragt, welches er von der Dame Alexandra gehört hatte, doch auch Finley konnte ihm nichts dazu sagen, versprach ihm aber, sich umzuhören. Vermutlich war es aber nicht mehr als ein Schimpfwort in einem der zahllosen Dialekte, die in den Gebieten außerhalb der Hauptstadt gesprochen wurden.

Doch noch etwas hatte sich seit jener Nacht verändert: Kyle war schweigsamer geworden, nicht verängstigt, jedoch grüblerischer. Jene Wut, die von seiner Seele Besitz ergriffen hatte, drückte sich an jedem Tag aufs Neue aus. Die Begegnung mit Janek und den Söldnern hatte Kyle gezeigt, dass er niemals sicher sein würde. Das Gefühl, gehetzt wie ein Tier zu sein, kannte er nur zu gut – und er wollte sich diesem Gefühl nicht länger aussetzen. Dunkle Blicke auf die Dinge in seinem Leben werfend, gab er sich wortkarg; ein Verhalten, das insbesondere Laura überaus anzog.

Mit Laura hatte Kyle ausgemacht, dass sie das amouröse Abenteuer nicht wiederholen sollten – und natürlich hielten sie sich beide nicht daran. Bei jeder Gelegenheit fielen sie übereinander her. Im Weinkeller, an der Theke, wenn Rosario, Franco und Finley Waren einkauften. Sie schlich nachts in seine Kammer, er in die ihre. Sie erprobten und genossen einander, hier ein Spiel mit roten Schleifen, die zu Fesseln wurden, dort die Gefahr des Entdecktwerdens, welches sie gegenseitig anspornte – und jedes Mal verabschiedete Kyle sich mit dem Versprechen, dass es diesmal das letzte Mal sein würde, als ihn sein schlechtes Gewissen wieder zu quälen begann.

Kyle verstand zunehmend, dass er das Spiel ihrer Leiber genoss, doch dass eine Note zwischen ihnen fehlte; eine Note, die er so faszinierend in anderen Frauen fand, in jenen kämpferischen Schönheiten, die er in dieser Stadt zuhauf an sich vorüberschreiten sah.

Laura dagegen öffnete sich ihm von Mal zu Mal mehr, berichtete über ihr Leben auf der Straße, erzählte ihm ihre Sorgen und Wünsche. „Was ist es nur mit dir, Kyle?", fragte sie immer, wenn sie nach ihrer Leidenschaft in seinen Armen lag und sie miteinander redeten. Sie erzählte ihm freizügig, wie ihr Vater sie immer geschlagen hatte, wenn er getrunken hatte. Er hatte ihre ältere Schwester missbraucht, wenn ihm danach war, und sie hatte sich geschworen, dass ihr das nicht passieren würde, und so war sie davon gelaufen, nachdem ihre Schwester sich eines Tages von einem Felsen östlich der Stadt gestürzt hatte. Und so hatte Laura versucht, zu überleben.

Kyle sprach nicht mehr viel über seine Vergangenheit in dem Dorf Asaanfurth oder gar in anderen Orten, auch er lachte wenig und war stets von einem Schatten umgeben. Laura ließ ihn gewähren, liebte sie doch den glühenden Blick, wenngleich sie seinen Gedankengängen nicht immer zu folgen vermochte. Bereitwillig lieferte sie sich ihm aus, ließ sich von Kyles brennender Leidenschaft einfangen, stets in der Hoffnung auf einen Wandel seiner Gefühle, denn Laura wusste zunehmend, dass sie mehr für ihn fühlte. Das lederne Band mit dem Wolfstein, das sie im Müll gefunden hatte, verbarg sie vor ihm, wusste sie doch, dass es ihm nicht recht sein konnte, wenn sie es tragen würde. Sie mochte das Schmuckstück, erinnerte es sie doch an Kyle, einen leidenschaftlichen, wilden Kyle. Doch mit jedem Stoß seines Fleisches in das ihre, spürte sie auch mehr von der glühenden Wut in ihm.

Unzählige Staubpartikel glitzerten im Licht der Nachmittagssonne, die durch die getönten Glasscheiben in den Schankraum fiel. Missmutig blies Rosario ein weiteres Mal über die Axt Finleys, die nun dekorativ in der Ecke ihres Personalstammtisches an der Wand lehnte und strich mit dem Finger über die restliche Staubschicht, die sich regelrecht festzusaugen schien. Wie so oft in den letzten Wochen holte er sein Rapier hervor und begann, die Klinge zu polieren. „Poliert wirst du, aber du wirst selten im Gefecht geführt, was?!", spottete er leise. *Ist dies der Preis des Erfolges? Unendliche Langeweile?*
Rosario prüfte zum fünften Mal hintereinander die Klinge auf die nicht vorhandenen Scharten und seufzte schwer. Rhythmische Hackgeräusche hallten aus dem hinteren Bereich zu ihm herüber. Brummend erhob

sich der Halbelf und stapfte übellaunig in die Küche, in der Finley mit den Vorbereitungen für den Abend war, griff sich gleichfalls eines der scharfen Fleischmesser und begann mit harten Schnitten flache Fleischstücke von der Rinderlende zu säbeln.

Finley beäugte seinen Freund aus den Augenwinkeln, schaute dann wieder zu den Fleischstücken herab, die Rosario mit immer stärkeren Schnitten durchtrennte. „Ist ihm eine Laus über die Leber gelaufen?", feixte der Obiskarer und imitierte Rosarios Tonlage, wenn er mit Beamten der Stadtwache (außer Oluv und Derc) sprach.

Wieder das scharfe, reißende Schneiden. Finley hörte, wie das Metall tief in den unter dem Fleisch liegenden Holzblock glitt. Und erneut, wieder und wieder. Rosario antwortete nicht und beendete schließlich die Arbeit, um sich mit grimmiger Miene einen Becher Wein einzuschenken. „Deine Axt ist verstaubt..."

Finley griff das Fleisch und holte einen Holzhammer aus der Schublade. Das rhythmische *Bumm-Bumm-Bumm* vom Fleischklopfen erfüllte die Taverne. Er brummte nur. Rosario seufzte laut und vernehmlich. „Finley, mir ist langweilig!"

Bumm-Bumm-Bumm.

Der Obiskarer spürte, wie nun auch seine Laune sich zusehends verschlechterte. Er seufzte schwer, ohne im Klopfen innezuhalten, und nickte mit dem Kinn zu den Brotlaiben, die noch zu schneiden waren. „Wenn dir langweilig ist, mein lieber Geschäftspartner, dann mach dich nützlich und bereite die Brote vor.

Bumm-Bumm-Bumm.

Schnaubend griff Rosario zu einer der geriffelten Klingen für die harte Brotkruste und tat, wie ihm geheißen wurde. Finley grinste zufrieden – und Rosario schrie auf. Fassungslos starrte der Halbelf auf seine Fingerkuppe, aus der Blut tropfte.

Finley schüttelte den Kopf. „*Du* hast dich – an einem Brotmesser – *geschnitten?*" Er schüttelte erneut den Kopf und grinste. „Junge, du brauchst entweder den empfangenden Kelch einer Frau – oder einen Kampf!" *Oder beides, in genau der Reihenfolge,* dachte der kräftige Mann und warf dem Halbelfen ein sauberes Tuch zum Verbinden zu.

Am nächsten Morgen nutzte Rosario die Zeit auf seine Weise, um Kyle aus seinen finsteren Gedanken zu befreien, indem er ihn unter seine Fittiche nahm. Der Sommer hatte die heißesten Tage noch immer nicht hinter sich gelassen. Kyle hatte die Künste des Lesens, Schreibens, Rechnens und Denkens vertieft und wurde von Rosario in edlen Umgangsformen und Manieren der ‚Hohen Gesellschaft' eingeführt.

„Die Damen der Gesellschaft bevorzugen Kavaliere, die ihnen, nun, sagen wir einmal, in *jeder* Hinsicht dienlich sein können. Vorzügliches Benehmen, Diskretion und eine schnelle Klinge sind Voraussetzung, um von ihnen dann eine entsprechende Belohnung zu erhalten!", dozierte Rosario eines Morgens im Spätsommer. „Zuerst brauchst du die richtige Körperhaltung. Gerade, edel, aufrecht. Die Haltung eines Ehrenmannes. Also, sattle unsere Pferde und dann bekommst du einige weitere Reit- und Fechtlektionen!"

Schnell und mittlerweile geübt, legte Kyle den Pferden die Sättel auf und alsbald ritten sie durch das nördliche Stadttor hinaus auf die noch immer grünen, grasbedeckten Hügel im Norden der Stadt, wenngleich es nun nicht mehr jenes junge, frische Grün des Frühlings war, sondern das gedecktere des nahenden Herbstes.

Finley hatte Bedenken geäußert, befürchtete er doch, dass nach dem Vorfall am Eröffnungsabend die Häscher DeBracys Kyle auflauern und nach Asaanfurth zurückbringen würden, aber Rosario beruhigte ihn, indem er ihn erinnerte, dass nach der Lektion, die Kyle Janek und seinen Kumpanen erteilt hatte, die wenigsten Herren die Kosten auf sich nehmen würden, einen einzigen entlaufenen Leibeigenen so weit weg von ihrem Besitz aufspüren zu wollen – zumal, wenn der Wert des ‚Eigentums' nicht sonderlich hoch gewesen war. Doch Rosario blieb auch wachsam, wusste er doch von den drakonischen Strafen, die jene erwarteten, die mit dem Gesetz in Konflikt kamen. Aus dem alten Stammesrecht Carahduhs entstanden, wurden Strafen in Calhuh noch immer nach Stand verhängt, je nachdem, ob man zum Adel, zum Königshaus, zum Pöbel, zur Stadt oder zum Land gehörte. Er schnaubte, hatte er doch selbst zu oft erfahren, dass die Räume zwischen den Städten und Dörfern eher rechtsfrei waren, und ein jeder, der sich hier aufhielt, gut daran tat, sich seine

Feinde auf Schwertlänge vom Leib halten zu können.

Und der Halbelf wusste auch, was mit jenen geschah, die zu tief durch ein Meer aus Blut wateten, wie sich ihre Seelen veränderten. Sein Blick wanderte zu Kyle. Der junge Mann bewunderte von der Hügelkuppe aus die vor ihnen liegende Stadt und das schimmernde Meer. Seite an Seite standen sie für einen Moment lang dort, bevor sie mit den Lektionen begannen. Gemeinsam übten sie elegante Verbeugungen, spielerisches Auf- und Abschreiten und die Kunst der schönen Redeführung.

„Ich komme mir vor wie ein eitler Geck!", beschwerte sich Kyle anfangs.

„Ja, und du benimmst dich auch wie ein Gockel! Wenn du dich jedoch zu sehr aufplusterst, dann endest du am Ende eines Bratspießes."

„Sehr witzig." ‚Bratspieße' wurden die langen Lanzen der bewaffneten Reiterschaften genannt; auch Waffen- und Rüstungskunde gehörten zu dem umfassenden Lehrplan, den Rosario seinen jungen Freund seit Wochen Tag für Tag durchlaufen ließ, wenn sie ihr Tagewerk unterbrachen.

„Aber genau darum sind wir ja hier - um ein derartiges Geschehen zu verhindern." Augenzwinkernd warf Rosario Kyle ein zweites Rapier zu und forderte ihn auf, nun auch die Kunst des zivilisierten Fechtens zu erlernen. „Die harte Arbeit des Umbaus hat deine Arme soweit gestärkt, dass du also nun eine richtige Klinge zu führen vermagst. Eine unumgängliche Fertigkeit für einen Kavalier von Klasse und Stil."

Rosario duh Larroquette hieb einige Finten in die Luft, drehte sich einmal um sich selbst und legte spielerisch die linke Hand auf den Rücken. „Mein junger Freund, die Kunst des Fechtens beginnt mit Manieren und sie endet auch damit. *En Garde!*"

Kyle fühlte sich an die Begrüßungszeremonie in der Shaii-Re-Schule erinnert, in der er ebenfalls jene Höflichkeit im Kampf erlebt hatte; etwas, das den Rüpeln wie Govic gänzlich unbekannt war. Unsicher grüßte Kyle seinen Mentor ebenfalls mit erhobener Klinge und hieb dann kraftvoll zu. Er verlor das Gleichgewicht von seinem eigenen Schwung, der Halbelf schlug ihm mit dem Rapier auf die Finger und schleuderte die Klinge aus den Händen des Anfängers. Kyle, von seiner eigenen Kraft so überrascht, stolperte und fiel vor Rosario ins feuchte Gras.

„Balance halten!", trällerte der Edelmann und reichte Kyle die Waffe zurück. „Probiere eine Finte nach Fechtmeister Cato Fabius, gefolgt von einer doppelten Parade im Stile des klassischen Garvini!", wies der Lehrer seinen Schüler an. „Erinnere dich, was du in den Büchern gelesen hast."

Der junge Mann bezog erneut Position, achtete darauf, dass er die Sonne im Rücken behielt, damit sein Gegner geblendet wurde, er selbst jedoch mit dem Licht kämpfen konnte. Dann, als der Halbelf seine Finten ausführte, parierte und konterte Kyle mit weicher, wenn auch noch unsicherer Eleganz.

„Gut. Sehr gut!", wurde er gelobt. Rosario forderte ihn, piesackte ihn, schalt ihn und zollte ihm Anerkennung. Und Kyle sog auch diese Kampftechniken in sich auf. Mit jeder weiteren Lektion verstand er die Unterschiede zwischen den Stilen der Kämpfenden: Govic war ein Prügler, grob und voller Kraft; Finley nutzte gleichfalls viel Kraft, war aber präziser, mehr einem Bären gleichend, der mit gezielten Hieben seiner Pranken seine Beute fällt. Und Rosario liebte das Spiel: er war mehr wie eine Katze, die mit einer längst besiegten Maus spielte.

Und ich? Was werde ich sein?, fragte sich Kyle. *Schnell, tödlich*, beschied er grimmig. Und so begann Kyle die Fechtkunst nach Meistern wie Solomonia und Garvini zu studieren: Paraden, Konter und Finten im Umgang mit dem Bastardschwert.

Rosario lehrte ihn, sich gegen einen Rapierträger mit dem Langschwert zu verteidigen und als er fortgeschritten war, nahm auch Finley den jungen Mann unter seine Fittiche. Der schlaksige Bursche aus Asaanfurth wurde von Tag zu Tag stärker, schneller und aufmerksamer, seine Haltung gerader und aufrechter. Aus seinem Heimatdorf hätte ihn kaum jemand mehr erkannt, ein Umstand, der ihn beruhigte, was seinen Status als entlaufener Leibeigener betraf. Der Umgang mit Äxten und Hämmern bereitete ihm ebenso wenig Mühen, wie das anstrengende und kontemplative Üben mit Armbrust und Bogen.

In den folgenden Wochen lernte Kyle gleichfalls unter Finleys erfahrenen Augen den Schwertkampf, wie ihn die Söldner und Krieger der Armeen von Dorakum, Odena und Caramas führten, denn, so war Finleys Meinung, Rosarios Art zu Fechten taugte höchstens, um knusprige Hühner von einem Grillspieß zu stibitzen.

Tagsüber erledigte Kyle die Arbeit in der Taverne, nachmittags übte er mit seinen Freunden, schuftete abends, wenn die Gäste kamen, hinter der Theke und verausgabte sich in der Nacht zwischen Lauras Schenkeln (falls sie sich nicht unpässlich fühlte). Doch von seinen Besuchen in der Schule der Shaii-Re erzählte er nichts; ebensowenig von den endlosen, versteckten Übungen, die er fortan mit jeder Tätigkeit ausprobierte oder im Stillen in seiner Kammer erprobte. Schlaf war eine Kostbarkeit, blieben ihm nur wenige Stunden in jeder Nacht. Und so nutzte Kyle jede Gelegenheit, um sich kurz auszuruhen und mehr als einmal fand Laura ihn, wie er in der Schubkarre im Innenhof eingenickt war.

Eine neue Sucht erfüllte ihn - die Sucht, die Bewegungen seines Körpers zu spüren. Jeder Muskel, der erwacht war, war es würdig, beachtet zu werden; jede Technik, übte er still und mit Präzision. Und wenn er sich alleine wähnte, tanzte er die Bewegungen des Kampfes, ließ diese neuen Techniken des Kämpfens wie ein Spiel zur Musik wirken, vorspringend, wie er es früher bei den Tavernentänzerinnen gesehen hatte, wild und hungrig, aber nicht laut und stampfend, sondern leise.

Zum ersten Mal in seinem Leben fühlte Kyle sich mächtig. Eine jede Nacht führte Kyle die Übungen aus, spannte und entspannte seine Muskeln und perfektionierte Tritte und Hiebe, Blöcke und Paraden, bis sein Körper nass vom Schweiß war und er in die Dunkelheit eines erholsamen, befreiten Schlafes ohne Albträume stürzte.

Der faulige Geruch von Fischen lag schwer in der Luft des stickigen Spätsommertages. Laura verzog das Gesicht und sah dem närrischen Treiben zu. Immer wieder kämpfte auch der Obiskarer mit dem wissbegierigen Jungen im Hinterhof der Taverne, und schon bald darauf hatte Kyle jede Technik, die ihn seine Freunde lehren konnten, förmlich in sein Blut aufgesogen.

Kyles wahre Begabung schien sich mit jedem Tag mehr zu offenbaren, wenn seine Hände den Griff eines Schwertes spürten. Der Umgang mit Breitschwert, Rapier und Messer bereitete ihm eine seltsame Freude, aber keine Pein. Es schien ihm beinahe so, als hätte er all diese Dinge schon immer beherrscht (die Gedanken an Govic verdrängte er dabei). Die fiktiven Toten, die in seiner Phantasie von den stählernen Klingen rutschten, bedeuteten ihm nichts. Sie waren gesichtslos. Nur Ziele.

Feinde!

Als die Nächte kühler wurden und jeden Tag mehr Keilformationen der wandernden Zugvögel am Himmel gen Morganthod, Samalar oder Al Marrak aufbrachen, waren seine Arme noch kräftiger und drahtiger als noch in den Monaten davor. Was an Bauchspeck am Tag seiner Flucht dagewesen war, war längst geschmolzen und mit jeder neuen Woche spürte er, wie die Muskeln an Armen, Brust und Beinen straffer und fester wurden. Oft übte er in den freien Stunden, in denen er nicht in der Taverne arbeitete, an selbstgebundenen Strohpuppen, die er im Hof aufgehängt hatte.

Laura, Rosario und Finley maßen einander mit gemischten Gefühlen, während sie Kyle an diesem warmen Nachmittag bei seinen Übungen beobachteten. Zu ihrem Überdruss hatte er eine Kiste mit Fischresten ausgebreitet, um auf den rutschigen Tieren seine Balance-Lektionen zu absolvieren; ein Anblick (und Geruch), der Laura mit Ekel erfüllte.

„Nicht mehr der schlaksige Jüngling, der er noch zu Beginn des Sommers war", bemerkte Laura. Eine nachdenkliche Note lag in ihrer Stimme. Die beiden anderen wussten, dass sie nicht die Festigkeit seines Körpers meinte.

„Und er ist gut", bemerkte der Halbelf nach einer langen Zeit des Schweigens, nur untermalt von dem angespannten Schnaufen des jungen Kämpfers, der es schaffte, auf dem rutschigen Untergrund sein Gleichgewicht zu halten.

„Aye!" Finleys Miene blieb finster.

„Nicht so gut wie *wir*, aber gut! Und zwar im Umgang mit jeder Waffe, die er in die Finger bekommt. Als würde er Waffen lieben. Oder *sie* ihn."

„Aye..."

Rosario kratzte sich am Kopf, als suche er nach einer allumfassenden Antwort, einer allgemeinen Wahrheit. „Nicht so erfahren wie *wir*, aber genauso gut."

Finley blickte mürrisch aus den Augenwinkeln zu ihm herüber und schüttelte verdrossen den Kopf. „Er ist bald besser", murrte er nur dunkel. „Aber es stecken viel Wut und Zorn und Hass in ihm."

Rosario seufzte und legte seinem Freund die Hand auf die Schulter. „Er wird sich in Schwierigkeiten bringen."

Finley nahm langsam sein Béret, welches er oftmals auch hinter der Theke trug, ab und wischte sich mit dem Ärmel den Schweiß von der Stirn. „Oder schlimmer noch: Uns!"

„Keine Sorge, das hört spätestens auf, wenn ihn jemand umbringt." Rosario sah Finley grimmig nickend an, bevor er sich Kyle wieder zuwandte, welcher gerade sein Bastardschwert mit einer Hand um sich herumtanzen ließ, einen undurchdringlichen Klingenwall um sich erzeugend.

„Was soll denn das sein? Wenn du einen echten Gegner vor dir hast, dann werden dir solche Jahrmarkttricks nicht viel helfen!", ermahnte Rosario seinen jungen Schüler.

„Ich will ein Gefühl für die Waffe kriegen!", rief dieser zurück.

Rosario knuffte Finley in die Seite. „Ich dachte, er hat schon ein Gefühl für Lauras *Waffen* bekommen!"

Finley warf ihm einen dunklen Blick zu und Laura ahndete Rosarios anzügliches Auflachen sogleich mit einem freundschaftlichen Hieb auf den Arm. Übertrieben gequält schrie der Halbelf auf und rieb sich indigniert die Stelle, um dann sogleich in Lauras schadenfrohes Lachen mit einzustimmen. Auch Kyle hörte dies und warf dem Obiskarer und dem Halbelfen einen düsteren Blick zu: Er lachte nicht.

Rosario und Laura musterten einander, als sie Kyles Reaktion sahen und die Schankmaid hakte sich bei dem Halbelfen ein, der Kyle nun aufforderte, seinen Wissensstand abzufragen, wie sie es ebenfalls so oft in den letzten Wochen getan hatten. Doch diesmal brach Kyle seine Schwertübungen nicht ab, sondern trieb seinen vor Schweiß glänzenden Körper immer weiter an.

Rosario fragte und Kyle antwortete, dann hieb er wieder zu oder er hieb zu und antwortete dann. Doch jede seiner Bewegungen machte deutlich, dass er heute dieses Spielchens überdrüssig war. Lustlos gab er sein Wissen preis, dass der alte DeBracy Herzog war und als solcher dem Militär vorstand – ‚das Heer zog‘ -, dass Bischof DeJaques die Finanzen des Königs verwaltete und Ländereien zwischen Gaelbruk und Greerbyn sein Eigen nannte, und die Gesetze von dem Königlichen Hofrichter LeGoff ausgerufen wurden. Er kannte die Namen der Adelshäuser und ihrer Zwistigkeiten, wusste, wo im Reich Minen für Schiefer waren, wo Torf gestochen, Holz geschlagen oder auch Korn angebaut wurde.

Kyles Welt wurde mit jedem Stück Wissen, das er in sich aufnahm, größer und größer. Er wusste, dass Rosarios Familienname Duh Larroquette seinen Ursprung im Caramassin, einer Region in Caramas hatte, welches bereits mehr von der ad'lanthyarischen Kultur durchzogen war, als das provinziellere Calhuh.

„Kyle! Letzte Runde der Abfragestunde: Wie heißt der Herr der caramassianischen Bischöfe?"

„Erzbischof!" Kyle stoppte eine schnelle Abfolge kraftvoller Attacken nicht.

„Und dessen Herr?"

„Kardinal!" Das Schwert trennte einen Strohkopf vom Puppenrumpf. „Eingesetzt vom ad'lanthyarischen Hohepriester."

„Und der von Calhuh heißt wie?"

„Duh Neret!" Kyle zog sein Kurzschwert aus seiner Scheide und schleuderte es in eine andere Puppe. „Und der König von Calhuh hat sich nicht viele Freunde gemacht, als er beschlossen hat, die Einsetzung der Bischöfe über sein Amt zu entscheiden. Und noch weniger, als er Obiskara zum Protektorat machte und den Obiskarern Handelsrechte zugestand." Eine unbestimmte Wut ließ ihn innehalten. „War es das, Rosario? Ja, ich habe meine Hausaufgaben gemacht, meine Bücher gelesen. Ich weiß nun auch, dass die ersten Bauernkriege 1239 in Calhuh begannen und diese den Weg für Araweyns Machtergreifung ebneten." Und spöttisch fügte er hinzu: „Und ja, ich weiß sogar, wie unser eigener König heißt: Unser Herr ist Araweyn I., der als Vasall ad'Lanthyars zum König gekrönt wurde, nachdem er den Bürgerkrieg im

Jahre 1258 siegreich beendete, mit Caramas einen neuen Frieden aushandelte und die Tochter Königs Ingolf IV. zum Weibe nahm. Ein Kuhhandel, sagen manche. Noch Fragen?"

Bilder von Söldnerheeren, hungrig, frierend und am Ende ihrer Kräfte, blitzten vor Rosarios Augen auf. Eines der Bilder zeigte einen jungen Halbelfen, der unter der zerschlissenen Standarte Araweyns an einem qualmenden Lagerfeuer hockte und mit zitternden Händen versuchte, die Kälte aus seinen müden Gliedmaßen zu reiben. Der zweite Bauernaufstand, durch Hunger und Not ausgelöst, war der ‚Landgewinnung‘ gefolgt, wie die Schreiber es genannt hatten, als der damals noch junge König aus Obiskara einen massiven Widerstand aus den eigenen Reihen verspürte. Die freiheitsliebenden Obiskarer hatten sich aufgelehnt und in den Kriegsjahren danach hatte ihn sein Weg zur Bekanntschaft mit Finley geführt. Finley, der ihn gefangen genommen hatte, und der ihn dann vor dem Zorn seiner eigenen Leute beschützt hatte. *Nein*, beschied Rosario, *Kyles Zusammenfassung trifft den Moment nicht wirklich.* „Noch eine: Wem gehört dein Hass?"

Keine Antwort. Nur das Fauchen einer Klinge.

„Was treibt dich nur so an?!", fragte nun auch Laura verwirrt. Kyles Augen blitzten auf und er musterte seine Freunde einen Moment lang, schob dann seine Schwerter in ihre Scheiden zurück und schritt auf die drei zu. Er musterte Finley, Rosario und Laura lange und die Wut, die ihn so angetrieben hatte, wollte nicht verrauchen.

„Ania sagte einmal zu mir, ich sei zu schwach, nicht hart genug. Darum habe ich sie verloren! Und das, das soll mir nie wieder passieren. Nie wieder soll jemand auf mir herumtrampeln! Denn das wird von nun an *tödlich*!"

Rosario, Finley und Laura verdrehten die Augen ob der jugendlichen Prahlerei, während Kyle kurz seinen Kopf und seinen Oberkörper in ein Fass mit Regenwasser tauchte, um sich dann mit einem groben Wolltuch die Flüssigkeit vom Leib zu wischen. Anschließend warf er sich ein frisches Leinenhemd über, steckte den Saum in seine braune Lederhose und gürtete das Kurzschwert, das Finley ihm am Tag ihrer Begegnung gegeben hatte.

„Oh, da zieht jemand in den Krieg", feixte Rosario spöttisch. Kyle warf ihm einen bösen Blick zu und legte stumm das Bastardschwert auf den Rücken. Finley schüttelte den Kopf. „Bisschen viele Schwerter auf einmal, Kyle, findest du nicht?"

Der Junge ignorierte die Spitze und schritt auf die abendliche Straße hinaus. „Ich bin auf dem Bazar, falls ihr mich suchen solltet!"

„Kyle, warte! Was soll das denn?" Laura löste sich von Rosarios Arm, klopfte Finley auf die kräftigen Schultern und schüttelte den Kopf über die feindselige Haltung ihres Liebhabers. Der Obiskarer brummte nur abfällig zu sich selbst: „Dich suchen? Ich glaube, du musst dich erst einmal selbst finden, mein junger Freund!"

Laura schüttelte den Kopf und berührte das Lederband um ihren Hals, den Stein unter ihrem

Ausschnitt verborgen. „Einer von euch sollte dem Welpen folgen!"

„Wie ich schon sagte, er bringt Schwierigkeiten!"

Dunkle Schatten begannen bereits, die Straßen in ein kühles Blau zu tauchen, als Kyle über den Ewigen Bazar von Calhuh heimwärts ging und über die schwelende Stimmung dieses merkwürdigen Tages nachdachte. Eine unbestimmte Wut glimmte und glühte in seinem Herzen. Gleich einem schwelenden Feuer schien sein Zorn auf die Welt, auf sich selbst, nicht schwinden zu wollen. Ziellos war er zunächst umhergewandert, hatte etwas gesucht, doch konnte er es nicht greifen. Es war nur ein Gefühl.

Flüchtig…

Ein Bedürfnis, ein Begehren nach ‚mehr'. Und immer noch hatte er das Gefühl, als würden hier in Calhuh die Pfade seines Lebens jeden Tag auf Neue ausgewählt, als würden ihm die Sterne einen neuen Weg offenbaren, ja, als würde er nun unaufhaltsam seinem Schicksal entgegenschreiten. Seine Sinne waren erweitert, beinahe so, als wäre er trunken von Finleys Uis'gey, doch er taumelte nicht, sondern *sah, roch, spürte*. Jede Faser seiner Existenz war angespannt und aufgeladen, beinahe als würde er… *jagen*.

Er kürzte zwischen zwei Hauptstraßen ab und nahm die verlasseneren Nebenarme, in denen er schneller durchkam. Die Gassen in diesem Bereich der Stadt waren ein Labyrinth für jene, die sich nicht auskannten. Sackgassen, die mit Unrat vollgestellt waren und nicht nur Ratten und Kakerlaken als Unterschlupf dienten, sondern auch dunklen Gestalten, die Kyle mit kühlen Augen musterten.

Er sah nicht weg, wenn sie ihn beäugten. Im Gegenteil. Heute fixierte er ihre Augen, brach ihre Blicke und schritt weiter die nächste Straße entlang, die ihn heim zur Taverne führte. Es war ein seltsames Spiel aus dunklen Häuserschluchten und belebteren Straßen, in denen die Händler ihre Waren anboten.

Ein unterdrückter Schrei ließ ihn herumfahren, als er gerade den nächsten Schlund aus Mauern passierte. Seine Augen durchdrangen das Halbdunkel: drei Männer zerrten eine Frau in die Tiefe der schmalen und dunklen Seitengasse.

Er sah sich um. Niemand reagierte. Die anderen Passanten hatten entweder nichts gehört, oder wollten nicht in Dinge hineingezogen werden, die sie nichts angingen. *Nichts ändert sich*, dachte Kyle verbittert. *Menschen sind feige und teilnahmslos.* Aber er war nicht teilnahmslos, nicht mehr. *Nie wieder!*

Er eilte auf den Eingang der Gasse zu und spähte in die Dunkelheit. Raue Stimmen schlugen ihm entgegen: Drei Männer hatten eine junge Frau in ihrer Gewalt und zerrten sie hinter einen Stapel Kisten. „Die kleine Schlampe wird einen guten Preis bei den Brüdern bringen!" Die Stimme lallte, wie nach reichlichem Alkoholkonsum. *Der Betrunkene.*

„Ja! Und sie muss noch nicht einmal mehr jungfräulich sein, wenn diese Spinner ihr den

Bauch aufschneiden!" Die zweite Stimme klang tiefer und deutlicher. *Der Lüsterne.*

„Haltet's Maul, ihr zwei!", zischte der dritte Mann. Kratziger. *Der Anführer.*

Ein Sturm aus Bildern hagelte auf ihn nieder. Aufblitzende Ereignisse aus seiner eigenen Vergangenheit. Nein, aus der Vergangenheit von jenem Kyle, der zu weich war, der hätte härter werden sollen. Von jenem Kyle, den er nun für tot erklärt hatte.

Doch die Bilder blieben: Kinder jagten ihn mit Stangen, schlugen ihn auf dem Dorfplatz zusammen, rammten ihm Stöcke und Ketten in den Magen. Mädchen kicherten und lachten, weil er weinte. Keine von ihnen kam ihm zur Hilfe oder forderte Govic auf, von dem kleineren Jungen abzulassen. Sie lachten nur und er hasste sich, weil er weinte, keine Stärke zeigte, jene Stärke, die er in seinen Träumen hatte. Dina hatte sich vor ihn gestellt, dann Ania, gefolgt von Finley und Laura. Nun war er an der Reihe.

Sie lachen! Über mich...

Er trat näher und schritt in der Mitte der Gasse auf die Männer zu. Der *Lüsterne* war gerade dabei, seine Hände an seinen Gürtel zu legen und hatte seinen Blick auf den sich windenden Körper geheftet. Die Frau lag am Boden, Blut floss aus ihrem Mundwinkel. Zielstrebig stapfte Kyle voran, weiter, weiter, ohne zu zögern, ohne innezuhalten. Sein Atem und Muskeln schienen im Einklang zu sein und er *konnte* nicht anhalten. Er *konnte* keine Angst verspüren. Nicht heute. Nicht hier.

Er fühlte sich wie ein Koloss, als ihn seine Beine Schritt für Schritt dichter an die drei Kerle führten. Heute wich er nicht aus, nein, heute bahnte er sich seinen Weg.

Er war... *unaufhaltsam.*

Hungrig.

Mit dem Stiefel stieß er eine kleine Kiste an die Seite, die jemand zu dem anderen Unrat in der Gasse geworfen hatte. Die Kiste zersplitterte an der Wand und das Geräusch des zersplitternden Holzes ließ die Männer aufhorchen. Sie sahen ihn mit Verblüffung auf ihren Zügen an.

„Lasst die Frau los!" Kyles Stimme sollte in der Gasse unheilvoll dröhnen, doch kippte sie in den hohen Tonlagen ein wenig um und nahm ihr den mächtigen Eindruck, den sein Satz erwecken sollte. *Verdammt!*

Was war nur mit ihm? Er hatte keine Angst, keine Furcht. Nur diese unheimliche innere Ruhe. Er fühlte sich so unendlich offen. Warum also versagte seine Stimme? Warum nicht ein donnernder, ehrfurchtgebietender Klang, wie er es in seinen Träumen so oft durchgespielt hatte?

Voneinander Abstand nehmend, zogen die drei Krieger grinsend ihre Waffen und nahmen Positionen ein, um sich nicht gegenseitig beim Kampf zu behindern. *Erfahrene Krieger!*

Aufmerksam musterte Kyle die Waffen der Kerle. Der *Betrunkene* hielt ein langes Fangeisen in den beiden klobigen Händen. Diese Waffe, bestehend aus einer langen Stange, an deren einem Ende zwei Bügel waren, welche sich um den Hals des Opfers schließen konnten, musste er im Auge behalten.

Der *Lüsterne* trug ein Gladius, jenes klassische ad'lanthyarische Kurzschwert aus den längst vergangenen Tagen, als sich aus zersplitterten Grafschaften und Herzogtümern das ad'lanthyarische Imperium gebildet hatte. Der *Anführer* drehte derweil einen langen Spieß mit Stahlspitzen erwartungsvoll in der Hand. „Verschwinde, du Grünschnabel! Geh zu deiner Amme!", höhnte er, doch Kyle hörte sich zu seiner eigenen Überraschung selbst nur einen verächtlich klingenden Laut ausstoßen. Und noch immer schritt er weiter auf die Gruppe zu. Er war beseelt von dieser neuen Energie, dieser Lust, Besessenheit, die ihn vorwärtstrieb, kraftvoll, nicht zurückweichend, als würde sein Innerstes plötzlich von einem Urfeuer genährt, von einer gewaltigen Kraft aus jener Zeit, als selbst die Götter noch jung waren. *Kein Respekt! Sie zollen mir keinen Respekt! Ich bin nicht länger der Dorftölpel!*

„Ich sagte: Lasst die Frau in Ruhe!" Diesmal klang seine Stimme gebietender. Leiser. Knurrender. Hungriger.

Mit einer auffordernden Kopfbewegung blickte der Spießträger zu dem Schwertträger und gab ihm einen Wink. Der *Lüsterne* grinste, zeigte schwarzgelbe, verfaulte Zähne, die in der klaffenden Höhle hausten, die mehr ein Maul denn Mund war, und sprang mit gezückter Klinge vor.

Abscheu und einen brennenden Zorn verspürend, hatte Kyle nur Sensationen des Hasses übrig, jenem Feuer gleich, welches seinen Geist zu verbrennen drohte. *Auf die Knie, du Wurm.*

Zehn Schritte war der Mann noch entfernt. Noch acht. Einen Wimpernschlag später, wenige Augenblicke bevor der erste Mann ihn erreichen konnte, zog Kyle sein eigenes Kurzschwert, hob es schnell über den Kopf und schleuderte es auf seinen Gegner. Dieser stoppte seinen Angriff, ließ seine eigene Klinge hochfahren und Kyles geworfenes Kurzschwert fiel klirrend zu Boden - dieser Gegner war keine Strohpuppe...

„Zu dumm, Junge. Du hättest gehen sollen!"

Gehen? Fliehen? Feige sein!? Wenn ich schon sterben muss, dann wenigstens, als das was ich immer sein wollte – als ein Held!

Der Schwertträger setzte sich wieder in Bewegung und ruhig zog Kyle seinen Anderthalbhänder, fasste den Griff mit beiden Händen und stürmte gleichfalls vor, seine Stimme mit jedem Schritt zu einem Brüllen anhebend. Stahl prallte auf Stahl und Funken sprühten, als die Klingen aneinander schleiften.

„Zu dumm, du hättest sie loslassen sollen!", spottete er. *Nie wieder feige sein!* Er spürte jene neue Kraft in seinen Armen, seinen Muskeln, genoss den Druck, den die Klinge seines Gegners gegen die seine ausübte. Ohne Vorwarnung nahm er seinen Widerstand zurück und bevor die Schneide seines Gegners ihn treffen konnte, ging er in die Knie, parierte beidhändig den etwas überraschten Folgeschlag zu seinem Kopf und schleuderte dann mit seiner eigenen Riposte die Klinge des anderen außer Reichweite.

Überraschung stand ins Gesicht seines ersten echten Gegners geschrieben, doch Kyle weidete sich nicht daran. Sein Bastardschwert fuhr nieder und hieb gegen das Knie des Mannes. Ein seltsamer Widerstand erfüllte Kyles Hände, als Fleisch und Knochen zertrennt wurden, beinahe vergleichbar mit jenem Moment, wenn er sein Glied in Lauras Schoß gleiten ließ. Blut sprudelte aus der Wunde und Kyles weißes Hemd wurde von der Hüfte bis zum Hals in einem roten Schauer besudelt. Tropfen trafen seine Züge wie Regentropfen. Er strich sich mit der Hand übers Gesicht und sah das Blut auf seinen Händen. Für einen Herzschlag lang musste er an Govics Vater denken, den seine eigenen Hunde zerfleischt hatten.

Diesen Welpen habt ihr einmal zu oft geschlagen, knurrte der Dämon in seiner Seele, während Kyle sein erstes Opfer betrachtete. Die Muskeln des Mannes verkrampften sich und der Verletzte sank zu Boden, um erst dort zu begreifen, was ihm widerfahren war. Höher und höher wurden die Schreie, um dann in ein gequältes Heulen überzugehen.

Töte ihn! Nur dieser Gedanke war in seinem Kopf. *Lass ihn dafür bezahlen, was er getan hat. Was er der Frau antun wollte, was die anderen dir angetan haben! Töte ihn!*

Kühl, beinahe so, als würde er den Moment auskosten wollen, hob Kyle die Klinge, um dem winselnden, sich am Boden windenden Schwertträger den Garaus zu machen.

Schnappend schlossen sich die Bügel des Fangeisens um seinen Hals. *Narr! Wie konntest du nur die anderen vergessen? Sie sind aufeinander eingespielt und haben die notwendige Kampferfahrung. Tor! Einfaltspinsel!*

„Du verdammtes Schwein! Du bist des Todes!", brüllte nun der Betrunkene, erfüllt von Wut und Zorn. Er hebelte ihn mit dem Fangeisen an die Wand und setzte mit einem zweiten Stoß nach. Der Schlag gegen seine Kehle raubte Kyle die Luft. Sein Schwert entglitt ihm und fiel klirrend zu Boden.

Hämisch lachend drehte der Anführer kunstvoll einige Male den Spieß durch die Luft und zielte routiniert auf Kyles Bauch. Zuerst hieb er mit dem stumpfen Ende zu, sich an Kyles Schmerz erfreuend, um sogleich den Spieß herumzuwirbeln und ihn mit der Spitze an Kyles Körper zu führen.

„Ich werde ihn ganz langsam in dich hineinstoßen und ihn mit Genuss in deinen Eingeweiden drehen! Oh ja, Junge, du wirst elendig krepieren und dabei zusehen!" Lachend holte der Kerl aus und Kyle spannte instinktiv seinen Körper an, als er den peinigenden Stich erwartete.

Doch der Angriff blieb aus. Eine neue Klinge blitzte vor Kyles Augen auf und durchtrennte mit einem schlirrenden Schleifen die metallenen Bänder des Fangeisens, die die Bügel zusammenhielten. Sofort löste sich Kyle aus seiner Gefangenschaft. Schnell riss er das Eisen herum und brachte sich aus der Stoßrichtung. Aus den Augenwinkeln sah er einen in Samt und Seide gehüllten Schatten lachend an ihm vorbeitanzen.

„Aber, aber, meine Herren! Drei gegen einen? Verhält sich so ein Kavalier?"

Ein Grinsen stahl sich auf Kyles Züge. Er nickte Rosario zu und ergriff das Ende des Fangeisens, welches der verblüffte Betrunkene nun locker in der Hand hielt. Bevor dieser seiner Überraschung Herr wurde, stieß Kyle nun seinerseits die Stange des Fangeisens zurück und trieb es dem Betrunkenen zwei, drei Mal in den fetten Wanst. Keuchend taumelte dieser zurück. Vom aufbrandenden Schmerz überwältigt, rang er nach Atem und gab dem jungen Kämpfer genug Zeit; schon war Kyle zu seinem am Boden liegenden Kurzschwert gestolpert, nahm es auf und rammte es dem Mann in die Seite. Keuchend sank dieser zu seinem Gefährten, welcher immer noch wimmernd versuchte, auf dem blutigen Boden sein abgetrenntes Bein wiederzufinden. Kyle trat vor den Mann und blickte ihm kalt in die Augen. Er sah nur einen Entführer, einen Vergewaltiger. Er setzte die Klinge dem zitternden Mann an den Hals, der seine Hand auf die blutende Wunde an seiner Seite presste. *Es ist ganz leicht. Beinahe zu leicht...*

Die Augen des Mannes weiteten sich und Kyle bemerkte den Strom Urin, der sich vom Schritt der Hose ausweitete, als dieser die Kontrolle über seine Blase verlor. Kyle schaute aus den Augenwinkeln zu Rosario, welcher mit dem entwaffneten Spießträger sein Spielchen trieb und diesen mit der Klinge tiefer in die Sackgasse jagte, ohne ihn zu töten. *Katz und Maus...*

„Elender! Sprich, was wolltest du von der Frau?! Rede, oder ich werde dir meine Initialen einritzen!" Rosario hatte einen boshaften Spaß an dem Spiel aus Attacken und Paraden, schien er doch niemals ernsthaft in Gefahr zu sein.

„Niemals, du elfisches Schwein!" Der Mann zog seinen Dolch und wollte sich diesen selbst in den Leib rammen. Rosarios Klinge schnitt über den Handrücken und lenkte den Stich ab. Die Klinge fiel zu Boden und dann setzte auch der Halbelf sein Rapier an die Kehle des Mannes. „Oh, ein Suizidfanatiker, eh?", kokettierte Rosario. „Keine Sorge, mein Freund, dein Wunsch wird noch in Erfüllung gehen: Auf dich wartet der Galgen!"

„Dafür wirst du brennen!"

Rosario blickte auf den zeternden Kerl hinab, zuckte ungerührt mit den Schultern und gab dem Mann einen Hieb über den Schädel, der ihn bewusstlos zusammensinken ließ. Herumfahrend sah er sich um und fand Kyle noch immer mit seiner Klinge am Hals des Mannes, der auf dem Boden kauerte und auf den Tod wartete.

„Lass gut sein, Kyle. Wir übergeben sie ans Gesetz. Sollen die sich die Hände schmutzig machen, wenn sie diesen Abschaum hier baumeln lassen."

Kyle blickte auf die Schwertspitze, die gegen den schmutzigen Hals des Mannes drückte. Noch immer wütete in ihm der Wunsch, das Metall in das Fleisch des Mannes zu stoßen, um ihn zu töten. Rosario sah im Halbdunkel der Gasse, wie die Muskeln an Kyles Kiefer angestrengt arbeiteten, beinahe wie bei einem Raubtier, das bereit ist, seine Fänge in die Kehle seiner Beute zu treiben.

„An das Gesetz?" Wut und Zorn flammten durch Kyles Seele. Was hatte Govics Mentor, Victor Darrigan, damals zu ihm gesagt? Bastarde wie ihn sollte man ganz langsam verrecken lassen? Seine Zähne knirschten, als er gegen den Impuls ankämpfte, den tödlichen Schnitt vorzunehmen.

Rosario berührte ihn beinahe sanft an der Schulter, nickte ihn aufmunternd an und kniete sich, ohne weiter auf Kyle zu achten, zu der am Boden liegenden jungen Frau. Seine Finger tasteten nach ihrem Puls. Sie lebte, war jedoch nicht bei Bewusstsein. „Lass ihn, Kyle. Die rennen nirgendwo mehr hin. Rufen wir die Wachen!"

Ernst betrachtete Rosario seinen Freund, suchte in dessen Augen. Kyle hätte beinahe seine erste ‚Blutweihe' gehabt. Er hätte getötet. Was er seiner Seele damit angetan hätte? Rosario war froh, dass dies nicht der Fall war und verdrängte nun die Gedanken an seinen eigenen ersten getöteten Gegner, einen Straßenräuber im Caramassin. Damals, als er von den Elfinnen, die den ‚Menschenbastard' nicht unter ihresgleichen wissen wollten, aus Enthanghor vertrieben worden war. Seitdem hatte er viele Gegner getötet, hatte im Bürgerkrieg und in den Bauernaufständen mal auf der einen und auf der anderen Seite gekämpft, doch den Blick des Ersten hatte er nie vergessen. Er hatte damals noch nicht jene Finesse im Töten besessen und hatte dem Mann den Kehlkopf mit dem Unterarm eingedrückt. Es hatte lange gedauert, bis er gestorben war und die umherzuckenden, anklagenden Augen verfolgten ihn noch immer in so mancher Nacht.

Rosario seufzte. Es gab keinen Weg mehr zurück und so schüttelte er die bösen Erinnerungen ab. Mit nun aufgesetztem sanftem Blick schaute der Halbelf zu seinem Freund auf und verzog den Mund zu seinem charmanten, schurkenhaften Lächeln. „Alles klar?"

Kyle schnaufte, hielt jedoch die Klinge stoßbereit in der Hand. Sein Blick wanderte zu seinem ersten Gegner, der immer noch über den schmutzigen, blutverschmierten Boden kroch und vergeblich versuchte, sein abgeschlagenes Bein an den Kniestumpf zu pressen. Wenn er überleben sollte, würde der Mann ein Bettler sein, angewiesen auf die Almosen anderer.

Rosario wandte sich wieder der Frau zu, die immer noch ohne Bewusstsein war. Eine Phiole lag neben ihr. Die Männer hatten sie mit einem Trank betäubt. Vorsichtig strich der Halbelf ihr die Haare aus dem Gesicht und erschrak. „Kyle, das Mädchen kennen wir! Die Tochter unseres Schneiders!", rief Rosario erstaunt aus. „Das Mädchen..." Kyle schaute auf die vertrauten Züge und nickte. „Anicka. Ani."

Sein Blick wanderte zu seinen blutverschmierten Händen und dann wieder zu den drei Männern. Er griff sein Schwert fester. „Ich finde, wir sollten ihnen die Kehlen durchschneiden."

Rosario sah erschrocken auf. Als er jetzt in Kyles Augen blickte, ließ ihn die Glut darin zusammenzucken. Etwas hatte sich geändert. Was er dort sah, war nicht mehr der unschuldige Blick des nachdenklichen und tölpelhaften Dorfburschen mit Träumen von Ritterlichkeit. Vor ihm stand nun ein Mann, ein Kämpfer, dessen Augen die grausame Natur der Dinge, das Wesen dieser Welt aus Schmerz und Blut, erblickt hatte. Und schlimmer noch: Es schien, als hätte der junge Wolfswelpe nicht nur Blut geschmeckt, sondern auch noch Gefallen daran gefunden. „Die Wachen, Kyle. Wir übergeben sie dem Gesetz. Soll das System sie richten." Und bemüht, die angespannte Stimmung zu durchbrechen, fügte er konspirativ hinzu: „Dafür zahlen wir immerhin viel zu viele Steuern an die *Putzer*!"

Kyle nickte nur und schaute unschlüssig von den drei Gefangenen, die auf dem Boden kauerten, zum Eingang der Gasse, wo mehr Laternen die Straße erhellten. Missmutig stapfte er zum Eingang und brüllte mit lauter Stimme: „Feuer!"

Rosario schmunzelte. Auf ‚Hilfe' hätte vermutlich niemand reagiert; Kyle hatte die Regeln der Stadt schnell erlernt.

Kurz darauf eilte einer der Nachtwächter herbei. Der Mann war alt, seine Haut ledrig und faltig, und graue Haare fielen unter der Lederkappe hervor. Auf seiner Brust trug er eine kleinere Variante des Wappens, welches die Stadtwachen trugen, doch auf seinem fand sich zudem noch eine Katze, die dem doppelköpfigen Adler um die Krallenfüße strich: Symbol der Wachsamkeit, der Freiheit und des Mutes.

Der alte Mann leuchtete mit seiner Laterne in die dunkle Gasse und Kyle erklärte die Situation. Der Feuerwächter holte eine Pfeife hervor und ließ eine kurze Reihe von Signalen erklingen. Wenige Augenblicke später gesellte sich eine Wachstreife zu ihnen. Auch die beiden Wachen in den rotgoldenen Uniformen beäugten Kyle misstrauisch, der ihnen von dem Überfall berichtete. Während sich der alte Nachtwächter wieder auf seine nächtliche Runde begab, schritten die Soldaten tiefer ins Dunkel der Gasse, wo Rosario die drei Gefangenen bewachte. Unsanft zerrten die Wachen die drei Männer hoch, nachdem sie dem Einbeinigen die Wunde abgebunden hatten. Das abgeschlagene Bein stießen sie in den Unrat der Gasse. Der Einbeinige wimmerte und jammerte, doch die anderen beiden funkelten Rosario und Kyle mit unbändigem Hass an.

Der Ranghöhere der beiden Wachen rückte seinen Helm zurecht und musterte Kyle und Rosario nachdenklich. „Das ist der fünfte Versuch diese Woche, eine Frau zu verschleppen. Das scheint derzeit ein lukratives Geschäft zu sein."

Die jüngere Wache musterte Kyle und Rosario eindringlich. Kyle mochte den Blick aus den schiefstehenden Augen nicht. „Was ist mit ihr?", fragte der Mann und deutete mit dem ausgestreckten Daumen zu Anicka, die noch immer schluchzend auf dem Boden saß, getröstet durch Rosarios kräftige Arme. „Wir bringen sie nach Hause", sagte der Halbelf, und dann zu ihr gewandt, „wenn du das möchtest, Anicka."

Sie nickte nur, ohne aufzusehen.

Die Wachen schoben ihre beiden kräftigeren Gefangenen voran, die den Einbeinigen mitschleifen mussten und empfahlen sich. Kyle und Rosario schauten dem abrückenden Gespann hinterher. „Ich weiß nicht, Rosario. Mit dem

Durchschneiden ihrer Kehlen hätte ich mich besser gefühlt. Irgendetwas ist falsch daran." Er blickte zu Anicka. „Sie haben ihr nicht eine Frage gestellt."

„Du bist aufgebracht, Kyle. Du solltest Vertrauen in das Gesetz haben. Die Strafen für Entführer und Vergewaltiger sind in der Regel Kastration und ein qualvoller Tod." Rosario seufzte. „Und du solltest dich bei Laura bedanken, Kyle. Sie sagte, ich solle dir folgen."

„Als Amme?!" Kyles aufbrausende Stimme hatte eine feindselige Note.

„Du bist ein Hitzkopf geworden, Kyle. Und ja, du wirst jeden Tag besser mit der Klinge, aber einer gegen drei?!" Rosario schmunzelte plötzlich: „Trotzdem: Ich habe lange nicht mehr so viel Spaß gehabt. Durch die Taverne hätte meine Klinge beinahe Staub angesetzt – wenn ich sie nicht für deine Lektionen gebraucht hätte." Sein Blick wurde wieder ernster. „Ach, und Kyle, dein Kurzschwert..."

Fragend musterte Kyle seinen Freund. Rosario deutete auf die Waffe an Kyles Gürtel und fauchte: „Das Ding ist keine Wurfwaffe!" Er gab dem jüngeren Mann einen kameradschaftlichen Klaps gegen den Hinterkopf. „Wenn du dich umbringen willst, gibt es angenehmere Wege. Also denk an deinen Garvini, Kyle! Studiere deinen Garvini! Benutze das Kurzschwert als großen schweren Dolch, aber niemals als Wurfmesser. Es ist zu langsam und zu träge dafür. Zu leicht kann es abgelenkt werden, wenn es durch die Luft fliegt. Stoße die schwere Klinge in deinen Gegner. Aber lass sie nicht fliegen."

Rosario nestelte an seinem linken Stiefel, fingerte in der Stulpe und zog ein kleines Messer hervor, welches Kyle zuvor noch nicht gesehen hatte. Eine fingerlange Klinge blitzte im nächtlichen Schein der Laternen auf. „Im Gegensatz zu einem flinken Wurfmesser! Jedes Werkzeug für die richtige Aufgabe."

Vorsichtig hob der Halbelf die noch immer unter Schock stehende Anicka auf und bettete ihren Kopf an seiner Schulter. Kyle überließ Anicka der Obhut Rosarios und trat hinaus auf die Straße, sein Blick hielt Ausschau nach Gegnern.

„Was zur Hölle geht hier nur vor!?", knurrte er, als er sich der Worte des Wachmannes erinnerte: „Ein lukratives Geschäft?" *Wer verdient an den Verschleppungen?*

Mit düsterem Blick schaute er in die Gesichter der Passanten, die auf der nächtlichen Straße ihren Zielen entgegenschritten. Niemand sah auf. Niemand kümmerte sich um die Belange des anderen. Er blickte alten Männern und Frauen in die faltenumrahmten, unsteten Augen, die sogleich wegsahen, als könnten sie seinen Blick nicht ertragen. Ihre Gesichter erzählten Geschichten; berichteten von den Dingen, die sie gesehen hatten, erlebt hatten. Erlitten hatten.

„Was meinst du?", fragte Rosario, als Kyle grimmig auf die Straße hinaus stapfte, die Hand am Griff seines Schwertes ruhend.

„Was meinst du?!", rief Rosario erneut und eilte hinter seinem Freund so schnell hinterher, wie es das Tragen des Körpers der zitternden jungen Frau zuließ. Er fand seinen Freund nachdenklich auf der nächtlichen Straße stehend und sah, wie dieser sich rastlos und aufgewühlt hin und her bewegte, als könne er sich nicht entscheiden, welchen Weg er nun gehen solle. Als müsse er nun seinen Pfad wählen, den das Schicksal vor ihm ausgebreitet hatte.

„Später, bei Finley! Erst bringen wir sie zu ihrem Vater", beschied Kyle mit einer neuen Entschlossenheit. Die Erschöpfung nach dem Kampf erfüllte Rosario, gleichsam gepaart mit einem Hauch von Sorge, und so nickte er und sie schickten sich gemeinsam an, Anicka zu Konrad, dem Schneidermeister, zu bringen. Konrad dankte ihnen knapp, aber ehrlich, plagte ihn doch die Sorge um seine Tochter.

Anicka zitterte und wimmerte, ihr Blick war gebrochen und sie kauerte sich wie ein verwundetes Tier auf ihrem Lager zusammen. Konrad berichtete von den Männern, die er immer wieder in oder vor seiner Werkstatt gesehen hatte; offenbar hatten sie Anicka ausspioniert, um zu wissen, wann und wo sie sie abfangen konnten.

Rosario bot dem aufgebrachten Mann an, dass sie bis zum Morgen Wache halten würden; der Halbelf blieb in den Räumen, sein Rapier auf dem Tisch in Griffweite, während Kyle die frische Nachtluft bevorzugte. Dunkle Gedanken hatten Kyle in ihrem Griff und jeder Herzschlag ließ ihn über die Geschehnisse des Abends brüten, während er mit der Hand am Schwertgriff in den nächtlichen Schatten vor dem Haus des Schneiders stand.

Schweigend.

Spähend.

Lauschend.
Lauernd.
Jagend.

Die Geschichte von Kyle geht weiter in

Band II
Brennender Zorn

Appendix

Spread the Word!

HAT DIR DIE GESCHICHTE von KYLE gefallen? Vielleicht so gut, dass du anderen davon erzählen magst? Wenn dem so ist, würdest du mir damit eine große Freude bereiten. Oder schreib doch eine Rezension auf Amazon oder poste Forenbeiträge zu KYLE. Erzähl auch gerne anderen auf Google+, Twitter & Co. von KYLE.

Aktuelle News gibt es auf Facebook (ich freue mich über jedes Like und jedes Teilen): **www.facebook.com/KyleSagaRoman**

Weitere Informationen, Illustrationen zur Geschichte oder auch Wallpaper zum Download findest du auch auf der offiziellen Seite: **www.kyle-saga.de**

Ich danke dir,

Michael T. Bhatty

Nobody is perfect! Darum eine Bitte...

EINEN ROMAN über so viele Jahre zu schreiben und ihn wieder und wieder zu überarbeiten, führt schlicht und ergreifend zu einer gewissen Betriebsblindheit. Große Verlage beschäftigen darum oftmals mehrere Redakteure, Chefredakteure, Lektoren und Korrekten, um einen Titel rund zu schleifen.

Diesen Luxus hatten wir leider nicht, da wir, meine Frau Svenja und ich, ein Zwei-‚Mann'-Team sind. Wir haben uns große Mühe gegeben, so viele Tippfehler wie möglich aus der finalen Fassung herauszubekommen, doch wird es gewiss noch die eine oder andere Stelle geben, bei der wir diese einfach überlesen haben.

An dieser Stelle sei auch Maike Hanenkamp gedankt, die von der Geschichte begeistert war, und uns auf einige übersehene Stellen aufmerksam gemacht hat und die zweite Fassung gleichfalls mit korrigierte.

Unsere Bitte: Wenn auch du noch Tipp- oder Zeichensetzungsfehler findest, dann schreib uns doch bitte. Am besten mit den drei Worten vor und nach dem Fehler, damit wir die Stelle leichter finden. Sende einfach eine Mail an: **service@kyle-saga.com**

Vielen Dank für dein Verständnis.
Michael T. Bhatty

Danksagungen

KEIN BUCH ENTSTEHT im stillen Kämmerlein. Früher oder später redet man mit Freunden, Familien, Lesern und Kritikern. Ohne euch wäre es nicht möglich gewesen, dieses Projekt zu Ende zu bringen.

Ich danke von ganzem Herzen meiner Frau Svenja, die es ausgehalten hat, dass ich Stunde um Stunde Zeit für das Schreiben dieser Geschichte zusammengeklaubt habe, oft unerträglich in meinem kreativen Chaos war, und dafür, dass sie die Geschichte mit kritischem Blick betreut hat – und mir dies auch stets offen gesagt hat.
Es gibt noch so viele Gründe mehr, was sie ausgehalten hat und doch stets zu mir gehalten hat: **Ich liebe dich, Svenja!**

Natürlich danke ich auch meiner Familie, die ihren ganz eigenen Einfluss auf die Entstehung dieser Geschichte hatte.

Meinem Freund Daniel Lieske, bekannt als Schöpfer der fantastischen Wormworld Saga (**www.wormworldsaga.com**), von dem nicht nur das Coverartwork stammt, sondern mit dem ich über die Jahre stundenlange Telefonate über unsere Projekte geführt hatte und der so manchen Knoten bei mir gelöst hat.

Ich danke den Künstlerinnen und Künstlern Sandra Püttner, Anca Adelina Finta, Antje „Amy" Krüger, Nicolas Klug und meinem Bruder Philipp Bhatty für die Illustrationen, für Gespräche bei Wein und Prosecco oder manchmal auch einfach für so manchen Fünf-Stunden-Skype-Call.

Ich verneige mich vor Andreas Adler, Adler Audiopictures, der mir inspirierende Klänge zur Verfügung gestellt hat, die ihr in meinem Youtube-Kanal über **www.kyle-saga.de** findet.

Auch danke ich meinem Bruder Dennis, Inhaber seiner eigenen Kampfsportschule Atrium Sports in Hamburg (**http://www.atrium-sports.de**), mit dem mich eine langjährige Leidenschaft für Martial Arts verbindet.

Auch meinen langjährigen Freunden, Lesern und Fans (klingt immer noch seltsam, dies zu schreiben) danke ich:

Janina, für ihre SMS mitten in der Nacht, als sie die Rohfassung zu Ende gelesen hatte.

Anke, für ihre Treue als Leserin der ersten Stunde.

Maria, für ihre Treue als Leserin der zweiten Stunde und meinem Namen auf einem Buch auf ihrer Hochzeitstorte.

Manuela, für die Einführung in die Kunst der Lomi Lomi Nui.

Marina, für dämonische Inspirationen in letzter Minute.

Ralf und Markus, für Unterstützung im Web und technische Ratschläge.

Petra und Alexander, für konstruktives Feedback und leckeres Essen zu unseren Studentenzeiten.

Marc, für seine "Black Bhatty"-Fangesänge seit SACRED und den Hinweis auf den zu schleifenden Rohdiamanten.

Und ganz besonders danke ich natürlich auch...

Der echten 'Ania', 'Laura' und ‚Alexandra', für Einblicke in eine dunkle Welt.

Dem echten ‚Finley' und ‚Rosario'; mit Freunden wie euch brauche ich keine Feinde! ;-)

Tom und Chris, die meine Frau und mich stets als wahre Freunde unterstützt haben – und die den echten Uis'gey kredenzten.

Axel, mit dem ich seit den späten 80er Jahren immer wieder konstruktive Gespräche über Fantasy, Role Playing Games, Filme, Literatur und die Frage, was eine Geschichte gut oder schlecht macht, geführt habe.

Und all den anderen dort draußen, die mich inspiriert haben und dies oft nicht wussten.

Ich danke euch allen, dass ihr mir geholfen habt, diesen Traum zu verwirklichen.

Michael

Zum Ausklang

ICH MÖCHTE EUCH ein paar Worte zum Ausklang mitgeben, denn die Geschichte von Kyle begleitet mich seit vielen Jahren, nein, eher Jahrzehnten. Ein Rollenspielcharakterbogen existiert, der die Ursprünge zeigt, grobe Bleistiftzeichnungen und Acrylmalereien, Experimente auf Papier und Leinwand, denen weitere Experimente mit der Fotokamera folgten.

Doch den eigentlichen Auftakt nahm die Geschichte, als ich (damals noch Student) eine erste Hausarbeit mit dem Rechner schreiben musste. Es war jene Zeit Anfang der 90er Jahre des 20. Jahrhunderts, als Schreibmaschinen nach und nach abgelöst wurden. Ich selbst besaß damals noch keinen schreibtauglichen Computer, geschweige denn einen mit einer vernünftigen Software, um längere Dokumente zu schreiben. Ein Freund lieh mir übers Wochenende seinen 80.86er aus, ein Desktop-Monstrum, gänzlich ohne Festplatte, dafür mit einem 5 ¼ Zoll-Floppydisk-Laufwerk. Darauf befand sich eine Freeware-Textverarbeitungssoftware, die wir aus einer PC-Zeitschrift abgetippt hatten.

Und abends, nachdem ich die Hausarbeit fertig geschrieben hatte, überkam mich der Gedanke, dass ich doch eigentlich eine Geschichte aufschreiben könnte. Es war eine Begegnung zwischen Kyle und einer blonden Schönheit auf einer eisigen Einöde und es ergab sich eine intensive Szene in einem Zelt. Fragmente dieser

Geschichte habt ihr in dem Roman gefunden, doch das Original treibt irgendwo dort draußen durchs Nirwana. Warum? Weil ich damals die bittere Lektion gelernt hatte, dass man regelmäßig Speichern sollte: Die erste Geschichte war am Ende der Nacht so lang, dass sie mehr Platz auf der 5 ¼-Zoll Floppydisk einnahm, als dort Platz war. Und da die (selbstgeschriebene) Software den Fall „Bitte Platz schaffen" nicht vorsah, konnte ich nur ‚nicht speichern'.

Ich hatte die Geschichte vergessen, doch nach und nach offenbarte sie sich beim Überarbeiten wieder. Und es wurde eine Schlüsselszene: Kyle und Alexandra im Zelt, der Moment der Metamorphose...

Danke Universum! Bei dir kommt nichts weg ;-)

Mike

Pirates! Ye be warned!

EIN UNSCHÖNES THEMA möchte ich gleichfalls noch ansprechen: Vor kurzem habe ich illegale Raubkopien im Internet gefunden. Ich weiß, dass viele dies als ‚Sport' ansehen und ich weiß auch, dass es zumeist sinnlos ist, denjenigen zu sagen, dass sie nun Diebe sind, die strafrechtlich verfolgt werden.

Auch weiß ich, dass es sinnlos ist, sie zu bitten, dies nicht zu tun. So, wie Govic nicht auf Kyles Flehen gehört hat, werde ich Raubkopierern nicht sagen, dass ich viel Arbeit und viele Stunden in diese Geschichte gesteckt habe oder ich schlicht um den Respekt bitte, den jeder Künstler verdient, der seine Leser unterhält. Genauso wenig macht es Sinn, diesen Dieben zu sagen, dass es den echten Lesern gegenüber respektlos ist, die den Anstand besessen und den Autoren durch den Kauf des Buches unterstützt haben.

Auch weiß ich, dass es sinnlos ist, Dieben zu sagen, darüber nachzudenken, dass, wenn ich euch über so viele Stunden unterhalten habe, euch dieses den Preis der Bücher wert sein sollte.

Es wäre so einfach, denn ich bin nicht eine fiktive Figur wie Richard Castle (ABC Studios, 2009+), sondern auch ich bezahle meine Miete und stecke viel Geld in diese Produktionen. Warum? Weil ich meinen Lesern diese Geschichte erzählen möchte – und auch weiterhin erzählen werde.

Wenn ihr also eine Raubkopie, also Hehlerware, erstanden habt, tut euch selbst einen Gefallen, und kauft die legale Version. Erweist euch selbst die Ehre.

Was ich aber Raubkopierern sage, ist dies: „Michael T. Bhatty's Kyle" ® ist eine angemeldete Marke und mein geistiges Eigentum als Urheber. Ich behalte mir also sowohl die strafrechtliche, wie auch zivilrechtliche Verfolgung von Verbrechern vor.

Auch bitte ich jene darum, die Raubkopien finden, diese bei der Polizei oder über die Mailadresse **service@kyle-saga.com** zu melden. Und auch wenn es vielleicht Jahre dauert, bis sie gefasst werden, eines Tages werden sie erwischt: **Im Internet schreibt man ja nicht mit Bleistift, sondern mit Tinte!**

Kyle lässt seine Feinde ja auch nicht laufen…

Weitere Bücher von Michael T. Bhatty

DIR HAT DER STIL meines Romans *Kyle: Im Kreis des Feuers* gefallen? Dann schau doch einmal in diese Bücher hinein:

Kyle: Im Kreis des Feuers – Schwelende Wut
(Buch I, Band I), MBE. 2015

Kyle: Im Kreis des Feuers – Brennender Zorn
(Buch I, Band II), MBE 2015

Kyle: Im Kreis des Wassers - Stimmen im Nebel
(Buch II, Band III), MBE 2019

Kyle: Im Kreis des Wassers - Tosende Fluten
(Buch II, Band IV), MBE 2019

FarCry: Götterdämmerung, Panini Verlag, 2007

FarCry 2: Blutige Diamanten, Panini Verlag, 2008

Runes of Magic: Shareena, Panini Verlag, 2010

Runes of Magic: Asiya, Panini Verlag, 2011

Runes of Magic: Iszma, Panini Verlag, 2012

Azarya: Dark Passion Tales – Azarya Rising, MBE, 2012